오네
이로
ONEIPO

꿈 속 의 연 인

오네이로

ⓒ이로은 2015

초판1쇄 인쇄　2015년 4월 22일
초판1쇄 발행　2015년 4월 28일

지은이　　이로은

펴낸이　　박대일
편집　　　이문영 · 임유리 · 박현주
교정　　　봉정하
마케팅　　송재진
표지디자인　박현주

펴낸곳　　파란미디어
출판등록　2004년 9월 14일 제313-2004-00214호

주소　　　121-897 서울시 마포구 성지1길 32-36 (합정동)
전화　　　02.3141.5589(영업부) 070.4616.2012(편집부)
팩스　　　02.3141.5590
전자우편　paranbook@gmail.com
카페　　　http://cafe.naver.com/paranmedia
트위터　　@paranmedia

ISBN　　　978-89-6371-185-0(03810)

오네이로

ΟΝΕΙΡΟ

꿈 속의 연인

이로은 장편소설

파란

$O\ \nu\ \varepsilon\ \iota\ \rho\ o$ 차례

prologue

사랑하는 줄리 이모님께.

이모님, 늘 그렇듯 월요일 아침의 러시아워를 잘 피해 출근은 하셨는
지 걱정이네요. 참, 잊지 않고 약은 챙겨 드셨는지요?

매번 전화로도 늘어놓는 걱정과 잔소리인지라 이모님의 반응은 충분
히 예상은 됩니다만, 늘 반복되는 이모님의 답변마저도 듣고 싶은 것이
제 마음입니다.

조금은, 아니 어쩌면 이번에도 이모님은 제 생각보다도 더 저를 이해
해 주고 계시겠지요?

지난번 통화에서 제가 혹여 놀랄까, 조심스럽게 처음으로 말씀해 주
셨지요.

"비록 네 자신만큼 그것이 정확히 어떤 것을 너에게 보여 주고 있는지는 모르지만, 그것으로 인해 네 인생이 변한 것은 안다."

어렸고, 아직도 어린 조카는 이 사실이 영원히 비밀로 남겨질 수 있을 거라 착각했습니다. 그리고 그편이 제게 남은 마지막 가족인 이모님을 지키고 보호하는 데 가장 안전하다고 판단했습니다. 이모님을 배제시키고자 한 의도보다는, 지키고 싶어 그랬다는 것을 차근히 말씀드리고 싶어 이 편지를 씁니다.

그리고 아직 늦지 않았다면, 이 편지로 이모님께 완전한 이해를 구하고자 합니다.

이모님께서 짐작하고 계신 대로 저는 꿈을 통해 무언가를 봅니다.

그것은 일반 사람들이 꾸는 허구의 꿈과는 다른, 현실이었던 '과거' 혹은 현실이 될 '미래'이기도 합니다.

조금 더 정확하고 자세히 말씀을 드리자면, 미래를 보게 되는 것은 제게 아무런 통제권과 선택권이 주어지지 않는 신의 일방적인 뜻과 같습니다. 그런 일은 불시에 갑작스럽게 저를 덮쳐 혼란스럽고 고통스럽고 때론 저 외의 사람에게 두려움을 심어 주기도 하여 제 인생의 주체를 잃어버리게 하기도 했습니다. 아이였던 저는 무력하게 미래에 이리저리 끌려다니며 얼마나 많은 것을 잃고 울었는지 모르겠습니다.

그중에서도 가장 큰 아픔은 이모님껜 유일한 자매이자 저의 어머니가 돌아가신 일이었지요.

그 일이 있고 난 뒤의 제 모습은 저보다 이모님이 더 잘 기억하고 계시겠지요.

슬픔과 아픔보다 '무의미'의 호된 고통에 저는 모든 것을 포기하려
했었습니다.

더는 잃을 것도 없다고 생각하던 그때 처음으로 언제 일어날까 두렵지
않은, 아니 오히려 언제 내게 도래할까 기다리게 하는 미래가 제 꿈에 찾
아왔습니다.

누구보다 따뜻한 가슴과 눈동자를 가진 한 여인이 제 삶에 있는 미래
였습니다. 저는 처음으로 제 인생을 기대하게 되었고 자연히 삶의 의욕이
생겨나기 시작했습니다.

제게만 너무나 무거운 짐을 짊어지게 만드셨다고 책망하던 신의 뜻을
조금은 알 것 같았습니다. 제게 어떤 길을 준비해 두시고, 그 길을 잘 걸
어갈 수 있게 채비시켜 두려 하셨는지를요.

남부럽지 않은 직업과 착실히 쌓아 가던 경력을 모두 뒤로하고 선뜻
뉴욕을 떠나겠다고 했을 때 이모님께선 많이 의아해하셨지요?

제가 이유를 얼버무리자 더는 캐묻지 않으셨지만 여전히 궁금하시겠
지요.

이모님, 저는 제가 '사랑'의 의미도 모를 때부터 저를 사랑해 준, 사랑
해 줄 그녀를 만나기 위해 이곳에 왔습니다.

그리고 손꼽아 기다리던 그날이 이젠 정말 얼마 남지 않은 듯합니다.

더 이상 제 꿈속이 아닌 현실의 그녀가 아무것도 모른 채 제 삶으로 걸

어 들어올 날이요.

　그녀의 손을 잡고, 이모님께 이 편지에는 다 적지 못한 많은 이야기를 함께 전할 그날을 고대하며 편지를 이만 적을까 합니다.

　　　　　　　　　　　　　　　　　어느 봄날, 조카 애런 드림.

1부
피닉스로

1

'난 당신이 날 사랑하게 만들지 못해요.'

맑은 피아노 반주에 맞춰 가수의 목소리가 그렇게 노래를 부르기 시작했다. 한국보다, 그리고 일본보다 훨씬 따갑게 내리쬐는 햇볕을 피해 본능적으로 들어선 카페. 가게 문을 연 지 얼마 되지 않았는지 파란 눈동자와 금발의 여자 점원이 준비를 채 마치지 못한 분주한 모습으로 이제 막 카페 문을 열고 들어선 나를 바라본다. 아직 오픈 전이에요, 그런 말을 듣고 다시 저 뙤약볕 아래로 쫓겨나기 싫어 얼른 말문을 연다.

"아무거나 바로 되는 걸로 주세요. 코크도 괜찮아요."

오픈 준비로 바쁜 상황에도 꽤 괜찮은 주문이었나 보다. 점원이 어깨를 한번 으쓱하더니 답한다.

"좋아요, 원하는 자리에 앉아 기다리세요."

이내 소리를 내며 켜지는 에어컨의 위치를 확인하고서 가까운 구석 자리에 가방을 놓았다. 의자에 엉덩이를 내리고 앉자 온몸을 꽁꽁 죄고 있던 피곤의 끈들이 조금이나마 숨통이 트이는 기분이다. 엉클어진 가방 안을 뒤져 손에 잡힌 엽서와 펜을 꺼낸다. 빵 부스러기가 잔뜩 묻은 고흐의 '밤의 카페테라스' 엽서.

뭐라고 먼저 운을 띄워야 할까, 고민하며 펜을 쥐려는데 얼음이 가득 든 닥터페퍼 한 잔이 놓인다.

"죄송해요. 코크는 오후에 들어와서요."

"괜찮아요. 나쁘지 않은데요, 뭐."

목소리마저 갈라지기 일보 직전인 입안으로 시원한 음료를 들이켠다.

"더 필요한 거 있으면 부르세요."

"신경 써주셔서 고맙습니다."

잔에 맺힌 이슬에 젖은 손가락 사이로 다시 펜을 쥔다. 앞뒤가 뒤엉켜 엉망인 편지가 되더라도 그냥 쓰기로 한다. 결국 뭘 전하고 싶은지, 어떤 말이 하고 싶은지, 확실하게 전해지지 않아도 좋다고 생각하면서. 그저, 이 편지가 그에게 갔으면 하는 바람뿐.

덥네. 여름이 그렇지 뭐…….

잘 지내냐고 묻지는 않을 거야.

어차피 대답도 들을 수 없으니까.

난 당신보다 더 더운 곳에 있어.

조금만 더 이대로 이곳에 머물 예정이야.

그 뒤로는 펜이 움직이지 않는다. 더 이상 아랫줄로 내려가지 못한다. 나를 괴롭혀가며 할 말들을 만들어 내긴 싫어 간단하게 마무리한다. 안녕,이라고.

편한 자세로 의자에 기대어 앉아 음료를 손에 든다. 며칠간 봉인해 둔 기억이 다시 스멀스멀 올라와 시야를 앗아가 버린다. 그리고 꼼짝 못하고 망각하려 애쓴 그 사실과 다시금 맞닥뜨린다.

나는 태어나고 자란 롤리의 작은 마을에서 어릴 적부터 쭉 함께해 온 데릴과 한 달 전 결혼식을 치르고 부부가 될 사이였었다. 그리고 바로 그 한 달 전, 웨딩드레스를 입은 채 파혼을 당했다.

그는 흔들림 없는 시선으로 올곧게 나를 마주보며 말했다. 노력하면 될 거라 생각했는데 감정이란 게 마음처럼 되는 게 아니란 걸 깨달았다고. 너를 속여 가며 살긴 싫다. 미안하지만 널 사랑한 적이 없는 것 같다. 사랑에는 부문도 유형도 없다고 생각했지만 아니었음을 알았노라고. 너를 아끼고 사랑하는 데에는 변함없지만 그것은 우정으로써, 가족처럼 생각해서이지 연인으로서의 감정은 아니었다며 작별을 고했다. 내가 가장 좋아했던 그의 곧은 시선은 나를 볼 때 아무런 감정도 느끼지 못해서였다.

무던함. 그의 잘못이 아니다.

난 상처입었고 울고 싶었다. 그러나 그 앞에서 눈물을 보이긴 싫었다. 그야말로 비참해지니까. 그건 서로가 원치 않는 입장에 놓이는 것이었다.

마음껏 슬퍼하기 위해 신혼여행 여비를 혼자 쓰기로 했다. 웨딩드레스를 벗고 평상복으로 갈아입은 다음 비행기에 올랐다. 결혼식이 무산된 사실을 알고 식장이 하객들의 어수선함으로 가득할 때, 난 이미 하늘 위, 기내 안에서 수건을 눈 위에 올려 둔 채 입술을 깨물며 울고 있었다.

몇 시간을 그렇게 오롯이 슬픔에만 빠져 눈물을 흘리고, 또 울었을까. 퉁퉁 부은 입술 사이를 비집고 하염없이 새어 나오는 울먹임을 억누르며 공항을 나서니 처음 와 보는 도시의 햇빛이 눈물에 부은 눈두덩 위로 따갑게 내리쬐었다. 그러자 참 신기하게도 머릿속이 개운해졌다. 모든 것이 잠시 의식의 뒤편으로 물러나 버린 것처럼.

익숙함이라고는 없는 새로운 곳.

여태처럼 마음 편하게 슬퍼만 할 수 없다는 것을 무의식중에 느꼈을지도 모를 일이다. 괜스레 여행 가방을 쥔 손가락에 힘이 잔뜩 들어가며 용기마저 생겼다. 열심히, 잘 해보겠다고.

손을 뻗어 우렁찬 목소리로 택시를 잡아타고 가까운 모텔로 가 짐을 풀었다. 차가운 물을 끼얹고 거울에 비친 얼굴을 바라보자 한숨이 절로 났다. 눈물은 멈췄다. 그제야 시장기가 몰려왔다.

투숙 중인 모텔 옆의 카페 '노스베이글'에서의 식사는 또 다른 즐거움이었다. 카페의 여주인 '제이미'는 붉은색 커트 머리를 한 40대로 호탕한 웃음과 손톱을 화려하게 꾸미기를 좋아한다. 그리고 내가 먹고 반한 블루베리 잼과 월넛 베이글을 손수 만드는 요리사이기도 하다.

유독 여름이 더운 피닉스에 온 지 한 달째 되던 날. 그날 아침도 식사를 하러 노스베이글의 문을 열고 들어서자 막 제이미의 손에서 탄생한 따끈한 베이글이 진열대로 가지런히 놓이고 있었다.

"오늘은 일찍 왔네, 리지."

"맛있는 냄새가 제 방까지 나서요."

제이미는 호탕하게 웃으며 테이블 위의 물 잔을 채워준다.

"방금 나온 에그 베이글 어때?"

"좋아요, 치킨 샐러드도 주세요."

"방금 만든 드레싱을 듬뿍 올려줄게."

눈을 찡긋하곤 제이미는 조리실로 사라졌다.

멍하니 창밖을 바라본다. 오늘은 무얼 할까. 아직 돌아가고픈 맘은 없다. 어떤 표정으로 데릴을 만나야 서로가 예전처럼 편해질 수 있는지, '척'이라도 할 줄 모르는 자신을 잘 알기에 더욱 그렇다.

또르르르……

어느새 제이미가 뜨거운 커피 한 잔을 준비해 주었다.

"고마워요."

커피메이커를 여유만만하게 한 손으로 든 제이미를 올려다
보며 인사했다. 그새 뜨거운 수증기에 김이 서린 커피 잔을 들
고 천천히 한 모금 맛본다. 늘 마시던 커피가 오늘따라 더 쓰게
느껴진다. 설탕을 한 개 넣어 볼까, 하며 껍질을 부스럭거리는
데 제이미가 문득 한마디 던진다.

"리지, 여기 오래 있을 거야?"

제이미의 여기란 이곳 피닉스를 뜻하리라.

나는 휘휘 휘젓던 티스푼을 내려두고 다시 한 모금 맛보며
답한다.

"글쎄요…… 아마도?"

향은 달고 끝 맛은 쌉쌀하고. 나쁘지 않다.

"여기서 아침을 먹은 후엔 뭘 할 거야?"

"아직 생각 안 해봤어요."

제이미는 나와 눈을 마주친 채로 고개를 한 번 끄덕이더니
다시 주방으로 걸어 들어가 버린다.

평소와 마찬가지로 커피를 마시며 카운터에 놓인 제이미의
신문을 가져다 읽는다. 그사이 늘 브런치 식사를 하러 오는 거
구의 남자 손님도 가게 안으로 들어서고 그제야 본격적인 영
업 시작임을 알리는 음악 소리가 노스베이글의 빈틈 곳곳을
채운다.

곧이어 김이 모락모락 나는 달걀 스크램블과 베이글, 치킨
샐러드가 테이블 위에 올려지고 나는 위의 빈틈을 차곡차곡 채
운다.

'세계의 미스터리' 면에 푹 빠져 읽고 있는데 다시 한 번 쪼르르르. 식사 전에 먼저 한 잔 비워지는 내 커피 잔을 제이미는 늘 내가 먼저 청하기도 전에 채워 준다.

"고마워요."

치킨 샐러드를 입안으로 욱여넣는데 제이미가 문득 유리 주전자를 내 테이블 위로 내려 두고는 맞은편에 앉는다.

그제야 신문에 고정되어 있던 시선을 들어 그녀를 바라본다.

"할 말 있어요?"

"리지, 일 안 해볼래?"

뜬금없는 그녀의 제안에 손에 쥐었던 커피 잔을 다시 내려 두었다.

"일손이 궁해 보이진 않는데요, 제이미……."

"아, 아냐. 여기 말고 6마일 정도 떨어진 곳에 있는 가게야."

영문을 모르겠다는 표정으로 그녀에게 답한다.

"내가 만든 베이글 나쁘지 않지?"

"사랑하죠."

얼른 붙인 내 대답에 그녀는 화통하게 한 번 웃고는 내 베이글도 널 사랑해, 라고 답했다.

"10년 전에 이 가게를 열었는데 그전까진 언니와 함께 일했어. 어머니가 하시던 가게를 물려받아 둘이서 함께 운영했지. 처음엔 간단한 베이글 서너 가지와 커피만 파는 작은 가게였어. 젊은 패기와 넘치는 열정으로 밤마다 새로운 것들을 요리해 보기 시작했지. 베이글 메뉴도 그때 많이 개발했어. 그렇게 메뉴가 하나씩 늘어날 때마다 손님들도 조금씩 늘었어. 세 개로 시작했던 테이블 수가 이젠 열두 개니까. 거긴 이제 레스토랑이야. 그리고 10년 전, 난 더 늦기 전에 자립을 선언하고 이 가게를 열었고. 오래된 만큼 그쪽은 제법 손님이 있어서 일손이 필요하거든. 리지, 피닉스에 오래 머물 생각이라면 일을 해 보는 게 어때?"

너무 넋을 빼놓고 그녀의 말을 경청해서인지 올려 두는 모습도 못 봤는데 어느새 명함 한 장이 커피 잔 옆에 놓여 있었다.

ΟΝΕΙΡΟ 오네이로

그램홀트 5번가 17
피닉스
TEL : 602-249-3758

"이왕 온 거 관광보다 더 많은 추억을 만들 수 있을 거야."

스스로도 덧붙여 말한 농담이 우스웠던지 제이미는 다시 호탕하게 웃음을 터트렸다.

어느새 손에 쥐어 있는 그 명함을 다시 한 번 꼼꼼히 읽어 본다. 그런다고 주소나 전화번호가 방금 전과 다르게 바뀌었거나 할 일은 없을 테지만.

"고마워요, 제이미."

"서두를 건 없지만 다른 사람이 차지하기 전엔 가봐. 한 자리뿐이니까.”

나쁠 것도 없고 사양하고픈 맘도 없다. 그녀의 뜻을 충분히 이해하기에 고개를 끄덕이며 수긍했다. 그러자 긍정이라고 생각했는지 그녀가 찡긋, 윙크를 날려주며 이내 주방으로 사라졌다.

이제 곧 점심시간. 지금은 가득 차 있는 저 진열대의 베이글도 곧 동이 나겠지.

미지근해진 커피를 단숨에 들이켜고 자리에서 일어섰다.

현재는 차도 없고 세수만 한 몰골에 무엇보다 중요한 건 아직 의욕이 없다는 것. 오늘도 하릴없이 서점과 시장, 마지막으로 공원을 배회하다 다시 나만의 공간인 ‘모텔 애리조나’의 502호로 돌아가겠지. 오늘은 그것으로 만족.

나는 겨우 충족시킨 칼로리를 쓸데없이 소모하던 제자리걸음을 거두고 서점을 향해 걷기 시작했다.

오늘이 정확히 며칠인지, 무슨 요일인지. 하물며 지금이 몇 시쯤인지, 어느 것 하나 모른 채 지내고 있는 자신에게 갑자기 한숨이 나온다.

점심시간이 다가오고 있음을 알리기라도 하듯 강하게 내리쬐는 햇빛을 피해 얼른 서점으로 들어간다.

좋아하는 소설 코너가 어디 있는지 이젠 헤매지도 않고 곧바로 걸어가 선다. 학교 다닐 적에 읽었던 댄 브라운 작품을 반가운 마음에 다시 한 번 훑어 읽고, 재밌게 읽었던 작가의 신간도 즐거운 마음으로 집어 들고, 고향집에 있었다면 신청해 둔

정기구독 덕분에 이미 읽었을 잡지까지. 평소와는 다르게 내 팔에 가득 안긴 책들을 계산하기 위해 카운터로 걸어가다 문득 멈춰 섰다.

지금 가진 자금에 여가생활을 위한 여웃돈이 있는지 급하게 계산되기 시작했다. 마이너스는 아니었지만 당장 다가오는 다음 달에 대한 걱정으로 머리가 어지러웠다.

결국 충동구매의 일보 직전, 탄식에 가까운 한숨과 함께 돌아서 책을 제자리에 다시 꽂아두기 시작했다. 다시 읽고 싶었던 소설 책. 이번엔 어떤 내용일까 기대감에 이미 즐거웠던 신간들. 매달 빠트리지 않고 챙겨 봐 온 잡지.

책 네 권을 사는 데도 우물쭈물해야 한다니 암담하기 짝이 없었다. 제이미가 내 지갑을 투시라도 했던 걸까. 그러자 머릿속에 녹음이라도 해둔 것처럼 제이미의 말이 생생이 되살아났다.

"서두를 건 없지만 다른 사람이 차지하기 전엔 가봐. 한 자리뿐이니까."

그리고 다시 한 번 중요한 부분의 반복.

"한 자리뿐이니까."

더 고민할 것도 없이 어느새 나는 달리고 있었다.

서두를 건 없지만 당장 다음 달이 문제인 경우엔 얘기가 달라진다. 서둘러야 살아남는다.

모텔 애리조나의 엘리베이터가 5층에 멈추자마자 경마장의 말이 출발신호에 튀어 나가듯 방문을 향해 돌진해 문을 열고,

여행 가방을 헤집으며 조금이라도 멀쩡해 보이는 모습을 갖추기 위해 동분서주했다. 껑충 껑충 토끼뜀을 뛰면서 남은 오른발을 플랫 슈즈에 구겨 넣고 방을 나선 것이 오후 1시 45분. 그로부터 3분 후 엘리베이터에서 내려서야 제이미가 준 명함이 방금 침대에 널브러지게 벗어둔 바지 주머니 안에 있다는 것을 깨달았다.

"으, 멍청하긴!"

나왔던 걸음을 다시 애리조나로 돌리려다 급한 마음에 제이미의 가게를 찾았다. 역시 점심시간이라 남는 자리 없이 가득 찬 가게 안. 평소엔 눈에 잘 띄던 제이미의 붉은 머리칼이 도통 가게 안을 둘러보아도 보이지 않는다.

카운터에 멀뚱히 서서 명함을 가지러 다시 애리조나로 돌아가야 할지를 곰곰이 고민하고 있는데 제이미의 반가운 목소리가 들려왔다.

"리지!"

"제이미."

"다시 왔네? 무슨 일 있어?"

"제이미, 아까 주셨던 그 명함 다시 받을 수 있을까요?"

평소와 다르게 단정한 내 차림새와 지금의 질문. 제이미 마음에 두 가지 다 흡족하게 부응해 주었나 보다.

그녀의 눈가에 생기 어린 미소가 뜬다.

"그램홀트 5번가. 내 차를 타고 가는 게 빠를 거야."

"고마워요, 제이미."

형형색색 비즈 알이 수놓인 나비 모양의 키홀더를 움켜쥐며
말했다.

2

그램홀트 거리의 카페에 들어서 닥터 페퍼 한 잔을 마신 지도 어느덧 30분. 시계를 보니 어느새 오후 3시에 가까워지고 있었다.

오픈 전임에도 불구하고 나를 받아 준 여 점원에게 고맙다는 인사를 건네며 다시 햇볕이 내리쬐는 밖으로 나선다.

조금만 더 걸으면 그램홀트 5번가.

잠시 후 '오후 2:30~5:00 저녁 영업 준비 중'이라는 안내판이 나를 맞아 주는 '오네이로'의 앞에 섰다.

바람에 헝클어졌을 머리를 손가락으로 몇 번 가다듬고 가게 안으로 입장했다. 적막함을 따사롭게 채워주고 있는 햇살에 가게 안의 분위기는 기분 좋게 조용하고 너그러운 인상이었다.

몇 발자국 걸어 들어가자 단조롭게 부딪히는 그릇들의 맑은 소리와 쪼르륵, 제이미가 내게 따라 주는 커피가 흘러내리는 듯한 소리. 들릴 듯 말듯 조용함을 깨지 않을 정도로 흐르는 음악 소리. 이제 코에서 달콤한 향내를 느끼려는데 차분한 음성이 나를 불렀다.

"리지 밀러 양?"

홀린 듯 이끌려 걸어 들어가던 발걸음을 멈추고 고개를 돌렸다.

"동생에게 연락 받고 기다리던 참이에요."

제이미와 같은 붉은색 머리카락이지만 그녀와는 다르게 단정한 머리 모양. 내미는 손의 손톱 또한 제이미와 같이 신경 써 가꾸었지만 동생과는 다르게 부드러운 베이지 색의 네일 컬러. 닮았지만 조금은 다른 자매. 제이미의 언니이자 이 가게의 주인임이 분명했다.

그녀는 내가 악수에 응할 때까지 조금도 미소를 잃지 않은 채로 기다려 주었고 천천히 인사를 이었다.

"만나서 반가워요. 난 이 가게의 주인인 캐리 니콜슨이에요."

"안녕하세요, 캐리. '리지'라고 불러주세요."

그녀를 따라 가까운 테이블로 자리를 옮겼다.

매끄러운 마호가니 테이블과 새하얀 초, 심지 위에서 은은하게 분위기를 밝히고 있는 불빛. 곧 웨이트리스가 메뉴판을 준비해 주어 내심 조금 놀랐다. 식사를 하리라고는 생각지 못했기 때문이다.

가슴에 '바네사 가너'라는 이름이 쓰인 금빛 명찰을 단 그 웨이트리스는 매끈하게 넘겨 묶은 머리와 단정한 유니폼 매무새로 보아, 꼼꼼한 성격의 소유자 같았다.

"리지, 점심 먹었나요?"

"아뇨, 아침을 늦게 먹었어요."

"점심식사 할 수 있겠어요?"

"맛있는 식사는 언제든 환영이죠."

내 대답에 캐리는 시원스런 미소를 지어 보인 뒤, 바네사에게 요리를 주문했다.

곧 버터와 갓 구운 따뜻한 향내가 풍기는 로즈마리 허브 바게트가 식탁 위에 놓였다.

"들어요."

손을 뻗어 바게트 한 점에 버터를 바르자 빵 온기에 버터가 금세 녹아든다. 한 입 베어 물어 넘기니 캐리가 묻는다.

"어때요?"

"로즈마리 허브가 바게트와 이렇게 어울릴 줄은 몰랐어요. 쫄깃한 식감도 좋고 버터도 진해서 아주 맛있어요."

그녀가 흐뭇하게 웃는 사이 애피타이저가 앞에 놓였다.

애피타이저는 한 입 크기의 블리니(이스트를 넣어 구운 팬케이크의 일종) 위에 채 썬 생선을 올린 요리였다.

내가 유심히 관찰하는 것을 캐리가 도와주었다.

"훈제 송어예요. 블리니는 메밀로 반죽해서 구웠죠."

그릇 모서리의 그림을 그리듯 둥글게 짜놓은 소스에 찍어 한입 가득 음미하기 시작했다.

"훈제향이 강하지 않아서 좋네요. 송어도 부드럽고요."

근래 이렇게 맛있는 애피타이저는 처음이었다.

흡족한 마음으로 무릎을 덮고 있던 냅킨을 들어 입가를 닦으며 이제 곧 나올 메인 요리를 기다렸다.

애피타이저 때와 마찬가지로 바네사가 조용한 걸음으로 메인 요리를 서빙해 왔다. 새하얗지만 진부하지 않도록 빗살무늬가 은은하게 들어간 접시에는 알맞게 졸인 고기 요리가 담겨 있었다. 폭폭 곤 토마토, 그리고 감자와 더불어.

나이프가 무용지물일 정도로 고기는 포크만으로도 부드럽게 찢겼다.

토마토와 와인, 부드러운 고기의 육질이 훌륭하게 어울리는 맛이었다.

"이건 무슨 고기인가요?"

"송아지예요. 그릴에 살짝 구워 소스, 야채들과 함께 삶아 익히죠."

"훌륭한 맛이에요……!"

나는 진심을 담아 내 앞에 놓인 요리를 바라보며 말했다.

"리지, 이 가게에서 일하고픈 맘이 있나요?"

그녀의 그 한마디에 내내 잊고 있었던 찾아온 이유가 떠올랐다. 제이미의 소개를 받아 식사하러 온 게 아니었다.

"캐리, 그건 당신이 정할 일 같은데요……."

포크를 내려 두며 내가 말꼬리를 흐렸다.

"난 당신이 여기서 일해 주면 좋겠어요."

"제이미가 저에 대해 너무 거창하게 추천사를 해준 것 같아요. 전 아직 자기소개조차 제대로 못했어요."

"제이미는 당신에 대해 한마디만 했어요. 리지는 음식을 맛있게 먹는다고. 그리고 난 지금 그걸 확인했고요. 당신은 메인 요리를 기다리며 즐거운 표정을 지었어요. 다음 요리가 무엇일지, 어떤 맛있는 요리가 기다리고 있을지. 마치 성탄절 전야에 선물을 기대하며 잠드는 꼬마 아이 같은 표정으로 말이죠."

거기까지 말한 캐리는 그때의 내 반응이 즐거웠다는 듯 웃었다.

"난 내 가게의 요리를 맛있어 하는 사람이 좋아요. 그래야 찾아오는 손님들과 교감이 될 테니까요."

고민할 것도 없었다.

사실 난 오네이로에 들어선 순간부터 이미 이곳의 분위기에 호감을 가졌고 맛있는 음식에 행복했으며, 캐리와 대화를 주고받을 때마다 내 인생의 그 누구보다 빠르게 신뢰감이 쌓였기 때문이다.

"생각할 시간이 필요한가요?"

여유로운 톤으로 캐리가 물었다.

귀를 기울여야만 정확하게 들려오던 음악 소리가 또렷해졌음을 느꼈다. 가게 안의 보이지 않는 모든 사람들이 캐리처럼 내 대답을 기다리고 있었다.

내 대답은 조금도 방황하거나 고민하지 않고 나왔다.

"함께 일하고 싶어요, 캐리."

그녀가 오늘 보여 준 그 어떤 미소보다 환하게 웃으며 말한다.

"거절하면 디저트는 같이 먹지 않을 생각이었어요. 바네사, 디저트 준비해 줘요."

캐리의 말이 떨어지기 무섭게 바네사가 디저트를 내왔다.

미리 준비돼 있었을 디저트를 캐리와 내가 놀란 표정으로 바라보자 그녀가 처음으로 입을 열었다.

"애런이 미리 준비해 두었어요."

맑고 또렷한 음색. 그녀가 이내 시선을 내게 옮기며 덧붙여 말한다.

"리지가 함께 일하게 될 거라고 호언장담을 하더군요."

그리고 내내 무표정하던 얼굴에 살짝 미소를 띠며 작게 목례를 건네고는 물러났다.

디저트는 바닐라 아이스크림 한 스쿱이 브라우니 위에 올려져 있는 무난한 스타일이었다. 위에서부터 아래로 일직선. 작은 티스푼 안에 아이스크림과 브라우니가 어우러지게 퍼낸 뒤 맛을 보았다. 시원한 바닐라 아이스크림과 따뜻한 브라우니. 바닐라 아이스크림이 입안에서 녹을 때, 쌉싸름한 초콜릿 맛을 뽐내며 브라우니도 함께 녹아 사라졌다.

저절로 두 눈이 동그래진 내 얼굴을 보고 캐리는 다시 함박웃음을 짓는다.

"흔한 메뉴가 유달리 맛있기는 어렵죠. 흔하다는 건 그만큼 수많은 조리법이 존재한다는 거니까."

"브라우니와 바닐라 아이스크림이 이렇게 잘 어울리는 맛은 처음이에요."

그녀는 미소로 화답하더니 테이블 위로 오른손을 내밀었다.

서둘러 들고 있던 티스푼을 내려 두고 그녀의 악수에 응했다.

"리지, 오네이로의 가족이 된 걸 환영해요."

3

알람 소리에 잠에서 깬 것이 얼마만일까.

눈은 뜨지도 않은 채 양치질을 하고 연거푸 나오는 하품을 하며 옷을 갈아입고 애리조나를 나선다.

버스 창에 머리를 기대고 부족한 잠을 메워 보려 하지만 버스가 목적지를 향해 달리면 달릴수록 눈은 말똥말똥해져만 간다. 제이미의 차를 몰아 단번에 갔을 때에 비하면 시간이 더 걸리지만 방법이 없다. 지금 내게 교통수단은 대중교통이 아니고서야 사치일 뿐.

바네사와 캐리를 제외하면 오늘 내 모습이 동료들에겐 첫인상이다. 어제와 마찬가지로 레스토랑 입구 앞에서 내 모습을 꼼꼼히 뜯어보며 옷매무새를 거듭 매만지고 나서야 오네이로 안으로 두 번째 입장을 했다.

가게 안을 가득 채운 따뜻하고 먹음직스러운 빵 냄새. 잔잔한 피아노 반주의 〈문리버Moon river〉가 흐르고…… 소곤거리는 듯한 흥얼거림. 이끌림. 어제와 마찬가지로 무언가에 이끌리듯 발걸음을 옮겼다. 어제는 차마 당도하지 못했던 그 어딘가로.

달빛이 흐르는 넓은 강아

난 언젠가 널 멋지게 건너겠어

오, 내 사랑을 부셔 버린 당신

당신이 어디를 가든지 난 따라가겠어

세상 밖의 두 표류자

세상 많은 것을 보았지

우린 무지개 양쪽 끝에 있어

내 허클베리 친구가 그곳에서 기다리고 있어

달빛이 흐르는 강 그리고 나

새하얀 타일들이 온 세상을 이루고 있고, 무대와 관중석처럼 홀과 그곳을 다른 세상인 양 분리시켜 둔 눈부신 조명. 달그락거리는 그릇 소음도 쪼르륵 물소리도 그리고 달콤한 냄새도 모두 그곳으로부터 시작된 것이었다.

나는 영화관에서 영화를 관람하듯 눈부신 세상에서 분주히 움직이는 그 남자를 바라보았다. 군더더기 없는 손놀림으로 재빠르게 달걀들을 깨트리고 힘 있게 거품기를 휘젓고, 눈꽃이 햇살에 빛나며 흩날리듯 채를 타고 곱게 걸리는 밀가루. 완성된 반죽을 오븐에 넣을 때까지도 그 다른 세계의 영화는 이어졌다.

"리지 밀러 양?"

내 이름을 호명하는 목소리에 정신을 차렸다. 살짝 허스키함이 느껴지는 밝은 목소리. 내가 시선을 던지자 남자는 친절한 미소를 지으며 안녕하세요, 인사를 건넨다. 밝은 조명 아래라 확실히 알 수 있는 흑갈색의 머리. 커다란 초록색 눈동자는 빛이 어려 반짝이고 있었다.

"애런 존스라고 해요. 오네이로의 셰프죠."

"제 이름은…… 이미 알고 계신 것 같네요, 리지 밀러예요."

마음속으로 잠시 망설이다 그의 손을 잡으며 인사를 나눴다. 즐거운 듯 다시 환하게 번지는 그의 미소를 보자니 나도 어쩔 수 없이 어색하게나마 미소가 지어진다.

"첫 출근이 빠르네요."

"아마도 출근 시간을 잘못 알았던 것 같네요."

애런을 제외하고는 아직 출근한 사람이 없는 오네이로 안을 둘러보며 답했다. 그는 여전히 기분 좋아 보이는 미소를 만면에 띠고 솜씨 좋게 갓 오븐에서 나온 빵을 자르기 시작했다.

부스럼 하나 없이 가지런히 옮겨진 빵 접시가 내 앞에 놓였다.

"앉아요, 우유? 커피?"

주방을 자기 집처럼 여기저기 옮겨 다니며 여러 가지 일을 한꺼번에 하고 있는 그를 멍하니 바라보고만 있자 두 개를 섞은 라떼도 원하면 가능해요, 하고 메뉴 한 가지를 더 추가해 주었다.

나는 고민 없이 말한다.

"편한 걸로 부탁해요."

"아, 이런. 미안해요."

멀찍이 주방 끄트머리에서 바쁘게 움직이던 그가 처음으로 미소를 거두며 말했다. 무엇이 미안하다는 건지 애꿎은 빵과 그를 번갈아 바라보는 사이 그가 다시 내 앞에 섰다.

"주문하라고 해놓고 재촉한 꼴이 되었네요. 천천히 생각해요. 빵부터 먹다가 말해 줘도 괜찮아요."

그는 다시 친절하게 웃어 보이곤 이내 자기 일에 몰두했지만 난 그 자리에 꽁꽁 언 생선처럼 굳어 꼼작할 수가 없었다.

처음이었다. 나 자신조차도 깨닫지 못하고 있었다. 언제나 무언가에 쫓겨 달아나고 싶을 때면 '편한 걸로'란 대답으로 그 상황에서 도망친다는 사실을.

애런 앞에서 내색은 안 했지만 무척 당황하고 놀라서 잠시 아무것도 못하고 있다가 겨우 다시 포크를 들었다.

처음 보는 사람에게 나쁜 버릇을 들킨 기분. 어쩌다 이런 사고방식이 생긴 걸까. 기억을 더듬어 보니 일전에 들렀던 카페에서도 마찬가지였었다. 쉽게 되는 걸로 주세요, 라고.

나에겐 의견조차도 없는 것인가? 그건 아니다. 이 가정을 부정하기 위해 데릴과의 결혼까지 끌어들이고 싶진 않지만 그와의 결혼은 전적으로 내 의견에서 비롯되었다. 고집을 피웠다고 표현하는 것이 더욱 옳으리라.

그러다 문득 어머니가 떠올랐다. 항상 웃는 얼굴로 모든 사람에게 친절한 어머니. 그녀의 국적은 미국이지만 아버지와의 결혼 전까지는 일본이었다. 태어난 곳도 일본, 자란 곳도 일본.

어렴풋이 기억이 난다. 엄마가 가정교육에서 가장 강조했던 것이 바로 남에게 폐가 되지 말라, 라는 것을.

내 선택이 다른 사람에게 민폐가 되진 않을까. 내 결정이 수고를 끼치는 것은 아닐까. 무의식중에 뇌리에 박혀 언제나 내 의견은 조금도 반영되지 않는 쪽을 골라 몸을 사렸을지도 모를 일이었다.

거기까지 유추해 내자 한결 마음이 가벼워졌다.

"따뜻한 라떼가 좋을 것 같아요."

한참 만에 건넨 내 대답에 애런이 고개를 돌려 바라본다.

생각에 빠져 있으면서도 빵은 어느새 반이나 줄었다.

"좋아요, 금방 만드니까 잠시만 기다려요."

하던 일들을 잠시 내려두고 애런은 내 자리 가까이에 있는 에스프레소 머신기 앞에 섰다. 역시나 간결하고 빠른 움직임으로 탬퍼로 포터필터를 원두로 꾹꾹 눌러 채운다.

뽀얗게 데워지는 스팀 우유와 진한 커피.

문득 애런의 새하얀 셰프 옷과 그의 초콜릿색 머리도 카페라떼처럼 무척 잘 어울린다고 느낀다.

"빵은 어때요?"

머그잔을 내 옆에 내려 두며 애런이 물었다.

"맛있어요, 부드럽고 많이 달지 않아서 자꾸 먹게 되지만요."

내가 어깨를 으쓱하며 빈 접시를 바라보며 말했다.

애런이 기쁜 듯 웃는다.

"영광이에요. 메인 요리는 없었지만 디저트 어때요?"

"여자들은 디저트 가게를 따로 찾아다닐 정도로 열성적이죠. 당연히 좋아요."

이젠 어느 정도 눈에 익은 그의 일하는 모습을 바라본다. 힘있고, 정확하고, 빠른.

"하고 있는 운동 있어요?"

셰프 옷을 입은 그의 하얀 등이 다부져 보인다.

"대부분의 남자들이 하는 운동을 나도 하죠."

"한 가지만 말한다면 어떤?"

"음, 팔 굽혀 펴기?"

커피 잔을 손에 든 채로 나도 모르게 키득거렸다.

그도 마찬가지.

"미안해요, 지금까지 섬세한 이미지였는데 어울리지 않아서 말예요."

"사격이라고 할 걸 그랬나 봐요."

새로운 접시가 앞에 놓였다.

진한 장미색. 보기만 해도 시원해지는 민트색. 샛노랗게 잘 여문 레몬색. 캐리의 손톱 색처럼 차분한 베이지색. 그리고 애런의 머리색을 꼭 닮은 초콜릿색. 알록달록한 다섯 개의 마카

롱이 둥글게 놓여 있다.

"오늘은 더 특별하게 잘 구워졌어요. 반죽도 잘 됐죠. 밀러 양이 이렇게 먹어줄 걸 알고 그랬나 봐요."

"시식에 앞서 아부 애피타이저인가요? 너무 달콤해서 마카롱 맛도 못 느낄 것 같네요."

애런은 못 말리겠다는 듯 고개까지 저으며 키득거린다.

나는 입술을 삐죽 내미는 것으로 답을 대신하고 빨간 마카롱을 집어 들었다.

"색이 참 아름답네요. 무슨 열매로 만든 거예요?"

"산딸기예요. 달콤한 딸기 향과 산딸기 특유의 새콤한 맛이 느껴지죠."

파삭 파삭 과자 같은 겉 식감과 빵처럼 포슬포슬한 안, 그리고 가운데 숨어 있는 마시멜로처럼 쫀득한 초콜릿 필링과 함께 눈으로 느꼈던 붉은 달콤함이 입안에서 퍼진다.

곧 작은 한 조각마저 내 혀에서 자취를 감추고 천천히 움직였던 혀와 턱이 멈춘다.

애런은 아무 말 없이 입 꼬리로 미소를 지은 채 나를 바라보고 있다.

"흡족한 디저트네요."

애런은 여전히 아무 말 없이 나만 바라보고 있다. 나도 그를 바라보고 있으니 서로 응시하고 있는 셈이다.

벌써 몇 번째 재생되고 있는 〈문리버〉일까. 우리 두 사람 사이로 조용히 〈문리버〉만이 흐르고 있다.

세상 밖의 두 표류자

세상 많은 것을 보았지

우린 무지개 양쪽 끝에 있어

내 허클베리 친구가 그곳에서 기다리고 있어

달빛이 흐르는 강 그리고 나

"밀러 양."

마침내 그가 입을 열어 내 이름을 불렀을 때, 가게 문도 함께 열렸다. 그리고 동료들의 도착이 속속 이어진다. 그의 부름에 답해 볼 새도 없이 고요하던 오네이로는 순식간에 소란으로 가득 찼다.

"좋은 아침!"

"안녕, 애런."

"새로 온 리지 밀러 씨? 반가워요!"

이 사람들은 매일 아침마다 약속 장소를 정해 두고 만나서 다 같이 출근하는 걸까. 어느새 나와 애런 사이에 흐르던 잔잔한 〈문리버〉의 음률은 사라지고 대신 왁자지껄함이 그와 나 사이를 더욱 멀리 밀어냈다.

4

7월의 첫날이 시작됐다.

오네이로의 검정색 실크혼방 하의와 하늘색 블라우스를 입는 것도 오늘로 꼭 일주일째.

식사를 하러 가보기만 했지 일을 해보는 것은 처음이라 생소하고 신기한 것들뿐이지만 나름 잘 적응해 가고 있다고 생각한다. 부족한 냅킨과 포크, 나이프를 채우고 손님들이 떠난 자리를 재빨리 깨끗하게 치우고 정리하고, 입장하는 손님들을 편한 자리로 안내하는 것 정도가 아직은 내가 하는 일의 전부이지만.

"리지, 오늘 점심은 뭘 먹고 싶어?"

점심 영업 마지막 손님 테이블의 그릇들을 들고 주방으로 들어오니 이미 모두 모여 있다. 또 다른 오네이로의 셰프 테드가 고맙게도 무거운 내 양 손의 일거리를 받아 준다.

"오늘 메뉴는 제가 정하는 건가요?"

"다들 좋은 생각이 없어서 말이야."

좋은 생각이 없기는 나도 마찬가지인데.

이런 속내까지 솔직하게 말할 용기는 없어 뭐든 생각해 내려고 최대한 고민을 거듭해 본다.

오네이로에서 일하면서부터는 늘 맛있는 식사를 해왔다. 걱정할 필요 없이 오네이로의 우수한 세 명의 셰프가 번갈아가며 준비해 주었으므로. 그전까진 제이미의 베이글 혹은 시장에서의 간단한 요깃거리로 허기를 달래던 정도였다.

여태 답도 없이 생각에만 빠져 있자 로즈가 초밥이 먹고 싶다고 의견을 냈다. 그녀는 실크 같은 긴 금발 머리에 여성스런 이목구비와 날씬한 몸매를 가진 오네이로의 마돈나다. 그녀 때문에 일부러 식사하러 오는 남자 손님도 여럿 있지만 로즈에겐 엄연히 연인이 있다. 바로 그녀 옆에 꼭 붙어 앉아 있는 '제스 홀든'. 나와 같은 오네이로의 웨이터로 키는 크지 않지만 비율이 멋지게 떨어지는 몸매에 무얼 입어도 잘 어울리는 남자다. 하지만 그보다 제스를 빛나게 하는 건 언제나 분위기를 화기애애하게 만드는 위트 넘치는 말재주이다.

지금도 로즈는 그의 속삭임에 재밌다는 듯 웃음이 멈추지 않는다.

"난 가볍게 샌드위치나 토스트가 좋겠어요."

자리 끝에 앉아 있는 케이티가 말했다.

그녀와 나는 동갑으로 나이부터 꽤 외적인 공통점이 많다. 검은 머리와 검은 눈동자, 160센티대의 비슷한 체격까지. 그러나 동양인과 서양인의 이목구비가 확연히 다르듯 얼굴 생김새만은 닮은 구석이 없다. 케이티의 첫인상은 굉장히 차가워 보이지만 주변인들을 가장 살뜰히 챙기는 의리파다.

"리지, 생각해 봤어?"

목소리를 따라 주방 안쪽으로 고갤 돌렸다.

오네이로의 또 다른 셰프 '톰 애스틴'. 그였다. 짧은 스포츠머리, 잘 다듬은 수염. 엄격해 보이지만 너그러운 사람이다.

"제이미의 베이글 말고는 떠오르는 게 없어요."

내 대답에 모두들 못 말린다는 듯 웃음이 터진다.

그중에서도 사랑에 빠져 무엇이든 더욱 재밌고 즐거운 로즈와 제스의 웃음소리가 가장 크지만.

"리지, 미안한데 휴식시간 알림판 좀 세워 주겠어?"

바네사였다.

그녀는 오네이로 웨이트리스 중에서 최고참이라 할 수 있겠다. 경력을 내세워 권력을 갖는 사람은 물론 아니므로 직함은 우리와 같다.

"알겠어요, 맛있는 점심으로 의견 내주세요."

동료들 사이를 빠져나와 비품실로 향했다.

청소기 같은 각종 집기들과 오래된 요리 도구, 여분의 비품들이 차곡차곡 쌓여 있는 철제 선반 옆의 모퉁이에서 알림판을 꺼낸다. 내 가슴 정도 높이의 알림판을 품에 안아 들어 올리고는 일주일 전 그날 나에게 첫 메시지를 주었던 그 자리로 데려가기 위해 걷는다. 오네이로의 출입문 앞으로.

밖으로 나오니 늦은 점심시간임에도 아랑곳 않고 뙤약볕이 내리쬔다. 발로 이리저리 알림판을 밀어내며 중앙을 맞추고 있는 그때였다. 애런이 나타난 것은.

"안녕, 좋은 오후예요."

소리에 놀라 뒤돌아보니 애런이 서 있었다.

에비에이터 선글라스를 꽂은 흰색 티셔츠가 반사판이라도 되는 양 햇빛을 받은 그의 얼굴이 더욱 환해 보인다.

"안녕하세요, 출근하는 길인가요?"

물론 그가 출근 중인 건 알지만 물었다. 달리 대화를 이어 갈 만한 말을 모르겠으므로.

"네, 이제 손님들이 다 갔나 봐요?"

"사실 10분 전쯤 이미 끝났는데, 점심 메뉴 고르느라 잊고 있었어요."

애런은 친절하게도 가뿐하게 알림판을 들어 내가 원하던 중앙에 세워 주었다.

"고마워요."

"그래서 오늘의 점심 메뉴는 뭔가요?"

"들어가 봐야 알 것 같아요. 도중에 나왔거든요."

우리 두 사람은 나란히 오네이로 안으로 다시 들어갔다.

흥겹게 흐르고 있는 컨트리 음악과 즐거운 웃음소리들.

왁자지껄한 점심 식사 식탁에 도착해서야 애런이 어느새 곁에 없다는 걸 알아챘다.

"리지, 베이글!"

로즈가 까르르거리며 베이글을 번쩍 들어 올렸다. 고맙다는 인사로 건네받자마자 톰이 날름 집어 가버린다.

"딱딱하면 맛없지. 데워 줄게."

"고마워요, 이왕이면 크림치즈 부탁해요."

톰은 반짝이는 스프레드 나이프를 한 손에 움켜쥐고 주방의 밝은 불빛을 정확하게 내 눈동자에 아플 정도로 반사시키며 해 주겠다는 의사를 밝혔다.

여전히 끄트머리에 앉아 있는 케이티는 야채가 가득 든 샌드위치를 맛있게 먹고 있다.

식탁에는 드레싱 반 야채 반인 샐러드가 가득 든 그릇과 베이컨, 계란 프라이가 노릇하게 담겨 있는 접시 그리고 탑처럼 쌓인 빵 바구니가 놓여 있다.

"리지, 부족하지 않게 많이 먹어 둬."

톰 덕분에 크림치즈가 가득 발린 따뜻한 베이글을 먹고 있는데 바네사가 베이컨과 계란 프라이를 따로 덜어낸 접시를 내 앞에 두며 말했다.

점심, 저녁 항상 빈 테이블 없이 손님들로 차는 오네이로이지만 특히 저녁 시간은 더욱 분주하다. 저녁에는 '특별한 저녁 식사'를 위해 오네이로를 찾는 손님들이 많아 우리도 특별한 밤의 보좌를 위해 더욱 분주해질 수밖에 없기 때문이다.

점심 식사 후에는 주방 정리와 저녁 영업 준비로 다시 일이 시작된다. 요리가 조금이라도 빨리 손님들의 테이블로 나갈 수 있도록 주방은 요리 준비로 오네이로의 세 명의 셰프 모두가 바빠지고 이때만큼은 제스도 웨이터가 아닌 보조로 주방을 돕는다.

청소와 테이블 세팅, 예약석 준비 등 홀 준비도 마무리되면 캐리가 주방과 홀 모두를 돌아보고 본격적인 저녁 영업을 개시한다.

이제 모든 준비를 끝마치고 저녁 유니폼으로 갈아입은 뒤 라커룸을 나서려는데 캐리가 불러 세웠다.

"리지, 잠시 얘기 좀 할까?"

캐리와 처음 인사를 나누고 식사를 했던 테이블에 다시 그녀와 마주 보고 앉았다.

"리지."

내 엉덩이가 의자에 닿자마자 그녀는 나를 다시 불렀다.

"일주일 일해 보니 어때?"

"다들 친절하고…… 정확하게는 나쁜 것이 아무것도 없어요."

"좋다는 뜻이지?"

"이제 일주일째인데 벌써 좋다고 하면 너무 쉽잖아요?"

캐리가 조용한 웃음소리를 냈다.

"그렇다면 오네이로가 좋아질 수 있도록 해야겠네. 슬슬 메뉴 교육 받고 손님들 주문을 도와주었으면 해."

가끔 스스로도 상기했던 부분이었다. 주문을 받지 못하면 사실 별 쓸모없는 일손이니 언젠가는 할 일이었지만, 그렇다. 캐리의 말처럼 나는 아직 손님의 결정을 돕기에는 요리에 관한 지식이 전무하다고 봐야 할 정도다.

"메뉴 교육 받고 테스트를 볼 거야. 물론 테스트를 통과해야 손님들과 얘길 나눌 수 있겠지? 그렇게 되면 급여 인상은 물론이고……."

캐리가 허전한 내 왼쪽 가슴 부분을 가리킨다.

"이제 거기에도 리지 네 명찰이 생길 거야."

정식 직원으로 채용된다는 뜻이다.

왠지 손끝에 힘이 들어간다.

굳이 내 생각을 정리해 보지 않아도 안다. 놓치기 싫다는 걸.

"그 일로 셰프들과 얘길 나눠 봤는데 교육은 애런이 맡아 주기로 했어. 시간은 애런과 둘이 협의해서 맞추면 될 거야."

어느새 셰프 옷으로 말끔히 갈아입은 애런이 내 맞은편 벽에 기대어 서 있다.

"두 사람 다 지금 내 제안에 건의할 부분이 있다면 얘기해."

캐리는 뒤돌아보지 않고도 그가 거기 서 있다는 걸 아는 모양이다.

"아뇨, 없어요."

흘깃 시선을 들어 그를 훔쳐보자 여전히 미소를 띤 얼굴로 입을 벙긋벙긋 한다. '당신은 할 수 있어요.' 그리고 곧이어 목소리에 힘을 실어 저도요, 라고 그녀에게 답한다.

"좋아, 서두르지 말고 차근차근히 해. 테스트는 두 사람 수업 진도에 맞춰 잡을 테니까."

　캐리는 딱히 격려의 말 한마디조차 건네지 않고 자리에서 일어섰지만 나에 대한 믿음이 넘쳐흐르는 그 눈동자만으로도 충분했다.

5

오네이로는 프리즘 같은 공간이라고 요즘 생각한다.

오네이로가 가지고 있는 시끌벅적함, 언제나 최상의 선택을 하고자 다분히 신중에 신중을 기하는 캐리.

분주함, 매끈하게 빗어 넘긴 머리끝부터 항상 반짝이는 구두코까지 완벽한 바네사.

흥겨움, 무엇이든 포용할 수 있는 넓은 마음의 그릇을 가진 톰.

집중력, 미스 아메리카 미소를 가진 로즈와 재치를 주무르는 분위기 메이커 제스.

편안함, 언제나 최선을 다해 요리하는 테드, 의욕과 열정으로 늘 가슴 뜨거운 케이티.

고요함, 등에 그들의 취급사항이라도 적혀 있는 것처럼 완벽하게 사람들을 대하는 애런.

어떤 사람과 분위기이건 수용하고 늘 멋진 색으로 보여주는 공간. 빨강, 주황, 노랑, 초록, 파랑, 남색, 보라 프리즘에서 가지런히 나열되는 무지개 빛깔처럼 다채롭게.

교육은 의외로 흥미로웠다. 맛으로만 절대 평가를 해오던, 음식에 대한 지식과 정보는 무지한 내게 그야말로 새로운 분야의 개척이었다.

모든 것은 언제나 애런이 준비하고 설명하며 내가 이해하고 머리에 새길 때까지 늘 너그럽게 기다려 주었다. 때론 요리사인 그에게 참 황당하고 무식해 보이기까지 했을 질문에도 친절하게 답해 주며.

두 번째 교육을 마친 늦은 밤.

10시간 넘도록 입고 있었던 유니폼을 다시 걸어 넣고 내 이름이 적힌 라커를 걸어 잠근다. 피곤해 보이지만 무얼 하든 요즘 꽤 성실하고 열심이라 칭찬해 주고 싶은 내 얼굴이 거울에 비친다. 조만간 이 푸석푸석하다 못해 혈색까지 나빠 보이는 피부에 선물이라도 하나 해줘야겠다. 물론 정식 직원이 되고 급료를 받은 후의 얘기다.

라커룸에서 나왔더니 어느새 뒷정리를 마감하고 컴컴한 주방 앞에서 기다리고 있는 애런을 발견했다.

"벌써 끝냈어요? 빠르네요."

"손에 익은 일이니까요."

그가 소매를 끌어 올려 시간을 확인한다.

"어디로 가나요? 태워다 줄게요."

"늘 묵는 그곳이죠."

애리조나. 이젠 익숙한 그곳을 떠올려 말하자 그가 눈을 동그랗게 뜬다.

"선약 없어요?"

"선약이…… 있어야 하나요?"

놀랍다는 그의 질문에 오히려 내가 자신 없게 되물었다.

애런은 잠시 1, 2초 빠르게 생각을 정리하는 것 같더니 다시 평소로 돌아왔다.

"그렇다면 오히려 잘됐네요."

무슨 이야기인지 통 모르겠지만 일단 그를 따라 오네이로를 나섰다. 그리고 그의 에스코트. 차 문을 열고 그가 말한다.

"타요, 리지."

타지 않으면 아무것도 모르는 이 상태가 영원할 것만 같아서 우선 그의 차에 올랐다.

부드러운 가죽 시트와 말끔한 내부. 잠깐 둘러보는 사이 그도 운전석에 착석했다.

곧이어 부르르…… 저음의 시동 소리가 차 안을 울리고 우린 어딘가로 달리기 시작했다.

"오늘이 무슨 날인지 몰라요?"

그램홀트 거리를 달리며 그가 묻는다.

특별한 날인가? 고향을 떠나 왔으므로 가족이나 친구들의 기념일일 리는 절대 없을뿐더러 애런이 알 리도 만무하다.

"오늘이 며칠이죠?"

"7월 4일이요."

"아!"

내 단말마 탄성에 그가 씨익 웃어 보였다.

"우리 혹시 지금……."

애런이 고개를 끄덕인다.

"맞아요, 불꽃놀이 보러 가는 중이죠."

지금으로부터 250여 년 전 미국이 하나의 국가로 독립을 한 날이 바로 오늘, 독립 기념일이다. 매년 도시마다 많은 독립 기념일 행사를 하지만 확신할 만큼 절대 빠트리지 않고 50개 모든 주에서 하는 행사의 대미, 바로 불꽃놀이.

"걱정 마요, 그랜드 캐넌 국립공원까지 가진 않을 거니까요."

애런의 농담에 창밖을 노골적으로 두리번거리던 고개를 얌전히 시트에 기대었다.

묵묵히 운전하는 애런과 꼿꼿한 자세로 앉아 있는 나. 귀 기울이지 않고서야 도통 무슨 말을 하는지 알아들을 수 없는 지역 라디오 DJ의 진행은 도움은커녕 오히려 고요함만 부각시키고 있다.

— 음…… 지금 @#%^ 거리 부근에 사…… 있다는군요. 부디 조심하시기 바랍니다.

"방금 사고가 있다고 한 거 맞죠?"

"서두르지 않으면 불꽃놀이를 시작해 버릴까 봐 그런 모양이군요."

"보호 받을 만한 동심인데요?"

별것 아닌 농담이었지만 그가 먼저 웃으면서 뻣뻣했던 분위기가 윤활유 몇 방울을 떨어뜨린 것처럼 부드러워졌다.

DJ의 곡 소개 멘트도 듣지 못한 것 같은데 그사이 친숙한 음악이 흐르고 어딘가 조금 남아 있었던 불편함도 희석되었다.

"조금 멀겠지만 조용한 자리인데 괜찮죠?"

"가까워도 사람이 많으면 보이지 않잖아요."

다행히도 그의 마음에 든 대답이었는지 다시금 미소를 지어 보였다.

그가 묻는다.

"전엔 어디서 살았나요?"

"노스캐롤라이나요."

"피닉스보단 여름이 덜 덥죠?"

"피닉스보다 더 더운 곳에는 가본 적이 없어요."

"당신 삶에서 피닉스가 가장 뜨거운 도시겠군요."

"가장 뜨겁고 밝은 도시예요."

그의 시선이 내게로 옮겨 온 것을 느낄 수 있었다.

"구름 낀 제 삶이 밝게 개었거든요."

제이슨 므라즈와 콜비 카레이의 〈럭키Lucky〉가 흘러나오는 라디오를 가리키며 행운Lucky이죠, 라고 말을 마치자 그가 다시 웃는다.

"애런은 여기가 고향인가요?"

"아뇨, 뉴욕에서 살았어요."

"와우, 뉴요커."

킥킥 웃음이 터진 그를 따라 웃기 시작했을 때 어느새 차는 한적한 거리에 멈춰 섰다.

시원한 밤바람을 몰고 오는 드넓은 호수를 바라보니 저절로 들이쉬는 숨이 깊어진다. 이 청량함을 내 몸속에 간직하고 깊숙한 곳에 있던 무거운 것들을 내보내기라도 하듯이.

애런을 따라 가로등이 있는 다리 위로 올라갔다.

그가 저편을 가리킨다.

"저기서 곧 불꽃놀이가 시작될 거예요. 작게 보이겠지만."

"피닉스에 온 지 얼마나 됐나요?"

"3년 정도 됐어요."

"작년에도 여기서 불꽃놀이 봤어요?"

들킨 아이처럼 그가 맞아요, 하고 웃는다.

"여기 와서 맞은 첫 독립 기념일엔 혼자 집에 있었어요. 자려고 침대에 누웠지만 잘 수 없었죠. 불꽃이 터질 때마다 내 방도 함께 번쩍거리고 그때마다 사람들의 즐거운 웃음소리가 창밖에서 시끄럽게 울려 댔거든요. 하지만 정작 잠들 수 없었던 이유는 내가 혼자란 것을 깨달아서였어요. 아주 고독했죠. 당신도 그런 밤을 겪게 하고 싶지 않았어요."

그날 그가 느꼈던 고독과 아픔이 고스란히 전해져 오는 것 같았다.

어두컴컴한 방 침대에 홀로 누워 있었을 그와 마치 다른 세상처럼 창밖에서 들려오는 많은 이들의 행복한 웃음소리. 나라면 이불을 끌어올려 참지 못하고 그밤 내내 울어 버렸을 외로움.

"고마워요."

메여 오는 목을 어렵사리 열고 말했다.

"나도 고마워요. 덕분에 올해는 혼자가 아니네요."

나는 금세라도 울어 버릴 것 같은데 그는 태연하게 웃으며 답한다.

그때, 그의 뒤편으로 고음과 함께 첫 번째 불꽃이 하늘로 쏘아 올려진다. 이내 펑! 하고 터지며 금빛 커튼을 드리우듯 어두운 하늘에 넓게 퍼진다.

우린 어린아이처럼 불꽃놀이를 즐겼다. 스마일이나 야구공 같은 그림의 불꽃이 터질 때면 와자지껄하게 웃고, 금방이라도 우리 머리 위로 쏟아질 것 같은 큰 불꽃이 터질 땐 감탄사를 고함처럼 질렀다.

하이라이트 불꽃 후로 작은 불꽃들이 몇 번 터지고서야 축제는 막을 내렸다. 다시 고요한 밤이 찾아오고 여전히 돌아오는 차 안은 조용했지만 전과는 달랐다. 어색함이 이제는 친숙함으로 바뀌어 있었기에.

"오늘 고마웠어요, 항상 여러모로 신세지고 있지만."

애리조나 앞에서 이곳까지 바래다 준 그에게 말했다. 잘 가

라는 인사를 끝으로 먼저 애리조나 쪽으로 발길을 돌리려는데,
그가 나를 불러 세웠다.

"오네이로가 무슨 뜻인지 알아요?"

그리스어라는 것만 알 뿐 정확한 뜻은 모른다.

고개를 절레절레 흔들자 그가 답한다.

"오네이로란, '꿈'이란 뜻이에요. 잘 자요."

6

일을 하면서부터는 휴일이 충실하게 쉬는 데 쓰였다. 침대에서 끝없이 오후가 될 때까지 잠도 자고, 세수만 한 몰골로 내려가 노스베이글에서 제이미와 대화를 곁들인 식사도 하고.

부모님과 함께 살 적엔 학교를 안 가는 휴일에도 오전이면 일어나야 했다. 한국인인 아버지와 일본인인 어머니 두 분 모두 게으름은 인생 최대의 적이라 생각하셨기에. 애석하게도 딸인 나는 그 가치관만은 물려받지 못했다.

오랜만의 긴 수면을 취하고 있는데 요란한 소리가 시끄럽게 울려 댄다. 아직 남아 있는 잠기운이 달아나기 전에 얼른 손을 뻗는다. 알람을 두드리다시피 눌렀지만 시끄러운 소리는 좀처럼 가시질 않고 방 전체를 찌르르르릉 찌르르릉 시끄럽게도 울린다.

가만 생각해 보니 쾌적한 숙면을 위해 전날 밤에 분명히 알람은 꺼두었다. 두 눈꺼풀을 뜨고 빛을 쬐는 순간, 잠이 모두 깨리라.

베개 밑으로 귀를 가리고 부디 저 고문 같은 소리가 잦아들길 기다린다.

찌르르릉, 찌르르릉!!

아래층에 불이라도 난 것일까.

아냐, 그렇다면 바깥이 이렇게 평화로울 리가 없다. 그렇다면 이 방 안에 저렇게 시끄럽게 울 만한 게 알람 말고 또 뭐가 있는 거지? 탁상에 올려 둔 알람과 풀어 둔 손목시계, 그리고…….

"전화기!"

내내 베개에 파묻혀 있던 고개를 벌떡 들어 탁상 쪽을 바라보았다.

애리조나에 와서 묵은 한 달이 넘는 기간 동안 전화기는 장식품처럼 여겨졌었다. 프론트와 내선 통화만 되는지라 사용할 일이 좀처럼 없었기에 벨 울리는 소리를 들어도 알 리가 없었던 것이다.

"여보세요?"

— 리지! 대체 언제까지 자는 거야?

"로즈?"

— 지금 케이티랑 모텔 주인이 말싸움하기 일보직전이야. 얼른 내려와!

로즈의 불호령에 간단한 세수로 눈곱만 제거하고 방을 나선다. 엘리베이터에서 내려 옆 건물 로비로 걸어가자마자 애리조나의 여주인과 케이티가 말다툼 중인 광경이 펼쳐졌다. 눈이절로 동그래져서 걸어가자 내 모습을 발견한 케이티의 목소리가 더욱 견고해진다.

"봐요, 그녀가 왔잖아요! 사과해요!"

"무슨 일이에요?"

나름 소곤거린다고 로즈에게 질문한 참인데 대답은 엉뚱한곳에서 날아온다.

"밀러 양! 아는 사람들에게 방 호수 정도 얘기해 두는 게 어때요, 그 아는 사람이 약속도 없이 찾아오는 무례한 사람일지도 모르니 말입니다!"

쾅하고 닫힌 문 앞에서 케이티는 분에 겨워 어쩔 줄을 몰라하며 씩씩댔다. 로즈와 나는 그런 케이티의 양 팔에 팔짱을 끼고 최대한 가까운 식당으로 자리를 옮기기 위해 힘쓸 수밖에없었다.

간단한 요깃거리로 나는 아침을, 두 사람에게는 점심이었을식사를 마치고 차 한잔 할 때서야 케이티는 평소의 담담한 모습으로 돌아왔다.

"방 호수를 몰라서 리지 네 이름을 대며 전화 연결을 부탁했더니 불쾌하게 했어."

"우리를 아래위로 훑어보며 방문 판매원으로 의심했거든."

"그 정도면 이해해 줄 수 있어!"

로즈의 설명에 다시 생각난 듯 케이티가 발끈했다. 로즈는 어린 야생 동물을 안정시키듯 쉬— 하고 케이티를 달랜다.

"로즈를 유독 낱낱이 눈으로 파헤치듯 봤어. 어떻게 같은 여자인데 그런 식으로 사람을 볼 수 있는 거지?"

케이티는 최대한 흥분하지 않기 위해 거기까지만 말했지만 알 수 있었다.

어쩌면 빼어난 미모의 로즈를 어떻게든 폄훼하려 질투 어린 눈빛으로 바라봤을지도 모를 일이다. 그녀의 아름다움은 남자들을 홀려 생계를 유지하기 위함이라고. 자신과의 못난 비교에서 오는 자괴감을 나름대로 떨쳐 버리기 위해 그렇게 단정하면서 말이다.

"로즈, 괜찮아요?"

"난 괜찮아. 내가 하고 싶은 말 이상으로 케이티가 해주었거든. 덕분에 수고를 덜었지."

로즈는 그렇게 말하면서 웃었다. 혹시라도 그녀가 상처받았을까 걱정했을 케이티도 그제야 안도의 한숨을 내쉬는 게 보였다.

단번에 평상시의 발랄한 모습을 되찾은 로즈가 커피 잔을 내려 두며 그건 그렇고, 라는 말과 동시에 우리 테이블엔 다시 평온한 휴일이 돌아왔다.

"리지, 수업은 어때?"

금세라도 가지런한 이를 드러내며 시원하게 웃을 것 같은 로즈의 입매가 난 참 좋다. 자신이 먼저 웃음으로써 주위의 사람들을 더 많이 웃게 만드는 마돈나.

"어려워요. 음…… 어렵고…… 또 어렵죠."

내 진담 섞인 농담에 케이티도 그제야 편하게 웃는다.

"어떤 점이?"

"글쎄요……."

말꼬리를 길게 빼며 생각에 잠긴다.

휴일 전날 밤, 그날 또한 애런은 내 덕분에 늦게까지 남아 수업을 도와주었다.

특히나 더욱 분주했던 주말 디너 타임을 치러내느라 홀은 물론 주방은 그야말로 아무리 계산해도 답이 나올 것 같지 않은 문제처럼 암담했다. 겨우 겨우 모든 뒷정리가 끝났는데도 집으로 돌아가 편히 쉬기는커녕 다시 냄비며 시금치, 감자 등을 꺼내 사이드 메뉴 수업을 하는 동안에도 애런은 조금도 인상 쓰는 법이 없었다.

그래서 오히려 더 미안했다.

짜증이라도 낸다면 내가 기꺼이 그를 돕기라도 할 수 있었을 텐데. 그의 한없는 친절에 난 오네이로의 유니폼을 입은 손님이나 다름없었다.

"애런의 수업이 어려워?"

"아뇨. 다섯 살 난 아이라도 이해할 수 있을 만큼 쉽게 알려 줘요."

내가 다시 골똘히 생각에 잠기자 가만히 내 표정을 살피고 귀 기울여 듣고만 있던 케이티가 문득 한마디 던진다.

"근데 애런의 수업은 어때?"

대답 대신 케이티와 시선을 맞춘다.

"난 톰에게 교육을 받았었거든."

"나도."

고개를 끄덕이며 로즈가 말했다.

"직접 스튜디오를 방문해, 생생하게 요리 프로그램을 방청하는 기분이랄까……."

어렵사리 단어들 하나씩을 늘어놓아 문장을 만들자, 로즈와 케이티의 눈이 동그래졌다.

"왜 그래요?"

"리지, 제스가 어떤 계기로 요리사를 지망하게 되었는지 모르지?"

어리둥절해진 내 표정을 바라보는 로즈의 얼굴에 그때가 떠오르는 듯 따뜻한 미소가 어린다.

"우린 톰과 함께 직접 요리를 하면서 배웠어. 그 과정에서 제스는 요리에 흥미가 생긴 거지."

이어 옆자리의 케이티가 웃음보를 터트리며 추억을 이었다. 첫 수업부터 제스가 비싼 스테이크용 프라이팬을 태워 먹고 크게 낭패를 봤다는 이야기다. 그는 테팔 프라이팬 중앙에는 열 감지 센서가 있다고 하여, 모두를 폭소케 만들었다고 한다. 물론 톰 또한 화내는 법 없이 오히려 기초부터 차근차근 제스에게 프라이팬의 열을 손으로 느끼는 법부터 알려 주었다고 한다.

"아, 그리고 이런 일도 있었지."

이야기 시작에 앞서 케이티가 물 한 모금으로 목을 푼다.

"디저트 수업으로 다 같이 쿠키를 만들었던 날이었어. 다음 날이 크리스마스 이브였던 터라, 나랑 제스가 톰에게 부탁해 개인적으로 챙겨 갈 몫까지 만드느라 셋이서 정신없이 반죽을 했었지. 그리고 오븐에서 꺼냈는데, 맙소사. 쿠키가 군데군데 까맣게 탄 거야. 놀란 톰이 오븐을 재확인해 봤지만 아무런 문제가 없었어. 오작동도 없었고, 온도도 알맞았고. 이상하게 여긴 우리가 다시 쿠키들을 자세히 봤더니…… 검은 건 탄 재가 아니고 이상한 이물질이었던 거야. 이게 대체 뭘까? 의문에 빠져 있는데 제스가 소리치더군. 케이티, 너 손톱! 하고 말이야. 그건 다름 아닌 내가 쉬는 시간에 바른 검은색 매니큐어였어. 리지, 혹시 반죽을 할 거면 미리 준비해 둬. 안 그러면 이번엔 파란 비스코티가 나오겠어."

케이티와 로즈의 시선을 따라 내 손끝을 내려다보자 얼마 전 제이미의 네일 아트 실력을 갈고닦는 데 일조한 손톱이 보인다. 펄이 곱게 들어간 푸른 터키석 색으로, 피닉스에서 맞은 첫 여름을 기념하는 의미로 제이미가 골라주었다. 매번 얼렁뚱땅 제이미가 대는 핑계 중 가장 공감하고 싶었던 의미이기도 하다.

"사실은 말이야."

로즈가 커피 잔을 들어 한 모금 마시더니 이야기를 잇는다.

"캐리의 전화 통화를 우연히 들었어. 아마 내일 캐리가 따로 얘기하겠지만…… 오늘이 지나면 여유롭게 의논할 주말도 더 이상은 없을 것 같아 온 거야."

그녀 앞에 놓인 하얀색의 커피 잔엔 마치 처음부터 찍혀 있었던 것마냥 그녀의 립스틱 자국이 남았다.

"테스트는 다음주. 허락한다면 나와 케이티가 오늘만이라도 돕고 싶어."

시선이 로즈에게 향한다.

"물론 애런보다는 못하겠지만."

역시, 상냥하게 웃는 그녀의 진짜 입술은 훨씬 아름답다.

7

로즈의 아파트는 그녀의 외모만큼이나 아름답고 단정했다. 모든 게 처음부터 그 자리에 있어 왔던 것처럼, 특별하게 모난 곳 없이 차곡차곡 질서정연하게. 그렇지 않고서야 저 오븐과 벽 사이의 쓸모없는 틈새에 걸이를 달아, 둘 곳이 마땅치 않은 큰 접시들을 가지런히 세워 놓을 순 없다고 본다.

"아, 여기 있어."

숙였던 허리를 다시 반듯하게 세우며, 로즈가 손에 든 묵직한 프라이팬을 들어 보였다.

"도둑이 들면 최고의 무기이겠는걸."

케이티가 팬의 여기저기를 살피며 휘파람을 섞어 말했다.

"내려치는 용도로도 최고지만 어떤 칼로도 못 뚫겠어!"

케이티의 칭찬 세례를 듬뿍 받은 두꺼운 팬을 스토브 위에 올려두고 'Green마켓'의 로고가 찍힌 비닐 봉투에 들어 있는 재료들을 서둘러 꺼낸다.

"리지."

로즈는 칼을 쥐고 있다. 칼날이 날카롭다 못해 눈부실 지경이라 나는 본능적으로 주춤한다. 대답할 순간을 놓친 채로 잠시 넋이 나가 있었더니 로즈가 몇 걸음 다가와 내 손에 그 칼을 쥐어주며 킥킥 웃는다.

"미안, 제스가 무딘 날은 눈 뜨고 못 보거든. 이리 와서 고기 한번 잘라 볼래?"

내 발로 고기 덩어리가 놓인 도마 앞에 서긴 했지만 로즈가 지금 이 자리에 나를 데려다 두었다 해도 과언은 아닐 것이다.

쭈뼛 쭈뼛 일단 칼을 든 손을 들어 올려 본다.

그래, 애런이 어떻게 고기를 잘랐지? 그전에, 애런은 어느 손으로 칼을 쥐었지?

아. 지금 중요한 건 애런이 칼을 다룰 때, 오른손이었는지 왼손이었는지가 아닌 것 같은데…….

그나마 용기를 내어 들어 올린 45도 각도의 팔마저 다시 천천히 떨어진다.

"리지?"

"모르겠어요."

편안히 앉아 감상할 땐 모든 게 순조로웠다. 지금 보고 있는 이 모습들이 고스란히 내 머릿속에 저장되어 실전에 잘 쓰일 거라고, 조금의 걱정도 하지 않았다. 하지만 애런이 없는 주방에 선 나는 이 고기 한 덩이마저 어떻게 다뤄야 할지 몰라 우두커니 서 있는 모습이 전부다.

얼른 돌아가 쉬고 싶은 마음이 간절할 텐데도 그는 수업을 위해 늦게까지 남았었다. 피곤함을 참으며 다시 요리 준비를 하는 모습을 볼 때마다 나는 미안하고 고마우면서도 아직 한 번도 그 마음을 표현한 적이 없다. 미안함에 온순한 학생으로 변해 애런의 바로 앞 스툴에 착석하면 수업은 시작되었다.

요리를 시작하기에 앞서, 다시 한 번 그가 손을 깨끗이 씻을 때도 나는 그에게서 단 한 번도 시선을 뗀 적이 없다. 그리고 그가 풋내기인 내가 봐도 색이 좋은 쇠고기를 가져와, 엄지손가락을 들며 말했었다.

"여자들의 엄지손가락 한 마디가 보통 1인치예요. 그 정도가 알맞은 두께죠."

어느새 저절로 치켜든 엄지손가락을 한 번 보고 그를 다시 보면, 자상한 미소와 함께 고개를 끄덕였었다.

칭찬 받는 기분에 난 괜스레 들뜨고 자신감이 생겼었다.

"엄지손가락."

그날처럼 나는 다시 내 엄지손가락을 치켜든다.

가늠하기가 어려워 어리숙한 모습으로 엄지손가락을 고기에 대고 천천히 고기를 잘라 나가기 시작했다. 자칫하면 두께가 일정해지지 않을지도 모른다. 생애 처음으로 고기를 위한 고도의 집중력을 발휘하는 시간이 흐른다. 그리고 곧이어 케이티와 로즈의 작은 박수 소리에 내가 나쁘지 않게 해냈다는 걸 알았다.

나는 기쁜 마음으로 칼을 내려 두며 말한다.

"제스의 노고 덕분이에요."

"리지— 그사이 팬이 타 버릴지도 몰라."

케이티의 주의에 얼른 스테이크로 변신할 준비를 마친 고기를 팬 바닥으로 어린 아기를 침대에 눕히듯 내려둔다. 속속들이 데워진 뜨거운 열은 고기가 내려지자마자 소란스러운 소리로 다시 한 번 증명해 보였고 나를 잠깐 놀라게 했다. 수업 때마다 들어도 매번 이 똑같은 소리에 놀라던 나와 달리 한결같은 평온한 표정으로 할 일을 척척 해내던 애런이 떠올랐다.

얼마나 많이 들어야 그렇게 적응되는 걸까.

이런저런 생각을 하면서 미리 케이티가 준비 중이던 양파 가니시(Garnish, 곁들이 음식)를 맡아 조리한다. 단단하고 하얀 양파는 버터가 녹아들어 황금빛으로 변한다. 로즈가 바로 옆에 준비해 준 소금과 후추, 발사믹 비네거를 넣어 간이 배도록 살짝 덧익힌 다음 이젠 누가 준비해 준지도 모르는 접시에 담아낸다.

뿌듯함의 정점은 마침내 완성된 스테이크를 가니시 위에 올려 두면서 달했다. 완벽하게는 아니지만 흉내라도 낸 나의 '오네이로'표 요리를 흐뭇하게 바라보며 서 있는데 애런이 접시 주변을 닦아 내는 모습이 덧입혀진다. 저절로 나도 모르게 행주를 들어 접시를 닦아 냈다.

"리지, 순간 셰프 복을 입고 있는 환상이 보였어."

로즈의 감탄사에 웃음을 터트렸다.

요리하느라 정신없는 사이, 두 사람이 합동으로 만든 샐러드와 숭어 요리로 저녁 식사를 시작했다. 달콤한 드레싱을 듬뿍 적신 로메인과 라디치오를 포크에 잔뜩 꽂아 우걱우걱 씹어 삼키는 내 모습에 시선을 떼지 않으며 로즈가 고기 한 점을 썰어 입에 넣는다.

"어때?"

야채에서 흐르는 수분을 목으로 넘기며 좋아요, 라고 답하자 제스가 만든 드레싱임을 알려준다.

다시 드레싱을 듬뿍 적셔 샐러드를 한입 크게 삼킨다. 나보다 더 진지한 로즈의 표정을 살피며 맛보기를 몇 초.

"시원해서 좋은데요? 특히, 입안에 여운이 남지 않아 깔끔하네요."

기쁘게 미소 짓는 로즈를 보니 나도 괜스레 기뻐진다.

이제 회심작인 스테이크 한 점을 썰어 먹어 본다.

"어때?"

이번에 질문한 사람은 옆자리의 케이티였다. 세상에서 가장 심오한 표정으로 맛을 본다.

"제 인생의 역작이에요."

케이티가 능청스럽게 자신의 인생도 포함시켜 달라는 농담에 결국 셋 다 폭소를 터트린다.

뽀얗게 이슬이 서리기 시작하는 잔 안으로 황금빛 샴페인을 따르자, 잔 표면에 부딪히기 무섭게 눈 결정들이 꽃처럼 피어난다. 시원한 목 넘김과 혀에 달게 감기는 복숭아 향.

우리 중 첫 번째로 이야기를 시작한 건, 잔을 먼저 내려 둔 케이티였다.

"내가 피닉스에 산 지 제일 오래됐지?"

내가 겨우 세 달차에 접어든 건 다들 잘 알고 있다. 옆자리의 로즈는 손바닥을 들어 말한다.

"아마도? 나도 이곳에 온 지 이 다섯 손가락으로 꼽을 정도인걸."

"좋아, 그럼 최고참으로서 먼저 얘기를 시작해 볼까."

입가를 닦아낸 냅킨을 다시 무릎 위에 내려 두면서 이야기는 시작되었다.

우리와 마찬가지로 케이티도 이곳이 고향은 아니었다. 태어난 몬태나주에서 이곳 피닉스로 온 것은 열네 살의 겨울.

피닉스의 첫인상에 대해 케이티는 이렇게 말했다. 줄곧 입어 온 겨울 외투가 필요 없는 날씨가 너무 낯설었다고. 케이티는 아직도 기억하건대, 그해에 부모님을 조르고 졸라 겨우 얻은 아베크롬비의 패딩을 굉장히 아꼈었다. 그 무렵의 유명 하이틴 스타가 입던 것으로 특별한 날에 입기 위해 고이 걸어 두기만 했다. 하지만, 결국 그 패딩 점퍼는 한 번도 입어 보지 못한 채 오레오 박스에 담겨 창고에서 기나긴 겨울잠을 자야만 했다.

게다가 낯선 것은 날씨뿐만이 아니었다. 케이티는 갑자기 찾아온 환경의 변화에 쉽사리 적응하지 못했고, 결국 학교도 집도 싫어 자꾸만 벗어나려고 하게 되었다.

"학교에 가도 늘 같이 다니던 친구들도 없고, 주변엔 자주 가던 가게도 아지트도 없었어. 집에 돌아와도 마찬가지였지. 이주하면서 오른 집값 때문에 대출금도 많아져 엄마도 그때부터 일하기 시작했거든. 집엔 늘 아무도 없었지. 모든 것에 의미를 잃으면서 그때부터 무상감을 느낀 것 같아."

고등학생 시절을 어영부영 보낸 후, 케이티는 대학 진학을 포기하고 발 닿는 어디로든 떠나기로 마음먹었다고 한다. 영화 〈포레스트 검프〉를 보며 포레스트가 어디서든 부족한 것들을 채워 돌아왔듯 그렇게 되길 꿈꾸며 말이다. 꼭 4년 만에 케이티는 그 아베크롬비 패딩을 오레오 박스에서 꺼내어 입고 정처 없이 떠돌았다. 무려 2년 반 동안.

행선지도 정하지 않은 채 기차를 타고, 히치하이킹을 하고, 발 닿는 대로 걷고, 배고플 때 먹고 졸릴 땐 자면서 처음으로 '가만히 있을 수 있었던 시기'라고 한다.

"그전까진 밥 먹으면서도 영화를 보면서도, 심지어 잠들기 전까지도 생각해야 할 것들투성이었거든. 내일은 뭘 해야 하는지, 문제들을 어떻게 해결할 수 있을지. 그런 것들이 없었어. 머릿속이 처음으로 가만히 있을 수 있었던 시기야, 평화 그 자체."

길 위에서 여러 사람들을 만났다. 잠시 목을 축이러 들어간 펍에서 친해진 아르헨티나 친구와 탱고를 추기도 했고, 우연히 알게 된 기자에게서 들은 아웅산 수치의 이야기에 흥미가 생겨 좀 더 듣고 싶은 마음에 이틀 동안 그에게 점심을 대접하며 이야기를 졸라대기도 했다. 그렇게 이전까진 시답잖은 유명 인사들에게만 가던 관심을 다방면으로 돌릴 수 있었다. 존 레논의 안경을 썼던 말라깽이 여자는 멸종 위기 동물들에 대해 열변을 토했었고, 아담한 체구의 아프가니스탄 남자에게서는 탈레반의 얘기를 생생하게 들을 수 있었다.

알면 알수록 세상에는 정의가 필요한 고난이 많아 케이티는 무얼 해야 나 한 사람의 존재가 보탬이 될 수 있을지 고민했다.

"그때 처음으로 공부가 필요하다고 절실하게 느꼈어. 전문적인 지식을 쌓아야 좀 더 많은 이들을 설득할 수 있는 목소리를 키울 수 있을 테니까."

기나긴 이야기를 마치기에 앞서, 그녀는 한 모금 남은 샴페인 잔을 말끔히 비운다.

"그래서 돌아왔지."

"피닉스로 온 것을 환영해요!"

마지막 말을 기다리고 있던 내가 휘파람을 섞어 말하자, 회상에 젖었던 케이티의 얼굴이 다시 현재로 돌아왔다. 오늘 밤도 여전히 내일은 무얼 해야 하는지, 문제들을 어떻게 해결해야 할지에 대해 끊임없이 고민하다 잠 못 들지라도 이제는 그것에 열정을 가진 씩씩한 현재의 케이티가.

8

다음날 업무의 시작은 로즈가 미리 예고해 주었던 대로 테스트 날짜의 통보가 기다리고 있었다.

면담 지정석인 그 테이블에서 구체적인 이야기를 들을 땐 왠지 언제 다가올지 모르는 먼 미래의 이야기를 듣는 것처럼 현실감이 조금도 없었다.

테스트를 봐 줄 손님은 두 명. 오네이로의 영업이 모두 끝난 시간에 이번 역시 애런이 자처해서 그날의 요리를 맡겠노라 했다고 한다.

테스트를 일주일 남겨 둔 날부터, 미뤄 둔 과제를 몰아서 해치우던 어릴 적처럼 부랴부랴 주변 사람들에게 폐를 끼치기 시작했다. 점심시간마저 나 때문에 요리해야 했던 톰. 도움이 될지 모르겠다며 자신의 노트를 선뜻 빌려준 테드. 점심시간을 수업 시간으로 활용할 수 있게 내 몫의 일만큼 더욱 열심히 일해 준 동료들.

애런과의 마지막 수업이 있던 밤이었다.

홀로 남은 라커룸에서 아세톤을 적신 축축한 솜을 들고 혼잣말로 제이미에게 미안하다는 소리를 연거푸 반복하며 한 손가락씩 매니큐어를 지워내기 시작했다.

어릴 적 내가 상을 받거나, 좋은 일을 하거나 혹은 무사히 학교를 입학하고 졸업할 때면 아빠는 늘 나의 등을 따뜻하게 안아 주며 말했었다.

자랑스러운 내 딸. 훌륭하다. 대견하구나.

그때마다 난 그제야 해냈다는 것을 가슴으로 느끼며 뿌듯함에 행복했었다.

캐비닛을 열어 거울에 비친 나를 바라본다. 허전한 가슴팍에 반짝 반짝 빛나는 황금빛 명찰이 달려 있는 모습을 그려 본다. 거기엔 내 이름 '리지 밀러'가 깊게 음각되어 있다.

누군가에겐 아무런 가치 없는 혹은 어렵지 않을 일일지 몰라도 아빠는 따뜻하게 나를 보듬어 주며 칭찬해 줄 것이다.

네가 원하는 것을 열심히 노력해서 얻어 냈으니 얼마나 훌륭하니. 축하한다, 자랑스럽구나.

그러면 그제야 기나긴 내 도전이라는 여정이 단단하게 매듭지어 끝날 것이다. 풀리지 않도록 아주 단단하게.

다시 한 번 거울 속의 나를 똑바로 바라본 다음 탈의실을 나선다. 아빠가 곁에 없다는 현실을 맞닥뜨리기 전에 바쁜 현재로 돌아가 버리는 편이 낫다.

허둥지둥 주방으로 걸어가니, 애런이 오디오 앞에 서 있다. 그가 고른 CD를 오디오가 부드럽게 받아 넣는다. 곧이어 스티비 원더의 노래가 따뜻하게 울려 퍼진다.

"선곡 좋은데요?"

내 칭찬에 그는 미소로 답한다.

애런은 손을 씻고 오늘 수업할 디저트 '크렘브륄레' 준비에 바빠진다. 나도 따라 손을 깨끗이 씻기 시작했다. 그가 눈을 크게 뜨고 나를 본다. 놀란 기색이 역력하다. 이유를 잘 알고 있기에 개의치 않는다. 그는 평소와 같았지만 나는 달랐기 때문이다.

"리지?"

당황스러워하는 그 목소리에 나는 얼른 시선을 맞춘다.

"애런, 오늘은 나도 함께 해보고 싶어요."

그가 부드러운 말로 달래기 전에 얍삽하게 쐐기를 박기로 했다.

"마지막이잖아요."

아니나 다를까, 그는 나를 설득하려 했던 모양인지 떼려던 입술을 다시 꾸욱 닫는다. 그러고는 잠시 몇 초간 빠르게 생각을 정리하는 모습이다. 결론은 애런이 새 앞치마를 가지고 주방으로 다시 돌아왔다.

"입어요, 그리고 이것도."

그가 건넨 빵 끈을 들고 영문을 모르겠다는 듯 인형처럼 가만히 서 있자, 그제야 그가 설명한다.

"변변찮지만 일단 그걸로 머리 묶어요. 소중히 시간을 들여 기른 머리인데 손상되면 슬프잖아요."

문득 이곳에 온 두 달여 만에 이젠 머리 길이가 허리에 근접한다는 것을 깨달았다.

새까만 머리를 귀 뒤로 쓸어 넘겨 묶는다. 담담한 척 애쓰고 있지만 마음엔 이미 큰 파도가 일어, 저 아래 숨겨둔 상처까지 샅샅이 뒤져 놓고 있다. 불현듯 데릴의 얼굴이 파도가 쓸고 간 자리에서 드러나 나는 또 잠시 이성을 잃고 모래를 쓸어다 덮어 두기 급급해진다. 어영부영 가려 두고 나면 이번엔 저쪽 편에서 데릴의 목소리가, 그쪽 편으로 헐레벌떡 달려가고 있으면 이번엔 이쪽에서 그의 눈썹을 긁던 버릇이. 순식간에 몰래 몰래 가려 두었던 그에 관한 모든 것들이 솟아나선 혼란에 빠져 벌벌 떨고 있는 내 주위를 에워싸고는 기억속의 그가 말한다.

"리지, 난 돌아올 거야. 약속할게. 그동안 넌 머리를 기르고 있어. 웨딩드레스에 단발보단 긴 머리를 틀어 올리는 게 더 아름답잖아."

그렇게 믿고 공들여 기른 머리카락이었고, 이 머리카락을 기르는 동안 부풀었던 꿈은 결국 이루지 못했다.

울음도 비명도, 오히려 아무 소리도 못 내고 굳어 있는데 애런의 차가운 손바닥이 내 이마를 감싼다.

"애런?"

화들짝 놀란데 비해 내 목소리는 의외로 평온하게 들렸다.

애런은 오히려 더 평온한 사람처럼 별다른 대꾸도 없이 내 이마에 올려둔 자신의 손 등 위로 턱을 괸다. 들숨, 날숨. 부드럽게 이어지는 그의 숨소리가 귀에 또렷하게 들려온다. 저절로 눈을 감고 그 숨소리에 따라 나도 안정을 되찾아간다. 머릿속에 뜨겁게 일어난 파도를 그 시원한 손바닥이 다스려 주는 느낌이다.

겨우 입을 열어 크게 숨을 뱉어 내자, 그제야 그의 손이 떨어진다.

"먼저 쉬었다 시작할까요? 맛있는 건 얼마든지 있어요."

"고마워요, 커피 한 잔이면 충분할 것 같아요."

그렇게 말하는 내 입 꼬리는 어느새 신기하게도 올라가 있었다.

이마를 식혀 주던 차가운 그의 손 느낌이 채 가시기도 전에 얼음이 가득 든 커피가 내 앞에 당도했다.

"아이스커피 괜찮죠?"

고개를 열심히 끄덕거리며 빨대를 틉, 물었다.

시원하게 마시고 나니 벌써 반이 줄었다.

겨우 모든 게 물러났는지, 한숨 돌리는 차에 그가 이번엔 초콜릿 상자를 들고 온다. 상자 안에는 여러 구의 초콜릿들이 질서정연하게 들어 있다. 그가 먼저 한 알을 집어 입안으로 넣어 깨문다. 나도 따라 초콜릿 한 알을 입속으로 넣었다. 마카다미아가 들어 있다.

"어때요? 오는 길에 샀어요."

"맛있어요. 늘 직접 만드는 건 아닌가 봐요."

의외라는 생각을 숨기지 않고 말했다.

"자주 여러 가지를 사 먹어요. 스스로에겐 너그러운 편이거든요."

"어떻게 너그러운가요?"

"음, 다른 사람을 위해 정성껏 요리하는 건 기본으로 지키지만 스스로에겐 그렇지 못해요. 그래서 사 먹는 경우가 많죠."

"너그럽다기보다는……."

"솔직히 게으른 거죠."

적절한 표현을 찾는 와중에 그가 간단하게 결론을 내려 버렸다. 잠시 당혹스러움에 눈을 깜빡이다 다시 그와 시선을 곧게 마주했다.

"글쎄요, 적어도 내가 아는 애런은 게으르지 않아요."

그의 고개가 오른쪽으로 조금 기울어진다. 다음 내 말을 의미 있게 기다리는 듯 시선이 더욱 단단해진다.

"오히려 본인에겐 너무 야박한 것 같은데요? 좀 더 사랑을 주지 그래요."

말을 마치자마자 후회막급이다. 직장 상사들이나 할 법한 잔소리 같은 말이었다. 금방이라도 쏟아질 것 같은 그의 비난을 피해 도피처를 커피로 삼고 시선을 떨어뜨렸다. 이제나 비난이 날아들까, 상처 입을 가슴을 어루만지며 기다리고 있는데 그가 말한다.

"고마워요."

내 시선은 저절로 피난처에서 튕겨져 나와 그의 눈동자로 향했다.

"덕분에 자신에게만 무한히 너그러운 이기적인 사람은 되지 않았잖아요."

잠시 얼이 빠져 그의 얼굴을 가만히 지켜보았다.

그의 눈동자와 입술은 따뜻하게 웃고 있었다. 나는 무서움에 벌벌 떨던 가슴이 뜨겁게 녹아내림을 느꼈다.

"늘 누구한테든 그렇게 친절해요?"

엉겁결에 나온 질문에 그는 고개를 갸웃거린다.

"내가 들을 말이 아닌 것 같아요."

나는 아직 애런에 대해 아는 것이 별로 없다. 그도 나에 대해 아는 것이 많지 않고 우리 사이가 친밀하다고 할 수 있는 단계는 아니지만 나는 이미 그에게서 지인 이상의 친절을 받았다.

그를 친절하다고 느끼는 사람은 나뿐만이 아니다. 그와 알고 지내는 사람 누구든 그와 함께 있을 때면 숨겨져 있던 면모가 발견되듯 순수한 미소를 짓는다. 새삼 나도 그와 함께 있을 때 그렇게 웃고 있을지 궁금해진다.

"커피 한 잔 더 할래요?"

"아뇨, 괜찮아요. 시간이 더 늦어지기 전에 슬슬 만들어 볼까요?"

말이 떨어지기 무섭게 애런이 먼저 자리에서 일어선다.

소매를 걷어 올리고, 같이 크렘브릴레 만들기를 시작했다. 그를 따라 그램을 달고 바닐라 빈을 칼로 긁어낸다. 그의 설명을 더욱 주의 깊게 들으며 그제야 평소에 느꼈던 무력함이 조금은 사라진 것을 느낄 수 있었다. 적어도 손이 부족한 그를 도와 채라도 받치고 있었으니 말이다. 나란히 서서 반죽을 내열 용기에 나눠 붓고, 뜨거운 오븐 안으로 입장시켜 두고 나자 다시 휴식 시간이 찾아왔다.

"이제 30분 동안 구워 내면 돼요."

"간단하다고 느껴지는 건 애런이 같이 해서겠죠?"

"천만의 말씀. 정말 간단한 거예요. 간단하면서 맛도 좋죠, 크렘브릴레는."

목이 말랐던지 그는 자리에 앉아 물부터 마신다.

왠지 어찌할 바를 모르겠는 나는 그것마저 그를 따라했다.

"30분 동안 좀 친해져 볼까요?"

이 질문엔 좋다는 대답 외엔 뭐가 있는지 모르겠다.

그의 큰 눈망울이 천천히 움직이다 순식간에 나에게 멎는다.

"하고 싶은 얘기가 있거나, 묻고 싶은 게 있으면 언제든 먼저 해도 돼요."

나는 나도 모르게 얼굴을 찌푸리며 웃어댔다.

내가 웃자 그의 표정은 오묘해졌다. 눈은 내가 왜 웃는지 알 수 없어 크게 떠졌고, 입은 나를 따라 금방이라도 웃음이 터질 것처럼 쪼글쪼글해졌다.

"애런, 난 당신만큼 남을 배려해 주는 사람은 못 봤어요. 심지어 이렇게 짧은 대화를 나눌 때조차도 나를 배려해 주고 있잖아요."

"신사적이라는 칭찬으로 알아들을게요."

"좋아요, 그럼 내가 먼저 질문할게요."

그가 자세를 고쳐 앉는다.

"전에 이곳으로 오기 전에 뉴욕에서 살았다고 했는데, 뉴욕에서도 요리를 했어요?"

질문이 끝나기 무섭게 그가 아뇨, 하고 답한다.

"포토그래퍼였어요."

내 눈은 저절로 뜰 수 있는 최대한의 크기가 되었다.

그는 그런 내 모습이 퍽이나 재밌는지 마침내 가지런한 이를 드러내 보이며 웃는다.

"아까 당신이 우울해할 때, 이 얘기할 걸 그랬어요. 반응이 좋은데요?"

머릿속에선 애쓰지 않아도 카메라를 든 그가 그려졌다.

그 모습은 셰프 복을 입은 지금의 모습과 대적할 만큼 잘 어울렸지만 그에겐 내색하지 않기로 했다. 그랬다간 셰프 복이 잘 어울린다는 소리도 함께 해야 할 테니까.

"어떤 사진을 촬영했어요?"

"잡지사에서 일했어요. 주로 모델들 촬영이긴 했지만 그 외의 다른 촬영도 하긴 했었죠."

"오래 일했어요?"

"졸업하자마자 가진 첫 직장이었고, 여기 오기 전까지 했었으니 아직까지 가장 오래 한 일이네요."

"그만둔 이유 물어봐도 돼요?"

이제까지의 질문과는 다르게 그가 팔짱을 끼곤 잠시 생각에 잠긴다. 몇 초 사이였지만 그만 바라보며 기다리고 있자니 꽤나 길게 느껴졌다.

"아, 미안해요. 좀 긴 이야기라 어디서부터 시작해야 좋을지 고민했어요."

나는 슬며시 그의 뒤에 있는 오븐의 시계를 보곤 말한다.

"아직 20분이나 남았어요."

그는 팔짱을 풀어 물 한 모금을 마시고 이야기를 시작했다.

"처음엔 피닉스에 혼자 올 계획은 아니었어요. 그땐 여자 친구가 있었거든요."

이야기가 시작된 지 단 10초 만에 너무 어린아이처럼 그를 조른 것은 아닌지 난감해졌다.

"그녀는 모델이었는데, 쉽게 짐작되겠지만 함께 일하다가 사귀게 되었어요. 우린 둘 다 일을 시작한 시기도 비슷했고 열정과 패기로 똘똘 뭉쳐 있었거든요. 그녀는 정상급 모델을 목표로 열심히 노력했고 나도 마찬가지였어요."

그는 담담하게 다큐멘터리 해설자처럼 이야기를 이어갔다.

"3년쯤 시간이 흐르고 기다리던 승진을 눈앞에 두고 있던 때였어요. 반면 그녀는 모델에겐 치명적인 나이만 더 먹었을 뿐, 여전히 뚜렷한 입지는 없는 상태였죠. 항상 밝게 웃으며 기운차던 그녀가 점점 초점 잃은 눈동자로 먼 곳을 보는 일이 많던 시기였어요. 그러던 어느 날 그녀가 먼저 제안했어요. 뉴욕을 떠나 다른 일을 하며 살고 싶다고. 밀라노도 뉴욕도 비가 자주 와서 싫어했던 그녀를 위해 피닉스로 이주 결정을 하고 뉴욕 생활을 정리했어요.”

“그녀도 피닉스에 있어요?”

여전히 미소 띤 얼굴로 그가 고개를 절레절레 흔든다.

“지금도 뉴욕에서 모델 일을 하고 있어요.”

“네? 어째서요? 함께 온 게 아녜요?”

소란스러운 나와는 달리 그는 차분하게 답한다.

“함께 오지 못했어요. 떠나기 이틀 전에 유명 잡지의 표지모델 제의가 들어왔거든요. 기적 같은 일이었죠. 분명 그건 그녀가 잡아야 할 마지막 기회였고 다행히 놓치지 않았어요. 잘된 일이었죠.”

“원망하지 않는군요?”

내 말뜻을 이해하지 못한 그의 얼굴에 의문이 묻어난다.

“어쨌든 그녀 때문에 애런은 일도 그만두었잖아요.”

“그렇지 않아요. 그녀는 계기만 줬을 뿐 일을 그만둔 것도, 피닉스로 온 것도 다 내 선택이었어요. 그녀처럼 나도 중요한 기회를 잡기 위해 이곳으로 온 거거든요.”

내 귀에는 핑계로만 들리는 얘길 듣고 있자니 아직도 그가 그녀를 사랑하고 있는지 궁금해졌다. 그러자 신기하게도 그가 얼른 덧붙여 말한다.

“아, 오해 말아요. 아직 그녀를 사랑한다면 여기 혼자 오지 않았을 거예요. 나는 사랑하는 사람 곁에 있는 게 중요하다고 생각하니까요.”

"그건 나랑 같네요."

고개를 들던 의구심이 순식간에 사라졌다.

모락모락 김이 나는 크렘브릴레 위에 그가 설탕을 곱게 흩뿌린 다음 직화로 녹여 캐러멜 소스로 만들어 주었다. 금방 굳은 캐러멜 소스를 깨트려 한 숟갈 입에 넣자 혀로 녹이기도 전에 사라진다. 이 맛있는 디저트를 만드는 데 내 손이 거들었다니 절로 흐뭇해진다.

"단순하게 행복해지는 것 같아요."

"맛있는 음식으로 행복을 느낀다는 건 즐거운 일이죠."

그는 어느새 도구들을 정리하고 있다.

"애런, 나에 대해 궁금한 건 없어요?"

"물론 많아요. 아까 일부터 말이죠."

"근데 왜 묻지 않아요?"

바쁘게 움직이던 그의 손놀림이 일시 정지처럼 순식간에 멈췄다.

"당신이 말하길 주저할 것 같거든요. 그럼 내 마음도 편치 않을 테고요."

"칭찬 한 번 더 해도 돼요?"

나는 그의 대답을 기다리지 않고 말한다.

"당신은 참 좋은 사람 같아요."

두 번째로 애런이 이가 드러나 보이도록 환하게 웃는다.

9

테스트를 앞둔 전날 밤. 늦게까지 살펴보던 테드의 노트를 덮어 두고 침대에 누웠지만 좀처럼 잠들지 못 했다. 뒤척이던 끝에 문득 바라본 시계는 어느새 40여 분이 의미 없이 흐른 뒤다.

목이 말라 결국 자리에서 일어난다. 냉장고 안에는 생수 한 병과 페리에 한 병뿐 횅하기만 하다. 침대에 걸터앉아 잠시 고민하다 뜨거운 스팀 우유를 사오기 위해 외투를 걸친다. 부디 도움을 받아 더는 시간 허비 없이 잠들기를 바라면서.

걸음을 이으며 머릿속으론 요리들의 가격과 맛, 재료를 되짚는다. 마주 달려오는 차의 헤드라이트가 눈이 부셔 잠시 멈춰 선다. 차는 서행하며 지나간다. 도리질로 도로를 살핀 뒤 한 달음에 건너, 카페 안으로 들어간다. 카페 안에는 아직 한창 트레이 송즈의 노래가 흘러나오고 있다.

"스팀 우유 한 잔 주세요."

계산을 마침과 동시에 온전하게 다섯 손가락으로 쥐지도 못할 만큼 뜨거운 스팀 우유 한 잔이 나왔다. 얼굴로 모락모락 피어나는 뜨거운 수증기를 쐬어 가며 한 모금 맛보는데 리지, 하는 소리가 언뜻 들린다. 고개를 들어 살피자 웬일인지 제스와 로즈가 앉아 있다. 내가 그들을 발견했다는 걸 안 로즈가 그쪽으로 오라고 손짓한다.

이런, 데이트 중인 것 같은데. 가더라도 인사는 해야 할 것 같아 다가간다.

"이 시간에 홀로 웬일이야?"

"잠이 안 와서요."

"그런데 커피?"

친절하게 내 종이컵 안의 우유를 보여 주자 알겠다는 듯 고갤 끄덕인다.

제스가 가까이에 있는 의자를 빼주며 앉으라고 한다. 방해는 안 되는 것 같아 일단 앉아 본다.

"재료는 좀 외웠어?"

로즈의 물음에 대충 고갤 끄덕인다. 확실한 것도 있는 반면 아직 덜 외운 것도 있다.

"알레르기 있는 손님들이 여럿 있으니까 외워 둬야 편해."

제스의 말에 공감하기에 또 고개를 끄덕인다.

로즈는 아직 거품이 남은 카푸치노를 마시고, 빈 잔을 앞에 둔 제스는 손등으로 로즈의 금발을 어루만진다. 그녀의 머리칼들이 사랑을 속삭이기라도 하는 것처럼 제스의 입 꼬리가 천천히 올라간다.

가만히 턱을 괴고 그 광경을 지켜보던 나는 문득 묻는다.

"두 사람은 만난 지 얼마나 됐어요?"

"1년 좀 넘었나?"

로즈가 자신의 늘어뜨린 머리카락 쪽으로 고개를 돌려 묻자, 제스가 고갤 끄덕인다.

"오네이로에서 만난 거죠?"

두 번째 질문에서야 제스가 그녀의 머리칼에서 손을 거두고 나를 본다.

"우리 이야기가 듣고 싶어?"

순순히 고갤 끄덕이자 내 호감이 기분 나쁘지 않은 듯 그의 눈썹이 크게 올라갔다가 내려온다.

"내가 로즈에게 잘 보이려고 노력한 걸 들으면 감동받을 텐데."

당사자인 로즈도 나도 웃음보가 터진다. 그녀의 못 말려, 하는 고갯짓에 제스가 씩 웃는다. 늦은 시간의 잔잔하게 흘러가던 분위기가 팽팽히 탄력이 생긴 느낌이다.

진정 궁금했기에 제스에게 재차 언제부터 로즈를 좋아했느냐고 물었다. 제스는 조금도 당황하거나 부끄러워하는 기색 없이 처음 본 순간부터라고 답한다. 그는 오히려 당당하게 로즈의 눈동자를 바라보며 천진난만하게 웃는다.

문득 지난날이 궁금해진다. 나도 데릴을 저렇게 바라봤을까? 데릴은 어떤 눈빛으로 나를 봤을까?

또 시작이다. 이 생각이 나를 더 좀 먹기 전에 두 사람에게 다시 초점을 맞추기로 한다.

"로즈가 먼저 오네이로에서 일을 시작한 거죠?"

"응, 내 뒤로 제스와 케이티가 들어왔으니까."

로즈가 우유 거품이 묻은 입술을 핥다 말고 덧붙인다.

"아참, 애런도."

"애런이 더 늦게 오네이로에서 일을 시작했어요?"

깜짝 놀란 티가 다 나는 말투였다.

로즈는 어깨를 으쓱한다.

"애런이 너무 능수능란해서 못 믿겠지만."

나는 자연히 그의 일하는 모습을 떠올리며 다시 한 번 놀란다. 전직이 전혀 다른 직업이었음에도 불구하고 그렇게 프로다운 모습이라니.

"그럼 그것도 모르겠구나."

"뭐요?"

"애런이 어떻게 오네이로에서 일하게 됐는지."

나는 얼른 들고 있던 종이컵을 내려 둔다.

"듣고 싶어요, 로즈."

로즈는 후후 웃음소릴 내뱉으며, 그래 보여, 한다.

"그런데 기대하는 만큼 대단한 얘긴 아냐. 그냥 동료들과는 좀 달라서."

"어떻게요?"

"보통 결원이 먼저 생기고 구직자들이 일자리를 얻으러 오잖아? 애런은 반대였어. 그가 먼저 오네이로로 와서 일하기를 원했지. 운이 좋았던 건지 마침 캐리가 주방에서 손 뗄 생각을 하던 때였고."

뒷이야기를 기다리며 잠자코 있자, 로즈가 커피 잔을 다시 쥔다.

"물론 이유야 모르지만."

아, 그러고 보니. 애런이 그런 말을 했었다.

자신도 중요한 기회를 잡기 위해 피닉스로 온 것이라고.

로즈에게 이 이야기를 꺼내 볼까 하다 그만두기로 했다. 그 기회란 것이 오네이로와 관계가 있는지는 우리가 아무리 궁리해 봐야 그저 추측일 뿐, 정답이 될 리는 없으니.

갑작스레 흘러나온 착신음 소리에 저절로 생각은 거기서 중단되었다. 로즈가 주머니에서 꺼낸 핸드폰을 확인하며 자리에서 일어선다. 그녀를 따라 시선이 올라가는 제스에게, 5분만,이라는 말을 남긴 채 카페 밖으로 나간다. 그녀의 모습이 카페 유리벽 너머로 보이지 않게 되자, 제스는 그제야 시선을 거둔다.

"아마 집에서 걸려 온 전화일거야."

"집이요?"

"응, 리지 네 앞이라서 피한 게 아니라, 집에서 걸려온 전화는 언제나 조용한 곳에서 통화하고 싶어 하니까 이해해 줘."

제스의 말에 저절로 미소 지어졌다.

나를 배려해 줘서가 아닌, 단순히 이 사람은 정말 로즈를 사랑하는구나, 하고 느껴졌다.

"제스."

내 부름에 제스가 바라본다.

"로즈를 뺏길까 걱정되진 않아요?"

부연설명이 없어도 제스는 이미 다 알아들은 모습이다.

그야, 나보다 더 오랜 기간 동안 늘 가까운 거리에서 가게를 찾은 손님들이 그녀에게 호감을 표시하는 모습을 봐 오고 있으니 말이다.

"당연히 기분이 좋진 않지만 걱정되진 않아."

"그녀를 믿으니까?"

제스가 고개를 절레절레 흔든다.

"그녀를 잘 아니까."

나는 잠시 눈을 깜빡이는 것도, 숨을 쉬는 것도 잊고 말았다. 아주 잠시. 제스는 특별히 큰 목소리로 말한 것도 아니었고, 일부러 과장하여 또박또박 발음하지도 않았다. 그런데도 나는 적잖은 충격을 받았다. 쉽게 할 수 없는 그 말엔 조금의 허풍도 허세도 없이 진심이 배어 있었기 때문이다. 그 누군가를 얼마나 깊게 생각해야 저 어려운 말이 저렇게 의연하게 나오는 걸까. 나는 감탄했다.

"물론 내가 그녀의 모든 걸 아는 것은 아니지만."

나는 긍정의 고갯짓을 빠르게 하며 잠시 잊고 있었던 우유를 들이켰다. 시야를 가렸던 잔을 내리자 제스가 나를 빤히 바라보고 있어 좀 놀랐다.

"내 입에 우유거품이라도 묻었어요?"

제스가 고갤 가볍게 흔들기에 가만히 있었더니 이내 휴지 한 장을 건네며 말한다.

"스리랑카에선 긍정의 의미야."

그가 건넨 휴지로 입가를 대충 닦아내 보니 흰 우유 자국이 묻어난다.

"그런 건 어디서 들었어요?"

"케이티지 누구겠어. 걘 미국에만 있었으면서 인맥은 아주 세계화되어 있거든."

내가 소리 내어 웃자, 제스도 흡족한 듯 미소 짓는다.

"내일 힘내서 꼭 테스트 잘 보길 바라. 그래야 나에게도 기회가 주어지니까."

기회?

영문 모를 말에 가만히 있자, 다시 제스가 은근한 미소를 지으며 말한다.

"네가 해내면, 그다음은 내가 주방 테스트를 볼 확률이 높아지거든."

깜짝 뉴스에 저절로 입이 벌어졌다. 평소에도 제스는 쉬는 시간마저 톰의 곁을 지키며 아주 열심히 요리를 배웠다. 그 노력이 결실을 맺게 된다니 지켜봐 온 사람으로서 무척 기쁘다.

"정말 잘 됐어요, 제스!"

제스가 도리질을 친다.

"그것도 스리랑카 식으로 해석해야 하나요?"

"아니, 스리랑카에서도 이렇게 거세게 흔드는 건 부정의 의미야. 아직은 일러."

내가 정식으로 홀을 메우는 직원이 되면 제스에겐 주방으로 갈 수 있는 기회가 생긴다. 제스에겐 이미 충분한 자질과 실력이 있으니, 큰 변수가 생기지 않는 이상 그는 염원하던 요리사가 되어 새하얀 셰프 복을 입고 일하게 될 것이다.

물론 이 모든 건 내가 테스트를 통과한다는 전제하에.

"이런, 시간이 꽤 늦었어."

어느샌가 통화를 마치고 로즈가 서둘러 자리로 돌아와 크림색 가방을 챙긴다. 시간이 20여 분 흐른 데다 내 손안의 종이컵도 말끔히 비어 있다.

태워 준다는 로즈의 청을 거절하고 돌아오는 내내 머릿속은 생각으로 가득 차서 걸음이 절로 빨라진다.

내일의 결과로 어떻든 바빠질 것이다.

사실 어쩌다 보니 여기까지 이르게 되긴 했지만 확실한 건 아직 돌아갈 마음은 없다는 것이고, 오네이로에 남게 된다면 자연스레 이곳에 계속 머무르게 되겠지만 그렇지 못하게 될 땐 어떻게 해야 할지, 머릿속이 복잡했다.

다른 일자리를 알아보아야 하는 걸까. 아니면 이곳마저 떠나 또 다른 곳으로 가야 하는 걸까. 아무리 고민에 고민을 거듭해도 똑 부러지는 해답은 당연히 없다. 아직은 모든 것이 시작되기 전이니까.

딱 하나, 돌아가고 싶지 않다는 생각만큼 확고한 게 있다. 내일의 결과가 어떻든간에 집에 전화를 걸고 싶다.

잘 지내고 있으니 조금만 더 기다려 달라는 투정을 마음껏 부리고, 그날의 일에 대해 아직 받지 못한 위로도 충분히 받고, 힘내라는 격려도 듬뿍 받고 싶다.

10

오후가 어떻게 지나간 줄도 모르게 오네이로의 하루 일이
모두 끝났다.

동료들의 배려로 마감일에서 빠져 무릎 위에 올려둔 테드의
노트를 내려다보고 있지만, 시늉뿐이다. 마음이 정처 없이 떠
도는 듯 좀처럼 안정이 되질 않는다. 그렇다고 떨리는 것은 아
니다. 정신이 없을 뿐.

결국 자포자기의 심정으로 노트에 얼굴을 막 묻는데 똑똑
똑, 노크 소리가 들려와 얼른 다시 고개를 들어 세운다.

"네?"

어느새 홀의 모든 마감을 끝냈는지, 사복으로 말끔히 갈아
입은 바네사가 걸어 들어온다.

"컨디션은 어때?"

나는 가슴이 들썩일 정도로 숨을 한 번 들이켠 후, 답한다.

"나쁘지 않아요."

"긴장은?"

"긴장한 건 아닌데…… 뭐랄까."

가슴에 가득 찼던 숨이 서서히 빠져나간다.

"집중력이 떨어지는 것 같아요."

염려스럽다는 듯 바네사가 두 팔을 꼰다.

나는 왠지 그 모습이 엄마 같아서 맥없이 픽, 웃는다.

"다른 날로 안 옮겨도 되겠어?"

"마찬가지일 거예요."

바네사는 이해한다는 듯 고갤 끄덕이며 꼬았던 팔을 푼다.

자, 이제 나갈 시간이다.

옷매무새를 다시 한 번 정리하고 바네사의 곁, 문 앞에 섰다. 그녀가 내 어깨를 가볍게 두드리고 문을 열어 주자 오늘 내내 보기 힘들었던 애런이 새 셰프 복을 말끔히 차려입고 서 있다. 자신만만 혹은 여유로워 보일 정도로 미소를 지으며.

"안 떨려요?"

"네, 괜찮아요."

몇 초간의 말 없는 응시가 잠시 이어지다 그가 다시 나를 부른다.

"리지. 이 말을 물어보는 걸 잊었는데, 내 요리 어때요?"

갑작스런 그의 생뚱맞은 질문에 저절로 눈이 치켜떠진다.

눈만 깜빡거리고 서 있는데, 그는 결코 장난이 아닌지 여전한 모습으로 내 대답을 기다리고 있다. 이 상황에서 무슨 대답이 필요한 걸까?

"매우 훌륭해요."

당황해서 고민할 새도 없이 진심을 말했다. 정말 그의 요리를 먹고 단 한 번도 감탄하지 않은 적이 없었으니까.

적절한 대답이었는지 그가 빙긋 웃는다.

"고마워요. 리지, 그러니 걱정 마요. 당신의 요리는 내가 만드니까."

당신의 요리는 내가 만드니까. 놀랍게도 그의 그 말 한마디가 긴장으로 뻣뻣해진 내 등을 곧게 펴주고, 들이마시는 숨 이상으로 내보내던 폐가 팽팽해진다. 힘이 들어간 눈꺼풀로 눈을 제대로 뜨고 그에게 말한다.

"애런, 그동안 제대로 전하지 못했는데 언제나 고맙고 미안했어요. 오늘은 내가 당신에게 가르친 보람을 선물할게요."

이젠 그와 내 표정이 뒤바뀌었다. 나는 그의 놀란 표정에 신이 나 키득거리며 홀로 나섰다. 발걸음마저 가볍다.

오네이로의 홀은 그사이 세수라도 한 것처럼 말끔하게 정돈을 마친 모습이다. 매일 봐도 질리지 않는 그 정겨운 풍경을 바라보는 사이 캐리가 나타났다.

"준비됐어?"

나는 가볍게 고개를 끄덕였다.

"좋아, 여기 메뉴판. 손님들은 이미 5번 테이블에 도착해 있어."

메뉴판을 건네받자마자 나는 더 이상의 망설임 없이 5번 테이블을 향해 곧장 걸어간다. 이제 심려도 고민도 다 허황된 순간. 모든 감각 기관을 곧추세우고 집중하는 것만이 최선이다.

오른쪽으로 돌아, 5번 테이블에 당도한다. 마주 앉은 두 명의 손님에게 짧은 목례로 인사부터 한다. 오른쪽 손님은 40대 초반으로 보이는 아시아인. 왼쪽은······.

"안녕, 리지?"

손가락을 현란하게 털며 인사하는 사람은 다름 아닌 제이미였다.

"제이미!"

"유니폼을 입고 있는 모습을 보니 새로운걸?"

내가 제대로 된 대꾸를 하기도 전에 제이미가 일행을 소개한다.

"인사해, 이쪽은 토니. 상하이와 미국을 오가며 금융 일을 하고 있어. 토니, 이쪽은 내 친구인 리지야."

"반가워요."

정신없이 토니와 인사를 나누는 동안 제이미는 이미 메뉴를 다 골라 뒀는지 메뉴판은 아예 펼쳐 보지도 않는다. 제이미가 나보다 모르는 오네이로의 메뉴가 과연 있을까? 내가 그녀의 주문을 도울 형편이 되기는 한 건지 난감하기 짝이 없다.

"오늘의 요리를 해 줄 셰프는 누구야?"

"애런이요, 보조는 테드가 돕기로 했어요."

"리지 네 생각에 애런의 특기는 무엇이라 생각해?"

단박에 나는 모든 행동을 멈추고 생각에 총력을 기울이기 시작했다. 쉽게 대답할 수 있는 질문이 아니다. 책임질 수 있는 답변이어야만 한다. 그것을 알고 있다 보니, 좀처럼 쉽게 대답이 나오지 않고 제이미와 토니를 기다리게 만들었다.

보기에 안쓰러웠는지 제이미가 내 손등을 어루만진다.

"리지, 어렵게 생각 안 해도 돼. 손님인 토니에게 가장 맛있는 요릴 대접하고 싶어서 물었던 거야. 나도 애런의 주특기 요리는 먹어 본 적이 없고 말이야. 그에게 물어 봐 줄 수 있겠어?"

나는 고개를 끄덕였다. 할 수 있는 건 그뿐이었다.

터벅터벅 의기소침해진 모습을 겨우 숨기고 주방에 도착하자 애런은 물론, 여태 가지 않고 기다리고 있던 모두가 주문을 기다리며 내 얼굴만 바라보고 있다.

"애런, 이것만은 꼭 맛보여 주고 싶다 하는 메뉴 있어요?"

어리둥절해 하는 얼굴들 가운데 애런이 고갤 끄덕이며, 물론이죠,라고 답한다.

그가 골라 준 메뉴를 간추려 잠시 2, 3분 동안 정리하고 다시 테이블을 향해 걷는다.

제이미의 반색하는 얼굴이 보인다.

"먼저 차례는 가볍게 전채, 메인, 디저트, 차 이렇게 네 가지로 구성해 보았는데 어떠세요?"

본인은 그다지 상관없는지 제이미가 토니에게 대답을 미루자 토니가 고갤 끄덕인다.

"좋아요."

"그럼 먼저 전채 요리로는 가벼운 크레송 샐러드와 리예트, 에스카르고 아라부르기뇽, 이렇게 세 가지가 준비되어 있어요."

"샐러드는 알겠지만, 리예트와 에스카르고는 설명이 좀 필요하겠군요."

"에스카르고는 부르고뉴식의 달팽이 오븐 요리이고, 리예트는 돼지고기나 거위 고기를 잘게 다져 빵에 발라 먹는 요리예요. 오늘 준비한 리예트는 돼지고기입니다. 고기지만 아주 잘게 다져 삶았기 때문에 부드러움이 일품이에요."

"음, 달팽이 요리는 상하이에서도 많이 먹었으니 이번엔 리예트를 먹어 볼까요?"

제이미가 수긍한다.

"게다가 애런의 빵은 훌륭하죠."

두 사람의 의견을 수렴한 뒤에 이번엔 메인메뉴 설명을 시작했다.

"고기 요리는 오렌지 소스로 무거움을 던 삶은 볼살 찜 요리와 부드러운 크림소스에 통후추를 가미한 페퍼 스테이크가 준비되어 있습니다. 생선 요리는 흰살 생선 벤자리를 오븐에 바짝 익혀 화이트 발사믹 소스를 곁들인 요리와 마지막으로 푸아그라 테린이 있습니다."

"푸아그라 테린은 어떤 소스가 나오죠?"

"벌꿀과 오렌지 마멀레이드, 잣, 살구 잼이 곁들여집니다."

"설명을 들으니 더욱 못 고르겠군요."

토니의 신음에 나와 제이미는 흡족한 마음이 들어 웃고 말았다.

먼저 선택지 개수를 줄인 제이미가 이번엔 결정을 하기 위해 묻는다.

"볼살 찜 요리는 이번에 새로 추가된 요리야?"

"네, 애런이 지난주에 완성한 요리예요."

"못 먹어 본 걸로 할까, 난 볼살 찜으로 줘."

나는 힘주어 고개를 끄덕였다.

이어 토니도 결정을 내렸는지 내게 시선을 맞춘다.

"난 페퍼 스테이크로 부탁해요."

"굽기는 어느 정도가 좋으세요?"

"미디움 레어."

"디저트는 무화과 타르트와 바나나크림 파이, 녹차 크렘브릴레 중에서 어떤 걸로 하시겠어요?"

"아, 혹시 시폰케이크는 없어?"

최대한 안타까움이 잘 나타나게 표정을 짓고 고개를 저었다.

"이런, 언니에게 미리 연락해 둘 것을."

제이미의 끌끌 혀 차는 소리가 끝나자마자 이번엔 토니가 결정을 마쳤다. 그가 입을 열어 목소리를 내려는 그 찰나, 나는 애런의 말을 기억해 낸다. 아무래도 중국인의 기호상 녹차 디저트가 필요할 것이라는.

그리고…….

"녹차 크렘브릴레로."

이번에도 어김없이 그가 맞췄다.

"난 무화과 타르트 두 조각으로."

두 사람의 똑같은 커피 두 잔 주문을 끝으로 마무리를 지으려는데 리예트, 볼살 찜 요리와 페퍼 스테이크, 그리고 녹차 크렘브릴레까지 반복해 보자 무언가 만족스런 선택이란 생각이 들지 않는다. 돼지고기로 만든 리예트, 육류 요리, 계란이 들어가는 크렘브릴레……

이런, 온통 단백질뿐이다. 주방으로 가던 걸음을 재빨리 돌린다.

"죄송해요, 힘들게 결정하셨는데 전채 요릴 크레송 샐러드로 바꿔보는 건 어떠세요?"

뜬금없는 제안에 제이미는 두 눈이 휘둥그레져 괜한 오해마저 한다.

"주방에 무슨 문제 있어?"

"아뇨, 순전히 제 고집이에요."

"설명을 들어 봐도 될까요?"

토니의 부탁은 정중했다.

정작 이야기를 시작하자니 혼잡함에 잠시 머릿속을 정리하고서야 의견을 말할 수 있었다.

"모든 메뉴에 육류뿐이라 영양이 너무 한쪽으로만 치우쳐 있어요. 다른 메뉴들은 대체가 어렵지만 전채요리만 크레송 샐러드로 바꾸어도 균형 잡힌 식사가 될 것 같아요. 물론 크레송 샐러드도 훌륭한 요리예요. 오네이로의 셰프가 추천하는 요리 중 하나니까요."

"그럼 샐러드 설명도 부탁해, 리지."

20여 분 전에 들었던 설명이 신기하게도 깨끗한 고화질 영상처럼 머릿속에 되살아난다.

애런이 깨끗하게 손질을 마친 채소들을 보여 주며 내게 조곤조곤 설명한다.

"크레송 샐러드는 단순하면서 어려워요. 야채의 신선도에 모든 게 달려 있기 때문이죠. 오늘 크레송은 갓 딴 거라 향이 참 좋아요. 게다가……."

재빨리 싱싱한 엔다이브 위에 양 젖을 응고시킨 푸른 로크포르 치즈 한 조각, 햇 호두 한 점과 크레송 잎을 올려 그가 한 입거리 샐러드를 만들어 낸다. 그의 손에서 건네받아 바로 입 안으로 넣어 씹자, 아삭거리는 소리와 함께 싱싱한 엔다이브의 단맛이 도는 수분이 혀를 축인다. 고소한 호두와 진한 치즈, 애런의 말대로 갓 따서 더욱 좋은 크레송의 알싸한 향까지.

내가 무어라 말로 반응하기도 전에 흡족한 표정을 지으며 그가 말한다.

"출근하기 전에 직접 따왔어요. 잎맥에 포도당과 수분이 마르지 않고 그대로 남아 있어 특별한 조리 없이도 훌륭하죠."

내가 얼마나 그 싱싱한 채소들에 대해 잘 설명했는지 스스로 객관적인 평가는 못하겠다.

설명을 듣는 내내 두 사람의 표정엔 딱히 변화가 없었다. 첫 요리지만 어쩌다 가장 마지막이 된 전채요리를 끝으로 이제 그만 주방으로 돌아가기 위해, 주인 명령만 떨어지길 기다리는 애완견처럼 서 있다.

제이미는 이번에도 전적으로 토니에게 맡기고 기다리고 있다. 드디어 토니가 나를 본다.

"좋아요, 그렇게 하죠."

의견이 수렴되었다는 기쁨. 저절로 '예스!'라고 토해 낼 것 같은 입술에 겨우 힘주어 외침을 막아 내었다. 그 기쁨에 들떠 날뛰지 않도록 더욱 막중한 책임감으로 다잡으며 주방에 도착했다.

"주문 받았어?"

이전의 내 의기소침했던 모습에 내내 걱정이 되었는지 로즈가 얼른 물었다. 숨긴다고 나름 숨겼는데 다 숨기진 못했었나 보다.

"애런, 테드. 메인요리는 볼살 찜 요리와 페퍼 스테이크 미디움 레어로 구워 줘요. 그리고 후식은 녹차 크렘브릴레와 무화과 타르트는 두 조각, 전채요리는 크레숑 샐러드로 오네이로의 신선함을 만끽할 수 있도록 부탁해요."

부풀어 날아가 버리지 않도록 잡아 두었던 마음을 주문과 함께 뱉어 낸 기분이었다.

그리고 이 성취의 느낌이 틀리지 않았던 모양이다. 케이티의 후련하게까지 들리는 환성과 함께 로즈의 얼굴에선 아까의 근심이 말끔히 씻겼고, 바네사는 말없이 내 등을 토닥였다.

"리지! 제법인데?"

제스가 큰 소리로 웃어댔고, 톰은 박수를 보내 주었다.

애런은? 그가 다시 새하얀 이를 드러내 보이며 웃고 있다. 깨닫고 보니, 나도 그를 따라 입 꼬리를 올려 웃고 있었다. 평온한 행복감이 가슴에 스며든다.

"자, 자. 아직 손님이 테이블에서 요리를 기다리고 있어!"

바네사가 모두의 들뜬 소란을 가라앉혔다.

끝난 것은 아니지만, 이젠 아까와 같은 무기력함도 긴장도 없었다. 오히려 더 차분해진 자세로 나는 그날의 임무를 모두 완수해 냈다. 애런은 서양식을 잘 먹지 못한다는 토니도 말끔히 접시를 비워 내게 만들었고, 제이미는 맛있는 식사에 평소보다 더 즐거워 보였다.

성적표는 없었다. 무엇을 잘했고, 못했고 따지는 평가도 없었다. 캐리는 그저 다음날 내 유니폼에 금색 명찰을 미리 달아 준비해 주었다.

11

여름이라 부르는 계절은 끝났는데 기온은 여전히 여름 같기만 하다. 어느새 나는 아마추어 티도 꽤 벗은 모습으로 착실히 오네이로에서 근무 중이다.

막 회사에서 퇴근한 여성이 가게로 들어온다. 잰걸음으로 가까이 다가가 미소와 함께 그녀의 이름을 묻는다. '랜 베리'라는 이름과 함께 7시 30분 예약이라고 또렷한 목소리로 말한다. 손님 응대에 정신없는 캐리에게 예약 확인을 하고, 미리 세팅해 둔 테이블로 안내한다. 창가 자리가 만족스러운지 그녀가 고맙다는 인사를 건넨다. 일행이 오기까지 주문은 잠시 미루겠다는 그녀에게 차 한 잔을 권하자 밀크 티라고 답한다.

차 준비를 위해 주방으로 걸어간다. 테드가 다른 주문으로 바빠 보여 고개를 돌리자 제스와 눈이 마주친다. 그는 이제 어엿한 셰프로 주방에 서 있다. 꽃무늬와 금색 테두리로 장식된 잔에 제스가 얼른 홍차 한 잔과 각설탕, 우유를 준비해 내어 준다. 헛걸음 한 번 없이 곧장 테이블로 와, 그녀의 맞은편 자리에 잔을 내려 둘 때 한 남자가 걸어온다. 말끔한 슈트 차림의 남자가 랜에게 붉은 장미 꽃다발을 내민다. 그녀가 '맙소사'란 소리와 함께 기쁘게 장미를 받아든다.

비록 나는 아무 도움도 되지 못했지만 두 사람의 기쁨의 장소가 이곳이라는 데에 함께 기뻐진다.

사랑하는 연인이 약속을 하고 이곳에서 만난다. 내가 그들의 식사를 돕는다. 일로 충당하는 만족감은 꽤 좋다. 그리고 열심히 일한 뒤 맞는 오늘 같은 휴일도 참 다디달다.

모처럼 편안하게 의자에 흐트러진 자세로 앉아 제이미의 베이글과 스크램블을 해치우고 제이미의 신문을 탐독하고 있다.

"식사는 끝났어?"

제이미가 본인의 머그잔을 맞은편에 내려 두며 묻는다.

"맛있었어요. 제이미는 일 다 끝냈어요?"

"이제 구워져서 나오기만 하면 돼. 일은 어때?"

"재밌어요. 보람도 느끼고요."

"의외로 적성에 맞는 직업일지도 모르겠는걸? 다른 동료들과는 잘 지내?"

"네, 친구까지 얻었죠."

"연인은?"

영문 모를 소리에 나는 눈만 크게 뜨고 깜빡거렸다.

"그날 오랜만에 오네이로에 갔을 때 애런을 만났거든. 애런이 그러더군. '고마워요, 제이미'라고. 나도 리지를 좋아하지만, 편애해서 테스트를 본 건 아니라고 했더니 그 얘기가 아니래."

이야기를 거기까지만 하고선 제이미는 느긋하게 커피만 홀짝인다.

제이미의 행동이 얄궂게 느껴지지만 방법이 없다. 결국 내가 묻는다.

"그래서요?"

"리지, 저녁 약속 전에 서점에 들른다고 하지 않았어?"

제이미가 가리키는 시계를 바라보니 어느덧 4시 20분.

"저녁 약속은 제스의 합격 파티지? 애런도 참석할 테니 본인에게 직접 물어보는 건 어때?"

그러면서 제이미는 더욱 얄밉게 싱글싱글 웃어 보인다.

아, 너무해. 제이미의 저 반응을 봐선 몇 번을 물어보나 못 들을게 뻔하군. 깨끗하게 단념하고 자리에서 일어섰다.

"리지."

밖으로 나서려던 걸음을 멈추고 바라보았다. 제이미가 '반짝반짝 작은 별' 어린이 율동처럼 손가락을 요란하게 털며 인사한다.

"다음 손톱 색은 핑크로 칠해 줄게!"

아무렴 어때. 나는 평범하게 손을 흔들고 나왔다.

서점에 도착해, 매번 서서만 보고 내려 두었던 책들을 고르다 보니 어느새 책이 한아름 팔 안에 안겨 있다. 이제 수입원도 생겼겠다, 너무 과욕 부리지 말자. 고심 끝에 다섯 권만 선별한다.

서점을 나오니 평소엔 있는 줄도 몰랐던 자리에서 공중전화 박스를 발견했다. 붉은색 페인트가 단풍 색으로 바랜 걸 보니 요사이 새로 생긴 건 아닌 모양이다.

책들을 전화기 위에 올려 두고 수화기를 들었다. 열심히 바지 앞주머니며 뒷주머니를 뒤져댄 손가락 끝에 곧 동전 서너 개가 잡혀 올라온다. 동전을 굴려 넣고 번호도 눌렀는데, 막상 신호음이 가기 시작하자 긴장된다. 누가 받을까. 엄마? 아빠? 설마 데릴이 우리 집에 와 있을 리는 없겠지. 그는 어렸을 적부터 같은 동네에서 자랐기 때문에 그가 우리 집 전화를 받는다 해도 이상할 게 없었다. 데릴일 바에야 차라리 그에게 내 전화가 온 것을 알린다 해도 수다스런 내 소중한 친구 제인이 낫겠어.

— 여보세요?

드디어 누군가 받았다. 다행히 여자 목소리. 그리고 익숙한 목소리.

"엄마……?"

— 리지!

엄마가 외친 내 이름에 정신이 번쩍 드는 것 같다.

— 아가, 너 지금 어디니? 돈은 있어? 왜 이제야 연락한 거니?

"엄마, 일단 좀 진정해."

— 아픈 곳은 없어? 우울증이 생긴 건 아니니?

"다행히 약이나 술 도움 없이 잘 버텨 냈어. 지금은 괜찮아."

— 차라리 술 없인 잠 못 이룬다고 하는 편이 더 받아들이기 쉽겠구나.

나는 조용히 웃었다.

"술보다 더 고마운 사람들 덕분에 괜찮아. 정말이야."

엄마는 내 이야기를 진실로 받아들이려는 듯 잠시 말이 없었다. 그리고 다시 입을 연 엄마의 질문은 꽤 예리했다.

— 전화는 거기에 더 머물려고 한 거니?

어쩌면 엄마는 나보다 나를 더 잘 알지도 모르겠다.

그런 의도를 염두에 두고 전화 걸었던 건 아니었는데, 엄마의 말엔 틀린 부분이 전혀 없다.

"그런 것 같아."

— 언제 돌아오려고?

"모르겠어. 지금은 아무런 계획이 없어서."

— 아빠가 들으면 널 많이 그리워하실 거야. 언제쯤 돌아올지 전해야 좀 위안이 되지 않겠어?

아빠. 어떤 순간에도 물러서지 않고 나와 엄마를 지켜 주는 이 지구상에서 가장 든든한 존재. 그날 내가 훌쩍 떠나 버리고 아빠는 어떻게 모든 것이 무너지지 않도록 지켜 냈을까. 죄송스러움과 그리움에 갑자기 눈물이 차올라 목이 메여 온다.

"아빠는 어때?"

— 네가 없으니 좀처럼 웃으실 일이 없는 모양이야.

슬픔이 목구멍을 타고 올라오는 바람에 가까스로 이를 물고 버텨 낸다.

— 그러니 얼른 돌아오렴, 아가.

엄마에겐 보일 리가 없는데 나는 고개를 끄덕였다.

— 전화 자주 하고.

"응, 이만 끊을게."

서둘러 수화기를 내려두고 자꾸만 흐르는 눈물을 손가락으로 훔쳐 낸다. 손가락도 다 젖어서 옷소매로 닦아 내다, 곧 있을 파티 생각에 가까운 화장실로 들어가 붉어진 얼굴 위로 물을 끼얹었다. 거울로 얼굴을 확인하니 말이 아니다. 눈물 콧물에 퉁퉁 부어 '나 울었어요' 하고 써둔 얼굴이다.

이 몰골로 시간 맞춰 가느니 좀 늦더라도 추스르고 가는 게 낫겠다 싶어, 가까운 카페에서 오늘 산 책들을 읽으며 붓기를 가라앉힌 뒤 제스의 집으로 향했다.

어느덧 깜깜한 밤.

벨소리에 맞춰 톰이 문을 열며 반긴다.

"늦었네. 헤맸어?"

"아뇨, 잠들어 버려서요. 죄송해요."

그를 따라 식당에 들어서니 참석자 모두가 모여 식탁에 둘러앉아 있다. 이렇게 보니 꼭 가족 식사 같다.

서둘러 테드의 옆자리에 착석하고, 톰의 '오네이로의 새 셰프 제스 홀든을 위하여'란 축배사에 맞춰 다 함께 축배를 들었다. 초를 킨 듯 밝게 빛나는 제스의 표정에 아까의 울적함은 말끔히 사라지고 기쁨에 찬다. 농담들이 오가고 과녁에 맞춘 듯 웃음들이 터져 나온다. 화기애애한 식사를 마치고 즐거운 마음으로 거실에 모여 디저트를 먹었다. 낮에 울어선지 목이 말라, 병맥주를 마시기 시작했다. 저녁 식사 때 샴페인도 마셔서 취하는 건 아닐까 걱정이 살짝 되었지만 망설이지 않았다. 즐기고 싶은 마음이 컸을지도.

거실 진열장 액자에 있는 가족사진을 보며 할머니와의 추억을 이야기하던 제스가 할머니에게 물려받았다는 축음기를 꺼내 왔다.

바늘을 조심스레 LP판 위에 올리자 포크댄스 음악이 흘러나온다. 흥겨운 리듬에 절로 손뼉이 이어진다. 흥이 오른 제스가 로즈의 손을 잡고 거실 한가운데로 이끈다. 모두의 함성과 박수 소리에 맞춰 제스와 로즈가 춤추기 시작한다. 간단한 스텝이지만 분위기가 절로 오른다.

정신없이 박수 치며 환호했더니 평소보다 취기가 일찍 오른 모양이다. 온몸에서 열이 나면서 덥다. 조심히 자리에서 빠져나와 문 밖으로 나간다. 뜰로 이어지는 계단에 털썩 주저앉는다. 아까는 슬픔에 달아올랐던 양 볼이 이번엔 취기로 얼큰히 달아올라 있었다.

밤공기를 마시며 평정심을 찾으니 그때서야 미약한 어지러움이 느껴진다. 잘도 버티고 놀았군. 숨을 크게 들이마시고 뱉어낸다. 정신 차리는 데 도움이 될까 해서였다.

시원해진 손끝을 볼에 갖다 대었다가 뒤에서 열리는 문소리에 얼른 떼고 돌아보았다. 애런이 막 문을 닫은 참이었다. 오늘 차마 인사도 제대로 못하고 있었던 터라 먼저 짧게 인사부터 나누었다. 그가 묻는다.

"옆에 앉아도 돼요?"

"물론이죠."

내가 먼지 털어내는 시늉을 하자 그가 자리에 앉았다.

취기가 좀 올라선지 마냥 기분이 무중력하게 둥둥 떠다니고 있는 것만 같았다. 평소라면 하지 않을 콧노래를 흥얼거리기 시작했다. 무작위로 선정한 음을.

흥얼거리고 있는 콧노래가 내 귀에 그럴싸하게 들린다. 좀 더 기분이 좋아져 메트로놈처럼 고갯짓까지 곁들였다.

"그대 어디로 가든, 그대 무엇을 하든 나는 바로 여기서 그대를 기다릴게요."

내 콧노래의 후렴구에 맞춰 그가 노래를 불렀다. 내 눈이 절로 그를 향한다.

"〈라이트 히어 웨이팅Right here waiting〉 맞죠?"

떠오르는 대로 흥얼거렸던 거라 곡명도, 가사도 기억해 내지 않고 있었는데 그가 정답을 맞혔다. 그런데 누가 먼저였는지 모르겠다. 그도 나도 쓸쓸한 표정을 짓고 있었다. 평소 같으면 잘 막아 낼 정도의 소재거리인데 나는 애처로운 강아지처럼 얼굴에 다 드러내고 말았다. 그리고 취하면 입도 잘 제어가 안 되는 모양이다.

"3년 동안 내 사랑을 지탱해 준 노래예요. 너무 많이 들어서 저절로 흥얼거리네요."

"가사처럼 어디로 가버린 사람을 기다렸나 봐요?"

이번에도 정답. 웃음이 입술 사이로 조용히 새어나왔다.

"맞아요. 기다리라는 말만 듣고 3년 동안 기다렸어요. 기다림 뒤에 있을 해피엔딩을 꿈꾸면서요. 그립고, 슬프고, 그가 돌아오지 않을까 두려워질 때마다 그 노랠 들었어요. 하지만……해피엔딩을 맞은 주인공들은 이런 식으로 지내진 않죠."

나는 괴로워져 끌어안은 무릎 사이로 얼굴을 묻었다. 하지만 몇 초 만에 다시 고갤 들 수밖에 없었다. 그가 자신의 조끼를 벗어 내 어깨에 조용히 걸쳐 주었기에.

"취할수록 체온 유지가 중요해요."

나는 웃으며 고맙다고 대답했다.

"후회해요? 기다렸던 그 시간들."

말투보다 그의 눈빛이 더 부드러웠다. 그래서인지 드러내는 것에 더 이상 고민하지 않고 솔직하게 답하기로 했다.

"우스운 게 말예요. 시간이 흐르고 내 기다림의 끝도 서서히 보여 갈 때쯤의 그 환희도 또렷이 기억하고 있단 거예요. 그 무렵을 떠올리면 아직도 기쁨을 느껴. 현실을 망각한 채."

"음, 그 환희는 정말 끝내 주죠."

그와 내가 함께 키득거렸다.

"이 이야기가 그 무렵보다 더 기쁨을 가져다줄지 확신은 없지만, 분명 기쁠 거예요."

무슨 이야기? 다시 그를 보았다.

"토니 기억해요?"

아, 테스트를 봐준 캐리와 제이미의 친구인 그 중국인.

고개를 끄덕였다.

"그 사람 사실 서양식을 못 먹어요. 올드타운 스코츠데일의 차이니즈 레스토랑이 그의 유일한 식당이죠."

올드타운은 스코츠데일에서도 가장 번화한 지역이라고 들었다.

"그런 사람이 음식을 하나도 남기지 않고 다 먹었다는 것은 애런의 요리는 정말 대단한 거네요."

그가 미소 지었다.

"고마워요. 하지만, 중요한 이야기는 이제부터예요. 그날의 식사에 대해 그는 이렇게 평가하더군요. '리지 밀러 양의 도움으로 딱 맞는 요리를 먹을 수 있었다. 그녀는 좋은 커뮤니케이터였다.'"

나는 심장이 뛰면서 짜릿해지는 것을 느꼈다.

랜이 받은 장미꽃다발을 나도 받은 기분이었다.

차츰 가라앉던 볼이 다시 발그레하게 홍조를 띈 것은 물론이다.

"최고의 찬사예요."

"그의 말을 기억해 둔 보람이 있네요."

기뻐하는 그 모습에 시선을 둔 채 바라보았다. 고마운 사람.

그는 모를 것이다. 덕분에 길었던 도전 기간이 단단하게 매듭지어졌다는 것을.

고맙다는 인사를 하려는데, 낮에 들었던 제이미의 이야기가 번뜩 생각났다.

"그런데 말예요, 애런."

웬일인지 나는 망설임이 없었다.

"묻고 싶은 게 있어요."

"네, 말해요."

"낮에 식사하러 노스베이글에 들렀었어요. 제이미가 말하길, 당신이 그녀에게 감사 인사를 했다더군요."

그는 가만히 내 얘길 듣고 있다.

"오해한 제이미가 테스트에 대한 거라면 그럴 필요가 없다고 했더니 그에 대한 인사가 아니었다고 했어요."

이야기를 이으며 그를 쭉 지켜보았다. 그는 이제 손가락으로 이마를 문지르고 있다.

나는 계속 말을 이었다.

"그리고 무엇에 대한 인사였는지는 직접 물어보라더군요."

그는 이제 〈생각하는 사람〉처럼 턱을 괴고 있다.

내가 괜한 질문으로 그를 난처하게 만든 것일까.

"제이미도 참 얄궂죠? 미안해요. 굳이 들으려고 한 건 아니었어요. 그냥 생각나서……."

"리지, 당신을 오네이로에 데려와 줘서 고맙다고 한 거였어요."

머릿속에서 무언가 충돌한 것처럼 불이 번쩍였다.

그가 이야기를 듣는 내내 정면을 향하고 있던 고개를 그제야 돌려 나를 마주본다. 그의 눈동자는 여전히 상냥했지만, 무언가 달랐다. ……곤란스러움? 고뇌? 근심? 하지만 뒤이어 그는 이 모든 것이 괜한 내 걱정거리인 듯 말한다.

"리지, 더 궁금한 것 없어요?"

입이 열 개라도 모자랄 지경으로 많았지만, 갑작스럽게 이제와 그의 프라이버시를 침범하려 드는 것 같아 고민되었다. 하나의 입만 트여도 나머지 열 개의 입이 쉬이 트일 텐데 그 첫 번째 입 위에 올려져 있는 양심의 무게가 너무 육중하다. 내가 주저하고 있는 것을 그는 가만히 지켜만 본다. 즐겁다는 듯이. 여유로워 보이는 모습에 잠깐 용기를 가졌다가도 내면의 고개를 절레절레 흔들며 자신을 가로막길 몇 번. 왜 이렇게 용기가 나지 않는 것일까. 그가 먼저 물어봐 준 만큼 수용적이라고 생각되는데.

왁자지껄한 파티의 소란스러움이 서서히 가라앉더니 이내 하나 둘씩 우리를 찾는 목소리가 들려온다.

그가 먼저 자리를 털고 일어서며 아쉬운 듯 말한다.

"이런, 파티가 끝났나 보네요."

아니, 아쉬워한다고 믿고 싶다.

"그러게요."

급박해지자 머리가 비상하게도 잘 돌아간다. 그가 왜 피닉스로 홀로 왔는지, 오네이로에 먼저 찾아와 일을 구한 이유는 무엇인지.

갈피를 못 잡던 궁금증을 찾아내자, 몸이 달은 쪽은 나다. 언제 다시 그와 이렇게 이야길 나눌 수 있을까?

겉으론 부디 침착해 보이길 바라며 머릿속에선 회오리가 휩쓸고 있다.

"리지."

어설프게 대답했다간 안절부절못하고 있는 속내가 드러날까 눈만 크게 떴다.

"주말에 뭐 해요?"

"아……무것도."

희미하게 말 더듬은 것은 부디 그가 못 들었길 바란다.

"같이 식사하는 게 어때요? 언제나 만들기만 했을 뿐 먹은 건 오늘이 처음이었군요. 이것도 같이 라면."

'같이'라고 말하며 그가 손가락으로 브이를 으쓱거려 보인다. 나는 허탈하게 웃고 만다.

"좋아요."

"주말에 모텔 앞으로 데리러 갈게요. 그날 점심은 제이미에게는 미안하지만 비워 둬요."

주머니에 양 손을 꽂은 그의 뒷모습이 계단을 오르더니 멀어지다 이내 사라졌다.

아, 그리고 난 그제야 깨달았다.

망설였던 이유는 잃을까 싶어서였다.

나를 바라보는 그의 눈빛을.

2부

유일무이한 고백

1

'타베 에츠코.' 내 어머니의 결혼 전 이름이다.

엄마는 대학 시절 교환 학생으로 미국에 첫발을 내딛었다. 물론 그땐 전혀 염두에 두지 않은 계획들이었을 것이다. 지금의 모습들이.

하루 두 끼를 마른 빵으로 때우며 배 곯는 유학 시절을 이어가던 엄마는 아르바이트를 하던 햄버거 가게에서 아빠를 만났다. 그때까지만 해도 엄마는 막연히 아빠를 성실한 한국인으로만 생각했었다고 한다. 매일 아침 햄버거 빵을 배송하는 아빠와 이른 아침 근무를 했던 엄마는 그렇게 자주 얼굴 도장부터 찍었고, 엄마의 졸업과 동시에 두 분은 결혼했다.

아빠는 일곱 살에 일가족 모두가 미국으로 건너와 일생을 쭉 미국에서 살았다. '김선재'였던 아빠의 이름은 '데이브 밀러'

로 바뀌었고, 그 성을 이어 엄마의 이름도 '미스 타베'에서 '미세스 밀러'로 그리고 나, 리지 밀러가 태어났다.

가난했던 유학생과 이민자의 결혼은 본토 미국인 부부에 비하면 아주 척박한 땅을 일구는 것과 같았다. 게다가 한국인과 일본인 부부이면서 국적은 미국인인 우리 가족에게 선입견과 편견, 호기심과 차별은 언제나 따라다니는 역경의 기본이었다.

잘 기억나지 않지만 엄마가 얘기하길, 앞니조차 젖니일 적까지 나는 늘 엄마 등에 붙어 떨어질 줄을 몰랐다고 한다. 밖으로 나가 뛰어 놀지도, 친구들과 장난치는 법도 없이 언제나 집에서 엄마하고만 놀기를 좋아했던 것이다. 엄마는 그런 딸이 안쓰러우면서도 자주적이지 못할까 많이 염려스러웠다고 한다. 나는 그 덕분에 엄마의 자식 걱정이 다른 부모에 비해 좀 극심한 것 같아 걱정이긴 하다.

아빠의 일터가 평균 2년마다 이동을 해야 하는 바람에 노스캐롤라이나로 오기 전까지 서너 번의 이사를 다녀야만 했다. 그렇잖아도 사귐성 없는 내가 초등학교에 입학할 때가 다 되어 가도록 친구 하나 없는 것을 염려하던 부모님은 결국 나를 위해 정착하기로 마음먹게 되었다.

우리의 첫 정착 도시이자, 지금까지 삶의 터전인 노스캐롤라이나로 이사 온 것은 여섯 살. 그곳에서 사귄 나의 첫 친구이자, 오빠이자, 부모님을 제외한 나의 첫 보호자 같은 든든한 사람. 그가 바로 '데릴'이었다.

데릴은 시선조차 마주치지 않으려는 나를 미소 짓게 만들었고, 집 안이 세상의 중심이었던 내게 어스름한 밤을 밝히는 신비한 아침 해와 우리가 뛰어 노는 것을 밝게 빛내 주는 한낮의 눈부신 해, 넋을 잃고 보게 되는 일몰의 절경까지도 알려주었다.

그가 내 세계의 선지자가 되어 갈수록 나는 그의 품 안으로 더욱 파고들며 떨어질 줄을 몰랐고 오히려 그는 그때마다 너른 아량으로 더 크게 팔을 벌려 안아 주었다. 그렇게 나는 그의 손을 잡고 세상으로의 걸음마를 시작했다.

나보다 네 살 위였던 데릴은 먼저 성장기를 겪었다.

그의 부모님은 그가 태어난 지 2년 만에 이혼했고, 데릴은 홀어머니 밑에서 자랐다.

그의 어머니 '사라'는 노스캐롤라이나의 표본 여성 같은 사람이었다. 호탕하고 군세었으며 언제나 에너지가 넘치는 사람이었다. 그런 그녀의 크나큰 사랑을 받고 자랐기에, 데릴 또한 사랑을 나눌 줄 아는 사람이 되었다.

데릴은 부모님의 이혼 후 방학이 되면 아버지가 있는 곳으로 가서 지내기 위한 준비로 분주했다. 가끔은 온전히 방학을 그곳에서 다 보내고 돌아오기도 했고, 짧게는 2, 3주 만에 돌아오기도 했다.

그와 떨어져 지낸 첫 방학을 기억한다. 어미 새를 잃은 아기 새처럼 밤마다 울어댔던 날들. 매일 아침 눈 뜨자마자 그에게 전화를 걸고, 그가 돌아오는 날이면 사라의 손을 꼭 잡고 그를 태운 차가 어서 이 정원 안으로 달려 들어오길 소망하고 또 소망했었다.

입학을 하고 여전히 내게 소중한 '제인'과 친구가 되고, 첫 졸업과 두 번째 입학. 내 방엔 어느새 떡갈나무의 화장대가 생기고, 어떻게 하면 나도 제인처럼 눈이 커 보일까, 속눈썹이 길어 보일까가 최대의 관심사이던 시절. 숱하게 반복해 온 그와의 짧은 이별도 어느새 눈물 바람이 아닌 그가 트렁크에 짐 싣는 일을 돕게 되었다.

제인과 여기저기 정신없이 놀러 다니다 보니 어느새 그해 방학이 끝나 있었다.

그날 밤, 제인과 잡지 한 권으로 희희낙락하며 피자를 먹고 있는데 엄마가 나를 불렀다. 거실로 내려가니, 늘 그렇듯 데릴의 전화가 걸려와 있었다. 내일 돌아온다는 전화.

잘 지냈냐는 그의 첫 물음에 내 대답은 동문서답이었다. 데릴, 감기 걸렸어? 목소리가 왜 그래?

다음날, 늘 치러온 행사답게 나는 사라를 도와 데릴의 방을 청소하고 저녁 준비를 했다. 사라의 라자냐 맛은 일품이었다. 그날도 역시 사라는 본인이 근무하는 마트에서 신선한 쇠고기와 양송이버섯을 사와 라자냐를 만들기 시작했다. 집 안 가득히 토마토소스 끓는 냄새가 퍼지는 오후.

오븐에 들어가 있는 라자냐의 퇴장을 기다리며 식탁보를 깔고 접시와 포크들을 늘어놓고 있는데 벨소리가 날아든다. 나는 희소식을 접한 사람처럼 하던 일을 멈추고 현관문으로 잽싸게 달려 나간다. 현관문을 열고 익숙한 곳으로 시선을 맞추니, 수

염이 까슬까슬 자란 낯선 턱에 시선이 꽂힌다. 고개를 들자 어느새 남자가 되어 돌아온 데릴이 서 있다. 동글했던 얼굴엔 각이 생겼고 눈썹이 있는 곳은 툭 불거져 나와 눈매가 더욱 깊어 보인다. 키가 많이 자란 것은 물론이거니와 매끄럽기만 했던 팔엔 이젠 힘을 주면 근육이 솟는다.

그는 예전과 다름없이 미소 짓는다. 잘 지냈어?

사실 이미 나는 그의 인사말이 떨어지기도 전에 그를 숨 막히도록 끌어안았어야 했다.

그가 내 머릴 쓰다듬으며 웃어 준다. 그 다정함이 너무 좋아서 목마른 아이처럼 더 투정부리곤 했다. 더 많은 관심과 사랑을 받고 싶어서. 하지만 그날 이후의 나는 그러질 못했다. 그가 내 눈을 똑바로 바라볼 때마다 눈을 피하거나 달아났다. 그때마다 내 볼이 장미색으로 물들기 때문이었다. 지금 생각해 보면 오래된 엄연한 내 첫사랑이었다.

그를 의식하기 시작하면서 오히려 멀어지려 노력했다. 그는 이제 나에게 남자인데 여전히 동생이기만 한 내가 너무 싫었던 것이다. 멋진 여자로 변한 내 모습에 놀라고 반할 그의 모습을 고대하던 철없던 시절이 시작되었다.

긴 머리를 흩날리며 노래하는 브리트니 스피어스를 따라 머리를 노랗게 물들이고, 30분 동안 사투를 벌여 조금이라도 더 눈동자가 커 보이게끔 렌즈도 했다.

그가 내 이름을 다정하게 불러 줄 때마다 당장 달려가고 싶은 발걸음을 매정하게 돌리곤 했고, 퉁명스런 내 짧은 대답들에도 그는 여전히 웃어 주었다. 내가 아무리 깍쟁이인 척해도 그는 조금의 변함도 없이 언제나 내게 친절했다. 그래서 더욱 슬펐다. 나는 영원히 이대로 그에게 동생일까봐.

어영부영 군은 내 태도는 그가 고등학교를 졸업할 때까지도 변함없었다. 나는 곧 내 계획이 크게 잘못됐다는 걸 깨달을 수밖에 없었다. 그가 대학 때문에 롤리를 떠나게 된 것이다.

그는 미리 내게 대학 이야기를 하려고 했지만 그때의 나는 알다시피 깍쟁이 행세에 열을 올리고 있었고 그를 피해 다니기 바빴다.

어리석은 리지 밀러.

이별은 순식간에 찾아왔다. 이번엔 데릴이 방학 때면 떠나던 수준의 기간이 아니었다. 아니, 이젠 반대로 방학이 되어야만 그를 볼 수 있었다. 그것도 운이 좋아야 했다.

떠나던 날, 그가 내 정수리에 안타까운 입맞춤을 해줄 때까지도 난 잘 가라는 따뜻한 인사 한마디 건네지 못했다. 이제 와 가면을 바꿔 쓰듯 그에게 웃으며 잘 가라고 말하기엔 너무 늦었다고 생각했고, 결정적으로 용기가 부족했다.

오, 미련한 리지 밀러.

그렇게 데릴은 정말 롤리를 떠났다.

데릴이 없는 시간이 시작됐다. 처음엔 매년 반복해도 잘 버텨 냈던 방학 기간을 생각하며 그렇게 지내면 될 거라 생각했다. 하지만 달랐다. 그동안 그 시간을 평온하게 생활할 수 있었던 건 다 그가 돌아올 거라는 믿음 때문이었다. 그때의 그는 방학이 끝나면 롤리로 돌아올 수밖에 없었지만, 이젠 아니었다. 방학에 롤리로 돌아오지 않아도 되었다. 첫 학기라 바빠서, 그룹 스터디 때문에, 친구들과의 배낭여행. 그의 머릿속에서 롤리는 잊혀 가고 있는 걸까. 마지막까지 냉담했던 나 같은 건 가장 먼저 잊었을지도 몰라.

제인에게도 연인이 생기고, 홀로 외로움을 견디려 부단히도 애썼지만 쉽지 않았다. 데릴이 찾아준 태양이, 롤리에서 멀어지는 그의 마음과 같이 석양 너머로 사라져 버리는 것만 같았다. 그는 내게서 다른 것으로 대체될 수 있는 사람이 아니었다. 역시나 늦된 나는 잃고서야 깨달았다.

유일한 취미는 그와의 추억을 되새김하는 것이 되어 가고, 혼자 있는 시간이 느는 만큼 점점 말수가 줄어 갔다.

조금도 즐겁지 않은 최악의 졸업 무도회를 보내고, 나는 차를 운전해 갈 수 있는 거리의 대학에 진학했다.

삶이 이렇게 아무런 의미 없이도 잘만 굴러가는구나. 나는 그렇게 매일을 별 감흥 없이 보냈다. 가끔은 불어오는 기분 좋은 바람에 이제 곧 가을이 오는 건지, 봄이 오는 건지 떠올려야만 했다.

6월, 여름이 오고 있었다. 여름바람은 선물을 가져다주었고, 산타클로스보다 나았다. 데릴이 졸업을 하고 롤리로 돌아온 것이다.

그를 껴안은 것이 몇 년 만일까. 그의 눈동자를 들여다보며 얘길 나눈 것이 몇 년 만일까. 나는 다시 영구치가 나기 전의 꼬마로 돌아가 그의 곁에서 떨어질 줄을 몰랐다.

이제 와 생각해 보면 돌아온 그를 보았을 때 이미 감지했을 지도 모르겠다. 불운한 기운을. 이런 걸 여자의 감이라고 하는 걸까. 화창한 여름날이 성큼 다가왔지만 데릴의 얼굴엔 이유 모를 근심의 구름이 천천히 그림자를 드리우고 있었다.

사라가 일하는 마트에서 바닐라 아이스크림 1갤런을 사서 그의 집으로 향한 날이었다. 데릴과 내가 어릴 적 자주 나누어 먹던 그 아이스크림이 부디 그에게 좋은 추억을 일깨워 주길 바랐다.

전날 밤부터 필사적으로 기억의 서랍을 샅샅이 뒤져 찾아놓 은 추억들을 쉴 새 없이 펼쳐 놓으며 그와 나는 사이좋게 아이 스크림을 나눠 먹었다. 그도 미소 짓고 있었다. 그때까진.

초인종이 울리고, 데릴이 잭에게서 우편물을 건네받았다. 그가 현관에 선 채로 봉투를 찢고 편지를 읽어 내려가기 시작 했다. 역광을 받은 그의 등이 좀체 돌아서지 않았다. 영화 〈그 녀는 요술쟁이〉의 이사벨이 시간을 정지시켜 두기라도 한 듯. 그는 끝내 내게 등만을 보인 채 방으로 사라졌다.

걱정했지만, 그날 밤 그는 롤리를 떠나지 않았다. 그 다음날 도, 그 다음 주도. 하지만 난 알 수 있었다. 그는 무언가 큰 상 실감에 빠진 듯했고, 눈동자는 늘 먼 곳을 응시하고 있었다. 아 득하게.

이번엔 그가 이별을 나눌 짬조차 주지 않고 훌쩍 떠나 버릴 것 같은 예감이 들었다. 그리고 다시는 돌아오지 않을 것만 같앉다. 그것은 시한폭탄처럼 내 곁에서 째깍 째깍 소리 내며 몹시도 불안하게 만들었다.

사촌 이자벨라의 두 번째 결혼식에 다녀온 주말. 나는 이보다 더 좋은 최선책은 없다며 수십 번은 고민해야 할 그 일을 일사천리로 진행시켰다. 엄마에게 생떼를 부렸고, 일찍이 데릴 없는 딸이 구제불능이란 걸 알고 있었던 엄마는 결국 사라를 찾아가 우리 둘의 결혼 이야기를 꺼내기에 이르렀다. 그리고 예상한 대로 사라는 전적으로 데릴의 의견을 존중하겠다는 답과 함께 나의 프러포즈를 그에게 전했다.

의외로 그는 내 프러포즈를 전해들은 그 자리에서 답해 주었고, 엄마는 단 한 번의 방문만으로 모든 걸 해결하고 돌아왔다.

내 2층 방을 향해 계단을 뛰어 오르는 엄마의 발소리. 리지, 리지 내 이름의 외침 소리. 마침내 노크도 없이 문을 벌컥 열곤 엄마가 고이고이 입속에 담아온 말을 툭 뱉어 냈다. 이럴 땐 파티를 해야 하니, 미세스 크렉?

그대로 영화의 엔딩처럼 키스를 나누고 끝났더라면 얼마나 좋았을까. 청혼이 받아들여졌다는 사실에 나는 여전히 내 옆에 있는 시한폭탄의 존재 자체를 망각하기에 이르렀다. 이미 끝난 일인데 뭐가 더 있겠어? 하고 가볍게 생각하며 내 손으로 골동품처럼 저 아래 창고 구석진 곳에 방치해 뒀을 뿐이었다.

신혼집을 꾸밀 예쁜 프릴과 조명에 정신이 빼앗겨 나 혼자 행복감에 도취되어 있던 그때, 시한폭탄은 소리도 없이 터졌다.

나는 오열했다. 그를 앞에 두고 그가 죽기라도 한 것처럼 눈물을 뚝뚝 흘리고 소리쳤다. 그렇게 나를 엉망진창으로 만들수 있는 사람도, 그런 나를 구제할 수 있는 사람도 이 세상에단 한 사람, 데릴뿐이었다.

사랑이란 게, 누군가가 절실하다는 것이 이토록 상대를 곤란하게 만들곤 한다. 물론 그땐 몰랐다. 내 목의 갈증만이 중요했으니까.

그가 쓸쓸한 눈빛으로 주저앉은 나를 끌어 올리며 말했다. 곧 돌아오겠다고. 돌아오면 그때 결혼하자, 그동안 넌 머리카락을 기르고 있어. 웨딩드레스엔 아무래도 긴 머리가 아름답잖아.

땀과 눈물로 범벅이 된 내 이마와 뺨에 입 맞추며 그가 그렇게 속삭였다. 그의 간절함이 내 뺨으로, 이마로 녹아드는 것 같았다.

보내 달라는 간절함이.

그렇게 그는 군복을 입고, 갑작스레 다시 내 곁을 떠났다.

그 뒤의 시간을 어떻게 설명하는 것이 좋을까.

몇 달은 울고, 울고, 신이 내가 얼마나 울 수 있는지 시험해보려는 것만 같았다.

이제 두 번째 기다림이란 것을 다시금 깨달았을 때의 그 황망함은, 태양이 작열하는 사막 한가운데서 길을 잃고 쓰러진느낌이었다.

더는 울지 않게 되었지만 그렇다고 웃지도 않게 되었다.

해가 바뀌고, 차를 몰아 학교에서 수업을 듣고. 여름이 오면엄마와 제인의 손에 이끌려 멍하니 경치를 보고. 다시 겨울이 오면 언제나 우리 동네에서 가장 먼저 성탄절 준비를 하는 미스터 다니엘 집의 요란한 불빛을 보고서야 연말연시가 가까워졌음을 알았다.

그런 요란한 행사와 파티가 있을 때면 언제나 고역이 따로 없었다. 파티가 즐거워지면 즐거워질수록 다들 조용히 있는 나를 의식해 웃음소릴 가다듬었고, 동정 어린 눈빛으로 내 손을 잡아줄 때마다 나는 역겨워 토하고만 싶었다.

처음엔 애써 끌어올렸던 입 꼬리를 어느새 상대의 눈을 똑바로 보면서도 할 수 있게 되었다. 그럴 때마다 나 자신이 너무 역겨워 토하고만 싶었다. 거짓 웃음을 천연덕스럽게 짓는 리지 밀러라니. 상상해 본 적도 없는데.

불행인지 다행인지 다시 해가 바뀌자 다들 내 가짜 미소에 익숙해져 더 이상 나를 안타깝게 바라보지 않게 되었다. 나 또한 애써 꾸며온 이 연극이 실패로 돌아가지 않기 위해 더욱 나를 숨겨야만 했다.

건초와 크래커 봉지만 날리던 작은 회오리바람이 느닷없이 커져 허리케인이 되듯, 나는 발작적으로 상태가 나빠지기 시작했고 그럴 때면 언제나 내 방으로, 인적이 드문 곳으로 몸을 숨겨 필사적으로 소리를 죽이고 울음을 토해 내야만 했다. 등 뒤에서 살인마가 나를 찾아 죽이려고 어슬렁거리고 있는 것마냥 그렇게 내 손으로 입을 틀어막고서 말이다.

쓸쓸한 시간이 흘러갔고 마음은 더욱 익어 애달파져만 갔다.

몇 번째인지도 모를 봄이 다시 왔고, 나는 그해 여름 드디어 학사모를 쓰고 길었던 내 직업 '학생'을 졸업했다.

명문대 출신도, 전도유망한 과도 아니었던 나는 고민 끝에 가을 초입이 되어서야 도서관으로 출근을 시작했다. 다행히 업무에서 오는 스트레스는 적은 편이었고, 함께 일하는 사람들과 부딪힐 일도 별로 없어 편했다. 묵묵히 일할 수 있어 좋았고 평온해서 더욱 그 일에 만족했다. 책에 둘러싸여 있는 것에서 가끔은 위안을 얻곤 했고 그 덕분에 메마른 가슴에서 하고 싶은 것에 대한 열의가 움트기 시작한 것은 조금 더 시간이 흐른 뒤였다.

출근 시간 20분을 늘 함께하는 라디오의 주파수가 고정되었을 즈음, 내 앞으로 엽서 한 장이 도착했다. 나는 엽서를 두 손에 꼭 쥔 채로 식탁에 앉아 창밖을 몇 분이고 바라보았다. 엄마가 심은 일본 단풍나무가 황적색으로 물든 모습을.

그가 어디에서건 이곳으로 돌아올 때면 절대 빠뜨리지 않고 하던 연락.

'겨울에 돌아갈 거야, 데릴.'

엽서엔 그렇게 쓰여 있었다.

손꼽아 기다리는 때가 생기자, 내 시간은 다시 너무도 더디게 흐르기 시작했다.

머리를 노랗게 물들였던 그 철없던 시절처럼 다시 거울을 들여다보며 내 얼굴을 찬찬히 뜯어보았다. 이제 등을 완전히 뒤덮은 내 머리길이에서 어느덧 3년의 시간이 훌쩍 지났음을 알 수 있었다.

생활에 활력이 생겼고, 꺼두었던 신경을 다시 재가동시키듯 나는 오감을 활짝 열어 많은 것을 느끼고 받아들였다. 나를 보호하기 위해 애쓰던 미소가 조금씩 느슨해졌고, 잊고 있었던 표정들이 다시금 눈가와 입가로 돌아왔다.

발작이 흥분에 가려지면서 꼭꼭 닫아 두었던 방문이 다시 열린 것은 추운 겨울이 되고서였지만 내 마음은 그 어느 때보다 태양에 가까웠다.

그리고 기다리던 그가 돌아왔다.

언제나 그랬듯 사라의 정원을 가로질러 성큼성큼 걸어와 내 눈에 박혔다.

햇볕에 그을린 피부와 형편없는 옷을 입고 있었지만 잃었던 환한 미소를 되찾아온 그의 눈부심에 내 눈에는 절로 눈물이 차올랐다. 영원한 내 친구이자, 오빠이자, 보호자, 그리고 오래된 사랑인 그가 정말 돌아왔다. 이번엔 영혼까지 모조리.

이제 다시 그가 떠날 일도, 내가 기다리며 아파할 일도 없을 거라 믿어 의심치 않았다.

하지만 그로부터 다섯 달여 뒤, 이번에 롤리를 떠난 사람은 그가 아니었다.

바로 나였다.

2

주말 아침의 내 일상생활은 무척이나 단조로운 편이다.

간단하게 표현하자면 영양 상태는 전적으로 제이미에게 일임해 두고 격렬하지 않은 에너지 소모로 하루를 보낸다. 하지만 이번 주 주말은 다르다. 알람 소리에 잠에서 깨어 부단히도 나는 몸을 놀리고 있다. 특히, 거울 앞에서.

고심 끝에 골라 입은 회색 모직 스커트에 어울릴 만한 상의를 고르느라 그야말로 혼돈의 상태다. 이미 옷장과 다를 바 없이 변한 침대 위의 켜켜이 쌓인 옷들을 휘저어 탈락시켰던 옷도 다시 집어 든다.

고급스러워 보이는 검은색 실크 블라우스. 나쁘진 않지만 진주 귀걸이나 목걸이 같은 포인트가 없어선 내 검은 머리카락 때문에 우중충해 보이기 쉽다. 미련 없이 다시 침대로 던져 두고 다음 옷을 대어 본다. 커피색과 베이지색의 체크무늬 거즈 셔츠. 스니커즈를 신고, 전공서를 한 아름 안기라도 해야 할 것 같은 차림이다. 이 옷을 골랐던 작년 여름 리지 밀러의 안목을 한심해하며 다시 침대 위로 던진다. 다음, 탐스럽게 여문 올리브색의 시폰 블라우스. 셔링이 여성스럽게 잡혀 있어 작은 귀걸이만으로도 충분할 것 같다.

파우치를 헤집어 파운데이션을 바른다. 뷰러로 속눈썹을 올리는데 어째 평소 같으면 이미 완성되었어야 할 횟수에도 좀처럼 맘에 들지 않는다.

화장을 마치고 서둘러 현관으로 달려가다 다시 돌아와 가방을 낚아챈다.

오랜만에 굽다운 굽이 있는 구두를 엉거주춤한 자세로 신는다. 다시 똑바른 자세로 서 딸려 올라간 스커트와 블라우스 끝단을 팽팽하게 잡아당긴다. 마지막으로 머리를 만지다 아직 파마 롤이 머리에 감겨 있다는 걸 알아차린다. 이때만큼 나의 모자람이 느껴지는 순간도 없다. 머리가 엉킬까 조심하면서도 서둘러 롤을 빼낸 후 드디어 502호의 문을 닫고 애리조나를 나선다.

잠에서 깨, 가장 먼저 창밖을 확인했을 때는 휑하기만 했던 정문 앞에 애런의 은색 세단이 조용히 서 있다.

나는 숨과 침을 한꺼번에 크게 삼킨다.

"타요."

그가 차 문을 열어 주며 말했다. 나는 고개만 끄덕이곤 조심

조심 걸어 차에 탄다.

"특별히 먹고 싶은 것 있어요?"

"아뇨."

아, 굳이 말하자면 있긴 한데.

"미리 예약해 두었는데 괜찮죠?"

그와 눈이 마주치는 순간 내 고개가 절로 끄덕인다.

그가 소리 없이 웃으며 사이드 브레이크를 내리고 핸들을 돌려 이곳을 빠져나간다.

독립 기념일에 이젠 다 사라졌다고 생각한 긴장감이 다시 내 몸을 뻣뻣하게 만드는 느낌이다.

언제나 하는 습관인 듯 그가 낮은 볼륨으로 라디오를 켜고, 음악이 나올 때면 템포에 맞춰 손가락으로 핸들을 두드린다. 이따금씩 사이드미러를 재빠르게 감지하는 모습을 본다. 차가 신호에 멈춰 설 때면 상체를 바짝 당겨 주변 풍경들과 하늘을 올려다보는 모습도.

그를 따라 하늘을 올려다보고 있는데 한마디 한다.

"날씨가 좋아요."

"네, 구름 한 점 없이 맑네요."

좁은 시야의 새파란 하늘을 올려다보며 답했다.

다시 음악이 차 안을 정복한다. 나는 이렇게 가만히 있기만 해선 안 되겠다는 뜻 모를 위기감에 입을 뗀다.

"애런, 한국을 알아요? 안 그래 보이지만 사실 저 혼혈이거 든요."

말을 마치기 무섭게 후회가 몰려온다. 조금 전 대화와 전혀 연계성도 없는 화제라니. 급조한 티가 절로 나 창피하다, 정말.

"그럼요, 알아요."

그는 운전하기 바쁜 와중에도 단박에 답해 나의 심려를 덜어 주었다.

"떡볶이라는 요리도 알아요. 마무리로 들어가는 재료가 춤추듯 일렁이는 게 인상적이었어요."

"나도 어릴 때 그렇게 생각했어요!"

나는 반가운 마음에 이성적인 제어를 해볼 틈도 없이 소리 쳤다.

"엄마가 무슨 장치를 해두었다고 생각하기도 했었죠."

어린애처럼 방방 뜬 내 모습을 보며 그가 웃는다.

"떡볶이 맵지 않아요?"

호기심 어린 표정의 그에게 내가 어깨를 으쓱하며 답한다.

"멕시코 요리보단 덜 매워요."

그러자 이번엔 의아한 표정으로 내게 다시 묻는다.

"멕시코 요리가 매워요?"

"하바네로가 맵지 않아요?"

"이런."

그의 반응에 영문을 모르겠는 표정을 하자 그가 난감해하며 덧붙인다.

"그렇다면 오늘 메뉴를 잘못 선정한 것 같네요."

그제야 나도 모르는 사이 결례를 범했다는 것을 깨달았다.

"아니, 멕시코 요리를 싫어하는 건 아녜요. 오히려 나초는 무척 좋아하는 편이죠. 그리고 음……."

어느새 애런의 차가 주차까지 모두 마치고 멈춰 섰다. 운전을 끝낸 그가 완벽하게 내 쪽으로 방향을 틀고 말한다.

"리지, 당신은 나를 너무 좋은 사람으로만 판단하고 있어요."

도통 무슨 소리인지 갈피를 못 잡는 나를 향해 그가 턱짓으로 내 쪽의 차창 밖을 가리킨다. 창밖을 바라보니 아주 유명한 레스토랑의 큰 출입구가 보인다. 맛있기로 소문이 자자한 프랑스 요리점이다.

뒤에서 그의 목소리가 들린다.

"나도 농담을 하곤 해요."

나는 입이 크게 벌어졌다는 것도 인식하지 못한 채 다시 그를 향해 돌아섰다.

그가 웃는다. 나도 따라 웃게 된다. 그가 농담을 하다니!

"애런!"

놀림 당했으면서 뭐가 그리 즐거운지 나는 내내 따라 웃으며 테이블까지 걸어갔다.

그의 도움을 받아 수십 가지의 메뉴 중에서 내가 좋아할 법한 요리를 고르고 반듯하게 접힌 냅킨을 풀어 무릎에 올려 두었다.

웨이트리스가 주문한 와인을 들고 왔다. 시음은 어느 분이 하시겠느냐는 질문에 그가 '레이디퍼스트' 제스처로 응한다. 레드 와인이 비어 있던 내 잔을 얕게 채우고 나는 한껏 기대되어 맛을 본다. 코끝에 감도는 산딸기 향에 기분까지 싱그러워진다. 내가 기분 좋게 고갤 끄덕이자 웨이트리스가 곧바로 애런의 잔도 채워 주었다.

"오늘 선택한 요리와 잘 어울릴 거예요."

그의 말이 끝나기 무섭게 키 큰 아일랜드계의 웨이트리스가 전채 요리를 비어 있던 테이블 중앙에 내려 둔다. 따뜻한 온기에 바질향이 실려 있는 에스카르고이다. 오네이로의 두 신참 셰프, 제스와 테드가 요리한 것과는 또 다른 맛이다.

그와 단 둘이 있어 본 적은 나름 많지만, 이렇게 가까이에서 마주 보고 앉아 있긴 처음이다. 왠지 쑥스러워 초점을 아직 제대로 그의 얼굴에 맞추지 못하고 전채 요릴 먹는 내내 나는 애꿎게 주변만 훑는다. 2층까지 있는 레스토랑답게 손님도 많고 일하는 사람도 많다.

나를 따라 자신의 뒤편을 힐끔 본 그가 묻는다.

"뒤에 무슨 소란이라도 생겼어요?"

"아뇨, 이곳 규모에 감탄하는 중이었어요."

그가 이번엔 천천히 주변을 공들여 둘러보고는 다시 시선을 가져온다.

"이 정도의 손님을 커버하려면 주방이 조직적이겠어요."

"조직적이라뇨?"

"음, 아마 호텔과 마찬가지로 일정한 계급이 존재할 거예요. 과제가 커질수록 팀이 생기고, 팀이 생기면 팀장을 선출하기 마련이잖아요?"

"정말이지 단번에 이해되는 설명이네요."

그가 다시 웃고 나는 어느새 자연스레 시선을 그에게 맞추고 있음을 깨닫는다.

"이전에 가르치는 일을 한 적 있어요, 애런?"

"아뇨, 전에 말했다시피 전직은 포토그래퍼 하나뿐이에요."

"메뉴 수업을 들을 때도 느꼈지만, 애런의 설명은 이해하기 정말 쉬워요."

"고마워요."

그가 쑥스럽게 웃으며 와인 잔을 입에 댄다.

"학창 시절에 공부를 잘했어요?"

"그 질문은 좀 곤란한데요. 이제 내가 농담도 한다는 걸 들킨 이상 수석으로 졸업했다고 해도 안 믿을 걸요?"

"혹시 아이비리그 졸업생 아녜요?"

내가 한술 더 떠 대꾸하자 그가 소리 내어 웃는다.

기분 좋게 웃는 사이 메인 요리가 나오고 와인 잔도 새로 채웠다.

그가 들릴 듯 말듯 목소릴 가다듬고는 화제를 바꾼다.

"리지, 괜찮다면 나도 하나 물어봐도 돼요? 대답하기 여의치 않으면 농담으로 답해도 좋아요."

나는 어색하게 고갤 끄덕였다. 그가 처음으로 질문을 하겠다고 하여 긴장한 것도 있었지만 걱정되는 점은 따로 있었다. 마지막 수업 날 그의 도움을 받았던 일에 대해서 묻기라도 할까 그게 제일 불안하다. 그 외에 나한테 신경 쓰이는 게 있을까? 뭐라고 답해야 좋지?

애런이 다시 말문을 열었다.

"리지, 꿈이 뭐예요?"

예상치도 못한 의외의 질문에 나는 잠시 당황한다. 하지만 그는 평온한 얼굴이다.

"어릴 적 목표가 오네이로의 웨이트리스는 아니었을 테죠?"

어릴 적……. 나는 내가 꿈꾸던 시절을 회상했다.

불가능한 꿈과 하루가 멀다 하고 꿈이 바뀌었던 어린 시절. 뭐가 되겠다는 다짐과 되고 싶다는 야망보다 꾸미고, 즐거운 것들을 쫓아다니기에 바빴던 사춘기 시절. 너무 아팠던 아픔을 겪고 내게 위안을 주었던 책들에게서 희망을 보았던 그때, 나는…….

"칼럼니스트가 되고 싶었어요."

감탄을 자아내는 새로운 일깨움을 접할 때면 나는 내가 너무나 초라하고 형편없게만 느껴졌다. 세상은 지금도 이렇게 새로운 것들이 하루가 다르게 쏟아지고 있는데, 여태 무얼 한 건지 공허함이 몰려오곤 했다.

나도 창밖의 세상에서 움직이며 보람을 느끼고 싶었다. 때론 바쁘게 뛰어 다니기도 하며 알고 싶은 것에 대해 과감하게 뛰어들어 값진 경험을 얻고 싶었다. 나도 이것만큼은, 이것에 대해서는 잘 안다고 공언할 수 있는 분야가 있었으면 하고 희망했다.

물론 그 희망은 아직도 내 가슴 깊은 곳에 원석인 채로 남아 있다.

"더 자세히 듣고 싶어요."

이야기에 앞서 나는 가슴이 부풀도록 숨을 깊이 들이마셨다.

"좋지 않은 때가 있었어요. 난 내가 어떻게 대학 졸업을 할 수 있었는지도 의문이에요. 아무런 기억이 없죠. 추억이 없단 뜻이에요. 많은 위인들이 여러 명언으로 충고한 시간을 마구 쓰며 살았어요. 돈보다 더한 사치였어요.

질리지도 않고 늘 똑같은 풍경들만 되새김질하며 지내다, 첫 직장을 얻어 사회생활을 시작했어요."

"그곳이……"

"도서관이었어요. 책에 대한 찬양들을 진부하다고만 여겼는데 어느새 깨닫고 보니 내 퇴근 길 조수석에 책이 있지 뭐겠어요. 엄마에게 잠들기 전 〈피터팬〉을 읽어 달라고 떼썼던 이후 처음으로 자의로 책을 읽기 시작했어요. 잡지는 〈보그〉나 〈코스모폴리탄〉 같은 뷰티 매거진이 전부라고 생각했는데 그렇게 다양한 잡지들이 있다는 것도 처음 알았어요. 내가 모르는 세상의 다양성도 충격이었지만, 나 자신이 너무 한심스러웠어요. 그동안 공허하게 보내온 시간을 이 사람들은 필시 헛되이 쓰지 않았기에 이렇게 멋진 칼럼을 쓸 수 있다는 걸 안 거죠."

나는 애꿎은 와인 잔의 둥근 바닥만 손가락으로 문질렀다.

그가 조용한 목소리로 말한다.

"하지만 헛된 시간만은 아니었어요, 그렇죠?"

그의 위로에 저절로 울어 버릴 것만 같았다.

다행히도 아까의 여자 웨이트리스가 디저트를 내와 이젠 듬직하게까지 느껴지는 큰 키와 몸집으로 나를 잠시 숨겨 주었다. 그 잠깐의 순간에 나는 울고 싶은 만큼 울상을 지어 털어내 버리곤 재빨리 평온을 가장하고 그녀가 두고 간 커피를 마셨다.

"어떤 칼럼을 쓸 건지 정했어요?"

나는 다시 여유 있게 웃었다.

"그렇게 말하니 정말 칼럼니스트라도 된 기분이네요."

"꿈을 간직한다면 될 거예요. 언젠가 봄은 오기 마련이고, 꽃은 필 수밖에 없으니까."

그가 나에게 시선을 고정한 채로 '부디 잘 간직해요'라는 말을 덧붙이며 커피를 마신다.

나는 간절히 단 한 사람만을 찾았다. 아일랜드계 여 웨이트리스.

하지만 이제 그녀가 할 남은 일은 우리가 떠난 자리를 치우는 것뿐이다.

3

그 어느 때보다 친구 제인을 만나고 싶었다.

예전처럼 다 먹지도 못할 크기의 피자를 펼쳐 두고 밤이 새도록 떠들고 싶었다. 그걸 하지 않은 지도 벌써 4년이 훌쩍 넘었다.

서점 앞 단풍색 전화부스 앞에서 벌써 5분째 서성거리고만 있다. 가슴 안에 담긴 이야기가 적재 초과로 터질 것만 같았다.

성큼 들어가 수화기를 들어 번호를 누른다. 신호음이 곧바로 이어지자 나도 모르게 수화기를 내리려다 다시 마음을 다잡고 누군가가 받기를 기다린다.

― 여보세요?

"음, 나야."

막상 밝히자니 왠지 껄끄러워 잠시 2초 정도 망설이다 뱉어

낸다. 내 이름을.

"리지."

— 어머, 리지!

여전한 제인의 무수한 감탄사들에 나도 다시 10대로 돌아온 것만 같아 철없는 웃음이 난다.

— 리지, 정말 너야? 리지 밀러?

"그래, 나야. 리지 밀러!"

— 오, 이런. 나쁜 계집애. 이제야 연락해?

그 후로도 5분 가까이 열렬한 환영이 담긴 핀잔을 듣고서야 제인은 겨우 대화를 나눌 수 있는 상태가 되었다.

나보다 더, 이미 오래전 할 이야기가 지나칠 정도로 쌓였을 제인은 둑이 범람하듯 이야기를 쏟아냈다. 지금 하고 있는 인테리어 사무실의 이야기가 시작이었지만 언제나 그랬듯, 무슨 이야기로 시작하던 끝은 '제이슨'에 대한 불만이다. 이 전개는 제인과 제이슨이 처음 학생 식당에서 마주 앉게 된 그날 이후부터 고정되어 있다.

— 주드의 결혼식에서 가족이 결혼하기라도 하는 양 한껏 들떠 있기에 물었지. 제이슨, 주드가 남편보다 열 살이나 어린데 너무 아깝지 않아? 그랬더니 결혼에 빠르고 느린 건 없다는 거야. 희망이 보였지. 주말에 거하게 둘이 술 마시고 키스 나누다 말해 버렸어. 자기, 프러포즈 준비 너무 오래 걸리는 거 아냐? 하고. 그랬더니 정색을 하면서 이제 겨우 본인이 목표한 것을 할 수 있는 나이가 되었는데 결혼 따위로 늦추기 싫다는 거

야. 세상에, 정말 기가 막히지 않니? 여자가 어린 나이에 결혼하는 건 당연하고, 남자는 청춘이 아깝다는 거야? 이 나쁜 자식은 애초부터 나랑 연애만 하다 그만 만날 셈이었던 거야!

나는 웃으며 여전하구나, 했다.

제인과 제이슨은 언제나 위태로워 보이지만 두 사람 다 너무 열렬해서 그렇다. 번개처럼 싸우고 언제 그랬냐는 듯 다시 불같이 사랑한다.

— 그런데 언제 돌아올 거야? 네가 없으니 혼자가 된 것 같아.

"말 상대가 없어 따분한 게 아니고?"

— 뭐, 그게 중요하긴 하지만.

솔직한 제인. 나는 웃었다.

— 가족, 친구 다 여기 있는데 왜 안 돌아오는 거야? 아!

이번엔 제인의 음흉한 웃음소리가 수화기 전체를 울린다.

— 누군가 생겼군?

나는 아무런 대꾸도 없이 잠시 혼자만의 판단에 빠져들었다. 전에 없던 침묵에 오히려 당황하는 건 제인이다.

— 생긴 거야? 아님, 상대할 가치를 못 느끼는 농담이라 그러는 거야?

"그게…… 사실 그것 때문에 좀 의논하고 싶어 전화했어."

난 제인이 큰 소리로 '하느님 맙소사!' 하고 외칠 거라 생각했다. 리지 밀러가 데릴 크렉 이외의 남자도 생각할 줄 안다니, 정말 신통하지 않나. 내가 생각해도 너무 대견스러울 정도인데.

우뢰처럼 쏟아질 제인의 감탄사들을 맞을 준비를 하고 있는

데 여전히 수화기 너머는 묵묵부답. 먹통이다.

나는 조심스레 다시 입술을 떼었다.

"여보세요?"

— 리지…….

제인의 목소리는 나만큼이나 조심스럽게 들렸다.

— 너 우리 집 거실 전화기 오른쪽에 뭐가 있는지 알지?

제인의 집 구조라면 훤히 꿰고도 남는다.

"전신 거울."

— 맞아, 나 지금 거울로 내 얼굴에서 있는 줄도 몰랐던 표정을 발견한 참이야. 생소해. 지금 네 말만큼이나!

제인은 정말 놀란 거다.

— 어떤 남자야? 어디서 만났어? 벌써 만나고 있는 거야?

그리고 여느 때와 다름없는 수다스런 제인으로 돌아왔다.

"아직 만나는 사인 아니고 일하는 곳에서 만났어. 그리고 다른 질문 하난 뭐였지?"

— 일? 너 거기서 직장을 구했어?

"응, 좋은 곳이야. 아, 어떤 남자냐면……."

그래, 애런은 어떤 남자냐면…….

— 어서 말해 봐.

애런이 하얀 셰프 복을 입고 자신의 무대인 주방을 활보한다. 스텝을 밟듯 가벼운 발걸음으로.

빠르고 정교한 손놀림에서 맛있는 음식이 만들어지고 그 음식은 자주 사람들을 즐겁게 한다.

어색하게 시선이 마주치기라도 하면 그는 자연스레 미소를 짓는다. 부끄러움도 창피함도 없다. 온 마음에 평온함이 생긴다.

첫 만남의 분주했던 애런이 말한다. 리지, 기다릴 테니 천천히 말해요.

독립 기념일을 함께 보냈던 애런이 말한다. 당신도 그런 고독한 밤을 겪게 하고 싶지 않았어요.

갑작스런 내 발작을 너그러이 감싸 줬던 애런이 말한다. 당신이 말하길 주저할 것 같거든요. 그럼 내 마음도 편치 않을 테고.

내게 든든함과 용기를 주었던 애런이 말한다. 그러니 걱정마요. 당신의 요리는 내가 만드니까.

내 아픈 상처에 약을 발라 주고, 애런이 희망을 말한다. 꿈을 간직한다면 될 거예요. 부디 잘 간직해요.

— 리지?

"제인, 형용할 수 없어."

아까 나오리라 예상했던 제인의 감탄사가 지금에서야 터져 나온다.

— 하느님 맙소사.

탄식에 가깝게 들린다.

내 심장은 막 단거리 육상을 마친 선수처럼 빠르게 수축과 이완을 하기 시작한다. 내 여러 상념에 가려져 있었던 마음이 수면 위로 떠올랐다. 다시 아팠던 기억을 되풀이 할까 꽁꽁 숨겼던 진심이 결국 겁쟁이에게서 벗어나 바람을 타고 날았다.

마음은 자유로워졌다. 하지만 깨달은 나는? 이 다음은?

— 그는? 그 사람도 널 좋아해?

눈치 빠른 제인이 바로 논점을 짚는다.

나는 자신 없이 답한다.

"모르겠어……."

이제 제인은 신음에 가깝게 내 이름을 흘린다.

다시 사랑이 시작되었다. 내게선 결코 쉽지 않은 사랑이. 이제 사랑을 이루게 해달라고 떼쓰기엔 철들었고, 간직만 하기엔 내가 너무나 그를 원한다는 것을, 시간이 흘렀어도 내 욕심은 변함없다는 것을 깨닫는다.

그동안의 이야기를 허심탄회하게 제인에게 털어놓고 싶었다. 인간의 양심이란 누군가 한 사람에게만은 벌거벗은 것처럼 솔직해짐으로써 확인받고 싶어지는지도 모르겠다.

그럴 의도는 아니었겠지만 먼저 솔직하게 말해준 제인 덕분에 나도 내 안의 내면을 깊게 들여다볼 수 있었다. 그리고 제인이 찾아내 주었다. 까맣게 탄 마음 언저리에 조그맣게 빛나는 빛을. 묻어 있는 잿더미도 맨손으로 툭툭 털어내고 정성스레 닦아 더 찬란하게 보이도록 해주었다. 캄캄한 어둠에 익숙해져 있는 내가 그 조그만 빛이 너무 눈부셔 우물쭈물 못하고 있자, 역시나 제인은 내 손을 끌어당긴다.

리지, 봐. 이렇게 아름답게 빛나잖아!

— 리지, 정신 차려. 남자는 단순해. 듣고 있어?

만져 봐. 아무렇지도 않아!

— 같이 있는 게 중요해. 여럿은 아무 소용이 없어. 둘만 있

어야 해. 응?

"어떻게?"

— 가볍게 뭐든 시작해 봐. 식사도 좋고 커피도 좋아. 물론 술이 더 좋겠지만.

나는 또 철없이 키득거린다. 식사, 커피, 술이라…….

— 뭐, 좋은 구실 없어? 생각해 봐.

구실.

식사.

"그가 지난 주말에 식사를 대접했어."

이 한 마디로 이미 모든 걸 파악한 제인이 소리친다.

— 그거야!

내가 어렸을 때 이웃들이 먹을거리를 가져다주면 언제나 아빠는 빈 그릇으로 되돌려 주는 법이 없었다. 냉장고가 비어 있고, 식료품 선반이 휑해도 아빠는 무엇으로든 가득 가득 담아 되돌려 주곤 했다. 엄마는 그게 한국 정서라고 했다. 돌려받는 사람의 마음이 불편하지 않을까, 우려했지만 어쨌든 아빠는 '사람 좋은 미스터 밀러'로 통하고 있다. 지금도.

답례를 거절하는 사람은 없다. 싫어도 어려우니까.

— 리지, 요리는 좀 할 줄 알아?

"요리?"

— 식당에 갈 생각이었다면 어서 얼씬도 못하게 머릿속에서 내다 버려.

나는 충실하게 생각을 반듯하게 비행기로 접어 머리 밖으로 날려 보냈다.

— 그가 올 시간에 맞춰 미리 요리를 완성해 두는 쓸데없는 준비성도 발휘하지 마. 네가 신경 써야 할 건 어떻게든 그와 오래 단둘이 있는 거야. 알겠니?

나는 진심으로 제인을 존경하고 싶어졌다.

제인에게서 지도를 받아 세운 계획은 이러하다.

그에게 답례를 구실로 식사 대접을 청한다. 애런은 거절하지 않을 것이다. 다음이 난관이었는데, 현재 내가 모텔에서 지내고 있다는 거였다. 502호의 내 방에서 해 먹을 수 있는 건 전기 포트로 데운 뜨거운 물만 필요로 하는 것들뿐이다. 나 혼자였다면 막막해하다 그만둬 버렸을지도 모를 문제를 내 대단한 친구 제인은 그런 장벽쯤이야 부드러운 P턴으로 비켜 갔다. 오네이로의 주방을 빌리기로 했다. 애런과 함께 있을 테니 캐리도 승낙해 줄 것이다. 메뉴는 그에게 물어보기로 했다. 원하는 음식을 먹는 것만큼 기분을 좋게 하는 것도 없으니까. 그 덕분에 깨달았지만.

이제 그에게 데이트를 청해야 한다고 생각하니 늘 평온하던 일상이 긴장으로 가득 찼다. 이전엔 아무렇지도 않던 그에게 말 붙이기가, 의식하고 나자 그 어떤 수학 공식보다 어렵게 느껴졌다. 머릿속이 하루 종일 정답을 찾아 빙글빙글 헤맸다.

지금 이야기해 볼까? 틈을 찾을 새도 없이 한 주가 흘렀다.

제이미는 엘비스 프레슬리의 음악을 크게 틀어 두고 흥얼거리며 내 손톱에 심혈을 기울이고 있다. 정작 손의 주인인 나는 손만 내놓은 채 핑크색 매니큐어를 무심히 바라만 보고 있다.

음악이 바뀌고 〈하운드 독Hound dog〉이 시작되자 제이미의 흥도 절정에 다다른다. 제이미는 이내 흥에 못 이겨 엘비스보다 더 큰 소리로 열창한다. 멍하니 있던 나도 정신을 차리고 놀라며, 결국은 자지러지게 웃고 만다. 제이미는 내가 웃는 모습에 더욱 신이 나 이젠 몸까지 들썩인다. 나도 열심히 박수를 치며 보탠다.

엘비스와 함께 열정적인 무대를 마친 제이미가 내게 키스를 날리며 다시 부업인 내 네일 아티스트로 돌아온다.

"열정적이었어요."

"엘비스의 음악은 그렇지. 꿀꿀한 기분은 잠시 제쳐두고 신나게 흔드는 거야."

열 손가락의 모든 작업을 마치자 이제 시작이라는 듯 제이미가 말한다.

"자, 이제 이야기해 볼래?"

"뭘요?"

"리지, 내가 왜 핑크색을 칠해 줬다고 생각하는 거야?"

"의미가 있어요?"

"언제나 있지."

나는 생소하게 변모한 내 손톱을 물끄러미 바라보았다. 테스트를 위해 지워야만 했던 터키석 색의 매니큐어가 생각난다. 피닉스에서 맞는 첫 여름을 기념하는 의미였던 색. 내가 아무리 여성스러움과는 거리가 멀다지만 핑크색의 의미는 어린아이들도 알 정도로 뻔하다. 애정. 사랑.

이런, 제이미는 대체 언제부터 알고 있었던 거지?

제이미는 다시 엘비스 프레슬리의 노래를 흥얼거리며 커피 메이커에서 커피 두 잔을 채워 돌아왔다.

"그래, 애런과 얘기는 나눠 봤어?"

나는 혹시나 아직 덜 마른 매니큐어가 묻을까 조심하며 머 그잔을 잡았다.

"그게 문제예요. 어떻게 얘길 해야 할지 모르겠어요."

"애런은 포용력이 좋은 남자야. 뭐라고 말하든 괜찮을 거야."

이상하게 제이미의 입에서 애런의 이름이 나올 때마다 긴장된다. 금방이라도 그가 이 노스베이글 안으로 들어올 것처럼.

"그날 내가 준 문제의 답은 그에게서 들었어?"

떠올리자 생생히 되살아난다. 그날 애런이 했던 대답이.

나는 괜스레 부끄러워져, 머그컵을 입에 가져가 보지만 소용없었는지 제이미가 킬킬 웃는다.

"그런데 뭐가 문제야?"

"많아요."

"말해 봐. 힌트를 줄 수 있다면 줄게."

그 후로 나는 몇 초간 정적을 지켰다.

그녀의 말대로 내가 하다못해 '애런, 오늘 시간 내줘요'라고 느닷없이 청할지라도 그는 고갤 끄덕여 줄 사람이다.

알고 있다. 문제는 그가 아닌 나에게 있다는 걸.

나는 조심스럽게 말문을 열었다.

"두려워요."

나는 떨어뜨렸던 시선을 들어 그녀와 시선을 맞추었다. 뜬금없이 들렸는지 제이미는 눈을 동그랗게 뜨고 날 지켜보고 있다. 진심은 언제나 어렵게 나온다.

"제이미, 내가 왜 피닉스로 오게 된지 알아요?"

나는 조심히 닫아 두었던 판도라의 상자를 서서히 들어 올렸다.

"사랑하는 사람이 있었어요. 제 삶에서 그를 빼고 얘기할 수는 없을 정도죠. 어릴 적부터 함께 지냈고, 그가 고향을 떠났을 땐 절망 속에서 사력을 다해 버텼어요. 기쁘게도 그가 돌아오고 우린 약속했던 대로 결혼하려고 했지만……."

나는 차마 말을 제대로 맺을 수가 없었다. 조금 열었던 그 상자를 다시 내려 닫았다. 저절로 내 시선은 다시 테이블 위에 머물러 있었다.

제이미가 조용히 나를 불렀다.

"리지, 난 젊었을 때 결혼을 한 번 했었어."

제이미는 내 충격을 덜어 주기라도 하려는 듯 미소 지었다.

"정말 멋있는 남자였어. 제임스 딘 같았지. 우린 사소한 것들로 싸우기 시작하다 결국 결혼 1년 만에 헤어졌어. 연애는 3년이나 했었는데 말이야."

나를 대신해 웃듯 제이미가 자조적으로 웃었다.

"그게 트라우마로 남았던지 그 후로는 누구와도 깊게 만나질 못했어. 상대가 조금 더 다가오려 하면 내가 밀쳐내고 달아났지. 리지, 실패에 너무 매달리지 마."

제이미가 한숨을 한번 쉬고 창밖을 내다보며 덧붙여 말한다.

"후회만 하며 살기엔 인생은 너무 짧아."

음악은 어느새 〈캔트 헬프 폴링 인 러브 위드 유Can't help falling in love with you〉로 바뀌어 있었다.

만약에 내가 당신과 사랑에 빠진다면 그것은 죄가 될까요?

강물이 흘러 바다로 갈 수밖에 없듯이

달링 그것도 그래요

어떤 것들은 그렇게 될 수밖에 없어요

내 손을 잡아요. 내 모든 삶도 가지세요

난 당신과 어쩔 수 없이 사랑에 빠져들어요

4

어렵게 마음을 찾아내고 인정하고, 시인하고 났더니 걱정했던 것과는 다르게 한편으론 홀가분했다. 수배서가 나붙은 용의자가 결국 심리적 압박에 못 이겨 항복을 하고 나면 이런 심정일까. 나는 잠시 잠깐의 자유를 즐겼다. 나는 숨기는 게 없어요, 결백해요.

하지만 그 자유는 오래 가지 못하고 월요일 아침 그와 대면한 순간 일이 더 커졌음을 깨달았다.

예전 데릴을 의식해 판단력 상실로 어울리지도 않는 화장과 머리를 했듯, 내 온 정신이 셰이커에 담겨 흔들린 것처럼 아찔해지고 혼미해졌다. 내 마음의 셰이커를 쥐고 있는 사람은 아는지 모르는지 별것 아닌 행동으로 하루에도 몇 번이나 나를 뒤흔들어 놓는다. 의식은 이래서 무섭다. 물론 그를 탓할 일은 아니다. 평소와 다름없는 그의 행동들이니까. 아직은 스스로를 건사할 자제력을 발휘 중이긴 하지만 그가 언제 불쑥 이 가늘디가는 내 이성의 끈을 녹여 버릴지 위험한 곡예가 따로 없다. 그에게 '조심해요, 당신이 날 제어 불능으로 만들지도 몰라요'라고 경고할 수도 없는 노릇이니.

결국 나는 밤마다 잠 못 이루고 메모지에 의미 없는 낙서와 실행 불가능한 계획들만 늘어놓다 겨우 잠드는 상태에 이르렀다. 속상하고 슬플 땐 이 가혹한 현실에서 도피하고 싶은 마음에 어렵지 않게 잠들었었는데.

주말을 쉬고 만난 그의 존재감은 어찌나 강했던지 그날 밤은 최후의 수단으로 숫자를 1320대까지 세고서야 수면에 성공하기도 했다.

아침에 눈을 떴을 때의 의식에도 변화가 왔다. 출근해야 해, 하고 일어났었는데 이제는 오네이로로 가야 해,로 변했다. 오네이로로 출근하는 것이 일을 하는 것 외에 또 다른 목적이 생겼음을 명백하게 보여주는 변화다.

눈 감고 하던 양치를 이젠 뚫어져라 거울을 보며 하고, 머리가 뻗쳐 있는 것만큼 불상사도 없다. 버스 차창에 기대어 잠시라도 눈을 붙였던 일은 가장 먼저 그만두게 되었다. 평소보다 훨씬 못 자는데도 불구하고.

이전엔 어느 짐 가방에 들어 있었는지도 몰랐던 콤팩트를 꺼내 얼굴 확인을 끝내고 오네이로 안으로 들어간다.

너그러운 홀을 지나, 원더랜드로 이어지는 무지개다리 같은 통로를 걸으며 변함없이 느끼는 이 느낌에 대해 생각한다. 이 끌림.

그리고 마침내 당도한다.

그가 서 있는 주방에.

"좋은 아침이에요, 리지."

나만 이렇게 느끼는 걸까. 백의는 대단한 옷이다. 신성한 색이다. 그래서 더욱 그에게 잘 어울리는지도 모르겠다.

나는 진심으로 행복한 미소를 지으며 그에게 아침 인사를 한다. 일을 하는데 있어서도 그는 나에게 좋은 효과를 가져다준다. 음식을 가지러 주방에 드나들 때마다 그를 향하는 시선은 두말할 것도 없고, 그때마다 새 아침을 맞듯 피로가 가신다. 이래서 '당신은 나의 햇살'이라는 노래도 있나 보다.

지금까지 내가 나열한 그의 효과가 얼마나 대단한지. 사랑에 대한 학회의 보고는 아직 빙산의 일각에 지나지 않는 게 분명하다.

다시 수확 없는 한 주가 지나가고 나는 조금씩 빛이 들어 찬 내 마음의 풍경에 적응해 갔다.

이전의 내 마음은, 빛의 반대 성질인 어둠일 거라 많은 이들이 생각하겠지만 아니다.

나는 이렇게 표현하고 싶다. 뜨거운 화마가 휩쓸고 간 자리와 같다고. 고이고이 보물처럼 간직해 둔 추억들이 모두 불타 흔적은 남아 있지만 그을음이 생겨 있고, 많은 부분들이 재가 되어 온전치 못한 모습으로 아프게 남아 있다.

하지만 이제 조금씩 새로운 추억들이 다시 가슴에 쌓여 간다. 아주 오랜만에.

그 아름다운 장면들엔 나의 새 친구들인 로즈와 케이티, 제이미, 제스도 있고 언제나 고마운 캐리와 바네사, 톰, 테드도 있다.

하지만 역시 애런은 그중에서도 좀 특별하다.

나는 자주 그와의 추억이 걸린 액자 앞에 서서 회상에 잠기곤 한다. 명화를 감상하듯이. 요즘은 그보다 더 좋은 휴식도 없다.

이제 이런 이야기들까지 소소하게 다 털어놓자 제인은 나를 한심해한다. 너 그걸로 만족할거야? 하며 내 불심지에 불을 댕기려 안달이다. 나는 평온하기 짝이 없는 말투로 이도저도 아닌 대꾸를 한다. 이미 내 감정에 두 손, 두 발 다 들어 항복을 선언했다. 이 평화에 만족한다. 나폴레옹보단 간디의 길을 가고 싶다.

제인이 콧방귀를 뀌며 반박한다. 해방 운동이 전부는 아니지, 간디는 책임감 있는 사람이었어. 이걸 과연 무책임의 소지가 되는 일인지에 대해 설전 아닌 설전을 벌이다 오히려 제인이 툭 뱉은 별것 아닌 한마디에 나는 움찔한다. 참 유치하기 짝이 없는 말이지만.

그사이에 다른 여자라도 생기면 어쩔래?

어지간히도 타격이 큰 일격이었던지 이후에도 가끔씩 머릿속에서 되살아나 괴롭혔다. 그럴 때면 나는 눈으로 그를 찾아 안심하기 위해 애썼다. 그가 아직 여기 있다고.

유난히 고되었던 금요일. 제스가 우리도 금요일 밤을 즐기

자며 모두를 모았다.

펍에 옹기종기 모여 앉아 손에는 라임을 곁들인 코로나 한 병씩을 들고 우리는 오늘의 수고를 격려했다. 저렴한 기름에 튀겨 낸 조금 짠 감자튀김도 이런 날은 좋기만 하다.

일하는 동안에는 나눌 겨를이 없었던 해프닝을 이야기하기도 하고, 케이티의 무용담도 듣는다. 제스가 학창 시절에 벌인 장난기 가득했던 추억엔 모두가 박장대소를 터트린다.

제스와 테드의 내기 당구에 이어, 애런과 톰의 경기도 이어지고 대미는 4 대 4 포켓볼로 마무리된다. 실력이 얼추 맞게끔 팀을 나누었는데 운이 좋게도 애런과 같은 팀이 되었다. 나는 포켓볼을 구실로 그와 이야기 나눌 기회를 얻은 셈이다.

경기는 내내 화기애애한 분위기 속에서 이어졌다. 결과는 초크를 충분히 입혔음에도 불구하고 리지 밀러의 연속 큐 미스 덕분에 제스와 케이티가 쾌재를 부른 것으로 마무리되었다.

조금은 쌀쌀한 밤거리로 쏟아져 나왔다. 늦은 시간답게 도로는 지나다니는 차 한 대 없이 휑하다.

가까운 거리에 사는 취한 케이티를 데려다 주기 위해 제스와 로즈가 먼저 떠난다. 마찬가지로 방향이 비슷한 바네사는 톰과 함께 가버리고 나자 애매한 세 사람이 남게 되었다. 애런과 테드 그리고 나.

뜻하지 않게 복병이 된 기분이 들려는 차에 그가 먼저 바래다주겠다고 나선다. 테드는 흔쾌히 고개를 끄덕이고 헤어졌다.

텅 빈 고요한 거리를 애런과 나란히 걷기 시작했다. 분명 취기 이상으로 몸이 화끈거렸다. 이래서 사랑이란 게 술보다 위험하다.

아무도 없는 좁은 인도는 두고 잘 닦아둔 넓은 도로를 따라 걸었다. 정차 신호도 우리가 지날 땐 초록불로 바뀐다. 평소엔 차들로 발 디딜 틈조차 없어 보이던 사차선 도로도 여유롭게 지난다. 우리는 아무 말 없이도 같은 도로 너머의 아득한 곳을 함께 바라본다. 저 길로 간다면 어디에 이르게 될까? 하지만 여전히 우리는 멈추지 않고 걷는다. 느리지도 빠르지도 않는 걸음이 마치 왈츠 스텝 같다. 문득 '이렇게 하염없이 걸을 수 있다면 좋으련만' 하고 생각한다. 이 사람과.

내 안의 작은 욕심쟁이라고 일컫고픈 또 다른 제인이 때를 놓칠 새라 말한다. 너 뭘 하니? 지금이잖아!

나는 물끄러미 그의 옆얼굴을 훔쳐보고는 가만히 오른손을 들어 가슴에 갖다 댄다. 심장이 무언가 좋은 소식을 기다리는 듯 뛰고 있다.

리지, 이러고도 그저 평화롭기만을 바라는 거니?

결국 나는 또다시 항복 선언을 한다. 손, 발은 이미 들었으니 이번엔 백기를 흔든다. 팔랑 팔랑.

참신하지도 않은 다른 방법보단 이미 수정과 검증 완료까지 모두 마친 매뉴얼을 따르기로 한다. 나의 좋은 조언자(이 분야에선) 제인의 말을 상기시켜 일단 가볍게 시작해 보기로 했다.

"시간도 늦었는데 고마워요. 애런."

그가 신경 쓰지 말라며 웃었다. 분명 평소와 같은 대꾸인데 그가 더 기쁘게 웃어준 것만 같다. 술의 힘인지, 사랑의 착각인지 알 순 없었지만 의욕이 상기되기에 좋았다.

나는 바로 본론을 꺼내기로 합의 아닌 합의를 한다.

"애런, 나도 답례를 하고 싶어요."

'괜찮다면' 따윈 붙이지 않기로 했다. 여유 있는 제안은 아니니까.

다행히 그가 흔쾌히 단박에 좋다고 한다.

"답례라니 구체적으로 어떤 건지 물어봐도 돼요?"

"요리를 할까 해요. 애런에게 대접하기엔 부끄러운 요리가 나올지도 모르지만."

그가 다시 웃는다. 기뻐 보인다. 내 눈에만은 아닐 거다.

"그래서 말인데 뭐가 먹고 싶어요?"

"어려운 주문도 가능해요?"

"되고말고요!"

나는 근거 없는 배짱으로 대답했다.

애런은 곧바로 메뉴 선정에 돌입한다. 그사이 어둠에 잠긴 모텔 애리조나의 모습이 보이기 시작했다.

"떡볶이가 좋겠어요."

나는 내 귀를 의심하는 표정으로 그를 바라보았다. 그가 정말 떡볶이가 먹고 싶다고 말한 건가?

우리는 발밑의 횡단보도를 정면이 아닌 측면으로 건너고 있었다.

"나는 만들 줄 모르는 요리거든요. 한 번도 먹어본 적이 없어서 레시피를 보고 만든다 해도 비교해 볼 진짜 맛을 몰라요."

현직 셰프다운 발언에 나도 간단히 수긍하고 만다.

"좋아요, 떡볶이로 준비할게요."

그의 선택과 나의 수용이 좋은 결과가 되어 우리 두 사람은 즐겁게 웃는다. 너무도 기대된다. 그와 함께 내가 만든 떡볶이를 먹을 그날이.

어느새 애리조나의 정문이 또렷이 내 시력에 잡힌다.

"그런데 어디서 만들려고요? 생각해 둔 장소는 있어요?"

"캐리에게 부탁할까 해요."

그가 몇 초 생각한다.

애리조나의 낮은 계단을 올라 현관을 등지고 섰다.

그와 정면으로 마주 보니 이유 없이 행복해진다. 애런이 여기 서 있다.

"바래다줘서 고마워요, 애런."

"리지."

해가 뜨고 세상이 빛으로 가득 차려면 아직 멀었는데 내 눈엔 그의 눈동자 색까지 또렷이 보일 만큼 그가 잘 보인다.

곧게 뻗은 눈썹 끝과 부드러운 선의 콧날, 세상에서 미소가 가장 잘 어울리는 입매. 초콜릿색의 머리칼은 더할 나위 없이 그를 닮은 색이다. 언제나 나를 따뜻하게 감싸준 그 목소리가 다시 한 번 환희를 가져다 준 건 순식간이었다.

"우리 집 주방에서 요리하는 건 어때요?"

5

그의 집에 간다. 내가 요리를 해야 한다는 건 더 이상 중요한 문제가 아니게 됐다.

그날 밤 갑작스런 제안에 나는 놀란 기색을 감추지 못했고 여전히 보조를 맞춰 준 것은 애런이었다.

천천히 생각해 보고 알려줘요. 그리고 그는 돌아갔다.

멀어지는 그의 뒷모습을 나는 그 자리에 못이 박혀 지켜보았다. 내가 마음을 준 이가 걸어가는 길도 보았다.

먹색 셔츠를 입은 그의 등이 수평선 아래로 떨어지는 태양처럼 사라지고 나서야 방으로 돌아왔다.

결국은 또다시 잠들지 못했다. 떨려서가 아니라 괴로워서였다. 내 마음의 갈망은 이제 이성을 넘어섰고, 더 이상 그를 향한 욕심을 감당하기 어려울 정도가 되었음을 깨달았다.

난 왜 언제나 심장이 두근거리는 것에서 멈추지 못하는 걸까. 그가 괴로울 정도로 좋다.

아니, 이제 이 말을 허용해야 할 때다. 나는 그를 '사랑'한다.

지난 주말 어렵게 산 고추장과 떡을 들고 스토브 앞에 섰다. 그에게 대접하기 이전에 최소한 먹을 만한 떡볶이를 만들어 봐야 했다. 고맙게도 제이미가 협력해 준 덕분에 노스베이글 영업이 모두 끝난 후 천천히 요리할 수 있는 기회를 얻었다.

나는 통화 내용을 최대한 꼼꼼히 받아 적으려 애쓴 엄마의 레시피를 보며 재료들을 정리하기 시작했다.

떡볶이 떡과 고추장, 흰 설탕과 어묵. 여러 재료를 더 넣을 수도 있지만 엄마는 구하기 쉬운 최소한의 재료만 일러 주었다. 너무 간단해 오히려 이 재료들만으로 충분할까 염려한 쪽은 나였다.

생선살을 갈아 만들었다는 어묵을 펼쳐 놓고 가로로 자를까, 세로로 자를까 고민하다 세로로 자른다. 물을 넣기 전에 떡을 살짝 볶으면 더 맛있다는 엄마의 조언대로 올리브유를 둘렀다. 떡을 미리 떼어 두면 편할 거란 조언은 스토브가 달구어진 후에야 깨달았다. 끈끈히 달라붙어 있는 떡을 떼서 급하게 던져 넣고 있자니 허둥지둥 대는 게 보였던지 제이미가 도와주었다. 다행히 떡은 타지 않고 기름에 둘러져 윤이 나며 익었다.

제이미가 포트기로 끓여다 준 물을 부어 넣고 고추장을 덜어 넣는다. 곧바로 설탕을 넣고 끓이자 달큼한 내가 흘러넘친다.

얼마나 끓여야 완성되는 건지 갈팡질팡하고 있는데 제이미가 한쪽에 고이 모셔둔 어묵을 발견한다. 나는 허겁지겁 팬 안으로 쏟아 넣는다. 그리고 10여 분 후 완성된 떡볶이를 접시에 담아내고 보니 마냥 허전하다. 가장 중요한 포인트가 빠졌음을 깨달았다. 열기에 너울거리는 그 녀석이 없다!

나는 다시 엄마의 레시피를 샅샅이 뒤져 보지만 어디에도 언급되어 있지 않다. 애런이 떡볶이의 인상적인 것으로 꼽은 것이기에 빠지면 크게 아쉬울 재료다. 물론 나도 아쉬울 것이다. 내가 어렸을 때 놀랐던 것처럼 그가 그 광경을 보고 즐거워하는 모습을 지켜보고 싶으니까.

엎친 데 덮친 격으로 가장 중요한 맛 또한 설탕과 고추장을 소심하게 넣은 탓에 특유의 맵고 단맛이 전혀 없었다. 제이미가 붉은 수프 중에선 역시 토마토 수프가 가장 낫다고 했으니 말 다한 셈이다.

제이미의 오해는 다음에 풀기로 하고 나는 다급히 엄마에게 다시 전화를 걸었다. 나의 첫 떡볶이의 형상에 대해 설명하자 엄마는 안 봐도 상태를 알겠다는 듯 답한다.

— 물이 많았네.

"하지만 엄마가 설명해 준 대로 떡이 겨우 잠길 정도로만 넣었어."

엄마의 다음 진단이 이어진다.

— 프라이팬을 넓은 걸 썼지?

"음, 떡에 비해선 여유 있었어."

그리고 간단한 처방, 팬을 더 작은 걸 쓰라는 충고가 따른다.

나는 잊지 않기 위해 메모하다 가장 중요한 문제점이 생각난다.

"아, 엄마. 맨 마지막에 장식해 준 재료는 뭐야?"

— 장식?

"응, 꼭 춤추는 것처럼 열기에 움직이는 갈색 종이 같은 거."

내 표현이 적절했는지 엄마가 바로 떠올려 낸다.

— 아, 오카카? 가쯔오부시?

카카? 뭐?

"엄마, 나 일본어 못해. 알잖아?"

공공연한 나의 기정사실에 대해 알리자, 엄마는 내가 알아들을 수 있는 단어로 정정하여 알려준다.

— 가다랑어포.

"가다랑어? 생선이었어?"

— 맞아, 가다랑어를 말린 거야. 하지만 그건 안 쓰는 게 좋겠는데.

엄마의 만류에 의아해진다.

"왜?"

— 정석이 아니거든. 대접하는 거니까 퓨전보단 정석이 좋지.

엄마한테는 친구에게 한국 요리를 소개한다는 간단한 목적만 밝혀 두었다. 그와 가다랑어포를 보며 웃을 일을 상상하던 나는 몰래 메모하다 이어지는 엄마의 말에 멈칫한다.

— 엄마가 임의로 넣었던 거니까, 그건.

잠시 수화기를 든 채로 몇 초의 시간을 흘려보내고서야 정신을 차렸다.

"엄마 임의로?"

— 가다랑어포는 주로 일본 요리에 쓰는 재료야. 국물을 우려내기엔 얼마 안 남아서 넣은 건데 네가 너무 좋아하기에 그때부턴 떡볶이에 넣으려고 샀었지.

어린 나는 까르르 웃음을 뱉으며 가다랑어포의 춤이 끝날 때까지 지켜보곤 했다. 덕분에 조금 식은 떡볶이를 먹은 건 당연한 결과였다.

그게 우리 엄마의 아이디어였다니.

그런데 애런은 어떻게 가다랑어포를 얹은 떡볶이를 알고 있는 거지? 엄마도 모르는 사이 샌드위치 백작의 샌드위치처럼 널리 알려진 조합이 된 건가.

나는 이런저런 생각들을 줄지어 하며 두 번의 시행착오를 더 거듭하고서야 떡볶이를 마스터했다. 준비는 어떻게 해두어야 이상적으로 편한지, 물을 얼마큼 넣어야 소스가 가장 맛있게 되는지, 얼마나 끓여야 알맞게 익는지를. 예상보다 쉬운 요리였으므로 자신감이 생길 정도였다.

수월하게 모든 요리준비를 마치고 나니 새로운 문제에 당면했다. 주방을 결정해야 했다. 그 결정 없이는 이 숱한 노고도 그저 준비에 그칠 뿐이었다.

그의 돌아가던 뒷모습을 보았을 때 외쳐 말하고 싶었다. 답은 이미 나와 있었다.

나는 내일 답하겠다고 결심하며 창틀에 앉아 창을 활짝 열었다. 바람과 달빛이 내 얼굴 위로 쏟아진다.

청아하게 빛나고 있는 달을 물끄러미 바라보았다. '달빛'이라는 말 외엔 달리 표현 할 길이 없는 지구상에서 유일한 빛이다. 제인이 내 까만 마음에서 찾아내 준 그의 존재가 그랬다. 뜨겁지도, 차갑지도 않은 유려함으로 감싸주는 빛. 두 눈을 똑바로 뜨고 바라보아도 눈을 멀게 하지 않는 선한 빛. 내 욕심으로 그 소중한 빛인 그를 다치게 할 일이 없길 바랐다. 그가 나의 마음에 응해 주지 않는다 해도 이 빛을 지키고 싶다. 데릴을 옥죄었을 내 욕심의 과오를 그에게만큼은 되풀이하고 싶지 않았다.

나는 내 욕심의 손을 잡고 맹세했다. 그만큼은 곤혹스럽게 하지 않겠다고. 괴로워 떠나게 하지 않겠노라고.

맹세는 내 욕심의 한가운데 스며들었고 다음날 나는 웃으며 그에게 답했다.

"애런의 주방이 좋겠어요."

6

약속한 주말이 채 하루도 남아 있지 않을 정도로 다가왔다.

나는 평소보다 더욱 심혈을 기울여 재료를 선별하면서 엄마가 추천하지 않은 가다랑어포도 찾아 담았다. 비닐에 얌전히 담겨 있는 익숙하지 않은 모습으로의 재회였다.

단맛을 내는 데 도움이 된다며 엄마가 뒤늦게 알려준 양배추는 처음 손대는 재료라 실수할까 싶어 안전 지향을 이유로 관두었다.

마트를 몇 바퀴나 돌아다닌데 비해 장바구니는 가볍기만 하다. 마지막으로 다시 한 번 꼼꼼히 확인 후 계산대로 향했다. 계산대에는 어느 부부의 족히 한 달치는 돼 보이는 식료품 계산으로 바쁘다. 뒤로는 키가 크고 마른 여 손님이 토마토와 크랜베리 주스를 간단히 들고 자신의 차례를 기다리고 있다. 나는 그녀의 뒤로 가 선다. 혹시 더 살 것은 없는지 주변의 가판대를 둘러보았다. 여기저기 할인 푯말이 붙어 있는 곳들을 훑다, 내 눈길이 머문 것은 핸드크림이 모래성처럼 쌓여 있는 바구니였다.

제인과 나는 어릴 때 곧잘 침대에 나란히 누워 서로가 꿈꾸는 이상적인 사랑에 대해 밤새 조잘대곤 했었다. 그리고 그때부터 내가 사랑하는 사람에게 해주고 싶은 첫 번째가 핸드크림을 발라주는 것이었다. 사랑하는 사람의 손을 정성들여 어루만지면서 미소로 대화를 나눌 그 시간을 가슴 뛰도록 꿈꾸곤 했었다. 너무 잡고 싶었을 그 손을, 그렇게 한없이.

정신을 차리고 보니 어느새 내 앞의 여자 손님이 금액을 지불하고 있었다. 나는 내 차례에 늦지 않도록 한달음에 핸드크림 하나를 집어 와 같이 계산을 마쳤다.

카페인이 절실한 아침이 밝았다.

조금은 긴장되는 마음으로 노스베이글의 내 지정석이다시피 한 창가 자리에 앉아 벌써 두 잔째인 커피를 비웠다. 떡볶이는 점심으로 먹기로 했고 나는 아침 식사도 하지 않은 공복에 커피를 연거푸 마신 참이었다. 내 가방에는 어제 산 핸드크림이 들어 있다. 그리고 벌써 몇 번째 같은 질문을 스스로에게 던진다. 그건 왜 가져온 거니?

이제 막 쉴 틈이 생겼는지 제이미가 나타나 나를 보며 묻는다.

"맛이 어때? 원두를 바꿔 봤는데."

나는 커피가 얼룩처럼 남아 있는 빈 잔을 내려다보며 동문
서답한다.

"이번 커피가 각성이 더 잘될까요?"

친절한 제이미는 웃으며 믿어 봐, 한다.

커피를 믿어야 옳을까, 나를 믿어야 옳을까.

빈 잔만 요란하게 달그락거리고 있자니 제이미가 세 잔째의
커피를 권한다. 시계를 본다. 이제 한 잔의 커피를 더 마실 수
있는 시간만이 남았다. 마지막 커피를 받는다.

제이미는 신문을 팔락이고, 나는 그녀의 평온함을 가만히
지켜본다. 위안이 되는 것도 같다.

"제이미."

제이미가 단박에 고갤 들어 날 본다.

"떡볶이를 망치면 어떡하죠?"

떡볶이라면 망치지 않을 자신이 있었지만 제이미와 대화를
나누고 싶었다. 신경을 다른 데로 돌려 시간이 흘러가는 것에
둔감해지고 싶었다.

제이미는 뭐가 대수냐는 듯 쾌활하게 답한다.

"이리 와. 내가 베이글을 챙겨 줄게."

결국 나는 웃음을 터트렸다.

노렸던 유머가 잘 먹혔는지 제이미도 웃었다.

이로써 그와 내가 점심을 거르게 될 최악의 불상사는 면하
게 되었다.

제이미와 내 절친한 친구인 제인에 대해 담소를 나누는 동

안 커피는 자연스레 바닥났다. 곧이어 점심 식사 첫 손님이 가게 문을 열고 들어온다. 나도 이제 가야 할 시간이다.

　냉장실에 맡겨 둔 재료를 되돌려 주며 제이미가 말한다.

　"리지, 자신감 잃지 마."

　나는 희미한 미소만 지었다.

　씩씩하게 대답하기엔 벌써 기운을 다 소모한 기분이었다.

　불충분하다고 느꼈던지 제이미가 다시 말한다.

　"중국요리 말곤 거들떠도 안 보던 고집쟁이 토니를 설득한 게 너야."

　나는 웃으며 고개를 끄덕인다.

　"알아요, 들었어요."

　제이미의 눈이 순식간에 UFO라도 발견한 사람처럼 커진다.

　그녀의 표정에 되레 놀라 내 말에 문제가 있었는지 곱씹어 보지만 알 길이 없다.

　이어지는 제이미의 질문은 오히려 나를 당황시킨다.

　"들었어? 어떻게?"

　천천히 답을 하려는데 제이미의 다음 말이 나를 놀라게 한다.

　"그 얘긴 토니와 둘이서 식사하며 나눈 대화인데."

　애런은 그녀가 요리하기 편하도록 주방 정리를 마치고 창가로 걸어갔다. 아직 그녀가 오는 모습은 보이지 않는다.

　어젯밤, 오랜만에 다시 그 꿈을 꾸었다. 언제나 그립고 그리운 그 꿈. 사랑하는 이가 그를 끌어안아 주었고, 사랑한다 속삭여 주었다. 그는 하늘을 나는 듯했다. 지상으로 끌어내리려는 중력에서 자유로워져 그렇게 훨훨 나는 것처럼 그녀의 사랑을 받고 있을 때면 언제나 그랬다. 그를 온전한 자신으로 만들어 주었다. 가슴엔 언제나 평화가 파도처럼 넘실거렸고, 희망이라는 찬란한 태양이 밤도 없이 눈부시게 빛났다.

꾸어도, 꾸어도 늘 턱 없이 부족한 꿈.

그는 기다렸다. 인내심을 갖고.

이제, 그녀가 그의 집 앞 대로를 걸어와 초인종을 누른다.

7

나는 초조하게 문이 열리기만을 기다렸다. 잠시 뒤 철컹, 하는 소리와 함께 철문이 열린다. 열린 틈 사이로 안을 들여다본다. 건물 안은 고요하기만 하다. 나는 조심히 건물 안으로 들어가 그가 살고 있는 3층으로 걸어 올라간다.

복도에는 층계참마다 작은 창이 있다. 나는 창을 투과해 들어오는 햇빛을 바라보며 다음 층으로 걸어 올라간다. 1층보단 2층이. 2층보단 3층이 햇빛 덕분에 더욱 밝다.

계단을 오르면 오를수록 실내는 밝아지는데 내 눈앞은 점점 더 깜깜해진다.

그를 모르겠다는 생각이 들었다. 알고 싶다고는 생각했었다. 그런데 그것이 갑자기 두려워졌다. 그는 어떤 사람일까. 내가 알고 있는 것은 정말 빙산의 일각에 불과하다. 뉴욕에서 포토그래퍼로 일하다 갑작스럽게 이곳으로 와 전직했고, 중요한 기회를 잡기 위해 피닉스로 왔다고 했다. 그 중요한 기회라는 것이 무엇일까?

일전에 로즈가 그랬었다. 애런만은 본인이 먼저 오네이로로 찾아와 일자리를 원했다고. 그것은 그가 말한 기회라는 것과 관계가 있는 것일까?

그리고 제이미의 말대로라면 토니의 호평은 그가 들으려야 들을 수가 없는 이야기이다.

생각해 보면 그뿐만이 아니다. 간과하고 있었지만 정말 그는 어떻게 가다랑어포를 얹은 떡볶이를 알고 있는 걸까? 그때의 대화를 다시 떠올려 보면 그는 나와 가다랑어포로 큰 공감대를 형성했었다.

그도 나처럼 그 떡볶이가 오리지널이 아니라는 것을 몰랐다는 말이다. 게다가 그는 분명 떡볶이를 먹어 본 적이 없다고 했었다.

나는 그의 집 현관문을 앞에 두고 계단 오르기를 멈추었다. 마음 한편에서 묻고 있었다. 돌아갈래? 지금이라면 늦지 않아.

나는 앞을 내다보았다. 이제 정말 그에게까지 몇 걸음밖에 남아 있지 않았다.

그러나 쉽게 돌아설 수 없었다. 돌이키기엔 이미 너무 늦었을 만큼 그를 사랑한다.

하지만 앞으로 나아가지도 못했다. 이번 사랑 또한 쉽지 않으리라는, 어쩌면 더욱 고달플지도 모른다는 예감이 들어서였다.

이럴 때는 내 안을 샅샅이 뒤져도 결단력이 보이지 않는다.

망설이고 있는 사이 현관문이 열리더니 그의 얼굴이 나타난다. 초인종을 누른 지 한참이 지났는데도 내가 오지 않아 염려된 모양이었다. 계단을 향해 걸어오자마자 몇 계단 바로 아래 우두커니 서 있는 나를 그가 발견한다.

"리지? 어디 안 좋아요?"

나는 그의 목소리에 정신을 차린 듯 고갤 들어 그를 보았다. 차마 '아뇨' 하고 답하고 아무렇지도 않은 듯 요리를 할 자신이 없었다.

그의 초록색 눈동자를 하염없이 바라보았다. 이렇게 하면 그의 생각과 역사를 모조리 읽을 수라도 있듯이.

무언가 숨기고 있는 거예요? 내게 그 중요한 것을 말해 줄 수 있어요? 난 사실 무서워요. 당신이 말해 주지 않아도 슬플 것 같고, 내가 알게 되더라도 아무런 도움이 되지 못해 당신이 후회할까 두려워요. 내가 어떤 행동을 취해야 옳은 일일지 결론이 서지 않아요.

애런, 말해 줘요.

그가 걱정스런 얼굴로 내 주먹 쥔 손을 풀어 자신의 손으로 감싸 잡는다.

"리지, 손이 차요."

나는 여전히 아무 말도 하지 못하고 그만 바라보았다.

그가 조심스런 목소리로 다시 말한다.

"당신은…… 초조해지면 차가워진 손 끝 때문에 주먹을 쥐는 버릇이 있죠."

"어떻게 알아요?"

숨이 멈추는 것 같았다. 그와 처음 잡은 손이었다.

그는 내 손을 잡고 잠시 두 눈을 감는다. 마음을 다잡듯 잠시 말이 없다. 그리고 다시 눈을 떴을 때 그는 더 없이 온화한 표정이다. 이번에도 그는 먼저 내게 선택할 수 있는 기회를 준다.

"지금부터 내 이야기를 할 텐데 들어 줄래요? 물론 당신이 좋아하는 커피를 준비해서요."

그의 눈에서 이전에는 발견하지 못했던 간절한 아픔이 느껴졌다.

나는 고개를 끄덕였다. 그러자 신기하게도 좀 채 떨어지지 않았던 발이 움직이기 시작했다.

그와 손을 잡은 채로 우리는 그의 집으로 들어갔다.

8

모던한 분위기의 그의 집은 큰 창으로 쏟아지는 햇살과 잘 어울렸다. 아이보리색 침구가 있는 침대와 차콜 색의 카우치 소파, 해바라기를 그린 유화도 요란스럽지 않아 집의 분위기에 잘 녹아들었다.

나는 아일랜드 식탁에 앉아, 주방까지 뻗어 들어오는 햇볕을 가만히 쬐며 안정을 되찾았다.

애런이 막 내린 뜨거운 커피 두 잔을 들고 맞은편에 앉았다. 나는 말없이 머그잔을 손에 쥐고 아직도 핏기 없이 시린 손끝을 녹였다.

그가 조심히 말문을 열었다.

"리지, 많이 놀랐죠? 미안해요. 하지만 괜찮아요. 나쁜 상황은 없어요."

나는 어렵게 고갤 끄덕였다. 이 순간 내가 할 수 있는 최선은 그의 이야기를 잘 듣는 것임을 알았다.

그가 더욱 조심스러운 목소리로 말을 이었다.

"난 당신이 천천히 납득하고 이 상황이 잘 지나가기를 바라요. 부디, 천천히 들어 줘요."

그리고 그가 놀라운 이야기를 시작했다.

"나는 꿈으로 과거와 미래를 봐요. 미래는 내 자의로 조절할 수 없지만, 과거는 미래에서 본 사람에 한해선 자의로 볼 수 있죠."

애런 네 살.

네 살의 애런은 잠에서 깨어나자마자 엄마를 찾아 침대에서 뛰쳐나왔다. 하지만 안방엔 그녀가 없었다. 애런은 다시 엄마를 애타게 부르며 1층으로 달려 내려갔다.

"엄마! 엄마!"

하지만 계단을 채 내려오기도 전에 애런은 그만둘 수밖에 없었다. 아버지 손이 현관에 서서 그를 한심스럽다는 듯이 바라보고 있었다.

"아버지……."

그는 고개를 푹 떨어뜨리고 잠옷 앞자락만 애꿎게 매만졌다.

아버지의 엄한 목소리가 들렸다.

"집 안에선 조용히 다니라고 말했을 텐데."

죄송하다는 말을 하기도 전에 현관문 닫히는 소리가 나고, 애런은 고개를 들어 황망하게 빈 그곳을 바라보며 눈물을 뚝뚝 흘렸다.

그의 어머니 로라가 주방에서 달려 나와 상처입고 우는 어린 아들의 눈물을 훔쳐 내고 다독였다.

"애런, 아가. 울지 마렴."

"엄마, 아버지는 왜 나를 미워하죠? 내가 할머니가 돌아가실 거라고 말했기 때문이에요?"

2년 전 애런이 두 살 때, 그는 할머니가 죽는 꿈을 꾸었다.

죽음을 처음으로 경험했던 아이는 겁이 나 부모에게 꿈 이야기를 했고, 그 꿈은 결국 두 달 뒤 현실이 되었다.

로라는 가슴 아팠다. 아이가 짊어진 이 능력이 앞으로 얼마나 많은 상처를 줄지 슬프고 안타까웠다. 하지만 남편은 그렇지 않았다. 그는 아이를 피했다.

"애런, 그런 게 아니란다. 할머니는 나이가 많아서 돌아가신 거였어. 너는 잘못한 게 없단다."

로라는 아이의 뺨을 어루만져 주고 이마에 키스해 주었다. 겨우 눈물을 멈춘 어린 애런이 눈가를 닦아 내며 말했다.

"엄마, 잃어 버렸다던 브로치 찾았어요. 아버지의 고동색 구두 안에 있어요. 잭잭이 그랬어요."

잭잭은 그들 가족이 기르는 고양이 이름이었다.

그리고 로라는 정말 남편의 고동색 구두 안에서 잃어버린 사파이어 브로치를 찾았다.

애런 여덟 살.

애런은 식은땀을 흘리며 힘든 미래를 받아들이고 있었다.

꿈은 거대한 바다를 보여 주고 있었다. 검푸르고 금방이라도 성을 낼 듯 철썩이는 바다였다. 잠시 후, 기다린 듯 먹구름이 몰려들면서 사방이 캄캄해지더니 어디가 하늘인지 분간이 되지 않을 때 번개가 내리쳤다. 뒤따라 천둥이 하늘을 울렸다. 곧바로 번개가 다시 한 번 하늘을 흔들어 놓자 성난 말처럼 파도가 요동치기 시작했다.

멀리서 여객선 한 척이 위태롭게 바다를 가로지르고 있었다.

애런은 이제 끙끙대기 시작했다.

두 번째 천둥 때부터 장대비가 쏟아지기 시작했다.

빗방울이 어찌나 굵은지 바닷물이 무섭게 튀어 올랐다. 파도는 넘실거리는 수준을 넘어서 이제 모든 걸 갈아엎을 듯 멀리 멀리 앞으로 달려 나갔다.

네 번째 번개가 치면서 여객선의 불빛이 일제히 소등되고 망망대해 한가운데 멈추어 섰다. 파도가 이때를 놓칠세라 매섭게 배를 향해 달려갔다. 순식간에 파도가 여객선을 집어삼키더니 배가 산산 조각이 났다.

콰르릉! 천둥소리가 바다 위에 떠 있는 사람들의 생사를 오가는 소리를 집어삼켰다.

애런은 몸부림치기 시작했다. 부서진 선체를 찾으려 시선을 열심히 돌렸다.

바닷물을 잔뜩 마신 어떤 여인이 아이의 이름을 숨이 넘어 갈 듯 부르짖었다. 파랗게 질린 입술의 신사가 여자의 백지장 같은 뺨을 때리며 그녀의 이름을 수없이 외쳐 부르고 있었다. 만삭의 임산부가 혼절한 채 바다 위에 둥둥 떠 있었다.

그때 애런의 눈에 조각난 배의 이름 중 일부가 쓰인 파편이 발견됐다. 'Lusita.'

순간 거대한 번개가 다시 내리쳤고 눈앞이 번쩍이며 애런은 화들짝 잠에서 깨어났다.

루시타…… 루시타…… 루시타니아Lusitania.

오늘, 로라가 캐나다로 가기 위해 승선하는 배의 이름이었다.

애런은 허겁지겁 안방으로 달려가, 로라를 흔들어 깨웠다. 나란히 누워 있던 숀도 덩달아 소란스러움에 잠에서 깨어났다. 로라가 두 눈꺼풀을 제대로 뜨기도 전에 애런은 방금 전의 꿈 내용을 쏟아 내기 시작했다. 공포로 가득찼던 꿈 이야기가 절 정에 치달을수록 애런은 울음 섞인 목소리가 되어 갔고 결국 이야기를 제대로 마무리 짓지도 못한 채, 로라의 가슴에 안겨 '엄마, 타면 안 돼요. 타면 안 돼요.'란 말만을 되풀이했다.

로라는 아들의 힘을 신뢰했다. 그녀는 결국 이른 오전에 전 화를 걸어 티켓을 취소하고 집에 남았다.

그리고 다음날.

식탁에 앉아 신문을 읽던 남편이 아침 식사 준비에 여념이 없는 그녀를 불러 보여 준 기사에는 '루시타니아선 침몰'에 관한 기사가 1면을 끔찍하게 채우고 있었다.

로라는 경황이 없는 와중에도 들었다. 남편의 나지막한 진심을.

"다른 곳으로 보내야 해. 더 이상 데리고 있을 수 없어."

그날 이후 아이는 말수가 줄었다. 웃지도 않았고 그저 누워만 지냈다.

사건은 연일 보도되었고, 아직 어렸던 애런은 자괴감에 빠졌다. 누구보다 먼저 그 끔찍한 사건에 대해 알았지만 바꾸지 못했다. 아직도 귀에 생생히 들리는 것만 같았다. 살려 달라던 사람들의 울부짖음이. 그것은 현실이었다.

괴로웠다. 왜 이런 힘을 가진 것인지. 그 누구 하나 구하지 못하고 지켜봐야만 하는 능력이라면 필요 없다고 생각했다.

저주스러웠다. 신이 잔인하다고 생각했다.

늦은 밤, 애런은 안방에서 들려오는 부모님의 이야기를 들었다. 아버지는 엄마의 손을 잡고 애원조로 그녀를 설득하고 있었다. 애런을 시설로 보내자는 이야기였다. 말이 좋아 시설이었지 아버지가 말하는 곳은 다름 아닌 정신 병원이었다. 로라는 그곳에서 쉬쉬하며 행해지는 비인간적인 처사들을 알고 있었고, 아이를 보내길 원치 않았다. 그녀는 진정으로 아들을 사랑했기에.

끝끝내 현실을 부정하려 애쓰는 애런에게 아버지의 한마디가 날아들었다.

"우리 아이가 반드시 '애런'이어야만 할 이유는 없어."

방으로 돌아온 애런은 미래를 본 이후 처음으로 이불을 뒤집어쓰고 울었다.

누구보다 아버지에게 사랑받고 싶었던 그였다. 다른 아이들처럼 함께 캐치볼도 하고 자전거도 배우고 싶었다. 하지만 아버지는 그에게 그 어느 것 하나, 작은 인정 또는 칭찬마저 해준 적이 없었다. 하다못해 고개를 끄덕여 준 적조차도.

그래도 믿고 싶었다. 아버지는 잠시 나에게 화가 나 있는 것뿐이라고. 자신이 모르는 사이에 그를 실망시켰거나 상처 입혔을 것이라며. 로라가 그의 어머니임이 불변이듯 아버지는 그에게 있어 숀만이 유일한 존재였다.

세상이 등을 돌린 것만 같았다. 이 능력 때문에.

나도 내가 싫은데, 누가 나를 좋아할까. 이제 곧 엄마도 나를 버릴 거야.

그는 그렇게 마음에서 모든 것을 몰아내고 문을 닫았다.

사건이 있은 후부터는 유일하게나마 온 가족이 참석하던 성당 미사조차도 애런은 참석하지 않게 되었다. 그날도 로라는 추운 날씨에도 불구하고 집을 나서 성당으로 향했다.

벌써 몇 주째, 홀로 조용히 보내는 주말에 익숙해진 애런은 점심때가 되기 조금 전에서야 침대에서 일어나 1층으로 내려왔다. 오늘도 필시 로라가 식탁 위에 음식을 준비해 뒀을 것이었다. 식사를 가지러 부엌으로 들어서자 무슨 일인지 숀이 있었다. 원래대로라면 로라와 함께 성당에 가고 없어야 했고, 평소대로라면 애런이 부엌에 들어섰을 때 이미 그를 피해 여길나갔어야 했지만 그는 애런이 들어와도 자리에 그대로 앉아 있었다.

숀의 눈동자가 애런에게 달라붙었다. 굳이 보지 않아도 느낄 수 있었다.

그 눈빛이 불편해 얼른 자리를 뜨려고 애런이 랩이 씌워진 접시를 집어 들자 숀이 말했다.

"번거로울 것 없이 그냥 여기서 먹어라."

그 말은 애런의 귀에 명령조로 흘러 들어가, 결국은 그를 못박히게 만들었다.

의기소침한 여덟 살의 어린 소년은 아버지의 말에 순응하여 식탁에 앉아 늦은 아침을 먹기 시작했다.

조금 수분기가 마른 샌드위치와 오렌지 주스를 몇 모금 마셨을까. 처음엔 멍해지는 듯하더니 애런은 순식간에 정신을 잃듯 식탁 위로 고개를 떨어뜨렸다.

꿈인지 잠인지 모를 무언가가 애런을 자꾸만 끌어당겼다. 파르르 떨리는 눈꺼풀 사이로 요란한 소리와 함께 싱크대를 급하게 뒤지는 숀의 뒷모습이 보였다.

눈이 감겼다. 온 힘을 다해 눈꺼풀을 끌어올리자 눈앞에 밀대가 위협적으로 왔다 갔다 하고 있었다. 애런은 끙끙대며 목소리를 쥐어짠다.

"아, 아버지……."

그러나 이내 다시 눈이 감기고 애련은 강제로 잠에 빠진다.

춥다.

눈을 뜨는 것보다, 너무 춥다는 생각이 먼저 들었다.

애련은 아직도 물에 젖은 옷을 입은 것마냥 묵직한 몸을 겨우 일으켜 주변을 둘러본다.

와 본 적도 없는 황량한 벌판이다.

애련은 손을 들어 자신의 정수리부터 시작해, 머리를 훑는다. 머리 구석구석의 정찰을 마친 손바닥엔 다행히 아무것도 묻어 있지 않았다.

새하얀 입김이 조금씩 수그러든다. 체온이 떨어지고 있다. 우는 소리 하나 없이, 굵은 눈물만이 떨어진다.

조용한 눈송이가 애련을 덮어 주기라도 하려는지 떨어지기 시작한다. 아이는 마음을 먹은 듯 눈을 감아 본다. 하얗게 무無로 돌아갈 자신을 상상하면서.

하지만 감은 눈앞으로 로라가 나타난다. 그렇게 마음먹은 지 몇 초 만에 돌연 울음이 터져 나온다. 보고 싶다. 안기고 싶다. 애련은 훌쩍이며 엄마만 애타게 부른다.

그새 제법 쌓인 눈들을 털어내고 일어서, 인적을 찾아 움직이기 시작한다.

경찰이 현관문을 두드렸을 때, 애련이 가장 맞닥뜨리기 두

렸던 장면은 조금도 틀림없이 그대로 현실에서 일어났다. 문을 연 건 다름 아닌 숀이었다.

경찰이 숀에게 몇 가지 확인하는 사이, 로라가 집 안 어디선가 달려 나와 애런을 끌어안았다. 그녀는 울고 있었다. 애런이 사라진 며칠 사이 울기만 했는지 안쓰럽게 야위어 있었다. 애런은 로라의 품에 안겨, 자신의 계획이 실패로 돌아간 것에 실망한 숀의 얼굴을 본다.

그리고 그가 밀대로 애런의 머리를 내려치려다 만 것에 대해 후회하는 것도 알 수 있었다.

애런 열한 살.

로라는 걱정스러웠다.

소년이 된 아이는 사고 일으키기 좋아하는 또래 아이들과 다르게 무던한 눈동자로 모든 것이 중요치 않다는 듯 지내고 있었다.

게다가 3년 전의 사건 이후, 애런은 단 한 번도 꿈 이야기를 그녀에게 들려준 적이 없었다. 어릴 땐 꿈으로 본 잭잭의 귀여운 에피소드를 눈을 반짝이며 말하느라 바빴는데 이젠 그 잭잭마저 죽고 없었다.

아이가 하교하고 집으로 돌아와도, 남편이 퇴근을 하고 돌아와도 집엔 언제나 그녀 홀로 있는 느낌이었다. 옹알이를 하던 아들과 다정한 남편이 함께 식탁에 앉아 행복한 식사를 하던 때가 그리웠다.

그녀는 울적함을 달래고자 언니가 살고 있는 뉴욕편 항공권을 예약했다.

애런은 혼란스러웠다.

과거를 보고자 한 적이 없었는데 그는 또다시 어느 차 안에 시선이 갇혀 있었다.

다급히 주변을 살피는데 앞의 운전석에 누군가가 착석하고는 시동을 걸어 도로로 진입했다.

차가 달리는 내내 그는 룸미러로 운전 중인 사람의 얼굴을 보려 애쓰지만 룸미러의 각도가 어긋나 보이지 않는다.

할머니의 죽음, 여객선 침몰 사건. 이번 미래 또한 불길한 예감이 엄습해 그는 애써 힌트를 얻고자 더욱 면밀히 주변을 살피고 그 와중에 차는 가속도가 붙었다. 그때 애런의 눈에 지나치는 도로 표지판이 포착된다. 'AIRPORT_{공항}.'

휴대전화 벨소리가 울리고 믿고 싶지 않은 익숙한 목소리가 전화를 받는다.

"언니, 지금 공항으로 가는 길이야. 도착하면 전화할게."

전화를 끊자마자 운전석의 차창이 내려가고 바람이 불어 들어온다. 그녀의 익숙한 체취와 머리칼이 애런에게까지 날린다.

그는 자신에게만 허락된 그녀의 이름을 수도 없이 외친다.

엄마. 엄마. 엄마.

정지 신호에 차가 멈추고 로라는 무의식중에 긴 한숨을 뱉으며 열어둔 차창 밖을 무심히 바라본다.

4초 후 맞은편의 덤프트럭이 맹렬히 달려와 그녀를 덮친다.

애런은 자신이 꿈에서 깨어났다는 자각도 없이 어느새 일어
나 앉아 있었다. 식은땀 범벅이 된 손은 통제할 수도 없이 덜덜
떨리고 있다.

그는 또다시 그를 괴롭히는 무시무시한 공포에 사지를 끌어
모아 웅크렸다. 잔인한 신에게서 자신의 존재를 꽁꽁 숨기려는
듯이.

아침이 밝자 애런은 로라에게 꿈 이야기를 어떻게 꺼내야
할지 막막했다. 이보다 하기 싫은 일은 여태껏 없었다.

등교 준비를 마친 애런이 고갤 들어 거울을 바라보자 거기
엔 사신이 서 있었다. 죽음의 신.

그가 힘없는 걸음으로 내려와 주방에 들어가자 좀처럼 보기
힘들었던 아버지가 식탁에 앉아 있었다. 하는 둥 마는 둥의 아
침인사를 하고 식탁에 앉자마자 준비성이 철저한 로라가 식사
를 바로 내주었다.

애런은 고갤 들어 어머니의 얼굴을 바라본다. 나이를 먹었
지만 아직도 청초하고 기품 있는 얼굴. 그를 사랑으로 감싸 주
고 인내로 기다리며 이 가정을 지키는 유일한 사람.

애런은 고민에 고민을 거듭하며 말없이 식사만 하다 드디어
용기 내어 입을 연다.

"엄마, 이모 집엔 언제 가세요? 꼭 가셔야만 해요?"

말을 마친 순간 그는 실수했음을 깨달았다. 벌써 몇 해째 호기심은 없다는 식으로 지내왔으니 질문은 그야말로 갑작스러웠다.

어머니가 놀란 표정으로 바라보는 건 괜찮았지만 아버지가 의심의 눈길로 다음 말을 기다리는 것은 문제가 있었다. 이번에야말로 시설로 보내질지도 몰랐다.

내일 아버지가 없을 때 천천히 이야기를 나누는 편이 좋겠어. 애런은 갈등하다 자리에서 일어섰다.

"아무것도 아녜요."

오전이 채 가기도 전, 2교시 수업 중에 애런은 자신을 찾아온 누군가를 만났다. 그들은 다름 아닌 경찰이었고 그에게 비보를 전하러 온 것이었다. 여유 부릴 수 있는 하루 따위는 결코 없었다.

그리고 집으로 돌아갔을 때, 그는 정말 온전히 혼자가 되었음을 알았다.

아버지는 그를 버려 둔 채 이미 떠난 뒤였다.

9

애런이 티슈를 건네 줄 때까지도 난 내가 눈물을 흘리고 있단 걸 전혀 몰랐다. 타인인 내가 들어도 무척이나 가슴 아픈 이야기를 애런은 비교적 담담히 이어 갔고, 틈틈이 지어준 미소는 이미 그 일들에 대해선 눈물까지 말라 버린 사람의 미소처럼 느껴졌다.

"이런, 커피가 식은 줄도 몰랐네요."

내내 쥐고만 있던 커피를 한 모금 마신 그가 자리에서 일어섰다.

나는 가만히 앉아 다시 커피를 끓이는 그의 뒷모습을 지켜보았다. 항상 드넓기만 해보이던 그의 등이 안쓰럽게만 느껴졌다. 다시 내 눈에서 눈물 한 줄기가 흘러내렸다.

수증기가 피어오르는 따뜻한 커피 두 잔과 함께 애런이 다

시 자리로 돌아왔다. 그를 더욱 아프게 하기 싫어 붉어진 코로
힘들게 웃어 보였다.

그가 한 손을 식탁 위로 내밀며 말한다.

"괜찮다면 손 좀 줄래요?"

망설임 없이 뻗은 내 손을 맞잡으며 그는 안도의 한숨을 내
쉬었다. 손을 잡자 안심이 된 것은 비단 그뿐만이 아니었다. 우
리는 눈을 맞추고 미소 지었다.

다시, 그의 과거로 돌아갈 시간이었다.

"그 후로 이모님 댁에서 신세를 졌어요. 이모님은 좋은 분이
세요."

애런 열한 살.

애런의 이모이자, 로라의 다섯 살 많은 언니인 줄리는 동생
의 죽음을 비탄하고 있을 새도 없었다.

아직 어린 조카에게 어머니의 죽음과 아버지의 가출은 실어
증이라는 몹쓸 병을 가져다주었고 줄리는 바쁜 와중에도 훌륭
한 카운슬러들을 수소문해, 그들에게 상담 받게 했지만 아이는
좀처럼 차도가 없었다.

애런은 듣지도, 말하지도, 반응하지도 않았다.

줄리는 인형처럼 가만히 앉아 있는 조카의 젖은 머리를 말
려 주며 시시콜콜한 이야기를 늘어놔 보지만 오늘도 역시 돌아
오는 반응은 아무것도 없다.

그녀는 조카의 발치에 쪼그려 앉아 아이의 눈을 들여다본다. 아이의 눈길은 늘 그렇듯 바닥을 향해 있다.

"애런. 나는 전혀 힘들게 없어. 하지만 너는 그렇지 않을 것 같구나. 괴롭지 않니?"

줄리는 작은 움직임 조차 없는 어린 조카의 앞머리를 매만진다.

"네 엄마가 어릴 때 자주 머리를 이렇게 말려 주면서 미래의 이야기를 나누곤 했어. 어떤 집에서 살고 싶은지, 어떤 일상을 보내게 될 것인지. 넌 모르겠지만 로라는 그때부터 네 이야기를 했단다."

애런은 생각했다.

알아요.

하지만 알 길이 없는 줄리는 계속 로라의 이야기를 이어갔다.

여름이면 물놀이에 여념이 없고, 겨울에 눈이 쌓이면 스노우 크림을 만들어 먹었던 이야기들을.

애런이 말없이 침대에 누워 등을 보이자 줄리는 마지못해 잘 자라는 인사를 남기고 방을 나갔다.

애런은 로라가 사무치도록 그리웠다. 그녀의 목소리, 웃는 입매, 그를 다독여 주던 손길. 모든 것이 그리웠다.

하지만 어째선지 그녀가 죽고 난 이후론 로라의 과거를 볼 수 없었다. 친할머니 이후로 깨달았어야 했지만, 죽은 이를 추억하기 위해 능력을 사용하는 것은 불가능했다. 정말이지 조금의 도움도 되지 않는 능력이었다.

애런은 매일 밤 기도하며 잠들었다. 오늘 밤 꿈엔 부디 로라가 나오게 해달라고. 단 한 번만이라도 그녀를 만나고 싶다고. 단 한 번만 그녀의 품에 안겨 '애런' 하고 부르는 음성을 듣고 싶다고.

그리움과 눈물에 젖은 눈을 감은 그날 밤, 애런의 꿈에 처음 보는 이가 나타났다.

검은 머리와 검은 눈동자의 그녀는 로라처럼 그를 따스하게 안아 주고 등을 다독이며 말해 주었다. 그토록 듣고 싶었던 다정하게 자신의 이름을 부르는 소리와 어쩌면 가장 절실했을 한마디를.

"사랑해요."

잠에서 깨어난 애런은 오랜만에 소리 내 울었다.

그리웠다. 누군가에게서 사랑받았던 느낌이.

미래일지, 단순한 꿈에 지나지 않은지 알 수 없지만 애런은 위로받았다. 이름 모를 그녀에게서.

애런 열두 살.

줄리는 오늘도 자신이 알고 있는 이야기를 총동원하며 조카의 머리를 말려 주고 있다.

세차게 돌아가는 드라이기 소리에 묻히지 않도록 큰 목소리로 최대한 유쾌하게. 그래서 처음에는 조카가 자신을 부르는 나지막한 목소리를 듣지 못했었다.

"줄리 이모."

줄리는 드라이기를 끄고도 한동안 자신이 잘못 들었다고 착각할 수밖에 없었다. 하지만 애런이 그녀를 바라보며 다시 한 번 작은 목소리로 '이모' 하고 불렀을 때, 줄리는 아직 환청을 들을 나이가 아님을 깨달았다.

"그래, 애런. 말하고 싶은 게 있니?"

"만약에 누군가, 간절한 목소리로 제 이름을 거듭 부르는 건 무슨 뜻일까요?"

줄리는 진지하게 고민했다.

애런의 굳게 닫혔던 입을 열게 할 정도라면 분명 중요한 질문일 것이다.

"글쎄, 내 생각엔 필요하다는 의미가 아닐까?"

나쁘지 않은 대답이었던지 그는 그녀의 대답에 대해 골똘히 생각해 보는 표정이었다.

"그런데 그 만약에가 누군지 물어봐도 되니?"

그러자 그가 이곳에 온 이후 처음으로 부드러운 표정이 되어 말한다.

"검은 머리의 천사요."

줄리는 어깨를 으쓱한다.

"뭐, 좋아. 어쨌든 그 천사에게 감사해야겠구나. 내 조카를 되돌려 준 것에 대해."

그리고 그녀가 웃었다.

애런 열네 살.

익명의 검은 머리의 천사는 종종 애런의 꿈에 찾아왔다.

슈트를 입고 있는 그의 팔 언저리를 소중한 듯 어루만지고, 흰 셔츠를 끝까지 단정하게 단추를 채운 목 언저리에서 그리운 듯 그의 체취를 맡고. 팔을 어루만지던 손바닥을 슥…… 등 뒤로 돌려 그의 등에 두 손바닥을 데고 꼬옥 끌어안은 다음 애런의 가슴에 기대어 언제나 진심인 듯 말했다. 사랑해요, 애런. 하고.

그럴 때면 그 또한 그녀의 가녀린 어깨에 턱을 기대며 행복한 웃음소릴 냈다.

홈 스윗 홈. 그녀가 그의 새로운 근거지인 것만 같이 느껴지곤 했다.

매번 똑같은 꿈이 반복되는 것뿐이었지만 애런은 충분했다. 가끔은 아침부터 넋이 나가기도 했지만. 그의 발걸음은 조금씩 가벼워졌고, 시선은 점점 위를 향했다.

이 하늘 아래 더 이상 혼자가 아니라는 확신이 생겼을 즈음에 그는 자립했다.

애런 열다섯 살.

애런은 침대에 누운 채로 고민을 거듭했다.

여객선 사건 이후 그 누구의 과거도 보지 않고 살아온 그였다.

그녀가 보일까.

아무것도 보이지 않고 그녀가 정말 허구에 지나지 않는 인물이라면, 그야말로 상실이었다. 어디까지 잃게 될지 겁이 났다.

하지만 그녀가 보인다면?

보인다면 꿈이 아니었다. 그것은 어쩌면 진주알과 같은 미래였다.

그는 망설이던 끝에 오랜만에 능력을 사용해 보기로 하고 눈을 감았다.

"아직도 기억해요. 여덟 살의 당신을. 태양보다 빛나는 얼굴로 그와 개구쟁이처럼 뛰어 놀고 있었죠. 그때 처음으로 데릴을 질투했어요. 당신의 곁에서 함께 뛰어다니는 사람이 나였더라면…… 하고."

애런 스물두 살.

그는 졸업과 동시에 꾸준히 아르바이트해 오던 것을 경력으로 인정받아 입사하게 되었다.

신참에 잡일이 많아 고됐지만 바쁜 만큼 필요로 하는 곳이 있어 한편으론 기뻤다.

긴장되는 첫 정식 촬영을 한 날, 그의 결과물을 본 모델 레이첼 에반스가 반색하며 말했다.

"애런, 정말 나에 대해 잘 아는군요! 이렇게 잘 나온 사진은 처음 봐요. 내 몫의 인화 부탁해도 되죠?"

애런 스물세 살.

마감을 코앞에 둔 애런은 철야를 강행하다 자신도 모르는 사이에 소파에 누워 잠이 들었다.

오늘의 그녀는 간절히 그를 부른다. 애런, 애런.

문득 그 소리가 귓가에 생생해져 눈을 떴는데 레이첼이 내려다보고 있다.

"레이첼?"

"5초만 더 늦게 눈떴더라면 키스했을 거예요."

레이첼이 또 말한다.

"그런데 생각이 바뀌었어요. 당신이 눈뜨고 있어도 상관하지 않을래요."

애런 스물네 살.

화창한 날씨를 지붕 삼아 그의 팔을 베고 누워 있는 레이첼이 말한다.

"이번에 맷이 TV 광고 일을 얻어 왔어. 같이 촬영하는 모델이 누군지 알아? 무려 니콜 키드먼이야. 앞으로 3년. 빅토리아

시크릿 무대 대미를 장식하는 모델이 되고 말거야."

두 사람은 TV 앞에서 난생처음으로 광고를 기다린다. 니콜 키드먼이 금발을 날리며 걸어 나와 요염하게 미소 짓고, 유혹하듯 드레스 자락을 휘날리며 달려가지만 제품 자막이 나올 때까지도 레이첼의 모습은 보이지 않는다. 그리고 광고는 허무하리만치 빨리 끝나고 다음 광고가 이어진다.

레이첼이 무리하게 웃으며 말한다.

"봤어? 니콜 뒤에 서 있던 사람이 나야."

애런 스물다섯 살.

애런은 여러 촬영 일정들로 바쁘고, 레이첼은 집에서 머무는 시간이 길어진다. 그의 전화는 매일 요란스럽게 울리지만 레이첼의 전화는 좀처럼 울리지 않는다.

애런 스물여섯 살.

"애런, 차 좀 세워 봐."

갑작스러운 레이첼의 요청에 애런은 차를 애초의 목적지에서 벗어난 곳으로 몰아 세웠다.

그녀는 한숨을 먼저 들이켠다.

"나 떠날까 해."

"어디로?"

"선탠을 할 수 있는 곳으로. 캘리포니아가 좋을까? 오렌지 농장을 해보는 것도 나쁘진 않겠어."

애런은 그녀가 안타까웠다. 가능성이 있는데도 불구하고 생전엔 빛을 보지 못한 빈센트의 명화처럼, 그녀에게는 충분한 기회조차 주어지지 않았다.

레이첼은 더 이상의 말없이 차창 밖만을 응시했다. 그것마저도 그녀답지 않게만 느껴졌다. 그녀는 당차게 나만 믿고 따라오라고 그의 소매를 잡아끌어야 맞다.

애런은 심신이 피로한 그녀를 다독여 언제든 다시 달려갈 수 있는 힘을 실어 주고 싶었다. 레이첼은 모델 일을 할 때 가장 어깨가 펴지는 여자니까.

"나도 같이 갈게."

그녀가 꿈에서 다시 그의 품으로 안겨 온다. 익숙하리만치 평온한 풍경이다. 그리고 이제는 눈을 뜨고 새로운 아침을 맞이할 차례인데, 그의 귓가에서 음악 소리가 너울댄다.

당신은 내가 아플 때 힘이 돼 주는 사람

당신은 내가 말할 수 없을 때 내 목소리가 돼 주는 사람

당신은 내가 볼 수 없을 때 내 눈이 돼 주는 사람

당신은 내 안에 있는 최상의 것들을 발견하지요

내가 닿을 수 없는 곳으로 들어 올려 주었죠

당신은 믿었기에 내게 신념을 주었죠

나는 온전한 나예요

당신이 나를 사랑하니까요

그는 어느새 도달할 수 없었던 미래의 뒤편을 보고 있었고, 그녀와 자신은 셀린 디온의 노래에 맞춰 춤을 추고 있었다.

그녀가 그의 귓가에 속삭인다. 이 노래에 맞춰 춤을 추게 되는 날을 꿈꿨었다고.

컴컴하기만 했던 주변이 조금 흐리지만 보인다. 주위의 모든 사람들이 멋진 복장을 하고 있다. 테이블에는 준비된 많은 음식이 보이고 몇 단은 됨직한 케이크도 있는 것 같다.

시야가 다시 점점 뿌옇게 흐려진다. 정신은 마치 수면제를 먹은 듯 몽롱해진다.

그녀가 그에게 다시 뭐라 말을 하는데 잘 들리지 않는다. 듣고 싶다. 그녀를 찾아내고 싶다. 이름은 무엇인지, 어디에 사는지.

애런은 안간힘을 쓴다. 그의 의식이 또 다른 곳으로 휩쓸리기 직전, 그녀의 목소리가 귀에 닿았다.

"······오네이로······."

그는 강물에 휩쓸리듯 이내 시간의 결을 따라 흐른다. 아무것도 보이지 않고 들리지 않는다. 지구 밖의 우주에 혼자 떠 있는 것만 같다. 하지만 그것도 잠시. 그는 다시 어딘가로 떨어진다.

초점이 맞추어지듯 조금씩 시야가 열리면서 다시 그녀의 얼굴이 보인다. 음악 소리와 수많은 사람들의 모습은 보이지 않고 그녀와 그, 단 둘만이 한 공간에 있다.

그녀는 웃고 있고…… 그 자신은 한 손을 주머니에 넣은 채서 있는 모습이 어딘가 낯설다. 애런은 미래의 본인을 뚫어져라 응시하다 이내 알아차린다. 그는 긴장하고 있다.

마주 보며 서 있는 그녀를 향해 다시 시선을 돌리는데 익숙한 얼굴이 눈에 띄어 테이블 쪽을 바라본다. 테이블에는 잡지한 권이 놓여 있고 표지에 레이첼이 웃고 있다.

그리고 늘 그렇듯 애런은 갑작스레 잠에서, 미래에서 깨어난다.

그는 예정대로 떠날 준비를 했다. 오랫동안 근무한 동료들과도 아쉽지만 작별 인사를 나누었고 가까운 곳에 사는 줄리와도 오랜만에 시간을 보냈다. 줄리는 여전히 일하며 지냈고 그의 안녕을 빌어 주었다.

이제 이틀 뒤면 새로운 곳에서의 삶이 시작된다. 대부분의 짐은 이미 이사 갈 집으로 보내 둔 상태였다. 애런은 휑하고 적막한 집 안에서 남겨 둔 노트북을 열어 나머지 일들을 처리했다.

마지막으로 만나지 못한 친구들에게 짧은 안부 메일을 보낸 뒤 웹 사이트를 열어 검색을 시작했다. 키보드로 검색어를 넣고 '서치' 버튼을 눌러 마우스 휠을 막 당겨 내렸을 때, 전화가 울린다. 레이첼이다. 그녀는 들뜬 목소리로 믿을 수 없는 소식을 전한다.

— 맷이…… 방금 다음 주에 〈얼루어〉 표지 촬영 일이 성사됐다고 전화했어. 그뿐만이 아냐. 3페이지에 걸쳐 내 인터뷰도 실릴 예정이래. 표지라니, 얼마만인지 모르겠어. 게다가 〈얼루어〉 표지는 처음이야! 알지?

생생하리만치 활기 찬 그녀의 목소리가 얼마만인지 그는 마치 제 일인 양 기쁘다. 그녀는 정말 잘 해낼 것이다. 언젠가 〈롤링스톤즈〉 표지까지 장식하는 모델이 될 거다.

잘됐어, 절대 놓치면 안 되는 기회야. 그는 거듭 강조하고 레이첼은 참았던 환호성을 내지르며 웃음소릴 뱉는다.

— 애런, 자기. 미안하지만 내일 전화해서 비행기 티켓 취소해 줘. 집은 좀 걸릴 테니 다시 천천히 정리하고…….

"레이첼."

— 응?

"미안하지만, 난 예정대로 여길 떠날 거야."

— 잠깐, 애런. 그게 무슨 말이야? 우리 이제 뉴욕을 떠날 이유가 없어.

애런은 다시 노트북 앞에 앉아 모니터를 들여다본다. 거기엔 다름 아닌 '오네이로'의 검색 결과가 나와 있다.

ονειρο = Dream (Oneiro)

ονειρο 그램홀트 5번가 17, 피닉스, TEL : 602-249-3758

그녀가 말했었다. 오네이로,라고.

그는 이 가게의 이름에서 알 수 없는 예감을 느낀다. 이곳이라는 예감.

애런은 레이첼과의 마지막 통화에서 처음으로 고백한다.

"나에겐 가야만 하는 이유가 있어."

10

애런이 어느덧 피닉스로 온 지도 벌써 반년이 흘렀다.

6개월 전의 그날을 그는 아직도 생생히 기억한다. 처음으로 이곳 오네이로로 찾아왔었던 그날을. 가게가 크진 않았지만 주인인 캐리의 성품이 그대로 묻어나는 곳으로, 꿈에 본 그녀와 춤추던 미래의 그날에 보았던 몇몇의 얼굴을 발견한 순간, 그의 예감은 확신이 되었다.

애런은 그 자리에서 캐리에게 자신을 고용해 줄 것을 부탁했다. 일 때문에 바빴던 이모를 대신해 다년간 다져진 요리 실력으로 나쁘지 않은 합격점을 받아 오네이로의 일원이 되었지만, 그 또한 메인 요리를 제외한 메뉴들을 요리하며 신참내기 셰프 시절을 보냈다.

요리는 사진과는 또 다른 즐거움이 있었다. 그는 눈부신 조명을 받고 자신의 손길에서 완성되어 가는 요리에 보람을 느꼈고 그 요리를 먹은 사람들이 황홀한 목소리로 말하는 맛있다는 감탄사에 행복을 느꼈다.

그리고 그 무렵부터 그는 그녀의 과거를 책장을 넘기듯 볼 수 있게 되었다.

아직 아이인 그녀가 한 여인의 치마폭에 안겨 세상이 끝난 듯 울고 있고 그 집 마당에서는 한 대의 차가 빠져나가고 있다. 애런은 그 차에 탄 사람이 그가 한때 질투했던 남자임을 알아차린다.

여름이 지나고 가을이 시작될 무렵, 그녀가 그 여인의 손을 잡고 누군가를 간절히 기다리며 서 있다.

애런은 곧 정원을 가로질러 들어오는 차를 발견하고서야 깨닫는다. 그가 돌아오길 기다렸다는 것을.

그녀가 '데릴' 하며 이름을 부르며 달려가고, 데릴이 그녀의 머릴 쓰다듬으며 묻는다. '잘 지냈어, 리지?'

"리지……."

잠에서 깨어난 애런은 그녀의 이름을 소리 내어 불러본다.

더 이상 익명의 그녀가 아니다.

리지는 이제 나이가 두 자릿수가 된 듯 많이 자랐다. '제인'

이라는 오렌지색 머리의 친구는 그녀의 단짝 친구이다.

올해 방학에도 데릴은 어딘가로 떠나지만 이제 그녀는 전혀 울지 않는다.

그는 그녀들이 잡지를 보며 선망하는 여자 스타들을 따라 하는 모습과 남자 친구와 하고 싶은 것들에 대해 이야기 나누는 모습을 바라본다. 제인은 남자 친구와 서로의 이름을 새겨 넣는 타투, 리지는 그의 손에 핸드크림을 발라 주고 싶다고 말한다.

그리고 다시 데릴이 돌아온다. 그는 그사이 많이 자랐고 더욱 자상해진 모습으로 그녀에게 말을 건넨다. '리지, 잘 지냈어?'

하지만 그녀는 대답조차 하지 못한다.

TV에선 매년 돌아오는 독립 기념일 행사에 대한 취재 방송이 한창이다. 애런은 마지막까지 켜 두었던 TV마저 *끄고* 어두운 방에 홀로 누웠다.

수개월이 흘렀지만 리지는 아직 나타나지 않았다. 불꽃이 요란하게 터지기 시작하지만 그의 마음은 한없이 외롭기만 하다.

리지는 어울리지 않는 노란 머리를 하고 있고, 멀리서 데릴이 보이기만 하면 달아나느라 바쁘다. 데릴은 여전히 그녀의 그런 행동마저 귀여운 동생의 장난처럼 느껴지는지 그저 웃고 말지만 애런은 그녀의 애틋한 첫사랑을 보고 있음을 알고 있다.

고등학교를 졸업한 데릴이 리지의 이마에 입맞춤하는 동안에도 그녀는 울음을 꾹꾹 견뎌 내고 있다.

결국 그는 리지의 곁을 떠났다.

반년이 지나고, 일 년이 지나도 리지는 그때마다 실망한 기색으로 전화를 내려놓는다.

데릴은 여태껏 한 번도 돌아오지 않았다. 그녀는 가끔 그가 그리워 울기도 한다.

어느덧 이곳에서 해를 넘긴 애런은 출근과 동시에 반가운 얼굴들을 발견한다.

이제 여행을 마치고 돌아온 케이티와 늘 근사한 미소를 짓는 친근한 제스. 언제가 될지 모르는 그 미래의 순간에 함께했던 두 사람.

애런은 먼저 손을 내밀어 인사를 청한다. '반갑습니다, 애런 존스라고 해요.'

아직은 들고양이 같은 케이티의 눈빛도, 로즈와 제스의 데면데면한 사이도 애런은 새롭기만 하다.

이제 고등학교를 졸업하는 그녀가 마음에도 없는 파트너의 차를 타고 졸업 무도회 장으로 향한다. 손목에 달고 있는 파트너가 준비한 노란 장미의 코르사주는 잔뜩 시들어 못 봐줄 정도다.

리지는 하는 수 없이 파트너와 춤을 춘다. 마음이 딴 데 가 있는 듯이 시선 또한 멀기만 하다. 순간, 파트너가 그녀의 입술에 도둑 키스를 하려다 실패한다. 놀란 그녀가 가려는데 파트너가 다시 손을 잡아챈다. 리지는 녀석의 손가락을 꽉 깨물고는 탈출한다. 그녀의 눈에서는 하염없이 눈물만 흐른다.

집에 도착한 그녀를 보고 놀란 어머니가 쫓아오자 리지는 '날 좀 내버려 둬요!'라는 매정한 말과 함께 자신을 스스로 방에 가둔다.

리지는 대학생이 되었고 아버지가 사 주신 98연식 중고차를 몰아 학교에 가고, 집으로 돌아온다. 그 모습은 마치 로봇 같다.

캐리가 그를 불러 말한다.

"애런, 내일부턴 톰과 함께 메인 요릴 맡아 주었으면 해."

그렇게 애런은 오네이로의 메인 셰프가 되었다.

대학을 졸업하고 데릴이 다시 돌아왔다. 그녀는 마냥 기쁜 듯해 보이지만 사실은 버려졌던 아이처럼 불안해하고 있다.

리지는 데릴과의 결혼 준비에 여념이 없다. 제인은 들러리 드레스를 고르는 것만으로도 흥분 상태다.

하지만 데릴은 그녀에게 머리를 기르는 동안 다녀오겠다는 약속만 남긴 채 다시 그녀의 곁을 떠난다.

애런은 조용한 다리에 올라가 하늘을 바라본다.

잠시 후 그가 기다리던 불꽃이 터지기 시작하고 하늘을 화려하게 수놓는다.

벌써 이곳에서 맞이하는 두 번째 독립 기념일이다.

그녀는 울고, 울고, 또 울었다.

그리고 아픈 사람처럼 식음을 전폐하고 침대 밖을 한동안 벗어나지 않았다.

애런은 가슴이 아팠다. 그녀가 자신을 안아 주었던 것처럼 그도 아픈 그녀를 안아 주고 싶었다.

하지만 지금 이 순간 그가 할 수 있는 일은 오로지 지켜보는 일뿐이다.

애런은 익숙한 뜰을 지나 현관문을 두드린다.

문을 열어 준 집주인 제스의 안내를 받아 식당에 도착한다.

식탁 위엔 벌써 칠면조 구이가 완성되어 추수감사절의 대미를 장식하고 있다.

로즈의 세세한 것까지 빠짐없이 챙기는 제스를 보며 그는 퍼즐을 맞추듯 다시 미래를 떠올린다.

이제 남은 것은 리지, 그녀 단 한 사람이다.

리지는 다시 생활을 어렵게 이어 가고 있다.

이웃들과 인사도 나누고 웃기도 하지만 그는 알고 있다. 어젯밤에도 그녀는 〈라이트 히어 웨이팅Right here waiting〉을 들으며 남모르게 눈물을 흘렸음을.

다시 겨울이 왔고, 거리엔 캐럴이 흘러넘친다.

애런은 하얀 입김에도 아랑곳 않고 창문을 열어 크리스마스답게 화려해진 거리의 불빛을 바라본다.

그녀는 지금 어디서 이 추운 겨울을 보내고 있을까.

그는 시디롬을 열어 CD를 넣고 음악을 튼다. 그녀가 듣던 〈라이트 히어 웨이팅〉이 흐른다.

당신이 어디로 가든, 무엇을 하든
당신만을 위해 여기 있을게요
어떤 대가를 치르더라도 나의 마음이 찢어지더라도
당신만을 위해 여기 있을게요

크리스마스지만 캐럴송보다 애런에겐 제격인 노래였다.

노래 가사는 그녀의 마음이기도 했지만, 그의 마음이기도 했다.

당신만을 위해 여기서 기다리고 있을게요.

봄이 오고 그녀는 무사히 졸업을 했다. 애런은 당장이라도 어딘지도 모르는 그곳으로 달려가 그녀에게 축하의 인사를 건네고 싶었지만 불가능한 일이었다.

리지는 가을이 될 때까지 부족했던 부모님과의 시간을 보냈다. 가족 모두 만족했던 순간이었다.

그녀의 어머니는 그녀가 잘 먹었던 요리를 만들어 주었다. 돈가스, 메밀국수와 같은 일본 음식은 물론 잡채, 떡볶이와 같은 한국 음식도 그녀의 어머니는 척척 만들어 냈다. 다시 아이가 된 듯 열기에 춤추는 떡볶이에 올린 가다랑어포를 보고 웃으며 리지는 추억과 함께 음식을 먹었다.

아버지와 낚시를 가기도 하고 드라이브를 하기도 했다. 하지만 그가 봤을 때 가장 애틋했던 순간은 〈비코즈 유 러브드 미 Because you loved me〉에 맞춰 부녀가 춤추던 순간이었다. 그녀는 처음 아버지와 춤추었던 그때처럼 그의 발등에 발을 올리고 함께 스텝을 옮겼다.

그 순간 한 공간에 있었던 세 사람의 눈빛은 똑같이 그리움을 그리고 있었다. 애런도 마찬가지였다.

잊을 수 없는 여름을 보내고 가을이 되자 리지는 도서관으로 출퇴근을 하기 시작했다.

애런은 자주 출근하는 차 안에 있는 리지를 보곤 했다.

시간이 촉박한 날만 아니면 그녀의 출근 길 준비는 항상 차례가 정해져 있었다.

안전벨트를 매고, 시동을 걸어 아침마다 듣는 라디오 주파수를 맞추고는 시간을 확인한 뒤 차를 출발시키곤 했다.

애런은 그 후로 자신도 운전을 하며 라디오를 켜는 버릇이 생겼다.

엽서가 도착하고부터 리지는 조금씩 잃었던 열의를 찾아가고 있었다.

그녀는 단 한 번도 입 밖으로 내지 않았지만 무언가 하고자하는 게 있었다. 그녀의 생각까지 읽을 수 없는 애런은 혼자서신중하게 준비 중인 그녀의 꿈이 무엇인지 궁금했다.

다시 한 번 데릴과의 결혼식을 준비하는 리지의 모습은 조금 조심스러워 보이기도 했다. 흥분하면 마치 이 일이 망쳐 버리기라도 할 것처럼.

이제 정말 결혼식은 며칠 남지 않았고, 리지는 그녀의 결혼식 날 노래를 불러 줄 웨딩싱어에게 부탁한다.

"〈비코즈 유 러브드 미〉는 꼭 연주해 주세요."

어느 밤, 오랜만에 제이미가 가게에 찾아 왔다.

특히 좋아하는 시폰케이크를 먹으며 캐리와 대화를 나누던그녀가 문득 말한다.

"참, 일손이 부족하다고 했지? 내가 생각하기에 이곳과 아주잘 맞을 사람을 하나 알고 있는데."

"누구?"

"음식을 아주 맛있게 잘 먹는 아가씨야. 얼마 전에 피닉스에 왔는데 요즘 자주 내 가게에서 식사를 해. 오늘 잠깐 얘길 나눴는데 현재 딱히 하는 일이 없다더라고."

애런은 묵묵히 저녁 영업에 내놓을 뵈르블랑과 로브스터를 준비하면서 그들의 대화에 귀를 기울인다.

캐리는 대답 대신 그녀의 명함을 제이미에게 건넨다.

"기회 봐서 전해 줄게."

"이름은 내가 미리 알아 두는 편이 낫지 않을까?"

캐리가 평소처럼 단조로운 톤으로 묻고 제이미가 답한다.

그가 그토록 기다리던 그 이름을.

"리지, 리지 밀러."

애런은 어느새 자신이 버터를 으스러트릴 듯이 잡고 있었다는 것을 깨닫는다. 칼을 들고 있지 않은 것이 천만다행이었다.

그리고 일주일 후, 고맙게도 제이미는 잊지 않고 그녀에게 전해 주었고 드디어 그녀가 이곳으로 오게 되었다.

애런은 그녀가 보이지 않는 곳에서 그녀를 위한 자신의 첫 요리를 만들었다. 로즈마리를 넣어 구운 바게트와 훈제 송어를 올린 블리니, 송아지 고기로 만든 메인 요리까지. 음식을 내갔던 바네사는 항상 빈 그릇으로 되가져왔고 그는 말할 수 없이 기뻤다.

그가 잠깐의 망설임도 없이 브라우니와 바닐라 아이스크

림으로 후식을 준비하자 바네사가 조금은 놀란 기색으로 말한다.

"애런, 디저트는 캐리의 지시가 있을 때까지 기다리라고……."

그는 확신에 찬 목소리로 말한다.

"그녀는 우리와 함께하게 될 거예요."

정확히 2분 뒤, 정말 바네사는 그가 미리 준비해 둔 디저트를 내갔다.

그날 밤 애런은 잠들 수 없었다. 이제 그녀를 혼자서만 바라보지 않아도 된다는 것이, 그녀가 어쩌면 그의 이름을 불러줄지도 모른다는 것이, 그런 당연한 것들이 그를 잠 못 들게 했다.

결국 잠 한숨 못 잔 애런은 원래 테드의 일이지만 자처해 이른 아침 오네이로의 문을 열었다.

2년 전 그녀를 기다리며 이곳에서 보조로 빵을 굽던 때가 마치 어제처럼 느껴졌다. 그는 인내심 있게 기다렸고 마침내 꿈꾸던 현실이 도래했다. 오늘 드디어 첫 출근을 할 그녀와 현실에서의 첫 만남을 가질 것이다. 흥분해서 일을 망치긴 싫었다. 3년여의 기다림을 물거품으로 만드는 것보다 후회스러울 일은 없을 것이다. 그는 끝까지 최선을 다해 곧 다가올 중요한 순간을 소중히 대면하고 싶었다.

애런은 조용히 울려 퍼지는 〈문 리버〉에 잡념을 떨쳐 버리고 일을 시작했다. 밤사이 식은 오븐을 다시 켜고 버터를 떠,

거품기로 열심히 크림화 시키기 시작했다. 피곤함은 찾을 수 없었다.

> 달빛이 흐르는 넓은 강아
> 난 언젠가 널 멋지게 건너겠어
> 오, 내 사랑을 부셔 버린 당신
> 당신이 어디를 가든지 난 따라가겠어

그는 쉽게 할 수 있는 일에 열중하며 평소처럼 바쁘게 움직이기 시작했다. 예열을 끝낸 오븐에는 반죽들이 들어갔고 오네이로 안에는 따뜻하고 고소한 빵 굽는 냄새가 스며들기 시작했다. 애런은 이런 평화로운 일상이 행복했다.

그는 아직 만들어야 할 반죽을 위해 다시 계란을 깨 넣고 채로 밀가루를 걸렀다.

> 세상 밖의 두 표류자
> 세상 많은 것을 보았지
> 우린 무지개 양쪽 끝에 있어
> 내 허클베리 친구가 그곳에서 기다리고 있어
> 달빛이 흐르는 강 그리고 나

그러다 문득 고개를 들었을 때 그녀가 거기 있었다.
그곳에 서서 그를 지켜보고 있었다. 꿈인 것만 같았다.

그가 너무 그리워한 나머지 환영을 만들어 낸 것이라고 잠시 착각했다.

그러나 이내 깨달았다. 그녀는 그가 그토록 기다려 왔던 현실의 리지였다.

애런은 조심스럽게 다가가 그녀에게 손을 내밀며 말했다. 수십 번 연습했던 인사를.

"리지 밀러 양? 안녕하세요. 애런 존스라고 해요, 오네이로의 셰프죠."

그의 목소리에 반응하듯 그녀가 움직였다.

그리고 잠시 망설이다 내민 그의 손을 잡았다.

"제 이름은…… 이미 알고 계신 것 같네요, 리지 밀러예요."

그 눈동자가 처음으로 그와 맞은 순간, 애런은 가슴이 벅차기까지 했다.

그렇게 그들은 만났다.

11

　나는 먹먹함으로 말을 잃은 채 그저 내 앞의 그만 바라보았다. 그는 내 두 손을 무척이나 그리웠던 듯이 자신의 뺨에 가져다 대고는 속삭인다.

　"기다렸어요, 가끔은 두려웠죠. 기약 없는 그 미래에. 하지만 달리 원하는 게 없었죠. 이 따스함 외에는."

　나는 내 손 끝으로 만져지는 그의 뺨을 느낀다.

　애런이 나를 곧게 바라본다. 이제 그 눈동자에는 내가 모르는 이가 없다.

　"아픈 시간을 꿋꿋하게 지나온 당신이 대견하고 고마워요. 결코 삶을 포기하지 않았죠."

　버텨 내려 안간힘을 썼던 나. 너무 부단히도 고된 시간들을 보내서 스스로도 안타까웠던 과거의 나.

내 눈에서는 저절로 눈물이 흘렀다. 아무도 모를 거라 생각했다. 내 아픔, 외로움.

"당신은 최선을 다 했어요. 내가 알아요."

하지만 이 사람만은 알아주었다.

나는 울음과 웃음이 뒤범벅이 된 눈물을 흘렸다. 사슬로 묶어 둔 판도라의 상자를 그가 열어젖혔다. 숨겨 두었던 상처도, 웃음으로 위장했던 아픔도 모두 눈물이 되어 흘렀다. 나는 멈추지 않고 울었다. 이렇게 운 것이 얼마만인지 기억도 나지 않았다.

그가 곁으로 다가와 팔을 열어 주었고 나는 망설이지 않고 그 품에 안겼다. 그러고도 계속 울었다. 생각하기를, 감동하기를, 그 모든 것을 그만둬 버렸던, 그것이 최선이었던 과거의 내가 가여웠다. 그 혹독한 시간을 버텨내 주었던 내가 고마웠다. 할 수만 있다면 시간을 건너 과거의 내게 말해 주고 싶었다.

리지, 괜찮아. 훨씬 나은 미래가 있을 거야.

내 과거에 대해 모르는 것이 없는 사람과 이야기를 나눈다는 것은 신기한 일이다. 그와 나는 오래된 친구처럼 또는 내 삶의 일부처럼 이야기를 나누었다.

제인과의 일화를 나눌 때면 우린 어김없이 웃음을 터트리곤 했다. 일어날 리 만무했던 일에 생소한 순간이기도 했다. 제인과 나는 언제나 단 둘이었으니까.

점심으로 먹으려 했던 떡볶이를 저녁 식사로 먹고 나자 그가 온종일 기다렸다는 듯 대뜸 묻는다.

"그런데 그건 언제 발라 줄 거예요?"

그것?

내가 무슨 말인지 모르겠다는 듯 가만히 서 있자 그가 고갯짓으로 내 가방을 가리킨다. 열어 보니 핸드크림이 한눈에 들어온다. 어느새 내 곁에 서 있는 그가 말한다.

"핸드크림을 발라 주는 게 꿈이었잖아요?"

내 얼굴이 붉게 달아올랐는지는 거울을 확인하지 못해 모르겠다.

애런은 내가 생각할 겨를도 없이 양 손에 핸드크림과 내 손을 꼭 잡고 데려간다. 소파에 앉아 그가 나에게 손을 내민다.

나는 내 손바닥에 핸드크림을 듬뿍 짜낸 후 그의 손을 잡고 천천히 발라 주기 시작했다. 맛있는 음식으로 나를 감동시키고 내가 그토록 잡고 싶어 했던 그 손을.

그의 손톱, 손바닥, 손가락 마디마디까지 들여다보고 있는데 그가 말한다.

"인정받은 기분이에요."

내가 고갤 들어 바라보자 그가 덧붙여 말한다.

"당신의 남자로."

그의 손이 내 손에서 벗어나 내 뺨에 닿는다. 그리고 아득한 눈길로 내 이목구비를 천천히 들여다보며 그 보드라운 손으로 어루만진다.

나는 이순간이 문득 정말 현실인지 가늠이 안 된다.

그리고 그의 입술이 내게 키스한다.

3부
사랑으로 찬 나날

1

알람이 울린다.

나는 무거운 눈꺼풀을 뜨기가 힘겨워 잠시 현실 도피를 시도해 본다. 멀지 않은 베개 아래로. 하지만 녀석은 멈추지 않고 맹렬한 기세로 울려댄다. 일어나야 한다. 1분이 더 지체될수록 그만큼 지각을 하게 된다. 머리는 잘 알고 있지만 몸이 좀처럼 쉽게 따라주지 않는다. 나는 여전히 베개 아래서 쓸모없는 설전을 벌이는 내 두 자아를 방치 중이다. 그사이 시간은 또 1분이 흘렀다.

코렐 광고처럼 접시라도 떨어뜨릴 듯 울어대던 자명종이 드디어 소리를 멈추었다. 그것만으로도 굉장한 잠의 유혹이 다시금 시작된다. 베개를 움켜쥐고 있던 손이 점점 풀리고 다시 몽롱한 상태로 접어들 때…… 전화벨이 울린다. 따르르릉!

화들짝 깨어 수화기를 움켜쥐고 '여보세요?' 대신 괴로운 신음 소릴 흘리자 쾌활한 목소리가 나를 반긴다.

— 굿모닝.

나는 아직 눈조차 뜨지 못한 몰골로 웃으며 그를 부른다.

"애런."

— 간밤에 악몽이라도 꿨어요?

"제스가 청천벽력 같은 고백을 하지 뭐예요."

나는 은밀하게 덧붙인다.

"나 사실 여자야, 라고."

그가 폭소를 터트린다. 물론 나도 따라 웃고 있다.

근데, 해냈다는 이 느낌은 뭐지?

— 어서 내려와요, 15분 줄게요. 성공하면 대단한 선물이 있어요.

나는 어느새 두 눈을 번쩍 뜨고 수화기 너머 그의 목소리에 다람쥐처럼 귀를 세우고 있다.

"의욕 증진을 위해 먼저 듣고 싶어요."

그가 너그러이 좋다고 한다.

— 제이미의 베이글과 커피요.

"10분! 충분해요. 이따 봐요!"

나는 서둘러 전화를 끊고 후다닥 욕실로 달려간다.

허둥지둥 씻고, 벗고, 입고, 바르기는 과감히 포기하고 달려나가니 애런이 손을 흔들며 반긴다. 나는 어린애처럼 그에게 쪼르르 달려간다. 그가 다행히 아직 식지 않고 뜨거운 김이 폴

폴 나는 커피를 건넨다. 내가 구태여 설명하지 않아도 애런은 충분히 알고 있다. 나의 취약점, 아침잠을.

다시 그와 시선을 맞춘다. 애런은 요즘 내내 참아 왔던 사람처럼 내게 시선을 고정한다. 문제는 내가 황당한 실수(발에 걸릴 것도 없는데 넘어 질 뻔했다던가)를 할 때도 언제나 그가 지켜보고 있다는 점이다.

앗, 그러고 보니 오늘은 얼굴에 아무것도 바르지 못했는데. 촉촉한 피부와 맞바꾼 베이글과 커피를 먹으며 그의 옆 좌석에 앉아 오네이로로 향하는 길은 정말 상상도 못 해본 일이다.

"애런, 내가 허둥대도 이해해 줘요."

그가 무슨 뜻이냐는 듯 나를 바라본다. 운전 덕분에 찰나에 그치긴 했다.

"그러니까 지금 이 현실이 도무지 상상도 못 해본 일들이라, 내가 생각해도 요즘 내가 바보스런 행동들만 하고 있는 것 같아요."

나는 솔직하게 시인했다. 나는 아직도 그의 품에 안길 때마다, 키스를 나눌 때마다 쑥스러워 어쩔 줄을 모른다. 애런이 안쓰러울 정도로.

"음, 혹시 불편해요?"

나는 강하게 부정한다.

"마음 같아선 당신을 벽에 몰아붙이고 싶다고요."

너무 강했다. 인정한다.

애런이 눈을 크게 뜨고 휘파람을 불더니 말한다.

"기대할게요."

이게 아닌데. 나는 나의 어휘력에 망연자실한다.

힘 빠진 고갤 유리창에 기대어 콩콩 찧는 걸로 자책하는데 그 모습을 본 건지 그가 다시 말한다.

"리지, 그렇게 조급해하지 않아도 괜찮아요."

그가 나를 위로한다.

"내게서 당신을 뗄 수 없듯, 당신에게서 내가 떨어질 일 또한 없으니까요."

그리고 언제나 그렇듯 그의 말 모두가 마법처럼 위안이 된다.

"여유를 가져요."

어깨를 으쓱하고 자세를 바로 고쳐 앉았다.

그의 말이 맞다. 우리가 함께할 시간은 이제 막 시작되었을 뿐이고 성급하게 굴 건 아무것도 없다.

어느새 오네이로의 출입문을 스치고 차가 멈추어 섰다. 안전벨트를 풀고 차에서 내릴 차례인데 그가 나를 붙잡는다.

"리지."

그를 향해 고갤 돌리자마자 그가 내 입술에 가벼운 입맞춤을 한다.

"그런데 이건 얼른 익숙해졌으면 좋겠군요."

눈뜨고 당한다는 게 이런 거군.

"애런!"

그는 이미 차 밖에서 재밌다는 듯 웃고 있다.

그리고 우리는 이전부터 해온 일상을 이어간다. 오네이로의 일원으로써.

또 다른 자아와 같은 유니폼을 입고 점심시간 손님들의 접대를 시작한다. 저녁 영업 때보다 메뉴가 간단하고 손님들이 많지 않아, 주방의 메인 셰프는 톰과 애런이 교대로 근무를 한다. 점심 메뉴 중에서도 에그스 케빈과 샐러드 샌드위치는 넉넉하게 준비해 두어야 할 꾸준한 인기 메뉴다.

이제 밤사이 쉬었던 눈과 머리, 근육들이 다시 재활동을 할 준비를 마쳤다 싶을 때면 시간은 어느새 오후로 바뀌어 있고 우리는 휴식을 겸한 식사를 한다. 메뉴는 즉흥적일 때가 많고 테드나 제스의 실력 향상을 위한 연습으로 쓰일 때도 있으며 새로운 메뉴를 선보이는 자리가 되기도 한다. 덕분에 나는 매일을 캐리가 일전에 표현했던 대로 올해 크리스마스 선물은 무엇일까 기대하며 트리나 벽난로로 달려가는 아이처럼 주방으로 걸어간다. 폴짝폴짝 경쾌하게.

따뜻한 감자 수프를 먹고, 졸인 무화과와 설탕무를 넣은 샐러드, 아보카도를 곁들인 오리 구이와, 노란 호박 파이까지 우리는 양껏 먹고 떠들며 다시 에너지와 기분을 재충전하고 저녁 일을 시작한다.

창밖으로 노을이 지고, 친구들과의 즐거운 식사를 위해 오는 사람들과 오늘 데이트를 위해 근사한 차림을 한 여성, 좋은 결과를 가지고 돌아가길 기대하는 사업가들, 도란도란한 가족들까지 다양한 모임들이 오네이로의 테이블을 채운다.

나는 손님들을 도와 주문을 받고 애런은 요리를 한다. 테스트를 보았던 그날과 같이. 나는 그가 만든 요리의 재료들과 조리 과정에 대한 간략한 설명을 곁들인다. 손님들이 조금이라도 더 이 요리에 대해 이해하고 맛보는 것을 돕는 방법이다.

와인이 익어 가듯 밤이 깊어 간다.

일을 마치고 나면 다시 믿기 어려운 일들이 시작된다. 애런이 나를 기다리고 있고 그 손이 곧 내 어깨를 안은 채 우리는 은색 세단이 서 있는 곳으로 걸어간다. 똑같은 걸음으로.

달리는 차 안에 나란히 앉아 있으면 때때로 나는 이대로 모든 것이 멈춰 버렸으면, 하고 바랄 때가 있다. 그가 나를 바라봐 주고, 안아 주고, 내게 웃어 줄 때도 말할 수 없이 행복하지만 이렇게 한 공간에 우리 두 사람만이 있음을 깨달을 때가 다름 아닌 이 순간이기 때문이다.

나는 손을 뻗어 그의 손에 닿는다. 애런이 단박에 나를 향해 고개를 돌린다. 눈으로 묻는 것만 같다. 리지, 하고 싶은 말 있어요?

그것만으로도 나는 그의 무한한 애정을 느낀다. 나를 향해 모든 감각을 활짝 열어 둔 사람. 언제든 내게 귀 기울일 준비를, 바라봐 줄 준비를 하고 있는 사람.

나는 싱겁게 말로써 대답한다. 그냥요.

그러면 애런은 마치 사랑 고백이라도 들은 사람처럼 웃는다. 내 사랑을 그 누구보다 가치 있게 받아 주는 사람.

우리는 자연스레 손을 깍지 끼고, 손안에서는 작은 온기가 만들어진다.

내가 돌아갈 곳과 그의 집으로 가는 갈림길에서 신호를 받고 차가 멈추어 선다.

"밀크 티 마시고 갈래요?"

당연한 이야기지만 그는 내 차 취향을 다 꿰고 있다.

나는 눈동자를 도르르 굴리면서 아뇨, 라고 답한다.

"오트밀 쿠키도 있어요."

나는 인내하느라 괴로워진 얼굴로 다시 아뇨, 한다. 이내 그가 화룡점정을 찍는 한마디를 한다.

"〈티파니에서 아침을〉 DVD도 준비해 뒀어요."

그는 나에 대해 너무, 지나치게 잘 안다. 그래서 가끔은 지금처럼 괴로울 때가 있다. 나는 결국 유혹에 지쳐 웃는다.

"애린, 우리 지금 이 상황이 노래 가사 〈베이비 잇츠 콜드 아웃사이드Baby it's cold outside〉와 닮아 있는 거 알아요?"

내가 어렸을 때 엄마와 아빠가 크리스마스 자선 쇼 무대에 서기 위해 열심히 연습했던 노래가 〈베이비 잇츠 콜드 아웃사이드〉라는 캐럴이었다. 지금 생각해 보면 그때의 부모님은 무척 젊었고 두 분이 노래를 나누는 모습은 어린 내가 보아도 즐겁기 그지없었다.

엄마가 먼저 노래했었다. 더 이상 못 있겠어요.

아빠가 그녀를 붙잡으며 노래한다. Baby, 밖은 너무 추운 걸요.

엄마가 다시 부른다. 당장 돌아가야 해요.

아빠가 엄마를 돌려 세운다. Baby, 밖은 너무 추운 걸요.

엄마가 부른다. 오늘 밤은 아주…….

아빠가 말을 가로챈다. 당신이 찾아와 주길 바랐어요.

엄마의 마음이 약해진다. ……멋졌지만

손을 잡아 줄게요. 아빠가 엄마의 손을 잡는다. 얼음장처럼 차갑네요.

어머니가 걱정하실 거예요.

아름다운 그대여, 왜 이리 서둘러요?

아버지가 집 안을 서성이고 계실 거예요.

벽난로가 타오르는 소리를 들어 봐요.

정말 어서 달려가야 해요.

내 사랑, 제발 서두르지 마요. 밖엔 택시가 한 대도 없을 거예요.

유혹을 뿌리칠 수 있는 방법을…….

아빠가 애틋하게 엄마를 바라본다. 지금 그대의 눈은 별빛과도 같아요.

……알았더라면 좋았을 텐데.

모자를 받아 줄게요. 머리가 정말 멋진 걸요.

그도 분명 보았을 것이다. 아직 30대였던 아빠와 엄마 두 분이 노래를 나누던 모습. 이내 증명이라도 하듯 그가 그 노래의 한 소절을 부른다.

"내 자존심에 상처 주는 건 무의미해요. 그대여 애쓰지 마요."

맙소사. 정말 애런이 나를 유혹하다니. 내가 고개까지 절레절레 흔들며 웃자, 그는 만족한 표정으로 손가락을 꼽으며 말한다.

"밀크 티, 오트밀 쿠키, 〈티파니에서 아침을〉. 게다가 내일은 휴일이기까지 하죠."

정말 내가 좋아하는 것들뿐이다. 나는 가까스로 위기를 넘기고 말한다.

"아쉽지만…… 약속이 있어요."

반짝, 초록 불이 점등된다.

애런은 내가 돌아가야 할 곳도, 그의 집도 아닌 또 다른 곳으로 차를 몬다.

"조금이라도 더 같이 있으려면 이 방법밖에 없군요."

"좋아요."

우리의 드라이브는 계속 이어진다.

"내일 무슨 약속인지 듣고 싶은데 말해 줄 수 있어요?"

"케이티와 로즈의 집에서 준비하기로 했어요. 2주 남았잖아요."

그는 생각에 빠지려던 순간 떠올려 낸다.

"호박이 위험한 건 알죠?"

여섯 살 적의 내가 찰리 브라운을 따라 호박 속을 파내고, 눈을 뚫어 뒤집어썼다가 차마 목도 제대로 가누지 못하고 넘어졌던 일까지. 찰리 브라운은 호박 모자를 쓰고 바이크 경주까지 했었기 때문에 불가능할 거라곤 전혀 상상도 못했었다. 좀 더 허구와 현실의 차이를 알았어야 했는데. 결국 나는 엉엉 울면서 핼러윈을 보내야 했다. 차마 맨얼굴로 나갈 순 없어 이웃들의 문은 두드려 보지도 못한 채.

다음날 데릴이 충분한 젤리와 사탕, 초콜릿들로 보상해 주긴 했지만.

이윽고 내 쪽 차 문 앞으로 애리조나의 정문이 미끄러지듯 다가왔다.

"잘 자요."

그의 뺨에 가벼운 입맞춤을 남기고 차에서 내렸다. 계단을 오르는 동안에도 그의 차가 멀어지는 소리가 들리지 않는다. 애런은 차 안에서 차창 너머로 내 뒷모습을 바라보고 있을 것이다. 내 모습이 애리조나 안으로 사라지길 기다리며.

나는 계단 끝에 다다라 비장한 표정으로 몸을 돌려 재빨리 올라온 계단을 다시 내려가기 시작했다. 내가 두드리기도 전에 차창은 저절로 내려가 나를 기다리고 있었다.

"리지?"

"애런, 귀여운 유혹을 거절해서 미안해요. 나를 위해 준비해 주었을 텐데. 그러고 싶지 않았다는 거 충분히 알죠?"

당신의 마음이 조금이라도 다치지 않았으면 좋겠어요.

그가 너그럽게 미소 짓는다.

"당신이 나를 실망시킨 건 아무것도 없어요. 이런, 나도 여유가 없었군요."

조용히 웃음을 뱉고 그가 다시 나를 본다.

"이제부터 나도 여유를 갖고 기다릴게요."

그리고 다시 장난기 어린 눈빛.

"당신이 나를 벽으로 몰아붙여 줄 때까지."

이런, 이런. 내가 정말 그를 과소평가했다.

하지만 애런, 이건 몰랐군요. 당신도 나를 과소평가했어요.

"크리스마스에 〈베이비 잇츠 콜드 아웃사이드〉 부를 거예요. 이번엔 내가 '자기, 밖은 너무 추워요' 하며 유혹할 테니 당신도 튕길 준비해 둬요. 내가 너무 붙잡고, 매달리고 싶을 만큼."

그가 초록색 눈동자보다 더 크게 눈을 뜬다. 그리고 곧 큰소리로 웃음이 터트린다.

아, 이런. 자꾸 해냈다는 이 느낌은 어쩌지?

알 수 없는 만족감과 그 만족의 정체를 알 수 없어 혼란스러운 중에 그가 겨우 웃음을 멈추고 말한다.

"그래서 당신을 사랑하죠."

그의 그 말 한마디가 나에게 헤아릴 수 없을 만큼의 자신감을 불어넣어 준다. 괜찮은 사람, 좋은 사람이라는 말보다 나를 더 중요한 사람으로 만들어 주는 애정 어린 말.

"나도요."

2

우리는 정확히 오후 3시 20분에 약속 장소로 집결했다. 집결이라기엔 너무 소박한 멤버 수지만.

나는 딱히 원하는 바도 모른 채 하릴 없이 파티복 대여점의 옷걸이들을 들쑤시고 다니고, 로즈는 '블랙 스완' 의상을 찾아 부지런히 옷들을 뒤진다. 케이티는 우리의 전투에 버금가는 옷 뒤지기에 끼어들긴 피로할 것 같은지 머리 장식을 먼저 둘러보고 있다.

"케이티, 원하는 캐릭터가 뭐예요? 도와줄게요."

시간 낭비보다 한 사람이라도 먼저 마치는 것이 좋겠지.

케이티가 거울을 들여다보며 어울리지 않는 무테안경을 쓰고 말한다.

"스티브 잡스."

"터틀넥은 여기 없어. 리바이스 청바지도 마찬가지고."

멀리 떨어진 거리에서도 어떻게 들었는지 로즈가 나보다 먼저 대꾸한다. 그러고는 부지런히 탈의실로 들어가 버렸다.

로즈가 의상을 입어 보는 사이 이번엔 케이티가 옷걸이를 살펴본다. 요란한 마녀복과 음침한 마녀복, 팅커벨과 엘프 같은 요정 의상, 중국의 전통 의상 치파오, 캣우먼까지 모든 종류의 의상을 빠르게 손으로 넘겨보던 케이티가 멈추어 섰다.

"괜찮은 게 없어!"

"정말 스티브 잡스를 할 건 아니죠?"

다행히도 농담이었다는 대답이 돌아온다.

탈의실 문이 열리고 검은 발레복을 입은 로즈가 걸어 나온다. 하얀 목덜미 위로 쏟아져 내린 금발과 검은색이 오묘한 조화를 이룬다. 나는 무비 스크린으로 니콜 키드먼, 카메론 디아즈, 기네스 팰트로를 본 양 저절로 감탄한다.

"로즈, 제스가 다시 한 번 반하겠는데요?"

케이티가 박수로 답하면서 나도 궁금했던 걸 묻는다.

"제스는 누구로 분장할 거래?"

로즈가 이번엔 신발을 신어 본다.

"잭 스패로우를 하겠다기에 반대했어."

발레복에는 뭐니 뭐니 해도 토슈즈가 아니면 완벽하지 못하다는 느낌마저 든다. 로즈는 토슈즈를 찾아 여기저길 헤맨다.

"흑조와 해적은…… 아무래도 아니잖아."

케이티가 손사래까지 치며 크게 동조한다. 나탈리 포트만과 조니 뎁이라……. 나만 멋진 조합이라고 생각하나?

이내 로즈가 흰 토슈즈를 손에 들고 힘없는 걸음으로 되돌아왔다.

"없네, 검은 토슈즈는."

우리 일이라면 발 벗고 나서는 케이티는 이번에도 역시 쓰고 있던 조화로 꾸며진 모자를 벗어 두고 로즈가 원하는 검은 토슈즈를 찾아 떠난다. 흰 토슈즈를 신은 로즈는 거울 앞에서 고개를 갸웃한다.

"도로시의 은 구두 같아. 너무 눈에 띄어."

정말 거울 속의 그녀는 이대로 발을 부딪쳐 또 다른 현실 세계로 돌아가 버릴 것만 같아 보인다. 내가 어렵게 고개를 끄덕이자, 로즈는 역시, 하며 흰색 토슈즈를 벗고는 맨발로 걸어와 내 옆에 앉는다. 나는 그녀의 흔들거리는 발끝을 바라본다.

"검은색 토슈즈만 있으면 완벽할 텐데요."

"그러게 말이야. 뭐 입을 건지 정했어?"

"아뇨, 뭘 입어야 좋을지 모르겠어요. 어울릴 만한 것도, 재밌을 것 같은 것도."

"되고 싶은 사람은 어때?"

나는 눈을 가늘게 뜨고 말한다.

"케이트 미들턴이요. 아님, 그레이스 켈리."

내 농담에 로즈는 충분히 웃고 나서야 대꾸한다.

"리지, 몰랐는데 배포가 꽤 크구나? 영국과 모나코라. 케이티의 애플이 이제 쉽게 들리네. 아무래도 국채보단 애플 주식이 더 쉬운 방법일 테니까."

"국채보다 더 중요한 게 따로 있죠."

로즈가 궁금한 눈으로 내 다음 말을 기다린다.

"왕자님이 있어야 진정한 공주잖아요."

불변의 법칙이나 다름없는 그 공식에 로즈가 크게 고개를 끄덕인다. 누구나 한번쯤은 공주가 되고 싶어 한다. 나이를 먹을수록 온갖 보석이 박힌 왕관을 쓴 공주님이 되었으면 하고. 하지만 어렸을 때 우리는 무엇보다 왕자님의 곁에 선 공주를 꿈꾸곤 했다.

"애런은? 그와 어울리는 걸로 입는 것도 괜찮잖아."

"글쎄요, 핼러윈 준비를 하는지도 잘 모르겠어요."

그도 나처럼 의상 대여점을 찾아가거나 할까?

"아, 작년엔 어땠어요? 애런도 뭔가 분장하거나 했어요?"

과거를 떠올리는 로즈의 눈이 허공을 향했다.

"평범했어. 작은 사슴 무늬가 어깨를 두르고 있는 회색 스웨터를 입었는데 의외로 잘 어울려서 꽤 귀여웠어. 그런 아이 같은 스웨터를 입은 모습은 그때 처음 봐서 말이야."

"애런 어린이, 코스튬이었네요."

적절한 비유였는지 로즈가 하하, 하고 웃는다. 이제 케이티가 합리적인 방안을 들고 돌아올 때가 된 것 같은데.

케이티가 사라진 모퉁이 쪽을 바라보는데 로즈가 나를 불러 고갤 돌린다. 그녀는 이제 안도한 것처럼 보이는 미소를 짓고 있다.

"잘됐어, 리지. 애런처럼 좋은 사람을 만나서."

그녀의 격려에 나는 조금 후회했다. 좀 더 로즈와 같이할 시간을 가졌었더라면 좋았을 텐데. 일찍이 그녀와 속 깊은 얘길 나누었더라면 로즈가 나를 이해하는데도 더 도움이 되었을 텐데. 서로에게 더 좋은 순간이 많았을 텐데 말이다.

로즈, 그동안 난 많이 아팠지만 이젠 괜찮아요. 입을 열어 전하려는 그때 케이티가 돌아왔다. 손에는 빨간 에나멜 구두 한 켤레를 들고.

케이티는 당당하리만치 자신감 있게 걸어와 로즈의 발아래 내려 둔다. 나도 놀랐지만 당사자인 로즈는 놀람을 넘어서 조금은 당황한 눈치다.

"케이티?"

"신어 봐요. 검은 스타킹까지 신으면 더 잘 어울릴 거예요."

로즈가 조금 망설이자 케이티가 눈을 찡긋하며 말한다. 날 믿어요. 결국 로즈는 그 빨간 구두를 신고 다시 전신 거울 앞에 섰다. 케이티의 예상대로 검은 발레복과 빨간 구두는 기대 이상으로 잘 어울리긴 했다.

모든 구색이 갖추어지자 그제야 흡족하게 거울 속의 로즈를 바라보며 케이티가 설명한다.

"안데르센의 빨간 구두."

빨간 구두에 매료되어 신발을 신고 발이 잘릴 때까지 춤을 춘다는 잔혹 동화. 그리고 어두운 이면에 빠져 춤추는 블랙 스완.

나와 로즈는 일순 깨닫고 놀라운 표정으로 케이티를 바라

봤다.

"어때, 흑조와 빨간 구두의 조합이. 꽤 참신한 기괴함이지?"

우리의 표정에 케이티는 이제 뿌듯해하고 있다.

이로써 로즈의 핼러윈 의상은 완벽해졌다. 그리고 그것을 확인시켜 주듯 로즈가 말한다.

"정말 멋져!"

3

평소와 다름없는 하루를 보내고 나는 일전에 거절했던 차를 마시기 위해 그의 집으로 동행했다.

이젠 친숙하기까지 한 아일랜드 식탁에 턱을 괴고 앉아 나는 밀크티를 끓이느라 분주한 집주인의 옷장을 관심 있게 바라보았다.

저 안에 그 스웨터가 있을지도 모른단 얘기지.

그가 찻잔이 부딪히는 달그락 소리와 함께 내 맞은편으로 되돌아왔다. 밀크 티는 요정이 끓인 것처럼 맛있다. 나는 그의 한 손을 잡고 물끄러미 바라본다.

"이 손이 끓인 거란 말이죠?"

같은 다섯 손가락이 달린 손인데 어쩜 이렇게 내 손과 능력 차이가 날까.

그러다 문득 깨닫고 보면 내가 그의 손을 잡고 있는 것이 아니라, 그가 내 손을 잡고 있다.

"핼러윈 의상은 골랐어요?"

나는 너무 맛있어 찻잔에서 입술을 떼지 못하고 고개만 끄덕인다.

"언제요?"

"로즈, 케이티와 대여점에 갔을 때요."

그가 고개를 갸웃한다.

"아무것도 입어 보지 않았잖아요?"

나는 턱을 크게 치켜들었다 내리며 고개를 끄덕였다. 그는 더 영문을 모르겠단 표정이다.

"일부러 안 입어 봤어요. 당신이 미리 보면 재미없으니까. 그래서 말인데, 내 과거 어디까지 볼 수 있는 거예요? 경계가 있어요? 궁금해요."

케이티의 의상을 찾아주던 와중에 운이 좋게도 입고 싶은 의상을 발견했었다. 대단한 건 아니지만 로즈가 말했던 바처럼 내가 한때나마 동경했던 복장으로. 사이즈가 맞는지 입어 보고 예약을 했어야 했지만 나는 입을 꾹 다문 채 머릿속으로 생각 정리를 마치고서 의상을 예약했다. 상황을 알 리가 없는 로즈와 케이티는 물론 걱정했다. 정말 입어 보지 않아도 괜찮겠어? 하며. 하지만 난 애런이 내가 무엇을 입을지 한번쯤은 기대도 해주고 내 의상을 봤을 때의 생생한 표정도 경험하고 싶다. 다 그런 즐거움 때문에 공을 들이는 거니까. 핼러윈 데이는. 그에게 즐거움을 선사할 수 있는 이 황금 찬스를 날리는 것은 식어 빠진 에스프레소 샷을 더블로 마시는 것만큼이나 끔찍하게 쓸 것이다.

그가 내 손톱을 엄지손가락으로 문지르며 말한다.

"글쎄요, 정확하진 않지만 내가 보는 것은 당신의 기억일지 도 모른다는 추측을 할 때가 있어요. 물론 좀 더 객관적인 시선 이긴 하지만."

"내 기억이요?"

"이를테면 같은 날의 일이었지만 로즈가 블랙 스완 의상을 고른 것은 보았어도, 케이티의 의상은 아직 몰라요."

"케이티가 어떤 의상을 골랐는지 보지 못했어요?"

그는 가볍게 고개를 끄덕인다.

"왜 그런 거예요?"

"거기에 대한 대답은 왜 케이티는 못 봤느냐보단 어째서 로 즈는 보였는지인데요. 로즈가 당신의 기억에 남을 법한 말을 했거든요. 그 의상을 입고."

나는 눈을 크게 뜨고 그의 말을 기다렸다. 그는 그런 내 모 습이 퍽이나 우스운지 해맑게 웃다가 손가락으로 저 멀리를 가 리키며 말한다.

"참고로 그 스웨터는 저 옷장 안에 없어요."

아.

아……

"이모님이 오랜만에 조카 크리스마스 선물을 사러 갔더니 매장 직원이 그 옷을 추천해 주었다더군요. 이모님이 좀 젊어 보이긴 하셔서."

"이젠 더 이상 안 입어요?"

"종종 입어요. 동심이 필요할 때."

내가 먼저 웃음을 터트렸고 그도 따라 웃었다.

웃음소리가 잦아들 때쯤 그가 내 손을 놓고 일어서 주방 찬장에서 갈색 봉투 하나를 꺼냈다.

그 순간 나는 직감적으로 알았다. 그가 요 며칠 밀크 티와 쿠키를 구실 삼아 나를 초대하려 했던 이유가 저것임을. 저 사무적인 종이봉투의 자리가 원래부터 주방 찬장이라는 것은 억지나 다름없다. 게다가 직업이 셰프인 그에게는 특히나 더. 그가 준비해 둔 것이다. 저 자리에.

금방이라도 어떤 서류가 쏟아질 것 같은 종이봉투를 그가 부스럭거리며 열어 손을 집어넣었다. 그리고 꺼냈다. 웬 잡지 한 부를.

"리지, 이것 좀 볼래요?"

그가 미리 꼼꼼히 포스트잇으로 표시해 둔 페이지를 펼쳐 내게 건넨다.

나는 여전히 어리둥절한 표정으로 일단은 그가 읽어 보라고 가리킨 기사를 읽어 내려갔다. 기사는 다름 아닌 요리를 다룬 칼럼이었다. 이제 곧 다가올 추수감사절 요리 특집으로 데블스 에그와 칠면조 구이, 호박 파이에 대한 레시피를 수기처럼, 시적인 표현을 가미해 매끄럽게 썼고 추수감사절을 좀 더 의미

있게 보낼 수 있는 방법 몇 가지도 제시되어 있어 내용면에서도 실속이 있었다.

나는 단 3분 만에 그 칼럼을 다 읽고 고갤 들어 그를 바라보았다.

"재밌네요. 이 사람의 제안처럼 포춘 쿠키로 익명의 덕담을 나누면 즐거울 것 같아요."

그가 직접 구운 오트밀 쿠키 하나를 집어 반으로 갈라 한쪽을 건넨다.

나는 일단 먹는다. 내가 좋아하는 아몬드와 호두, 캐러멜 초콜릿 칩이 잔뜩 있어 그가 구워준 이 쿠키는 단숨에 가장 좋아하는 쿠키가 됐다.

"맛이 어때요?"

"맛있어요."

그가 무언가 더 원하는 듯 나를 보며 말없이 미소 짓는다.

나는 그를 충족시켜 주기 위해 다시 말문을 연다.

"슬라이스 아몬드가 아니라 맘에 들고요. 견과류들은 이로 깔끔하게 부서지는 반면 캐러멜 초콜릿 칩은 적당히 끈끈하게 씹혀서 좋아요."

그러면서 나는 쿠키를 코에 대고 냄새를 킁킁 맡으며 덧붙인다.

"캐러멜 풍미도 아주 좋네요. 버터 향과 최고의 콤비예요."

거기까지 말하고 나자 그가 흡족한 듯 활짝 웃는다. 오히려 이 묘한 상황에 나는 고개를 갸웃거린다. 단순히 그가 나에게 칭찬받고 싶어서 쿠키를 구웠을 것 같진 않아서다.

"리지, 칼럼을 써 보는 게 어때요?"

내가 무어라 반응하기도 전에 그가 다시 말한다.

"친구가 이 잡지사에서 일하는데 6개월 정도 이 칼럼 코너를 맡아 줄 사람을 구해요. 원래 대신 맡아 줄 칼럼니스트가 있었는데 얘기가 잘 안 된 모양이에요. 물론 원고 심사도 있고, 도전하는 사람이 우리만은 아닐 테지만 승산이 있다고 봐요."

그때까지도 난 내가 입을 열고 있는 줄도 몰랐다.

겨우 한마디를 꺼냈다.

"내가요?"

그리고 다시 한마디 더 꺼냈다.

"난 아무런 준비도 안 되어 있어요."

그가 다시 내 손을 잡는다.

"당신은 이미 준비되어 있어요. 내 주변에 당신만큼 음식을 잘 표현하고 맛을 제대로 보는 사람을 못 봤어요."

"애런, 그건 과대평가예요."

"방금 당신이 내 쿠키를 먹고 얘기한 걸 봐요. 쿠키 하나를 그렇게 세세하게 평가해 주는 사람은 흔치 않아요. 다들 짧은 감탄사가 전부죠."

복잡한 심경으로 그가 내 손을 가져가 입 맞추는 것만 바라보았다.

해내느냐 마느냐의 문제가 아니었다. 어디서부터, 하다못해 무엇부터 생각해 보아야 할지도 알 수 없는 지경이었다. 실패하고 낙담하는 것도 지금의 내게는 좀 더 나중의 이야기처럼 생각됐다. 사활을 걸어볼 준비된 무언가가 나에겐 아무것도 없으니까.

아무것도 없는 빈 주머니를 뒤집어 보여 주려는데 그가 선수를 친다.

"리지, 원하는 게 있죠?"

"애런 어린이 코스튬이요?"

이런 상황에서조차도 나의 농담 본능은 자체 성업 중이다. 내 이성으로 제어할 수 없는 단계까지 간 모양이다. 착하게도 그는 웃어 주었다.

"원하면 그것도 들어줄게요. 뭐든 좋아요. 잡지에 실리지 않아도 괜찮아요. 첫 칼럼 완성을 축하하는 의미로 당신이 원하는 한 가지를 내가 선물할게요."

그가 내 표정을 살핀다.

"어때요, 손해 볼 것 없는 제안이지 않아요?"

애런은 우리 아빠의 훈육 법을 보고 배운 것이 분명하다. 내가 그나마 낙제하지 않고 대학까지 졸업할 수 있었던 것은 다 이런 방법 덕분이었으니까.

결국 긴 한숨과 함께 일단 나는 순응한다.

"좋아요."

오, 이런. 그의 기쁜 얼굴이 별처럼 빛난다.

"하지만 내가 원하는 게 만만치 않을 걸요?"

"말해 봐요."

"난 아직 가장 좋은 친구를 가지지 못했어요."

"제인이나 케이티가 들으면 섭섭해할 소린데요."

나는 거만하게 검지로 NO 사인을 그렸다.

"마릴린 먼로가 불렀었죠. '다이아몬드는 여자의 가장 좋은 친구'라고."

그가 표정으로 묻는다. 뭐라고요? 내가 지금 다이아몬드라고 들은 거 맞아요?

나는 틈을 주지 않고 쐐기를 박는다.

"다이아몬드를 갖고 싶어요."

그는 좀 고려를 해보는 눈치다. 저 얼굴은 찡그릴 줄을 모르는 걸까?

애런, 포기해요. 다이아몬드라고요. 다이아몬드.

마음의 결정을 내렸는지 그가 다시 나에게 시선을 맞춘다.

그리고 고개를 끄덕인다. 오, 하느님.

"원한다면 그렇게 해요."

"애런!"

나는 결국 참지 못하고 그를 소리쳐 불렀다.

"정말 내 초짜 칼럼을 다이아몬드씩이나 주고 살 셈이에요? 그만한 가치가 없어요. 후회할 거라고요."

내 경고에도 그는 아랑곳 않는다.

"리지, 내가 예상한 당신의 대답은 무엇이었는지 알아요?"

나는 대답 대신 그저 속상한 얼굴로 그를 보았다.

"집이었어요."

이제 그는 나보다 더 속상한 표정으로 어렵게 미소 짓는다.

"당신을 그곳으로 데려다 줄 때마다, 그 좁은 곳에서 어렵게 잠드는 모습을 볼 때마다 내 가슴이 너무 아팠거든요. 좁은 새 장에 웅크리고 잠드는 한 마리의 새처럼 느껴지곤 했어요."

나는 부인하지 못했다.

"내가 염두에 둔 것에 비하면 다이아몬드는 쉽다고 느껴지 지 않아요?"

나는 목이 메여 오는 것을 느끼며 어렵게 고갤 끄덕였다. 그 가 내 뺨을 어루만진다.

"크진 않겠지만 아름다운 걸로 준비할게요. 열심히 해봐요."

그제야 나는 깨달았다. 리지 밀러는 결국 칼럼을 쓸 수밖에 없다는 걸. 이 한 사람만을 위한 칼럼이 될지라도 최선을 다해.

"다시 한 번 말하지만 난 정말 좋은 투자처가 못 돼요."

내 마지막 경고에 애런이 내게로 걸어와 손을 잡고, 이마를 맞댄다. 그가 속삭이듯 말한다.

"틀렸어요. 난 당신의 투자자가 아니라 기회를 주는 사람이 되고 싶은 거예요."

그 후로 우리는 오랫동안 키스를 나누었다.

4

나는 골몰하고 있다. 골몰이라는 말이 이렇게 적절할 때가 없었다.

펜을 쥔 지 30분이나 지났음에도 단 한 글자도 적지 못했다. 새하얀 노트를 바라보면서 머리를 움켜잡는다. 정말 뭘 써야 할지 모르겠다. 뭐라고 운을 떼야 할지조차 막막하다. 아무것도 적혀 있지 않은 여백이 이렇게 섬뜩하게 느껴지기는 처음이다.

이걸 언제 다 채운담. 뭘 써야 좋을까. 어떤 음식을 주제로 이야기를 써야 읽을 만한 문장이 술술 나올까. 나는 여전히 머리를 움켜쥔 채로 테이블 위로 닿을 듯 숙였던 얼굴을 들어 올리다 내 앞에 놓여 있는 커피 잔을 발견한다.

커피? 좋아, 일단 써보자.

커피. 하루에 몇 잔 정도 드시나요?

특히 모닝커피와 디저트를 겸한 커피는 절대 빠트려선 안 될 우리의
일과 중 하나죠.

그렇다면 카페인에 대해선 얼마나……

나는 마침표도 안 찍고 쓰던 종이를 북북 찢어 낸다.

자, 다시, 다시. 진정해, 리지. 어디 보자, 뭔가 다른 좋은 소
재가 있을 거야.

나는 주변의 다른 테이블들을 훑는다.

아, 저기 매부리코의 여자가 먹고 있는 요거트 아이스크림
으로 다시 써보는 거야. 요거트는 빼고 아이스크림으로.

여름에 먹는 아이스크림과 겨울에 먹는 아이스크림 중 어느 쪽을 더
선호하시나요?

여름날의 시원한 아이스캔디와 겨울의 초콜릿 입힌 아이스크림.

아이스크림이야말로 남녀노소 모두가 좋아하는 음식 중 하나죠.

거기까지 쓰고는 나는 또다시 뜯어내어 구깃구깃 눈 뭉치듯
구겨 테이블 위로 내동댕이친다. 그나마 나아진 거라면 이번엔
마침표를 찍고 끝냈다는 거다. 한숨과 함께 앉은 자세를 바로
잡는다. 노트로 다시 시선을 두자마자 테이블 위로 엎어질 것
만 같다. 천근만근인 머리를 손으로 받쳐 든다. 펜 꼭지로 하염

없는 리듬을 두드리면서.

헤드폰과 주머니에 두 손과 귀를 가둔 남자가 내 앞을 지나간다. 이봐요! 라고 소리 쳐도 듣지 못하고 갈 길을 가겠지?

이번엔 유모차를 밀며 선글라스를 쓴 여성이 지나간다. 아기는 젖꼭지를 물고 온 세상이 신기한 듯 눈을 뜨고 있다.

쏜살같이 블루투스로 통화를 하며 조깅 중인 여자가 지나간다. 저절로 그녀가 사라져 간 방향으로 고개가 돌아갈 때, 웨이트리스가 내게 묻는다.

"커피 리필해 드릴까요?"

시리아 혼혈인 웨이트리스를 바라본다.

"고맙지만 사양할게요. 세상은 바쁘게 돌아가는데 나만 멈춰 있는 기분이라서요. 어딘가로 옮겨야 맘이 편할 것 같네요."

테이블 위에 널브려 두었던 짐들을 가방으로 쓸어 담듯 넣고는 노천카페를 나선다. 그리고 걷는다. 무엇을 써야 할지 모르겠다는 건 내 안에서 아직 나올 것이 없다는 말이다. 빈 주전자로 아무리 부어 봐야 차가 나올 턱이 없다. 비어 있다면 채우러 가야지.

목적지가 정해진 나는 재빠른 걸음으로 도서관을 향한다.

5

— 당연히 도넛이지. 미국인들이 가장 사랑하는 음식이라면.

수화기 너머로 제인이 의기양양하게 대답했다.

— 아니면 치즈버거.

"제인, 네가 없으면 못 사는 음식을 물은 게 아냐."

금요일 밤, 주말을 앞두고 공중전화를 찾은 데는 다 그만한 이유가 있다. 핼러윈이 일주일 남아서가 아니라, 칼럼이 일주일 남아서다. 10월까지 원고를 완성해야 하는데⋯⋯. 정말 한심하지만 나는 여태까지 한 글자도 쓰지 못했다. 아, 확실하게 짚고 넘어가자면 펜을 놀리긴 했다. 요는 노트만 버려졌다는 것. 내 침대 머리맡에는 도서관에서 빌려 온 요리 서적들이 쌓여 있고, 매일 밤 읽다 지쳐 잠들지만 여전히 역부족이다.

애런에겐 그저 잘 되고 있어요, 하는 대답만 되풀이했다. 문제는 내일 그의 집에 가야 한다는 거고 칼럼의 진행 상황에 대해 그가 자세히 물을 것이 뻔한데 할 대답이 없다는 것이다! 이번에야말로 그 얼굴에서 웃음이 가실지도 몰라. 부디 그가 아직 다이아몬드를 구매하지 않았길.

— 구체적으로 어떤 음식을 원하는 거야?

"글쎄, 작문 욕구를 마구 끓어오르게 하는 음식이랄까."

공중전화엔 모니터가 달려 있지도 않은데 제인이 기가 찬 표정으로 나를 포기하고 싶어 하는 게 보이는 것만 같다.

— 넌 언제나 문제를 달고 다니는 것 같아.

나는 쿨하게 인정한다.

"피리 부는 사나이 뺨치는 실력이지."

사실 자포자기했다.

— 피리 부는 사나이는 금화라도 얻었지. 넌 그 잡지에 실리지 못하면 지금 이 노력들은 다 헛수고잖아.

나는 정말 제인이 앞에 서 있기라도 한 양 머쓱해져 머리를 긁적인다.

"사실은…… 그가…… 다이아……."

— 뭐라고? 너 공중전화 아니야? 왜 이리 감이 멀어?

코로 한 번 크게 숨을 들이쉬고 툭, 말로 내뱉는다.

"애런이 다 쓴 기념으로 다이아몬드를 선물해 준댔어."

— 뭐라고?

아, 이번엔 눈이 튀어나올 듯 놀란 제인의 표정이 생생히 그려지네. 그리고 정말 놀라면 으레 그러듯 똑같은 말의 반복.

— 뭐라고?

"내가 다이아몬드 갖고 싶다고 했거든."

말하고 나니 내가 정말 그에게 몹쓸 짓을 했구나, 깨닫게 된
다. 이게 일종의 고해성사 효과라고 봐도 무방할까?

— 너 꽤 배포 있구나?

"그 말 최근에 여러 번 듣네."

— 그래?

"응, 지난주엔 케이트 미들턴이나 그레이스 켈리가 되고 싶
다고 말했거든."

어깨를 으쓱이며 말하자 아니나 다를까 제인의 유쾌한 웃음
소리가 수화기 너머에서 쩌렁쩌렁 울린다.

— 좋아, 좋아. 좋은 변화야. 소극적인 자세가 많이 고쳐졌네.

나는 제인의 평이 믿기 힘들어 얼굴을 찌푸렸다.

"정말 좋아진 거 맞아?"

— 그럼. 힘들어지면 안으로 숨어 버리던 마음의 소라 껍데
기를 비로소 완전히 나온 것 같네.

"뭐, 소라?"

내가 놀란 것에는 아랑곳도 않은 제인이 중요한 이야길 시
작하려는 듯 목청을 가다듬는다.

— 잘 들어, 리지.

내게 정말 들을 준비를 할 시간을 주듯 몇 초 후 제인이 더
없이 평온한 목소리로 말한다.

— 너 변했어.

저절로 숨이 멈춘다.

— 물론 좋은 쪽으로 변했다는 얘기야. 항상 결여되어 있던 자신감이 생겼다는 것이 첫 번째이고…….

이번엔 제인이 톤을 한 음 올려 장난스럽게 덧붙인다.

— 보지 않아서 확인할 길은 없지만 예뻐졌을 것 같은 느낌이 두 번째야.

나는 웃음소리와 함께 다시 숨 쉬기 시작했다.

이전까진 몰랐었다. 경험할 수도 없는 것이었다. 한 남자에게서 온전한 사랑을 받음으로써 생기는 자신감을.

스스로에게 다짐하듯 제인에게 말한다.

"정말, 좋은 칼럼을 써낼 거야."

문을 두드리기 무섭게 현관문이 열리고 애런의 얼굴이 나타난다. 늘 그렇듯 오늘도 창밖으로 내가 이 건물로 걸어오는 모습까지 다 지켜본 후, 문 앞에서 기다리고 있었으리라. 그의 들어오라는 손짓에 발을 들여놓자 그가 다시 문을 걸어 잠근다. 오늘의 저녁을 책임지기로 한 나는 사들고 온 쇼핑백을 흔들어 보인다.

"오늘의 메뉴는 타이 음식이에요."

식탁 위로 음식이 담긴 종이 박스를 늘여 놓자, 그가 숟갈과 포크를 내어 오고는 냉장고를 연 채로 묻는다.

"오렌지에이드 만들어 줄까요? 좋아하잖아요."

그의 곁으로 걸어가 어깨 너머로 냉장고 안을 들여다보았다. 오늘 저녁은 내게 맡기라고 했는데도 냉장고엔 식재료가 가득하다. 일전에 이야기했듯 그 혼자서 식사할 땐 사먹는 경우가 많다. 고로 저 모든 것은 다 나를 먹이려고 사 두었다는 설명밖엔 안 된다. 그러고 보니 체중을 재어 본 게 언제였더라.

나는 한쪽에 얌전히 놓여 있는 루트비어 두 캔을 집어 들었다.

"오늘은 요리 금지."

냉장고 문을 닫고는 식탁에 그를 앉혔다. 종이 박스를 열어 팟타이, 써머롤, 파파야 샐러드를 접시에 덜어 식사를 시작했다. 팟타이의 새우 살과 숙주를 면에 곁들여 먹으니 오늘따라 유달리 맛이 괜찮은 것 같다. 흠, 팟타이로 써볼까? 〈왕과 나〉를 어떻게 좀 가미해서 쓰면 읽을 만한 게 나올지도 모르겠는데. 나는 팟타이를 유심히 들여다보며 눈에 보이는 재료들을 마음속으로 헤아린다. 숙주, 새우, 양파, 계란, 땅콩가루, 그리고 이 잎은 뭐지? 잎에만 모든 걸 집중하고 있는데 그가 자신의 존재를 상기시켜 준다.

"리지, 칼럼 쓰는 건 어때요?"

물론 충분히 예상했던 순간이었지만 아무 방편을 준비해 놓지 않은 나는 일단 입안에 든 음식물을 먼저 삼켰다.

"어렵진 않아요?"

루트비어를 마시면서도 그는 내가 대답하는 찰나를 놓칠세라 시선은 내게 고정되어 있다. 자, 이제 뭐라고 대답해야 그가 이 끔찍한 현실을 충격 없이 잘 받아들일까.

"음······."

목이 탄다. 일단 나도 루트비어 한 모금으로 목을 축였다.

······안 되겠다. 한 모금 더.

좀처럼 말을 꺼내지 못하고 음료만 들이켜자니 그도 어느새 근심 어린 표정으로 나를 기다리고 있다. 아직까지 쓰지 못했다는 것보다 이것이 더 나쁜 상황이다. 내가 그를 저런 표정을 짓게 만들고 있다는 것.

나오기 힘들었던 목소리가 입술을 열고 흐른다.

"아직 한 글자도 못 썼어요."

그를 기쁘게 하기 위해 거짓으로 속이기보단 진실로 이해를 얻는 것이 더 현명하고 옳은 판단일 것이다.

"무엇을 소재로 써야 할지조차 막막해요. 물론 시도해 보지 않은 건 아니에요. 그동안 먹었던 모든 요리에 대해 써보려고 노력했어요. 커피, 베이글, 자주 먹는 것들부터. 아이스크림, 부리또, 핫도그, 남들이 먹고 있는 것들까지요. 도서관에도 가고 다른 푸드 칼럼들도 읽고, 제이미와 제인에게 조언도 구해봤지만 잘되지 않았어요. 어떻게든 해내려고 했는데. 당신이 읽어 주길 고대했고 기다리고 있음을 알고 있는데······."

왜 말이 이어질수록 목이 메어 오는 걸까. 나는 눈가를 벗어나 흐르는 눈물을 손가락으로 훔쳐 냈다.

내 곁으로 온 그가 나를 따뜻하게 안는다. 내 머리를 아이를 어르듯 쓰다듬으며 말한다.

"미안해요. 완성되었을 때 읽고 싶어서 며칠 동안 당신의 상황을 보살피지 않았는데 그사이 그렇게 힘들어 한 줄 몰랐어요. 정말 미안해요."

당신이 미안해하길 원한 게 아녜요. 자책하지 말아요.

내 마음속의 말 대신 나는 그저 그를 두 팔로 감싸 안았다.

"리지, 칼럼은 그만하는 게 좋겠어요. 포기가 아녜요. 준비가 되었을 때 언제든 다시 도전하면 돼요."

눈물이 멈추고 나자 그가 내 눈을 마주 보며 말했다.

나는 대답을 간절히 기다리고 있는 그 눈동자에게 대답 대신 뺨을 감싸고 입술에 입 맞추었다. 2초 만에 떨어졌던 입술은 다시 한 번 닿았고 우리는 아까의 포옹과도 같은 애절한 키스를 나누었다. 키스 다음에 우린 시선을 나눈다. 그가 여전히 나에게 어떤 대답을 원하는 것만 같다. 이젠 나도 안다. 이 마음을 가장 잘 전할 수 있는 최상의 표현인 그 대답을.

"사랑해요."

그가 이제껏 보여 주었던 그 어떤 미소보다 행복하게 웃는다. 역시 내가 맞았다.

나는 내 본능이 원하는 대로 그의 목에 팔을 둘러 그의 입술에 다시 한 번 키스한다. 그의 두 팔이 나를 들어 올리고 우리는 침실로 향한다. 내 머리가 베개에 닿을 때까지 우리의 입술은 한 번도 떨어지지 않았다.

품 안에서 그의 심장이 뛰는 것을 느낀다. 내가 그의 온기 안에 있음을 깨닫는다. 우리는 이대로 녹아 하나가 되기를 원하는 것처럼 간절히 서로를 끌어안는다.

그리고 그가 말한다.

"사랑해요."

그보다 더한 진심은 없는 것처럼.

그제야 나는 왜 그가 그토록 행복해 보이는 표정을 지었는지 알 것 같다. 애런의 그 말 한 마디가 주문이 되어 내 가슴에 새로운 세계를 선물하고 나를 변화시킨다. 이보다 더 마법 같은 일을 겪어 본 적이 없다. 그가 사랑을 담아 내 이름을 부를 때마다 겨울이었던 계절에 봄이 찾아오고, 어두웠던 거리에 불이 밝혀진다.

내 마음 구석구석까지 그는 천국으로 변모시킨다.

나는 이제야 완전한 내가 되었음을 깨닫는다.

얼굴 위로 쏟아지는 햇살을 피해 잠결에 이불 속으로 대피하다가 갑자기 잠이 확 달아났다. 눈이 말똥말똥해지면서 덮고 있는 이불이 내 것이 아니라는 것과 누워 있는 이 침대가 애런의 침대라는 사실이 전구 필라멘트가 나가듯 섬광과 함께 머릿속에서 불꽃을 터트린다.

뒤집어썼던 이불을 다시 내리고 주변을 살피는데 그의 모습이 보이지 않는다. 하지만 이내 그가 멀지 않은 곳에 있음을 알 수 있다. 맛있는 냄새가 난다. 그가 언제 개어 두었는지 가지런히 놓여 있는 옷을 주섬주섬 입고 주방으로 가자, 아니나 다를까 스토브 앞에서 분주한 그의 뒷모습이 보인다.

나는 벽에 기대어 괜한 헛기침을 한다. 늘 그렇듯 날 실망시키는 법 없이 그가 고갤 돌려 나를 발견한다.

"잘 잤어요?"

숨기고 싶지 않은 행복함을 만면에 드러내고 고갤 끄덕이며 그의 곁으로 걸어갔다. 스토브 위, 그의 WMF 프라이팬 안에는 바질 페스토를 넣은 뇨끼가 먹음직스럽게 완성되어 있다.

애런이 팔로 내 허리를 감고 이마에 입 맞춘다.

"배고프지 않아요?"

"맛있는 냄새를 맡으니까 배고픈 것보다 얼른 먹어 보고 싶은 생각뿐이에요."

그가 흡족하게 고갤 끄덕이며 나를 놓아 준다.

"좋은 현상이에요. 자리에 앉아 기다려요. 곧 갈게요."

나는 총총걸음으로 걸어 식탁에 앉아 그가 맞은편에 앉기를 기다렸다.

이윽고 바질의 싱그러운 초록색과 올리브 오일의 윤기를 뽐내는 뇨끼가 내 앞에 놓였다. 그가 정성을 담아 차려준 아침 식사에 저절로 성호라도 긋게 될 것만 같았다. 그리고 더 없이 맛있는 뇨끼를 먹은 첫 입에 나는 결정했다.

이거야.

6

10월도 이제 정말 막바지에 다다랐다.

핼러윈 데이 파티 준비와 칼럼을 비밀리에 준비하면서 나는 정말 분신술의 절실함을 느꼈다.

애런에게 솔직하게 고하고 도움을 받는다면 칼럼을 쓰기에 더할 나위 없이 좋은 여건이 되겠지만, 똑같은 실망을 안겨 주고 싶지 않다는 바람이 더 컸다. 게다가 짧은 시간 내에 초보자인 내가 칼럼을 완성할 수 있을지조차 미지수이고. 일단은 써 봐야 했다. 다행히 밤마다 조금씩 계속해서 쓰고 있긴 하지만 중도에 멈추게 될지, 나 자신도 예측불허다.

도서관에서 빌려 온 요리 책에 실린 뇨끼 레시피만 벌써 스무 번이 넘도록 읽고 있다. 조금만 더 읽으면 불경을 외듯 줄줄 읊을 수도 있을 것 같다. 이런 문서화되어 있는 레시피들을 읽기만 해선 별다를 것 없는 요리책 내용에 지나지 않는 글이 나올 뿐이다. 경험이 필요하다. 내가 느낀 것들에 대해 솔직하게 쓰고, 감정을 느낄 수 있는 칼럼을 써 내려면 이렇게 글 쓰는 데만 손을 놀려선 안 된다.

답답함에 책을 덮고 스탠드 불을 끄려다 문득 방 안을 둘러보았다. 그가 지었던 표정과 함께 안타까움이 묻어났던 그 단어가 떠오른다. 새장. 날아보려 날갯짓을 하려는데 이곳은 너무 좁아 날개를 펼 수조차 없다. 나는 정말 새장 속에 갇힌 한 마리의 새처럼 웅크리고 잠들었다.

"흠."

제이미가 안경을 벗어 내 칼럼 초본 위로 올려 두며 생각을 정리하려는 듯 작게 신음 소리를 냈다. 나는 초조함에 냅킨만 만지작거린다.

시간은 그리 오래 걸리지 않았다. 제이미가 드디어 입을 열었다.

"리지, 넌 어때? 만족스러운 칼럼이야?"

내 입에선 기다렸다는 듯이 말이 튀어나온다.

"아뇨, 아뇨. 문제의 심각성을 나누고 싶었어요."

나는 한숨과 함께 '봐서 알잖아요? 얼마나 끔찍한지' 하고 차마 입 밖으론 꺼내지 못하고 번뇌에 찬 제스처만 취했다. 제이미는 그런 내 속사정을 십분 이해한다는 듯 고개를 끄덕인다.

"어떤 조언이 필요해서 온 건지 알고 싶었어. 네 생각과 전혀 다른 방향의 조언은 혼돈만 가져다 줄 뿐이니까. 이게 최선을 다해 쓴 것이고 완성했다고 자신하는 칼럼이라면 가장 좋은 마무리를 할 수 있도록 격려하는 것이 옳다고 생각하거든. 하지만, 그게 아니고 문제점을 알고 싶어 온 것이라면 솔직하게 이야기하는 게 좋겠지."

나는 침만 꼴깍 삼켰다. 이제껏 살면서 평가받았던 적은 많았지만 이보다 긴장된 순간은 없었다. 내가 창작한 무언가에 대한 첫 평가라 더욱 그렇다.

제이미의 간단명료한 총평이 떨어진다.

"지루해."

어느 정도 예상하고 있었던 반응이었지만, 그래도 열심히 한 만큼 조금은 자신감도 있었던 터라 충격은 결코 적잖았다. 일순 굳어 버린 얼굴 표정을 어떻게든 풀고자 안간힘을 썼다. 내가 바란 솔직한 평가를 들려주었을 뿐인 제이미를 후회하게 하고 싶지 않았다.

"뇨끼에 대한 자세한 레시피는 좋아. 한번쯤은 요리해 보고 싶게 만드니까. 하지만 이건 칼럼이잖아. 즐겁거나 행복한 느낌 같은 감정적으로 사람의 마음을 움직이는 게 중요한데 그런 게 없어. 공감될 만한 내용도 없고. 그냥 요리 교과서 같아."

좌절. 이 말 외에 더 필요한 어구는 없다.

내가 테이블만 내려다보며 한숨만 줄기차게 내쉬고 있으니 제이미가 다시 한마디를 보탠다.

"문제가 있다고 생각한 건 그만한 이유가 있어서 그런 거 아냐?"

제이미가 눈빛으로 말한다. 말해 봐.

"뇨끼를 직접 요리해 보고 싶은데 마땅한 장소가 없어요."

"만들어 보지 않고 쓴 거야?"

나는 좌절도 벗어나 이젠 체념에 가깝게 고개를 끄덕였다.

10월은 이제 겨우 사흘 남았다. 애런에게 얘기도 꺼내지 않은 건 정말 백번 잘한 일이다.

"얘길 하지 그랬어. 주말에 주방을 빌려 주었을 텐데."

제이미는 나보다 더 안타까워한다.

"시간이 없었어요. 계속 소재를 정하지 못해서 포기하고 있었는데 지난 주말 애런이 만들어 준 뇨끼를 먹고 갑작스레 정한 거였거든요."

"애런은? 바빠?"

"얘기조차 하지 않았어요. 더 이상 실망시키고 싶지 않아서."

제이미는 이해한다는 듯 고갤 끄덕여 주었다.

결국 이렇게 해프닝으로 끝나는구나. 섭섭하기만 하고 전혀 시원하진 않다.

내내 초조함 때문에 쥐고 있던 냅킨을 놓고 제이미가 내려 준 커피를 마신다. 자연스레 일상으로 회귀하려는데 제이미가 손가락을 튕겨 유쾌한 소릴 낸다.

"편법을 쓰자."

"편법?"

제이미의 얼굴에는 즐거움이 여름 하늘의 새하얀 구름처럼 동동 떠다니고 있다.

"언니에게 전화해서 핼러윈 쿠키 굽는 일에 너를 좀 써야겠다고 부탁해야겠어. 매년 가게에서 팔기도 하고 아이들에게 나눠 주려고 굽거든."

"핼러윈 쿠키요? 그게 무슨 편법이에요?"

"왜냐면 실제론 쿠키 대신 뇨끼를 만들 테니까."

내가 놀랄 새도 없이 제이미는 이야기를 마무리 짓는다.

"쿠키는 하던 대로 나 혼자서 만들어도 충분하니까 뇨끼 만들 준비를 해둬. 이틀 후야."

나는 여태껏 제이미가 그렇게 추진력 있는 사람인 줄 몰랐다.

다음날, 출근을 하자 캐리가 제이미의 전화를 받았다며 내일 하루 노스베이글의 일을 돕는 것을 허락해주었다. 노스베이글의 좁은 부엌을 걱정하면서. 눈만 깜짝이며 듣고 있자니, 제이미는 가까운 재활 센터에서 베이글 대량 주문을 받은 것으로 핑계를 댄 모양이었다. 후에 이 일이 그녀의 양심에 가책을 끼치지 않고 오히려 값진 헌신이었다고 느끼게 하기 위해선 기필코 만족스러운 결과물을 얻어야만 한다.

테드가 자신의 핼러윈 의상을 직접 만들면서 겪은 해프닝을 이야기할 때, 나는 뇨끼의 레시피를 다시 한 번 짚었다. 바네사가 지난주 〈지미 키멜 쇼〉 이야기를 꺼내고 톰이 호응할 때는 재료를 체크했다. 마지막으로 생생한 시뮬레이션을 머릿속으로 그리고 있는데 제스가 문득 이야길 꺼낸다. 핼러윈 다음

날인 로즈의 생일을. 이야기는 곧바로 급류에 휩쓸리듯 로즈의 생일 파티로 흐른다. 일시 정지되었던 시뮬레이션도 재가동을 한다. 뇨끼를 반죽하고, 삶는 일련의 과정을. 그리고 다행히도 애런의 차에 타기 전에 모든 작업을 마무리할 수 있었다.

라디오에선 케이티 페리의 〈파이어워크Firework〉가 흐른다.

넌 그냥 빛에 불을 붙이기만 하면 돼

그리고 반짝이게 하는 거야

독립 기념일처럼 이 밤을 차지해 버려

왜냐면 넌 불꽃놀이 같으니까

자 그들에게 네가 얼마나 대단한지 보여줘

그들이 '오, 오, 오' 하고 소리 지르게 만들어

네가 하늘을 향해 쏴서 가로질러 나갈 때 말이야

그저 신나기만 했던 이 노래가 오늘따라 내 가슴을 의욕으로 설레게 만든다. 나도 곧 가사처럼 심지에 불을 댕겨 빛으로 꼬리를 그리며 하늘로 쏘아질 것처럼.

샘솟는 용기에 주먹을 불끈 쥐고 코로 깊게 숨을 들이마시는데 애런이 나를 향해 주먹 쥔 손을 내민다.

"받아요."

내가 손바닥을 펼치자마자 그곳으로 열쇠 하나가 떨어진다. 이게 어디에 쓰는 열쇠인지도 모르겠는데 그가 말한다.

"필요할 것 같아서요."

평범한 크기로 가늠하건데 작은 상자를 여는 열쇠는 아니다. 차 열쇠는 말할 것도 없고.

비현실적인 이 상황을 선뜻 받아들이지 못하고 침묵 속에 자문만 거듭하고 있자니 그가 내 짐작이 맞음을 알려준다.

"전에도 말했지만, 난 당신이 정말 '집'이라고 말할 줄 알았기 때문에 미리 준비해 두었거든요."

이어지는 그의 말에 '집 열쇠'였던 막연한 짐작이 좀 더 정확한 단어로 변모한다.

"물론, 따로 살 형편은 안 돼서 같이 쓰게 되는 거지만."

'스페어 키.'

"내일 쿠키는 그곳에서 굽도록 해요. 그 편이 제이미도 당신도 편할 거예요."

나는 열쇠에서 시선을 떼지 못한다.

"집을 엉망으로 만들지도 몰라요."

심각한 나와는 다르게 그는 즐겁게 대답한다.

"괜찮아요."

"당신이 아끼는 카메라 렌즈를 망가트릴 수도 있어요."

"그럴 운명이었나 보죠."

"당신이 언젠가 내게 나가 주길 원할 때, 절대 나가지 않으려 할 거예요."

차가 천천히 멈추어 선다.

애런이 나의 두려움을 마주 본다. 이 열쇠로 그곳에 들어가는 순간 나는 더 이상 그와 나의 관계를 객관적으로 보는 힘을 잃을 것이다. 그를 더 원하고, 욕심내고, 내 삶의 일부로 만들어 절대 놓지 않으려 할 것이다.

머리카락이나 손톱처럼 잃어도 시간으로 만회할 수 있는 정도가 아닌, 내 팔과 다리, 심장과 폐처럼 잃은 뒤엔 절대 복원될 수 없는 것이 되어 평생 상실감을 안고 살아야 할 것이다.

내내 열쇠를 올려 둔 채 펼쳐 있던 내 손을 애런이 말없이 쥐어 준다. 나는 눈을 감고 속삭이듯 묻는다. 그가 쥐어 준 주먹을 꼭 쥐고.

"정말 받아도 돼요?"

그리고 다시 눈을 떴을 때, 언제나 그랬듯 그가 온화하게 웃으며 대답한다.

"이미 나를 가졌잖아요."

계단을 오른다. 내 한 손에 든 비닐 백 안에는 감자와 마켓에서 저렴하게 구입한 바질 페스토, 방울토마토, 치즈 등이 무게에 따라 위 아래로 담겨져 있다. 2층까지는 여유 있게 빈손으로 레시피를 읽고 또 읽는다. 이제 정말 마지막 기회만이 남았으므로 실패하고 후회와 낙담을 반복하고 싶진 않다.

밀가루가 찬장 어디쯤 있었는지 기억을 더듬으며 U자형의 난간을 따라 마지막 3층으로 오르는 계단에 탐스 슈즈를 신은 내 오른발을 올린다. 한 계단, 한 계단 느긋하게 오르면서 나는 레시피 종이를 쥐고 있었던 손을 비우고 그 손으로 가방 안에 별도로 있는 작은 주머니 지퍼를 연다. 천천히 올랐는데도 어느덧 현관문 앞이다.

그가 내게 준 열쇠를 꽂고 천천히 돌린다. 열쇠가 열쇠 구멍에 꼭 맞고, 내가 이 공간을 열고 있다는 것이 이상하게 들뜨고, 흥분된다. 이 문 너머의 풍경쯤은 눈 감고도 그릴 수 있을 만큼 잘 아는데도 말이다.

작은 문 소음과 함께 안으로 들어섰더니, 예상치 못한 그림이 추가되어 있다. 이전까지는 없었던 아름다운 꽃병 하나가 식탁 가운데서 활짝 핀 꽃을 뽐내고 있다. 가까이 다가가는 내 얼굴에는 어느새 저절로 미소가 어린다. 꽃은 크림색의 센터피스와 핑크색 장미로 이루어져 있다. 코를 박고 향을 맡으니 신선한 생화 냄새가 고스란히 전해진다. 식탁 위, 카드를 발견한 건 바로 다음이었다. 그의 메시지가 나를 반긴다.

> 어서 와요. 이곳에서 주의할 사항은 아무것도 없어요.
> 그러니 편히 머물러요. :)

난 괜스레 그의 체취를 찾아 카드에 대고 코를 킁킁거린다. 못 말리게도 벌써부터 그가 그립다. 갈구해도, 갈구해도 부족한 그 품안에 계속 안겨 있고 싶다. 사실 세상 그 어떤 울타리보다 든든하게 나를 지켜 주는 그 팔 안에서 한시도 벗어나고 싶지 않다.

아직은 누구에게도 말하지 못하는 욕심이다. 너무 의존적으로 보이긴 또 싫으니까.

카드를 가방 속 가장 안전한 곳에 넣어 두고 요리 준비를 시작한다. 이 주방에서 그날, 그에게 떡볶이를 만들어 준 이후로 첫 자작 요리다. 충만해진 의욕으로 나는 기세 좋게 감자부터 깨끗하게 씻어 삶는다. 허둥대고, 하다못해 음식을 태우게 돼도 괜찮다. 그뿐일 테니까. 음식이 타면서 나는 쾌쾌한 탄내와 설거지하기 좀 힘든 그을음이 전부니까. 망친 요리가 될지라도 난 내 방식으로 그 경험을 담은 나만의 칼럼을 쓰면 된다.

어둠 속의 반딧불처럼 반짝반짝 빛을 내며 자꾸 내 손아귀를 피해 달아나려는 기회를 잡는데 급급해져 미처 깨닫지 못했었다. 기회보다 더 소중한 내 꿈이 내 또 다른 한 손에 잡힌 채 험하게 이끌려, 돌부리에 발이 걸려 넘어지고 상처가 생겼는데도 나는 뒤돌아보질 않아 차마 몰랐었다. 내 꿈이 얼마나 다쳤는지를.

이제 나는 제자리에 멈춰 서 내 꿈의 양손을 잡고 마주 보고 서 있다. 이 아이가 얼마나 가치 있고, 내 안에 있어 주어 감사한지 하루하루 깨달으면서 말이다. 절대 포기 하지 않고, 조금이라도 더 용기를 주고 기운을 북돋아 주며 든든한 지원자로 언제나 지켜줄 것이다. 물론 힘들고 지치겠지만, 우린 이미 그 모든 걸 알고 이 기나긴 모험을 시작했으니 즐기고 싶다.

자, 내 최고의 파트너. 준비됐어?

7

모두가 깊이 잠든 밤.

애런의 감은 두 눈은 찌푸려진 미간으로 잔뜩 긴장되어 있다.

눈꺼풀 아래의 눈동자가 쉴 새 없이 긴박하게 움직이고 꽉 다문 잇 사이로 괴로운 신음이 흘러나온다.

고요 속에서 이내 애런이 악몽에서 깨어나듯 화들짝 잠에서 깨어난다. 어둠에 잠긴 익숙한 집 안 풍경에 그의 놀랐던 눈초리가 천천히 긴장을 푼다.

정말 끔찍한 악몽이었다.

그와 비교하자면 내 꿈은 정말 터무니가 없어서 정말 '꿈'스럽다. 꿈에서 나는 세계적인 가수들과 절친한 친구가 되기도 하고, 눈 내린 알프스 산을 봄날 산책하듯 걷기도 하며, 내가 아닌 다른 누군가가 되어 생활해 보기도 한다. 그래서 나는 잠자는 것이 좋다. 아니, 더 정확하게는 깨어나는 것이 싫다. 떠지지 않는 눈꺼풀을 억지로 뜨는 일이.

오, 이런. 이 좁은 모텔 502호에 오늘은 대단한 손님이 방문해 주었다. 나는 꿈속에서도 믿을 수가 없어 내 뺨을 꼬집고 때려 본다. 비욘세다. 그녀가 번쩍번쩍 미러볼만큼이나 눈부신 금빛 드레스를 입고 컬을 풍성하게 만 머리를 하고는 이 누추한 곳으로 걸어 들어온다. 아무리 꿈이라지만 이 정도면 '내가 꿈을 꾸고 있구나' 하고 생각하게 된다.

그녀가 천천히 걸어 들어와 내 곁에 앉아 가지런한 윗니가 보이게 미소 짓는다. 이렇게 좋은 기회도 없는데, 그녀의 노래를 실제로 듣고 싶다. 하지만 그것까지 구현해 낼 능력이 내 뇌에는 부족한가 보다.

나는 여전히 멍하니 그녀를 바라보고 그녀가 드디어 입술을 열어 말한다.

"리지……."

네, 맞아요. 저예요.

"리지……."

근데, 제 이름은 어떻게 안 거죠?

"리지……."

그거 혹시 신곡인가요? 제목은 '크레이지 인 리지?'

"리지!"

순간 번개가 내리꽂히듯 번뜩하고 섬광이 번쩍인다.

하얗게 점멸됐던 눈앞이 서서히 재정비를 마치고 어두운 현실을 보여 준다. 그리고 분명 비욘세가 앉아 있었던 자리엔 왜인지 케이티가 앉아 있다.

"리지, 깼어?"

나는 멍하니 고갤 돌려 케이티의 얼굴을 본다. 그래, 저건 케이티의 눈…… 코…….

"물 좀 줄까?"

케이티의 손이 냉장고를 열어 차가운 생수의 뚜껑을 열고는 내게 건넨다.

마시니 한결 낫다.

"리지, 너 정말 깨우기 힘들구나. 학교는 어떻게 다닌 거야?"

나는 손바닥으로 얼굴을 쓸어내린다.

지금이 몇 시지? 침대 곁 협탁 위의 전자시계가 이제 막 헬러윈 데이를 맞은 지 3시간되었음을 불 밝혀 알려준다.

"그런데, 어떻게 들어온 거예요? 분명히 문을 잠갔는데."

그러고 싶지 않은데 건조한 눈 때문에 저절로 인상이 찌푸려진다.

케이티가 엄지와 검지로 가느다란 무언가를 쥐어 보인다. 나는 기력을 다해 그것에 초점을 맞춘다. 실 핀이다.

"히피라면 기본기지. 구걸은 독립적으로 보이지 못하니까."

그 방법도 옳진 못한 것 같은데…….

케이티는 그게 중요한 게 아니라는 듯 실 핀을 아무렇게나 휙 던지고 침대로 올라 내 가까이 앉는다.

"중요한 계획이 있어 온 거야. 협조가 필요하거든."

"협조요?"

케이티는 나를 보며 이제 들을 준비가 되었는지 확인한다.

"제스가 로즈에게 청혼하려고 해. 로즈의 생일이 되는 11월 1일 AM 12시에."

내 아래턱이 중력을 이기지 못하고 아래로 떨어진다.

맙소사, 청혼?

"정말이에요?"

"그래, 제스는 준비한 지 꽤 됐어. 그 바보 같은 녀석이 청혼하는 날 해적 복장을 입고 산통을 다 깨려는 걸 내가 겨우 말려 구제해 줬지."

아, 그래서 케이티가 그토록 로즈 의견에 동조했던 거로군. 잭 스패로우의 청혼은 정말 진정성 없긴 하다.

"잘했어요, 케이티."

"고마워. 오늘 밤 핼러윈 파티가 끝난 후, 제스의 집에서 깜짝 생일 파티를 겸한 청혼이 우리의 계획이야."

"저는 뭘 도우면 되죠?"

미소 지을 수 있어 다행이다. 나에겐 아직 힘든 단어일지라도 로즈에겐 축복스러운 일이 되길 바라는 마음은 진심이니까.

케이티가 어깨를 으쓱하며 말한다.

"그 두 사람을 지켜봐 주는 것."

케이티는 제 일인 양 행복한 표정으로 나를 보며 다시 말한다.

"그 중요한 순간에 함께해 주는 것만으로도 로즈에겐 큰 기쁨이 될 거야."

그럼요. 아무렴, 그렇고말고요.

나는 그 누구보다 케이티의 그 마지막 말에 큰 공감을 하며 고개를 주억거린다.

"누구보다 가장 크게 박수 칠게요."

로즈는 새하얀 얼굴이 더 하얘 보이도록 분을 바르고, 도톰한 입술에 빨간 립스틱을 발랐다. 금발인 머리는 틀어 올려, 작은 왕관 모양 핀을 꽂고, 마지막으로 빨간 구두를 신은 발이 돋보이게끔 검은 스타킹을 신었다.

케이티는 머리에만 절반 이상의 시간을 썼다. 그나마 다행인 건, 그녀가 에이미 와인하우스영국의 싱어송라이터, 2011년 사망와 똑같은 흑발이라 염색을 하거나, 가발을 쓸 필요는 없었다는 것이다. 에이미 와인하우스 특유의 사선으로 올라가는 아이라인까지 똑같이 그린 케이티는 제법 에이미와 닮아 보였다. 거울 앞에 선 자신의 모습에 케이티도 꽤나 흡족해했다.

앞의 두 사람에 비하자면 내 준비는 간단했다.

나는 머리를 매끈히 빗어 묶고, 준비한 의상을 정성들여 입었다. 그것이 전부였다.

케이티의 집에서 장장 2시간에 걸쳐 준비를 마친 우리는 촉박한 시간에 쫓겨 약속된 장소로 향했다.

핼러윈답게 음악은 〈헤즈 윌 롤Heads will roll〉이 쿵쿵쿵 울리고 담배 연기와 사람들의 웃음소리가 섞인 클럽은 유달리 분위기가 더 달아올라 있다.

우리는 조커를 밀쳐 내고, 곳곳에 있는 윌리 윙카, 에드워드, 빅터와 같이 다양한 역할의 조니 뎁들도 만났다. 스툴에 앉아 톰과 버드와이저를 마시고 있는 제스를 발견하고는 내심 안심했다. 4번째 조니 뎁을 보지 않았다는 사실에.

바에 기대어 내 차례를 기다리기 무섭게 분주하게 오가던 바텐더 한 명이 걸어온다. 밝은 다갈색 머리의 남자는 여전히 손을 놀리며 나를 본다.

"뭘 드려요, 치어리더 아가씨?"

"키르 피치가 마시고 싶은데 만들어 줄 수 있어요?"

남자가 나를 놀린다.

"그전에 성인이 맞나, 신분증을 확인해야겠는데요?"

그러면서 나를 향해 빙긋 웃는다.

잠깐, 이 남자 혹시 지금 나에게 추파 던지는 건가?

그때 지폐를 쥔 손 하나가 불쑥 내 옆으로 끼어든다.

"하이네켄 추가해 줘요. 그리고 신분증 확인은 당신이 할 일이 아닌 것 같은데요."

애런이다. 입매는 올라가 있지만, 눈은 전혀 웃고 있지 않다.

웃음기가 싹 가신 바텐더가 그의 손가락에서 지폐를 빼가고는 말없이 내 칵테일을 단숨에 만들어 주고 사라진다.

그는 멀어지는 그 바텐더에게서 시선을 떼지 않고 맥주 한 모금을 들이켠다. 그러더니 병을 든 손가락으로 저쪽을 가리키며 말한다.

"두 번째 잔 주문부터는 저기, 저 여자 바텐더에게 하도록 해요."

나는 터져 나오는 웃음을 참지 못하고 웃기 시작한다. 질투하는 그가 마냥 귀엽기만 하다. 내가 모르는 그의 또 다른 면을 보게 되서 기쁘다.

나는 겨우 진정하고 대답한다.

"그럴게요."

내 대답이 떨어지자 그제야 그는 다시 병을 들어 맥주를 마신다.

나는 가만히 그를 지켜보며 묻는다.

"애런, 이제 좀 평소에 내가 얼마나 위기감을 느끼는지 이해하겠어요?"

그는 무슨 이야긴지 전혀 모르겠다는 표정으로 나를 본다.

"잃을까봐 말예요, 당신을."

그렇게 말하면서 나는 키르 피치 한 모금을 마신다. 서둘러 만든 것치고는 맛이 괜찮다.

그는 크게 도리질 친다.

"이곳에서 당신을 기다린 지난 3년 동안 그런 일은 전혀 없었어요. 불필요한 걱정이에요. 일어날 리 만무한 일이죠."

나는 물끄러미 그를 본다. 긴 속눈썹 아래의 초록색 눈동자와 부드럽게 웃는 입술. 게다가 저 입속에는 더 대단한 힘을 가진 말들이 무수하다. 지친 사람들을 웃게 만들고, 슬픔에 잠긴 사람들의 등을 다정하게 쓸어내려 준다.

사실, 나는 내가 운이 좋았다고 생각한다. 그의 꿈에 나타나고, 과거가 보인 사람이 내가 아니었더라면 그와 나의 관계가 이만큼 발전할 수 있었을까? 어쩌면 아직도 그를 잃게 될까 두려워하면서 말하기를 겁내고 있었을지도 모를 일이다.

"애런, 거울은 보죠?"

그가 고개를 갸웃하며 대답한다.

"물론이죠."

"그래요…… 보면서도 모른다는 거군요."

내가 중얼거렸다. 애런의 표정은 이제 수녀복을 입은 린제이 로한 사진을 본 사람 같다.

뒤늦게 코스튬 자랑을 하고자 마음먹는다. 잔을 테이블 위에 내려두고 그를 향해 똑바로 섰다.

"어때요?"

난 더 잘 보란 식으로 제자리에서 한 바퀴를 빙글 돈 뒤, 양손으로 내 치어리더복 치마를 펼쳐 보였다. 그는 딸아이의 재롱을 보듯 미소 짓는다.

"잘 어울려요. 되고 싶었던 게 치어리더예요?"

"여학생들은 누구나 한번쯤 꿈 꿔요. 이상이죠."

애런은 고갤 끄덕이며 말한다.

"내년 핼러윈엔 내가 응원용 술을 사줄게요."

"약속 지켜요."

내가 짓궂게 대꾸하자, 그가 바 위에 올린 내 손을 잡으며 맹세하듯 말한다.

"당신에게 한 약속은 모두 지킬 거예요."

그러면 내 안에 있던 장난꾸러기는 쏙 들어가고 나도 애런에게 동화되고 만다.

"아, 참. 몇 시죠?"

그가 손목시계를 보며 말한다.

"이제 10시 45분이에요."

"조금 있다 제스의 집에 가야 해요."

나는 목소리를 줄이고 그의 귀 가까이 다가간다.

"제스가 로즈의 깜짝 생일 파티 겸 청혼을 할 거거든요."

"들었어요. 그런데, 나는 가지 못할 것 같아요."

"왜요?"

은밀했던 목소리는 온데간데없어졌다. 그는 찡그리기도 하고, 억지로 웃으려 애쓰는 표정으로 말한다.

"간밤에 잠을 설친데다 맥주를 마셔서 그런지 더 피곤해요. 어쩐지 편두통도 있는 것 같고."

소나기 내릴 준비를 하듯 구름 한 점 없이 맑던 내 머리에 곧장 근심의 구름이 드리운다.

"괜찮아요? 내가 바래다 줄게요."

"아녜요, 당신은 자릴 지켜요. 중요한 순간이 될 텐데 당신마저 없으면 두 사람 많이 섭섭해할 거예요."

나는 어지러운 홀 안에서 단박에 흥겹게 춤추고 있는 두 사람, 블랙 스완과 윌리엄 왕자를 발견한다. 오늘 밤, 제스가 그녀를 향해 반지를 내밀며 프러포즈하는 그 순간만큼은 로즈도 케이트 미들턴이다.

"애런, 두 사람은 결혼하게 될까요?"

무심결에 나온 질문에도 그는 진심을 다해 답한다.

"제스는 영리해요. 로즈가 언제 눈물 흘릴지 미리 예측하고 손수건을 준비할 유일한 남자죠. 로즈도 그걸 알고요."

음악이 끝나고, 케샤의 〈틱 톡Tik Tok〉이 흘러나오기 무섭게 클럽이 떠나가라 사람들이 환호성을 질러댄다. 조명도 더욱 빠르게 우리 머리 위에서 회전한다.

땀으로 화장이 조금 옅어진 로즈가 걸어온다.

"애런, 왔군요."

그가 손을 들어 늦은 인사를 한다.

"다음 곡이 에이미 와인 하우스 곡인데, 케이티가 무대에서 직접 부를 거야. 어서 가서 앞자릴 선점해야 해."

로즈가 내 손을 잡고 홀로 이끈다.

"어서, 리지. 애런, 리지 좀 데려갈게요."

몇 발자국 걸어가다 문득 로즈가 걸음을 멈추고 애런을 향해 돌아보며 말한다.

"올해도 그 스웨터네요. 잘 어울려요."

그제야 나는 뒤늦게 그의 재킷에 가려진 회색 스웨터를 본다. 가까이서 어깨에 둘러져 있다는 작은 사슴 무늬를 자세히 살펴보고 싶은데 마음과는 다르게 그에게서 멀어져만 간다. 아직 그에게 어젯밤을 꼬박 새워 쓴 칼럼을 투고했다는 깜짝 고

백도 꺼내지 못했는데. 나는 이 모든 아쉬움을 담아 그를 향해
소리친다.

"전화할게요, 애런!"

목소리가 그에게 닿았는지 확인하지도 못했는데 내 시선은
인파에 가려지고 만다.

8

"테드, Y가 하나 부족해!"

케이티가 커다란 종이 상자를 양 손으로 헤집으며 소리쳤다. 맞은편엔 Y가 하나 빠진 'Happy Birthda'가 커다랗게 벽면을 가득 채우고 있다.

테드와 톰은 함께 헬륨가스로 풍선을 부풀리고 천장을 꾸미느라 정신없다. 하지만 곧 끝날 것 같다.

"차에 있을 거야. 테드, 내 주머니에서 차 열쇠 좀 꺼내 케이티에게 줘."

양손이 풍선과 헬륨에 묶인 톰이 말하자 테드가 그의 외투를 찾아 주방으로 들어가고 잠시 뒤 케이티를 향해 열쇠 하나가 날아온다. 열쇠를 안정적으로 받아 낸 케이티는 두말도 없이 집 밖으로 나간다.

바네사와 나는 빈 테이블을 채우고 있다. 배가 고픈 사람은 없겠지만 케이크 하나만 달랑 올려 두기엔 아무래도 파티 기분이 살지 않는다. 간단한 핑거 푸드와 톰이 미리 만들어 온 쿠키, 샐러드를 주방 찬장을 뒤져 가장 멋진 접시에 담아낸다. 이 집의 가족들은 미리 제스의 청혼 계획을 알고 집을 비워 주었다.

마지막으로 딸기 아이싱을 바른 케이크를 테이블 중앙에 올려 두고 초를 꺼낸다. 바네사가 이제 막 천장 작업을 끝내고 사다리를 내려온 톰을 향해 묻는다.

"톰, 몇 시야?"

천장은 흰 끈이 주렁주렁 달린 핑크색과 하늘색 풍선으로 빼곡히 찼다.

"맙소사, 제스가 오기로 한 약속시간까지 5분 남았어."

우리의 시선이 일제히 부재중인 'Y' 자리로 모인다.

"케이티는?"

현관문이 벌컥 열리고 우리는 그대로 숨이 멈춘다. 혹시라도 제스가 벌써 돌아왔을까 봐.

"톰, 차를 세이프웨이 마켓 주차장에 세워 뒀더군요. 덕분에 거기까지 다녀왔어요."

이마에 송글송글 땀이 맺힌 케이티의 한 손엔 다행히도 마지막 'Y'가 들려 있다.

"미안, 어쩔 수 없었어. 근처에 세워 두면 로즈가 눈치 챌 수도 있으니까."

테드가 재빠르게 'Y'를 빈자리에 붙인 뒤 우리는 모든 등을 소등하고 숨는다. 소파 뒤, 테이블 아래, 커튼 뒤 할 것 없이. 나는 케이티와 나란히 소파 뒤에 몸을 웅크렸다.

우리는 숨소리도 죽이고 두 사람이 오기를 기다린다. 시계 바늘 움직이는 소리만이 크게 울린다. 나는 초조하게 손에 쥔 폭죽을 만지다 문득 이걸 언제 터트려야 할지 고민한다. 생일 축하가 먼저인가, 제스의 청혼이 먼저인가?

"그런데, 케이티. 우린 어느 타이밍에 나타나면……."

거실 벽에 걸려 있는 괘종시계가 요란하게 댕댕댕 적막한 집을 울린다. 11월 1일이 됐다. 우리의 긴장은 최고조로 달한다. 곧 제스가 로즈와 함께 이 집으로 돌아온다. 그리고 모든 건 짜인 각본대로 흐르듯 곧 달그락거리는 현관문 여는 소리가 들린다.

케이티와 나는 그저 서로를 바라보며 눈만 크게 뜬다. 드디어, 두 사람이 도착했다.

문이 열리고 발자국 소리가 안으로 걸어 들어온다. 로즈가 말한다.

"아무도 안 계셔?"

"응, 부부 모임이 있다고 하셨어."

나는 소리가 날까, 침도 못 삼킨다.

케이티가 골라 준 로즈의 빨간 구두가 서성인다.

"너무 어두워. 불을 켜야겠어."

이런, 위기다.

그때 제스가 스위치를 향해 걸어가는 로즈의 손을 잡는다.

"로즈."

나와 케이티는 서로의 양 손을 마주 잡고 입을 꼭 다문 채 몸부림친다.

"듣고 싶은 대답이 있어."

"뭔데? 얘기해 봐."

우리는 이제 눈도 뜨지 못하고 얼어붙은 듯 모든 행동을 멈추었다.

"내가 처음으로 당신에게 내 마음을 고백할 때 했던 말, 기억해?"

기억을 떠올린 듯 로즈의 작은 웃음소리가 들린다.

"웃게 해주겠다고 했지."

"맞아, 그리고 이제 하나의 맹세를 더 하려고 해."

제스의 구두코가 로즈의 구두와 맞닿고, 잠시 뒤 로즈의 숨이 갑자기 멈추는 소리가 들린다.

"행복하게 해줄게, 로즈. 부디 나와 결혼해 줘."

했다. 제스가. 그가 결국 멋지게 해냈다.

케이티와 나는 서로 먼저랄 것도 없이 눈을 뜨고 다시 소리 없이 마주 잡은 손을 흔들어 댄다. 진열장 뒤에 숨어 있던 테드가 빠르게 전등 스위치로 다가가는 게 보인다. 이제 곧 우리가 짜잔, 하고 등장할 차례다.

"맙소사, 제스. 세상에."

로즈는 이제 울먹인다.

"……미안해. 난…… 당신에게 충실하지 못했어. 당신은 내게 과분해. 난 오늘 밤에도 그가 입은……."

순식간에 우리의 표정이 굳고 생각지도 못했던 방향으로 상황이 흘러감을 알아차린다. 하지만 이미 늦었다. 거실은 불빛으로 환해졌고 두 사람은 스위치 아래 선 테드를 발견한다.

나는 이 충격적인 순간을 곱씹는다. 로즈가 울먹이며 한 말들. 내 머리에서 연관 없다고 생각한 기억들이 서로 달라붙고 의문을 제기한다. 넌 어떤 남자의 스웨터 무늬까지 정확히 기억하니? 그걸 어떻게 한눈에 알아보지?

내가 스르르 소파 뒤에서 일어서자 여전히 울고 있던 로즈가 나를 알아보고는 흠칫한다.

그녀도 나처럼 말하게 되면 그를 잃게 될까 두려워 여기까지 오게 된 것이다.

애런, 이래도 일어날 리 만무한 일이에요?

나는 밤새 뒤척인다. 로즈가 내게 말했던 그에 관한 기억들에서 이제야 나는 그녀의 숨겨진 표정들을 본다.

쑥스러운 듯 올라가던 입매, 기분 좋은 기억을 더듬는 듯 아득해지던 눈동자. 그리고 이야기를 마침과 동시에 현실로 회귀할 때면 언제나 고개를 떨어뜨리고 웃던 모습.

나는 누구보다 그 미소를 잘 안다. 다름 아닌 슬픔을 삼키는 표정이다. 견뎌 내고, 참아 내려고, 가끔은 스스로를 속이려고까지 하는 아픈 보호막이다. 우리 중 어느 누구 하나 그녀가 한계에 다다를 때까지도 눈치 챈 사람은 아무도 없었다. 그녀 혼자 얼마나 아팠을지 가늠할라치면 저절로 그때의 내가 떠오르면서 내 모든 기억들에 저절로 로즈가 오버랩된다. 그래서 밤 늦도록 나는 2주 전과 똑같은 후회를 한다. 조금이라도 더 그녀와 시간을 함께했더라면, 내가 먼저 그녀에 대해 묻고 이야기 나누었더라면 누군가를 향하는 마음 때문에 그런 표정을 짓지 않게 할 수 있었을 텐데. 내내 웃을 수만은 없는 고달픈 짝사랑일지라도, 울고 싶을 땐 솔직하게 우는 마음의 여유가 그녀에게 있을 수 있었는데.

그리고 영영 오지 않을 것 같아도 매번 아침은 충실하게 찾아온다.

오직 한 사람, 어제의 일을 모르는 캐리가 평소와 다름없는 모습으로 로즈의 갑작스런 휴가 사실을 알린다. 우리의 눈동자는 암묵적으로 제스에게 쏠린다. 그는 별 다른 동요 없이 무표정하지만 우리는 폭풍전야의 바다를 내다보듯 근심 어린 표정으로 그를 본다.

뒤에 서 있던 톰이 격려로 어깨를 두드리자 그제야 돌아보며 쓴 미소를 짓는다. 그가 지금 최선을 다해 1분, 1초를 지탱하고 있다는 것을 안다. 그의 박탈감도 나는 헤아릴 수 있으니까.

평소처럼 일을 시작하지만 모두 완벽하게 집중하지 못한다.

이제 곧 캐리를 제외한 또 다른 한 사람, 어제의 일에 대해 전혀 모르지만 이 일에 매우 깊게 관여되어 있는 그가 온다. 애런처럼 남을 살피는데 익숙한 사람이라면 단 몇 분 만에 무언가 잘못되었음을 알아챌 것이다. 어쩌면 몇 초 만에.

나는 어떻게 이야기해야 좋을지 생각한다. 로즈도, 제스도 누구 하나 잘못을 한 사람은 없다. 혹시라도 그가 죄책감을 느끼게 될까, 그것도 걱정된다. 서로가 서로를 이해하고, 아파하지 않기 위해선 내가 어떻게 해야 할까? 칼럼 투고는 이미 내 기억의 뒤안길로 사라진 지 오래다.

드디어 오후 휴식 시간이 끝나고 나는 초조하게 그를 기다린다.

예약 시간보다 10분 이르게 저녁 첫 손님이 도착한다.

그는 아직 도착하지 않았다.

20분 뒤, 첫 테이블의 요리가 나갈 때, 두 번째 예약 손님이 들어온다. 그가 조금 늦는다.

40분 뒤, 식사를 마친 첫 손님이 자리에서 일어서고 어느덧 일곱 번째 손님이 가게로 들어선다. 캐리가 시간을 확인하고 전화를 들어 그의 번호를 누른다. 어쩐 일인지 캐리는 입 한 번 떼지 않고 수화기를 다시 내려둔다.

상황이 차마 업무에 집중하기 어려울지라도 부족한 일손만큼 바빠지면 잠시라도 우린 어제를 잊게 된다. 로즈의 빈자리를 이렇게 느낀다.

정신없이 돌아다니고, 본능에 따라 움직이며, 오랜 시간 길들여진 대로 습관처럼 일을 처리하고 나니 어느덧 마지막 손님까지 계산을 마치고 이곳을 나갔다.

그는 오지 않았다.

캐리는 닷새째부터는 그에게 전화 거는 것마저 포기하고 만다.

4부

큰개자리

1

눈을 뜬다. 나는 어느 곳에도 시선을 맞추지 않는다.

세상의 소리가 천천히 내 귓바퀴를 타고 흘러 들어온다.

다시 눈을 감는다. 귀도 닫는다. 나는 정적과 침묵에 감싸여
어서 이 필요 없는 시간들이 사라져 버리길 바란다.

2

크래커를 손으로 조각내어 입속으로 넣는다. 참치를 바라는 건 욕심인 것 같고, 피넛버터나 잼이라도 있었으면 좋겠는데 생각만으로 그치고 만다. 잔을 들어 커피를 마신다. 식기 전에 다 마시면 좋겠지만 급하게 마시긴 또 싫다.

내려 두었던 책을 든다. 하지만 책갈피는 다음 책장으로 이동조차 하지 못한 채 덮어진다. 나는 다시 잔을 들어 커피를 마신다. 요즘엔 설탕이나 시럽이 들어가지 않으면 너무 쓰다고 느껴져서 매번 설탕을 별도로 넣어 마신다.

적당히 시간이 흘렀다 싶으면 자리에서 일어선다.

애리조나로 돌아와 잠드는 그 순간에 주말이 끝났다는 안도감을 느낀다.

요즘 휴식 시간이면 어김없이 손님들이 찾아온다. 캐리와 그들은 내가 처음 이곳에 와 앉았던 자리에 앉아 들리지 않는 이야기를 나눈다. 우리는 누가 이곳의 새로운 셰프가 될지 궁금해하며 그들의 얼굴을 힐끔거린다.

구석진 자리에 앉아 푸딩을 먹고 있는데 찻잔 하나가 내 앞에 놓인다. 고개를 드니 로즈다. 다행히 그녀는 휴가를 아무 탈 없이 보내고 돌아왔다. 언제나 그랬지만 아직도 나는 그녀보다 한 발 늦게 미소 짓는다.

그녀가 내 옆자리에 앉는다.

"뭐 좀 먹었어? 요즘 통 먹질 못하던데."

나는 내 손에 쥔 푸딩을 들어 보이며 억지로 입 꼬릴 끌어올린다.

"꽤 칼로리 높아요."

"먹고 싶은 게 있으면 언제든 말해. 톰이 못 만드는 게 없지만 그래도 그런 게 있으면 바로 사다 줄 테니까."

나는 맥 빠진 웃음소릴 낸다.

"로즈, 저 멀쩡해요. 뛰어도 괜찮다고요. 걱정 끼치고 싶지 않은데, 그저 요즘 입맛이 좀 없는 것뿐이에요."

나는 그녀가 가져다준 마테차를 들고 잘 마실게요, 한다.

"추수감사절에 어디 갈 계획 있어?"

추수감사절이라. 벌써 그렇게 됐나.

"아뇨, 전혀. 아주 잊고 있었네요."

드디어 푸딩을 다 먹고 유리병을 비워 냈다.

"괜찮다면 케이티 집에 함께 갈래? 나도 딱히 고향 집으로 돌아가지 않아서."

나는 그녀의 쓸쓸한 미소를 본다.

그녀가 다시 돌아오고, 나는 후회하고 염원했던 대로 그녀와 많은 대화를 나누었다. 내가 겪었던 시간과 아픔들에 대해 얘기했고 그녀 또한 한 번도 내색하지 않았던 가정사와 숨겨두었던 마음들에 대해 조심스럽게 풀어내 들려주었다.

로즈의 어머니는 로즈가 다섯 살 때, 남편과 사별하고 모녀는 경제적으로 어려운 시간을 보내야만 했다. 처음엔 외할머니와 함께 외할머니 댁에서 살기도 했지만 머지않아 외할머니마저 돌아가시고 친구 집에서 신세를 지기도 하며 생계를 꾸려갔다. 로즈의 유년 기억은 오직 하나뿐이었다. 밤낮 없이 일을 하러 나가는 엄마의 뒷모습과 문이 닫힘과 동시에 세상이 끝나는 듯 반복되었던 절망. 그리고 로즈가 열 살 때, 어머니는 소개로 만난 남자와 재혼했다. 두 아이를 더 낳고 이제 빈자리 없는 가족을 이루었다고 생각했다. 하지만 로즈에게 여전히 아버지의 자리는 비어 있었다. 새아버지와 로즈는 좀처럼 가까워지지 못했다. 그는 언제나 로즈를 무시하고, 그녀에겐 무엇 하나 베풀지 않았다. 그건 다른 두 동생과 비교해 엄연한 차별이었다.

그는 공공연히 로즈를 향해 손가락을 세우고 말하곤 했다.

"너에게 아버지는 여전히 죽은 사람이고, 나 또한 내 자식은 둘뿐이야. 우린 그녀를 공유한 일종의 계약 관계일 뿐이지."

로즈는 솔직하게 말해, 그가 죽도록 미웠다고 고백했다. 사랑하는 어머니와 아버지가 다르지만 그것마저도 이해로 끌어

안아 유달리 유대 관계가 깊은 두 동생이 있었음에도 그녀는 졸업과 동시에 고향을 떠나기로 마음먹었다. 그리고 여태껏 단 한 번도 집으로 돌아간 적이 없다.

"케이티 덕분에 올해 추수감사절에도 칠면조를 먹겠네요."

로즈가 빙긋 웃으며 내 손을 잡는다.

우린 가끔 서로에게 의지한다. 위로가 되기도 하고, 격려를 보내기도 한다. 하지만 어느 쪽도 '괜찮아, 날 봐'라고 긍정적인 표본이 되어 주진 못한다. 그녀도 요즘 내 식욕만큼이나 말수가 줄었다.

애석하게도 줄어든 건 내 식욕뿐만이 아니다. 밤이 되면 나는 불면에 몸부림친다. 생각하기를 포기한 지 오래되었는데도 쉽사리 잠들지 못한다. 오늘 밤도 두 시간가량을 잠들기 위해 외로이 침대에서 씨름하다 결국 패배를 인정하고 도움을 찾아 서랍 쪽으로 손을 뻗는다. 서랍을 열어 얼마 전에 산 멜라토닌을 꺼낸다. 어제도 수면으로 이끌어 준 유도제다. 사실, 그제도. 더 정확하게는 이걸 산 이후 단 하루도 먹지 않은 날이 없다.

나는 뚜껑을 열려다 말고 외투 주머니에 넣어서 밖으로 나선다. 힘들었을 때, 밤마다 엄마가 손수 데워 주곤 했던 우유를 떠올리며.

이 주변에서 유일하게 24시간 영업하는 카페로 들어가 스팀 우유를 주문한 게 새벽 2시 반. 긴 니트 카디건 안에 파자마를 입고 있는 제스가 커피를 주문하는 모습을 본 건 그로부터 3분 뒤였다.

"제스!"

내 목소리를 따라 고갤 돌린 그가 구석자리에 앉은 나를 보고도 제대로 본 것이 맞는지 믿을 수 없다는 듯 노인처럼 눈을 가늘게 뜬다.

"리지……?"

고갤 크게 끄덕이는 사이 그는 제법 가까이까지 다가왔다.

"앉아요, 이런 시간에 여기서 만나기도 하네요."

그가 테이블 위로 먼저 커피를 내려 두고는 의자를 빼 앉는다.

"전에도 여기서 만났었잖아."

내 기억은 순식간에 이곳에서 로즈를 향한 제스의 마음을 처음으로 진실되게 느꼈던 그날이 떠오른다.

이런, 뜻하지 않게 무신경한 소릴 하고 말았네.

내 당황하는 표정을 눈치 챘는지 그가 가볍게 미소 짓는다. 신경 쓰지 마, 라고 하듯.

"오늘도 잠이 안 오는 모양이야?"

그가 내 컵 안을 흘깃 들여다보고는 말했다. 내 얼굴에선 저절로 방어적인 미소가 먼저 지어진다.

"요즘 계속 그러네요."

그가 나도, 하며 커피를 마신다. 우리는 묘한 동질감을 느낀다.

"애런에게선 아직도 연락이 없어?"

금기시한 적도 없는데 나는 그의 이름에 우뚝, 모든 행동을 멈춘다. 다시 입술을 끌어올려 웃어 보지만 입을 열어 말로 대꾸하진 못한다.

"짚이는 것도 없고?"

나는 고개만 절레절레 저었다. 제스는 나를 대신해 한숨 쉰다.

우린 모두 갑작스럽게 그를 잃어 버렸다. 어쩌면, 놓쳐 버린 것일지도 모르겠다.

수조의 투명한 유리벽처럼 나는 지금 이 현실과 내 마음에 아슬아슬한 바리케이드를 쳐 분리해 둔 상태다. 유리벽을 통해 현재 상황 정도는 인지하고 있다. 내가 할 수 있는 최선은 '원인'보다 '증세'에 초점을 맞춘 대증요법이므로 어떻게든 나를 보호하려고 혈안이 되어 있으니.

평소와 같은 목소리로 제스가 한 마디 한다.

"다시 로즈와 대화할 수 있게 됐어."

제스의 얼굴은 덤덤한데 난 내 일이 잘 풀린 것처럼 밝아진다.

"정말요? 잘됐어요. 다들 걱정 많이 했어요. 다시 예전처럼 지내지 못할까 봐."

커피를 넘기는 제스와 눈을 맞추고 나는 흐릿한 목소리로 덧붙인다.

"또 한 명의 소중한 셰프를 잃을 순 없으니까……."

"아, 그거 내 얘기였어?"

다른 데 두었던 시선을 다시 그에게로 돌린다.

"나는 상처받지 않았어. 좀…… 낙담했을 수는 있어도. 오히려 성급하게 군 데에 자책과 반성의 시간을 보냈지."

나는 황당한 표정으로 그를 본다.

"제스, 그 정도로 낙천적인 줄은 몰랐네요."

"알았으니까. 전부."

2초 정도 그 말의 의미를 생각해 보다 관두고 말한다.

"뭐라고요?"

"그녀의 마음 말이야."

로즈의 마음?

"로즈가 그를…… 내 말은, 애런을 좋아한다는 걸 알고 있었
다고요?"

내가 말하면서도 설마, 이걸 찾는 거예요? 하는 식으로 물었
다. 그런데 제스는 그게 맞다고 고갤 끄덕인다. 나는 이제 상황
을 정리해 보려고 안간힘을 쓴다.

"알고 있었다고요?"

제스는 또 덤덤하게 고갤 끄덕인다.

"전부?"

이젠 무심히 커피를 마신다.

"언제부터요?"

"오래전부터. 로즈는 긴장하면 과장되게 행동하는데 애런
앞에만 있으면 언제나 그랬거든. 감정을 숨기는 게 서툴러 알
기 쉽지."

새로운 사실에 나는 얼떨떨하다.

"아무도 모르고 있었다고 생각했어요."

"난 그녀에게 관심이 많으니까."

본인이 말하고도 우스운지 제스의 한쪽 입 꼬리가 올라간다.

"그런데도 청혼을 한 거예요?"

"잊으려고 하는 걸 알 수 있었거든. 애런이 널 만나는 걸 알고서부턴. 괜찮은 타이밍이라고 생각했었는데 착각이었나 봐."

잠시 우리는 말없이 각자의 우유와 커피를 마신다. 늦은 시간에도 가끔 차가 가게 밖을 스치는 소리가 들린다. 그러다 문득 내가 먼저 다시 말문을 연다.

"이제 어떻게 할 생각이에요?"

마치 나 자신에게 묻는 것처럼 들린다.

"놓쳐 버린 그녀의 마음을 다시 헤아리려 노력 중이야. 이렇게 밤을 새가면서 말이지."

이런 상황에서까지 변함없는 그의 유머러스함에 나는 참지 못하고 웃는다.

주머니에 넣어 뒀던 통에서 멜라토닌 한 알을 꺼내 그에게 건넨다.

"그래도 잠은 자둬요. 다크서클은 로즈도 별로 좋아하지 않을 테니까요."

3

벌써 그가 아무 말 없이 사라진 지 3주가 지났다. 나는 오네이로의 주방을 휘 둘러본다. 톰, 테드, 제스. 그가 서 있었던 자리엔 이제 새로운 셰프가 서 있다. 그렇게 하나, 하나 갑자기 비워진 그의 자리를 사람들은 새로운 사람으로 대체하고 그럭저럭 잘 지내고 있다. 그에 비하면 나는 여전히 어느 것 하나 제대로 메우지 못했다. 아니, 그저 전으로 돌아간 것뿐인데도 쉽게 다시 적응을 하지 못하고 있다.

그의 자리가 이렇게 쉬운 자리였었나. 아니면, 내가 꿈을 꾸었었나. 하긴, 미래와 과거를 보는 남자라니. 게다가 그 남자가 내 모든 과거를 봐 오면서 나를 사랑하게 됐었다니. 정말 말도 안 된다.

그래도. 그래도 그만은…….

"리지?"

생각에 빠져 있어 흐려진 초점을 제대로 잡자, 그의 자리를 대신하고 있는 사람이 보인다. 내 옆엔 걱정스런 얼굴로 로즈가 서 있다.

나는 당황하여 서둘러 두 사람에게 사과부터 한다.

"아, 미안해요. 미안해요, 샘. 좀 피곤해서 정신을 놓고 있었어요."

"휴식시간까지 10분 남았는데, 먼저 쉬고 있을래?"

나는 거절하려다, 나를 가엽게 여기는 로즈의 눈빛에 그냥 고갤 끄덕인다. 애쓰는 걸로 보이는 것보단 그편이 나을 것 같다.

사람이 먹는 것만큼 잠이 중요하다는 사실을 이번 일을 통해 똑똑히 배우고 있는 중이다. 그가 사라지고 나는 매일을 뜬 눈으로 밤을 지냈다. 머릿속엔 너무 많은 생각들이 뒤엉켜 한숨이 절로 나오는데도 지치지도 않고, 지칠지라도 나는 밤마다 출구가 없는 미로 안을 헤매듯 내 고민 안에서 떠돌았다.

그렇게 3주를 지낸 결과가 이렇다. 매일 아침이 무겁고, 어깨는 천근만근이며, 등을 꼿꼿하게 펴지 못한다. 피부가 푸석푸석해지고, 혈색이 나빠진 건 거울을 보지 않으면 모르니 됐다.

지친 발걸음으로 라커룸에 들어와 의자에 주저앉는다. 내가 갖고 있는 생체 리듬들에 전부 균열이 간 것만 같다. 틈만 나면 눈꺼풀이 메마른 각막을 덮으려 안달이다. 이대로 캐리에게 얘기하고 돌아가 쉴까? 캐리에게 얘길 하러 갈 작정으로 눈을 떴다가 이내 다시 감는다. 그러고 보니, 내일이 어차피 추수감사절이라 쉬는구나. 한 푼이라도 더 버는 게 낫지.

스스로를 애써 달래고 있는데 휴게실 문이 벌컥 열린다. 먼저 반대 방향을 보던 케이티의 얼굴이 나를 향하자 그녀의 비장함이 감도는 표정에 깜짝 놀라고 만다. 이어 같이 들어오는 로즈의 얼굴도 심상치 않아 나는 누가 나를 부르지도 않았는데 저절로 자리에서 일어선다.

"무슨 일 있어요?"

케이티는 먼저 숨을 고르고 차분하게 말을 꺼낸다.

"리지, 방금 전화가 왔어."

전무했던 상황에 나는 단박에 긴장한다.

"애런의 아파트 주인 할머니인데⋯⋯."

손끝이 차가워져 온다.

"널 찾는 전화였어. 아파트로 와 달라고⋯⋯."

나는 락커를 열어 가방을 꺼낸다.

"캐리에게 사정이 생겨 먼저 돌아간다고 얘기해줘요!"

케이티의 말이 다 끝마치기도 전에 나는 탈의실을 박차고 달려 나간다.

내 이름이 쓰여 있는 명찰을 단 유니폼을 입은 채로 큰 도로까지 나는 쉼 없이 달린다. 오래 달리지도 않았는데, 벌써 숨이 차오르고 속도가 점점 늦춰진다. 이내 나는 그 자리에 멈춰 선 채로 거친 숨을 고르느라 머리가 어질어질하다.

속상함을 넘어 화가 난다. 나 자신에게. 달려야 할 때에 달리지 못하는 내가, 내 체력이 원망스럽다. 2미터를 걷는데 뛰는 것처럼 힘이 든다.

　가까스로 큰 대로변에 다다라 택시를 세우고 올라탄다. 택시는 곧장 그의 아파트로 방향을 잡고 달리기 시작했다. 열어둔 차창으로 차가 달리는 속도만큼 바람이 파도처럼 쏟아져 들어온다. 좋아하는 곡인지, 택시 기사가 볼륨을 크게 올리자 차 안이 바브라 스트라이샌드의 목소리로 가득 찬다.

　　의자는 의자이지
　　아무도 앉아 있지 않아도
　　하지만 의자는 집이 아니고, 집도 우리 집은 아니야
　　널 안아 줄 사람이 없다면
　　잘 자라고 키스해 줄 사람 없다면

　어느 손님에게서 팁으로 받았는지 기억하지 못하는 돈으로 요금을 지불하고 택시에서 내려 그의 아파트를 올려다본다. 일부러 애써 찾아오지 않았었다. 나는 호흡을 가다듬고 건물 안으로 들어선다. 계단을 오르는 내 발 끝은 그 어느 때보다 긴장해 있다.

　택시에서 들었던 음악이 어째선지 내 머릿속에 남아 나를 따라 함께 천천히 층을 오른다. 현관을 지나, 1층에서 2층으로.

　　방은 방이지
　　암흑뿐인 방이라도

하지만 방은 집이 아니고, 집도 우리 집은 아니야.

우리 둘이 떨어져 있다면

둘 중 하나가 가슴 아파한다면

나는 처음 이곳에 왔던 그날과 똑같이 창밖을 바라보며 계단을 오른다. 이제 그의 집이 있는 3층.

난 혼자 살 수 없어

이 집을 우리 집으로 바꿔줘

내가 계단을 올라 문을 열 때

나는 떨리는 손으로 그의 집 열쇠를 구멍에 꼭 맞추고 천천히 돌려 잠긴 문을 푼다.

머릿속 바브라의 목소리가 문을 열기 직전 내 간절한 마음과 하나가 된다.

제발 그곳에 있어줘

문이 열리고…….

아직 날 사랑하는 너로…….

나는 다리에 힘이 풀려 그 자리에 주저앉는다. 눈물이, 소나기 빗방울이 떨어지듯 떨어진다.

이곳에 그는 없다.

그가 정말 없다.

돌아오지 않는다.

그 무거운 사실이 내가 아슬아슬하게 바리게이트 쳐 두었던 유리로 돌멩이처럼 날아들어 산산이 부숴 놓는다. 쨍그랑! 고음의 소리를 내며 가슴이 부서진다.

"우표도 하시겠어요?"

나는 내 손에 들린 우편물을 뒤집어 보다, 목소리가 들려온 쪽으로 고갤 돌린다. 그리고 잠시 머뭇거리다 주머니를 뒤져 돈을 내고는 우표를 샀다.

우체국을 걸어 나오면서 이 우편물의 수취인이 정말 내가 맞는지 다시 한 번 확인하고, 보낸 사람이 누군지 본다. 나와 전혀 연고가 없는 뉴욕 주소를 뚫어져라 바라보다, 보낸 기관의 이름을 발견하고는 걸음이 우뚝 멈춰 선다. 〈쿡&리빙〉. 다름 아닌 칼럼을 기고한 잡지사다. 퍼뜩 정신을 차리고 헐레벌떡 달려 버스를 놓치지 않고 탄다.

버스에 탄 뒤에도 가슴이 콩닥콩닥거린다. 이 봉투 안엔 뭐가 들어 있을까? 초조함에 입술 각질을 물어뜯는다. 칼럼을 보낼 당시, 적어 보낼 주소가 없어 투고를 할 때 애런의 집주소를 빌렸었다. 며칠 전부터 집배원이 이 우편물을 직접 배달하러 그의 집을 여러 차례 방문했지만 당연히 오늘 그 시간까지 그 집의 문은 단 한 차례도 열린 적이 없었다. 배달 통지서가 여러 차례 붙자, 주인 할머니가 애런에게 연락을 취해 보았지만 역시나 연결되지 않았고 결국 오네이로로 전화를 걸어 나를 찾은 것이다.

나는 갈색 종이에 꽁꽁 휘감긴 그 우편물에서 눈을 떼지 못한다. 정신이 없었던 터라 잠시 잊고 있었다. 그들이 나에게 무엇을 보내 준 걸까?

버스가 정류장에 멈춰 서기 위해 속력을 줄이자 내릴 준비를 한다. 버스에서 뛰어 내리고, 애리조나의 내 방을 향해 달려간다.

방문을 닫으면서 노끈부터 풀어낸다. 테이프가 손가락 힘으로 쉬이 뜯기질 않아 손에 쥐고 있던 방 열쇠로 해결해 낸다. 그렇게 뜯어 낸 포장지 안에는 〈쿡&리빙〉 11월호 잡지 한 권과 하늘색 봉투 하나가 미끄러운 잡지 겉면에서 추락해 내 발치에 떨어진다.

나는 봉투를 주워 들어 침대에 걸터앉는다. 봉투를 열어 내용물을 꺼낸 내 손가락에 쥐어져 있는 수표 한 장에 나는 단번에 모든 것을 이해한다. 왜 이들이 잡지를 내게 보내 왔는지, 집배원이 왜 그토록 나에게 이 우편물을 전해 주려 한 것인지 (물론 그가 할 일을 한 것뿐이지만), 왜 주인 할머니의 눈에 며칠 동안 붙여진 배달 통지서가 눈에 띄어 마침내 오네이로에까지 전화가 걸려온 것인지.

나는 멍하니 회사 〈쿡&리빙〉에서 발행했다고 쓰인 수표를 바라본다. 좀처럼 현실감이 없다. 같이 동봉되어 있던 메모에 가까운 카드를 본다.

축하해요. 미스 리지 밀러.

기재해 준 연락처로 전화를 여러 차례 시도해 보았지만 무슨 영문인지 연락이 되질 않더군요.

12월호 칼럼에 대해서 의논해야 하니 쿡&리빙 본사로 전화를 걸어 편집부로 연결해 달라고 하세요.

당신이 해냈어요, 칼럼니스트 리지 밀러.

그들이 말한다. 당신이 해냈어요.

그들이 나를 그냥 리지 밀러가 아닌, '칼럼니스트' 리지 밀러라고 부른다.

도통 믿기지 않은 나는 그들이 함께 보내 준 잡지를 펼쳐 뒤진다. 우여곡절을 겪으며 써낸 그때의 내 칼럼이 정말 이 잡지에 위화감 하나 없이 똑같은 S/W재질의 종이 위에 말끔한 글씨로 인쇄되어 있는 것을 보아야 정말 믿을 수 있을 것 같다.

잡지 페이지를 반쯤 넘기고서야 나는 정말 내 이름이 들어간 페이지를 찾아낸다. 동명이인이 있는 건 아닐 테지? 마지막으로 확인차, 어엿이 잡지의 한 코너에 속한 내 칼럼을 읽기 위해 나는 밝은 창가로 걸어가 창틀에 걸터앉는다.

제이미가 애써 만들어 주었던 그날 그 시간, 나는 그의 집에서 뇨끼를 만들었었다.

이탈리아의 음식 '뇨끼'라고 먹어 보셨나요? 그렇다면 그 이름을 들어 보신 적은요? 모두 생소하진 않으실 거예요, 아마. 그만큼 한 번 맛보면 사랑할 수밖에 없는 음식이거든요.

오늘은 그 사랑스러운 요리 '뇨끼'를 만드는 법에 대해 알려 드릴까 해요.

먼저 감자를 삶아 준비해 주세요. 이때 염두에 두어야 할 점은 미리 감자를 삶아 두어야 끼니때를 놓치지 않게 된다는 거예요.

감자는 단단하고 깨끗하게 생긴 것으로 골라, 껍질째 삶아 주세요. 뜨거운 껍질 벗기는 게 귀찮다고 껍질을 깎아 삶게 되면 정말 고무 같은 뇨끼가 나오니 그 정도 수고는 감수하자고요.

이제 파르메산치즈를 갈기 전에 제가 말씀 드리는 양은 뇨끼 반죽 1kg기준이라는 걸 말씀드릴게요. 1kg가 어느 정도냐면은요. 이 음식을 먹고 '당신, 대단한 걸 요릴 할 줄 아는군!'이라고 말해줄 남편과 '나쁘진 않아'라고 밉살맞게 칭찬해 줄 청소년 한 명, 천사의 미소로 당신을 행복하게 해줄 어린아이 한 명을 먹이고도 옆집 프레들리 씨 부부를 초대해 대접할 수 있어요.

다시 파르메산치즈 얘기부터 시작할게요.

그레이터에 치즈 60g을 잘 갈아 주세요. 밀가루와 섞어 쓸 것이기 때문에 조각은 소용이 없답니다.

밀가루는 200g을 미리 채로 걸러 준비해 주세요. 공기가 들어가야 잘 섞이게 돼요.

이제 감자의 풍미를 살리기 위해 향신료를 넣을 건데요. 넛맥을 쓸 거예요. 사용하기 편하게 완제품을 사용하셔도 좋고, 저처럼 갈아서 준비하셔도 좋아요. 열대 상록수 열매의 말린 배아로 나무를 가는 듯한 느낌이 난답니다.

자, 여기까지 준비를 마치셨으면 이제 감자가 익어야만 진행될 수 있는데요. 감자 삶기는 보통 한 시간에서 길게는 한 시간 반이 소요됩니다. 막대가 부드럽게 들어가야 잘 익은 것이므로 인내심을 가지고 기다려 주세요.

감자가 다 삶아지면 껍질을 깨끗이 벗기세요. 이제부터 중요한 건 감자가 식기 전에 속전속결로 해치워야 한다는 거예요. 그러니 껍질 벗기기가 너무 뜨겁다고 〈위기의 주부들〉을 보는 동안 식히는 실수는 저지르지 않도록 유념하세요.

껍질을 벗긴 감자는 으깨어 준비하는데, 여기서 중요한 포인트는 일직선으로 눌러 으깨 준다는 거예요. 손목을 비틀어 감자를 으깨게 되면 결코 유쾌하지 못한 뇨끼가 나오게 되니 명심하세요. 작은 구멍에 일직선으로 감자를 꾹꾹 눌러 으깨다 보면 금세 지치게 되는데요. 여기서 '세상에, 전혀 간단한 음식이 아니잖아!'라고 생각하실 수도 있어요. 그런 분들에게 희망을 줄 수 있는 한마디를 드릴게요.

멀지 않았어요! 당신 감자 삶는 데만 한 시간을 투자했다고요. 여기서 포기하고 싶진 않겠죠?

오기로 감자를 다 으깨고 나면, 곱게 걸러둔 밀가루에 파르메산치즈, 넛맥, 소금 10g, 흰 후추를 조금 넣어 주세요. 유용한 팁을 드리자면 솔트밀과 페퍼밀을 높게 들어 올려 흩뿌려 주면 공기가 더 들어가게 되어 좋답니다.

반죽을 시작하기 전, 싱싱한 계란 3알의 노른자만 준비하세요.

자, 이제 조리대 혹은 식탁도 좋아요. 넓은 곳에 으깬 감자를 뭉쳐 퍼즐 조각을 흩듯이 넓게 펴주세요. 밀가루 반죽과 감자를 3차례로 나눠 섞어 줍니다. 펼쳐둔 감자 위로 골고루 뿌려 반죽하는데 절대 피자 반죽을 하듯 힘주어 주물러선 안 돼요. 그렇게 하게 되면 슬프게도 여태껏 이 모든 과정들이 다 수포로 돌아가는 짓이죠. 어떻게 하는지 알려 드릴게요. 저글링 다들 한 번씩 시도는 해보셨죠? 잘 하시는 분이 있다면 정말 대단한 장기를 갖고 계신 거예요! 감자로 저글링을 한다, 생각하고 양손으로 가볍게 원을 그리듯 반죽해 보세요. 물론, 진짜 저글링을 해선 안 되는 건 아실 거라 믿어요.

반죽이 끝나면, 마지막으로 준비해 둔 계란 노른자를 풀어 넣어 주세요. 이제부턴 또 다른 방법으로 반죽을 합니다. 종이를 접듯 반죽을 접어 계란과 섞이도록 반죽하세요.

드디어 반죽이 끝났습니다! 10분 정도 휴지시키고 그사이 반죽 삶을 물을 끓이세요. 소금을 조금 넣어 끓이면 더욱 좋아요. 물이 끓고, 엉망이 된 부엌을 확인할 때쯤, 10분이 지났을 거예요.

휴지시켜 둔 반죽으로 접시에 담길 최후의 모습을 갖추게 할 텐데요. 뇨끼 밀대를 쓰셔도 좋고 예쁜 무늬를 새겨 넣기 좋은 포크 두 개만 있어도 충분해요. 알맞은 크기로 반죽을 자르는데, 반죽은 떼어 내지 말고 칼로 끊어 잘라 주세요. 이왕이면 반죽이 마르기 전에 모두 마치는 것이 좋겠죠?

모두 완성하고 나면 이제 끓고 있는 냄비로 가세요. 끓는 물을 저어 소용돌이를 만드세요. 소용돌이가 사그라지기 전에 마찬가지로 원을 그리듯 뇨끼를 넣으세요. 그래야 서로 달라붙지 않는답니다.

뇨끼는 금세 익어요. 소용돌이가 그치면 금방 떠오를 거예요. 익었으니 건져 내세요. 얼음물에 3~5분 정도 식혀 주면 완벽해요.

혼자 사시는 분들, 혹은 내일 먹을 분들은 올리브 오일을 둘러 냉동실에 보관하세요.

자, 이제 뇨끼가 완성되었으니 갖고 계신 바질 페스토, 토마토 페이스트, 우유나 크림을 사용해 다양한 뇨끼 소스를 만들어 완성해 보세요. 열기가 식으면 건조해지는 파스타면과는 달리 뇨끼의 부드러움은 쉽게 달아나지 않을 거예요. 여러분의 정성이 들어간 만큼이요.

뇨끼는 감자로 만들 수 있는 세상에서 가장 부드러운 음식이에요. 설탕이 1g도 들어가지 않았는데 달콤하다고 표현하고 싶을 정도죠. 요리를 하느라 고단했을 테지만 당신은 미소 짓고 말 거예요. 뇨끼를 먹으며 환히 웃고 있는 그들을 보세요. 누구도 아닌 당신이 그렇게 만들었어요. 당신의 상냥한 마음을 전하기에 그보다 더 좋은 요리도 없죠.

그러니 두려워하지 마세요. 요리해 보세요.

가끔은 사랑한다는 말보다 누군가를 위한 정성을 담은 한 그릇의 요리에서 따뜻한 사랑을 느끼기도 한답니다.

나는 내가 쓴 글귀를 그리움을 담아 손가락으로 더듬는다.

'가끔은 사랑한다는 말보다 누군가를 위한 정성을 담은 한 그릇의 요리에서 따뜻한 사랑을 느끼기도 한답니다.'

저절로 그의 사랑을 먹었던 날을 떠올린다. 꿈에 좌절하고 그를 실망시켰을까 불안에 떨었을 때, 나를 따뜻하게 안아 주었던 그날, 그리고 그. 나는 긴 방황 끝에 집에 돌아온 아늑함을 그 품안에서 느꼈다. 머물러 있을 곳이 생겼다고 생각했다. 쫓겨나는 것엔 낯설지 않지만, 집이 사라졌을 땐 어떡해야 하지?

내 마음은 바들바들 떨면서 서성이고 있다. 그를 찾아서.

4

오는 길에 쇼핑몰에 들러서 산 아로마 양초를 로버츠 부인
에게 건넨다. 물론, 인사와 함께.

"초대해 주셔서 감사해요, 부인."

"고맙구나, 리지. 케이티에게 얘기 많이 들었단다. 어서 들
어오렴."

체리나무 바닥으로 된 거실로 몇 발자국 걸어 들어가자 오
븐에서 나온 음식 냄새가 내 허기를 돋운다.

"주방은 이쪽이란다, 따라오렴."

나는 그녀를 따라 로버츠 집 안의 거실을 가로지른다. 벌써
실버벨과 양말이 걸린 벽난로 위에는 트럼프 카드 크기만 한
액자가 늘어서 있고 액자 속 사진에는 천진난만하게만 보이는
어린 시절의 케이티가 구김살 없이 웃고 있다. 실크 벽지 위에

위용스럽게 걸려 있는 애리조나 주립대의 상징을 스치자 곧 주방이 나타났다. 로즈는 이미 도착해 케이티와 함께 나를 기다리고 있었다.

"리지!"

우리는 한 달은 못 만났던 사람들처럼 서로를 반긴다.

케이티의 부모님과 케이티, 로즈. 우리 다섯 사람은 식탁에 앉아 케이티의 어머니가 어제부터 준비한 칠면조 구이를 먹고 레드 와인을 마시고, 얼굴이 벌겋게 달아올라도 개의치 않고 크게 웃음을 터트린다. 매번 들어도 질리지 않는 케이티의 무용담과 로버츠 가족의 추억 이야기들. 로즈도 가끔 비슷한 일화를 꺼내 풀어두며 우리를 유쾌하게 만든다. 나는 잠시 동안 아무 일도 없는 사람처럼, 여태 잘살아 오기만 한 사람처럼 웃고 떠든다.

"오, 벌써 시간이 이렇게 됐구나."

케이티의 아버지가 와인 잔을 비운 왼손의 손목시계를 보고 말했다. 풍성한 수염을 가진 케이티 아버지의 얼굴에 아쉬움이 묻어나지만 여전히 인자해 보이는 미소다.

"우리는 이만 올라가야겠구나, 애들아. 나이가 드니 하품과 눈꺼풀을 이겨 낼 재간이 없구나."

우리는 케이티 부모님과 한 사람씩 이별의 포옹을 나누고 머리에 따뜻한 입맞춤을 받는다.

"잘 자렴, 애들아."

나는 오랜만에 엄마, 아빠의 품에 안기는 것처럼 느껴져 더욱 이 순간이 뜻깊게 다가온다.

"크리스마스에도 오렴. 리지, 로즈."

감사한 초대에 우리는 망설임 없이 고갤 끄덕인다. 두 분은 마지막까지 손짓으로 인사를 하며 사라진다.

다시 제자리에 앉아 잠시 아무 말 없이 네모난 테이블 한 면씩에 앉은 서로를 본다. 눈으로 대화를 나누듯 감정을 전한다.

케이티가 자리에 일어서 냉장고를 연다.

"맥주 마실 사람?"

식탁에 앉은 우리 두 사람 다 손바닥을 보인다.

"괜한 걸 물었네."

케이티가 키득 웃으며 맥주 3캔을 꺼내, 식탁을 따라 한 바퀴 돌며 각자의 앞에 맥주 캔을 내려 주고는 마지막에 자기 자리에 도착해 앉는다. 나와 로즈가 먼저 받았어도 가장 먼저 캔 따는 소리가 들리는 건 케이티에게서다. 시원하게 한 모금 들이켜고, 무슨 이야기든 먼저 말문을 트는 것도 역시 케이티다.

"두 사람 다 크리스마스에 괜찮아?"

이제 한 모금 마시며 로즈가 고갤 끄덕이고, 나는 캔 뚜껑이 꺾이는 소리와 함께 고갤 끄덕인다.

"그럼 트리 세울 때도 올래? 양말도 함께 걸어 두면 아버지가 뭔가 넣어 두실지도 모르지."

우리는 웃는다.

"산타 옷도 입으셔?"

로즈가 묻고 내가 답한다.

"수염 분장은 필요 없으시겠네요."

두 사람이 깔깔깔 웃는다.

가야 하는 목적지 주변을 빙빙 돌며 배회하듯 우리는 별 의미 없는 대화로만 맥주 한 캔을 다 비우고 두 번째 맥주를 개봉한다. 역시 먼저 맥주 한 모금으로 목을 축이고 케이티가 묻는다.

"로즈, 제스와는 어때요?"

케이티가 체리 맛 막대 사탕 껍질을 부스럭거리며 벗기고 입 안에 넣자 사탕 알이 이에 부딪히는 소리가 정적 속에 울린다.

로즈는 고개를 떨어뜨리며 맥주 캔만 애꿎게 만지작거린다. 나는 안쓰러움에 저절로 그녀에게서 시선을 거둔다. 케이티가 사탕을 입안에서 빼들고 말한다.

"책임을 묻자는 게 아녜요. 위축되지 말아요."

우리는 로즈의 오른손과 왼손을 각각 마주잡는다.

"우리에게도 아무 말 않은 거라면 누구한테도 말하지 못했죠? 힘들잖아요, 로즈."

로즈의 눈시울이 금세 붉어진다.

그녀는 몰려오는 슬픔을 제어하기 위해 우리에게 잡혀 있던 두 손을 빼내어 코와 입을 감싸고 두 눈을 감는다. 잠시 동안 그렇게 그녀만의 시간이 흘렀다.

로즈가 다시 눈을 뜨고 목소릴 가다듬은 후 입을 열었다.

"뜻하지 않게 그에게 상처를 주어서 너무 미안했어. 속이고자 그를 만난 게 아냐. 난…… 내 인생은 항상 고독했어. 엄마와 동생들이 날 사랑해 주고 나도 그들을 사랑하지만 그(새 아버지)의 얼굴을 볼 때면 '아, 난 이 집에 머물 수 없는 사람이야. 그의 집이니까. 곧 엄마와 동생들을 떠나야만 해' 하고 생각하곤 했어. 소속감이 없다는 기분. 언젠가 기약되어 있는 이별에 내 10대 시절은 유달리 불행했어. 얼른 성인이 되어 집을 나가고 싶다는 바람과, 조금이라도 더 사랑하는 엄마와 동생들 곁에서 지내고 싶다는 두 생각의 상충만으로도 내 머릿속은 벅찼어. 그 외의 사랑이나 희망, 꿈을 꿀 기회조차 나는 없었어. 나 스스로가 허락하지 않았어. 그것들을 가슴속에 품고 보살펴 줄 만한 상황이 아니란 걸 알고 있었고 소중한 걸 잃는 것만큼 힘든 것도 없다는 걸 누구보다 잘 알고 있었으니까. 애써 만들지 않았어, 소중한 것을.

성인이 되어 그 집을 나왔을 때, 그제야 난 나에 대해 조금씩 알아가고 배워 갔어. 내가 원하는 것은 무엇인지, 내가 뭘 좋아하고 싫어하는지. 그 이유들은 어떤 것인지. 다양한 경험을 해볼 수 있는 기회를 내가 나 자신에게 주고, 특별히 좋다고 느끼는 것이 있으면 왜 내가 이것을 좋아하는지 생각해 보면서 차츰차츰 말이야. 그래서……."

로즈가 나를 조용한 눈빛으로 바라본다.

"처음엔 깨닫지 못했어. 애런에 대한 내 마음을. 그저 애런의 앞에서는 모든 감각이 민감해지고 저절로 긴장하는 내 모습이 한심스럽기만 했거든."

그 눈빛에서 나는 그녀의 미안함을 느낀다. 전혀 로즈가 미안함을 느낄 이유가 없는데. 나는 놓았었던 그녀의 손을 다시 잡는다. 로즈가 미소 짓는다.

"제스가 먼저 고백해 줬을 때, 난 기뻤어. 그전부터 제스와 대화할 때면 언제나 재밌고 즐거웠으니까. 그가 말했지. 웃게 만들어 주겠다고. 그게 좋았어. 난⋯⋯."

나는 그녀의 손을 더욱 힘을 주어 잡는다. 로즈는 붉어진 눈시울로, 가까스로 울음을 억누르며 말한다.

"정말, 행복해지고 싶었거든⋯⋯."

이제 로즈의 뺨을 타고 하염없이 눈물이 흐른다.

"제스에게 너무 미안해. 내 안일함 때문에. 절대 그를 상처 입히고 싶지 않았어."

로즈는 손바닥으로 얼굴을 묻고, 우리는 우는 그녀의 어깨를 끌어안는다.

행복했던 우리가 어쩌다 이렇게 됐을까. 카지노에서 잃은 사람이 있으면 반대로 한몫 챙긴 사람도 있기 마련인데, 어째서 우리는 모두 잃기만 했을까.

나는 안다. 직감적으로. 나만 그를 잃은 것이 아니다. 필시, 그도 나를 잃었다.

그가 해주었던 말, 숱한 고백, 잡아 주었던 따뜻한 손, 나를 기다려 주었던 시간들. 그런데도 그는 나를 떠났다. 한마디 말도 없이. 데릴처럼 기다려 달라는 말도, 안녕이라는 말조차 없이. 그가 없는 그 집안 풍경이 낯설고 외로웠지만 다른 한편으로 충분히 깨달을 수 있었다. 본인조차도 아무런 준비도 하지 못한 채 급히 떠났음을. 그리고 그래야만 했음을.

"로즈, 괜찮아요. 제스는 여전히 기다리고 있어요. 자신에게 어떤 역할이 주어지기를. 그것이 친구이고, 그저 동료일지라도, 제스는 기쁘게 그 역할을 받아들일 거예요. 알잖아요? 그가 얼마나……."

나를 향한 그녀의 눈물에 젖은 눈동자를 바라본다.

"당신을 소중히 하는지…… 그건 지금도 변함없어요."

로즈는 다시 울음이 터진다. 하지만 그녀는 이제 고갤 끄덕인다.

마찬가지로 나도 고개를 끄덕인다. 나도 잊고 있었다. 그가 나를 얼마나 사랑하는지.

나는 원한다. 내가 다시 그를 웃게 만들기 위해 안달내고, 그의 차 옆 좌석에 앉아 그의 말에 감격하고 놀라길. 그리고 후회되는 것도 있다. 단 한 번밖에 말하지 못한 '사랑한다'는 말이 너무 많이 남아 있다.

잔뜩 울고 났더니 머릿속이 깨끗한 지평선만큼이나 명료해진 느낌이다. 이제 알겠다. 내가 뭘 해야 하는지.

나는 눈물을 훔치고 이가 드러나도록 웃는다. 그리고 두 사람을 향해 선언한다.

"그를 찾아야겠어요."

다시 찾은 그의 아파트를 올려다본다. 찾겠다고 큰소리는 쳤지만, 정작 나는 어디서부터 그의 자취를 찾아야 할지, 하다 못해 어디서부터 헤매야 성과가 있을지조차 가늠되지 않아 막막하기만 했다. 그때 왠지 고스트 바스터즈가 '유령은 우리에게 맡기세요'라고 말하듯 케이티가 온갖 방법을 늘어놓기 시작했다. 위험하게 느껴진 방법들은 귓가에 소리조차 남아 있지 않으므로 못 들은 셈치고 나면, 정황상 생각해 보았을 때도 유일하다고 볼 수 있는 방법이 '그의 집에서 실마리를 찾는 것'이었다.

나는 여전히 익숙해지질 않아 두 눈을 질끈 감고 자물쇠에 꽂힌 열쇠를 돌려 문을 연다. 다행인지 모르겠으나 왼쪽 눈부터 살며시 뜨니 이미 케이티가 집 안 여기저기를 돌아다니는 모습이 보인다.

그가 있을 땐 그저 편안하기만 했던 고요가 한 달 사이 적막함으로 모습을 달리 해 있다. 나는 공기마저 그를 잊지 못하고 이곳을 떠도는 것만 같아 창을 모조리 활짝 열어젖힌다. 햇살을 실은 실바람이 내 코끝까지만 불어 들어왔다 사라진다.

케이티는 언제 준비해 왔는지 면장갑까지 끼고 전문가처럼 이곳저곳을 훑는다. 그의 옷 서랍을 칸칸마다 열고, 그의 옷장에 걸려 있는 외투 주머니를 꼼꼼히 살피고, 침대 아래를 확인하는 것도 잊지 않는다. 나는 그녀의 베테랑다운 몸 재간에 비하자면 풋내기 수준으로 눈에 보이는 것들만 열어 살펴본다.

가장 먼저 눈에 띈 건, 옷걸이에 걸려 있는 그가 즐겨 입던 가죽 재킷. 그리고 말끔히 세탁되어 있는 하얀 셰프복. 그와 내가 다른 시간, 다른 공간에서 공유했던 리처드 막스의 〈라이트 히어 웨이팅〉이 실린 CD가 꽂혀 있는 CD 진열대.

세면대 위의 선반에는 내가 발라 주었던 핸드크림과 그의 향기 일부였던 스킨. 나는 그가 항상 서서 내게 맛있는 요리를 만들어 주곤 했던 스토브 앞을 지나 이곳에서 내가 가장 사랑하는 공간인 크림색 아일랜드 식탁 앞에 앉는다. 언제나 요리하는 그의 뒷모습을 지켜보곤 했던 그 자리에. 내 맞은편에 앉은 그의 눈동자를 들여다보며 그의 시간과 아픔, 고백을 듣고 키스 나누고, 내가 용기 내어 마침내 사랑한다 말하였을 때, 마법처럼 변하던 그의 표정을 보았었던 그 자리에.

햇빛만이 그를 대신해 앉았다 사라진다.

겨울 해는 아무리 더운 곳이라 할지라도 짧다. 나는 내 어깨를 두드리는 케이티의 손짓에 겨우 정신을 차리고 벌써 땅거미가 지기 시작하는 시간임을 깨닫는다.

"미안해요, 케이티. 돕지도 않고 멍하니 앉아만 있었네요."

그녀가 해마저 떠나 버린 그 자리에 앉는다.

"이해해."

난 그녀의 이해한다는 짧은 한마디에 다시 이 집에 어려 있는 추억을 좇는다. 벽 한 면마다, 바닥 타일 한 칸마다, 모든 것에 우리의 소중한 기억이 녹아 있다.

"그가 이 모든 걸 잊진 않았겠죠?"

나는 눈동자로 여전히 그녀에겐 보일 리가 없는 '우리'를 좇으며 묻는다. 눈물 흘리는 과거의 곁에 누워 자장가를 부르고 현재의 손을 굳게 잡고 미래의 성을 빚어 올리는 우리를.

"리지."

그녀가 들어 보라는 말 대신 내 이름을 부른다.

"이곳에서 꼭 찾았으면 하는 게 있었는데, 바로 컴퓨터였어. 어디로 떠났든 예매는 했을 테니 말이야. 아는 사람에게 부탁하면 모든 기록을 다 볼 수 있게 해주거든. 그래서 말인데 그가 컴퓨터를 갖고 있긴 했어? 아무리 찾아봐도 없어."

나는 낙담하며 말한다.

"노트북이 있었어요."

"그래, 그럼 가지고 갔다는 말이 되네."

나는 벌써 지구의 반은 종말된 듯 좌절한다.

그때 케이티가 식탁 위로 휴대 전화 하나를 올려 둔다. 처음에는 알아보지 못했다. 전원이 꺼져 있는 것만으로도 생소한 모습이었으므로. 나는 애런의 휴대 전화를 집어 든다.

"의외의 결과물이긴 한데, 덕분에 좋은 상황과 좋지 않은 상황이 있어. 잘된 건, 전원만 켜면 컴퓨터 못지않게 뭔가 단서를 얻을 수 있을지도 모른다는 거고……."

나는 끊긴 말소리를 따라 케이티를 향해 고개를 돌렸다. 그녀는 쓴 미소로 겨우 다시 말문을 연다.

"나쁜 건, 그와 연락을 취하기가 어렵게 됐다는 점이야. 어디 있는지부터 찾아내야 해. 갑자기 그가 돌아오지 않는 이상, 반전을 가져다 줄 매개체가 이젠 아무것도 없어."

실낱같은 희망 뒤에 절망의 쓰나미가 나를 덮치는 순간이었다. 케이티가 이번엔 식탁 위로 자물쇠가 걸려 있는 작은 상자 하나를 내려 둔다. 걸쇠는 무력하게 풀려 있다.

"휴대 전화가 들어 있었던 상자야. 한 가지 확실한 건……
일부러 두고 떠났다는 거야."

절망의 파도는 희망을 흔적조차 남기지 않고 쓸어가 버렸다.

5

최근에서야 나는 다시 주말을 노스베이글에서 보내기 시작했다. 이전까진 자신이 없어 못 갔었다. 제이미 앞에서 멍하니 앉아 있지 않을 자신이. 이미 파혼이라는 아픔으로 주변의 여러 사람을 걱정 시켜본 유경험자로서, 혼자 있는 것은 그야말로 궁여지책이었다.

나는 신문이나 책 한 권 놓여 있지 않은 테이블에 앉아 이렇게 저렇게 접어 볼 수 있는 대로 다 접어 봐서 어느덧 너덜너덜해진 각설탕 종이를 내팽개치고 거리를 내다본다. 한숨은 의식하지 않아도 요즘 툭하면 내쉬므로 굳이 말하진 않겠다.

제이미가 평소보다 조금 늦게 주방에서 할 일을 마치고 나온다.

"얼마 전에 선물 받은 차가 어딨는지 모르겠네, 리지한테 맛

보여 주려고 했는데."

그녀는 여전히 선물 받은 차를 어디 뒀는지 기억해 내려 애쓰며 내 앞에 앉는다. 새로운 차 대신 GODIVA 초콜릿 비스킷을 꺼내 나누어 먹는다. 제이미는 하트 모양의 비스킷을 툭툭 부러뜨려 먹는 나를 물끄러미 바라본다.

"애런의 집에서 수확이 별로였어?"

"케이티가 핸드폰을 찾아냈어요."

제이미가 풀이 죽은 나를 이해 못하겠다는 듯 바라본다.

"그런데 그게 작은 상자 안에 들어 있었어요. 자물쇠까지 달고요."

그가 직접 그 자물쇠를 채웠다고 생각하니 땅이 꺼져라 한숨이 난다.

"이제 정말 그와 연락이 닿을 수 있는 방법이 없어요."

핸드폰은 그 자리에서 전원을 켜고 훑어보았지만 특별한 메시지도 통화내역도 없었다. 절망의 벼랑 끝에 선 내가 안타까워 보였는지, 케이티가 아는 사람에게 부탁해 메모리를 확인해 본다고 가져간 후론 더 이상의 진전이 없다.

"핸드폰에도 특별한 건 없었고?"

나는 없었다는 뜻으로 고개를 도리질한다.

최근엔 혓바늘까지 돋은 입안으로 다시 초콜릿 비스킷을 조각내어 넣는데 제이미가 어리둥절해지는 질문을 한다.

"리지, 모아 둔 돈은 좀 있어?"

나는 비스킷을 입에 넣으려던 그 자세 그대로 멈춘다.

"일을 한 지 벌써 3, 4, 5…… 6달쯤 됐으니 없진 않겠네."

제이미가 손가락으로 내가 오네이로에서 일한 개월 수를 헤아리며 말했다. 그럼에도 내가 요지부동으로 있자 결국 그녀가 확인한다.

"맞지?"

"많진 않지만 집이나 차를 구하려고 모아 둔 돈이 조금 있어요."

내 말이 떨어지기 무섭게 제이미가 자리에서 일어나 카운터 너머로 유유히 사라진다. 나는 영문을 모른 채로 제이미가 들어간 문을 바라본다. 그리고 오래 지나지 않아 제자리로 돌아오는 제이미를 따라 시선을 다시 맞은편으로 되가져온다.

"받아."

나는 그녀가 내미는 종이 한 장을 건네받는다. 설명을 바라는 내 눈길에도 아랑곳 않고 커피를 마시기에 일단 접혀 있는 종이를 펼친다. 종이에는 생소한 이름과 전화번호가 펜으로 휘갈겨 적혀 있다.

이제 설명하기 적절한 때라고 생각한 제이미가 천천히 말한다.

"토니가 사업상 종종 일을 부탁하는 사람인데, 그런 일도 맡는다나 봐. 네 얘길 했더니 도움이 될지도 모르겠다며 알려 주더라고."

"그런 일이라면……."

"사람을 찾는 일."

내내 졸린 듯 뜨고 있었던 눈이 번쩍 뜨인다.

"사립 탐정이라 비용이 적잖게 들 거야. 모아 둔 돈이라고 해야 여윳돈도 아니고 자금이나 다름없는데, 충분히 생각해 보고 결정하도록 해."

제이미의 신중을 기하라는 권유에도 불구하고 나는 바로 그날 오후 그 번호로 전화를 건다.

— 별 다른 일은 없고?

"음, 없어. 평소랑 똑같이 잘 지내고 있어, 엄마."

언제부턴가 나는 입만 열었다 하면 거짓말만 하는 딸이 되어 있다. 솔직하게 말하면 자식 걱정에 잠 못 이루실 게 뻔하기에 이게 옳은 일이라는, 자신에게 합리화 아닌 합리화를 한다. 더군다나 우리 엄마의 경우는 좀 더 특수하지 않은가. 딸의 결혼이 두 번이나 좌절되었던 전력이 있으니 말이다. 내가 우리 엄마이고 이번 이별까지 알게 된다면 모든 걸 체념하고 그 딸을 수녀원에 보낼 것 같다. 그러니, 절대 말해선 안 된다. 수녀원에 갈 순 없으니까.

"아빠는 좀 어떠셔? 아직도 손목이 불편하시데?"

지난달에 아빠는 잔디 깎는 기계를 고치다 손목을 다치셨다. 평소처럼 차고에서 바쁘게 움직이다 잡동사니들에 발이 걸려 넘어지려던 그때, 뭐든 가까스로 부여잡고 큰 부상은 면하셨지만 대신 손목 인대가 늘어난 것이다.

엄마는 엄마 특유의 작은 한숨을 쉰다. 그럴 때면 근심 가득

한 표정으로 한 손바닥을 뺨에 대곤 하던 그 모습이 소리만으로도 생생히 그려진다.

— 엑스레이상으로는 이제 괜찮은 모양인데, 아빠는 손목이 좀 시큰하신가 봐. 아직도 가끔 진통제를 드셔.

이 순간 여기, 이 공중전화 박스 안에 있는 나는 뭐라 드릴 말씀이 없다.

— 이제 속이려고 해야 속일 수 없는 나이니까.

"엄마, 이만 끊어야겠어."

나는 서둘러 통화를 마치려 한다. 이 이상의 슬픔은 감당할 수가 없다.

— 리지, 아직도 핸드폰 살 맘이 들지 않니?

언젠가부터 엄마가 돌아오라는 말 대신 빠트리지 않고 하는 질문이다. 엄마는 잘 알고 있다. 내가 아직 돌아가길 주저한다는 것을.

그렇다면 그보다는 더 쉬운 전화로 먼저 약해진 나와의 결속력을 다시 굳건히 다지고 싶은 것이다. 그 정도의 마음도 헤아릴 줄 모르는 나쁜 딸은 아니다. 나 또한 그렇게 유약해진 유대관계를 강화시켜 집으로 이어지는 끈을 따라 다시 돌아가고 싶다. 하지만 이젠 그럴 수 없다. 돌아가고 싶지 않다는 마음보다 이곳에 남길 원하는 마음이 더 커졌으니까. 아직은 이곳에 남아 그를 찾을 수 있는 방법들을 모두 시도하고 싶다.

"미안해, 엄마."

— 그래. 하지만 네가 언제 전화를 줄 지 마냥 기다리는 것

도 힘들구나.

나는 엄마의 서운함이 깃든 목소리에 사랑한다고 얼른 인사하고는 전화를 끊는다.

호흡을 가다듬는다. 시계를 확인하고 다시 수화기를 들어 버튼을 누른다. 세 번째 신호음이 갈 때, 반대쪽에서 전화를 받는다.

— F.A 스캇입니다.

"아, 안녕하세요. 리지 밀러입니다. 일전에 의뢰했던…….."

두 번째 통화임에도 불구하고 나는 저절로 긴장한다.

'스캇'이라는 이름으로 통성명한 남자는 의뢰인의 전화임을 확인하고도 사무적인 목소리는 변함없다. 아일랜드인 특유의 발음과 악센트 때문에 더욱 그렇게 들리는지도 모르겠다.

"흔적을 좀 찾으셨나요?"

나는 초조하게 묻는다. 그가 대답하기까지 2초의 시간 동안 심장이 열 번도 더 뛴 것 같다.

— 다행히 행선지를 파악했습니다.

나는 그 단 한 마디 대답만으로 작은 기적을 경험한다.

"거, 거기가 어디죠?!"

— 미스터 존스는 11월 1일 스카이하버 국제공항에서 뉴욕행 첫 비행기를 탑승했던 것으로 확인됐습니다.

뉴욕……. 11월 1일. 핼러윈 바로 다음날 그는 이곳을 떠나 뉴욕으로 갔다.

"그가 아직 뉴욕에 있나요?"

나는 간절하게 수화기를 움켜쥔다. 스캇은 기다렸다는 듯 대답한다.

— 이전 주소지에는 이미 다른 사람이 살고 있고, 뉴욕의 주요 호텔 숙박인 기록 중엔 '애런 존스'라는 이름을 가진 사람은 없었습니다.

순식간에 두 팔의 힘이 쑥 빠지는 것을 느낀다. 움켜쥐었던 수화기가 철근만큼이나 무겁다. 안개 속에 갇힌 듯 헤매는데 스캇이 여전히 딱딱한 어조로 묻는다. 역시나 그는 내게 위로나 격려의 말 한마디조차 건네지 않는다.

— 이어 더 조사하길 원하십니까? 요금은 동일합니다.

오히려 그 덕분에 나는 금세 현실을 직시한다.

"네, 그렇게 해주세요."

— 아직도 연락 가능한 연락처가 없으신가요?

나는 씁쓸하게 답한다.

"네."

— 그럼 사흘 뒤, 다시 이 시간에 전화해 주십쇼.

내가 대답하기 무섭게 전화는 끊긴다.

아무리 슬퍼도 사람은 할 일은 하고 살아야 한다. 먹는 것, 자는 것을 포기할지라도 일만은 그만둘 수가 없다. 특히 지금처럼 달러 한 장이라도 아쉬운 때는 더욱이. 이런 때 투 잡이라니. 울어야 할지, 웃어야 할지.

나는 겨우 'Send보내기' 버튼을 누르고 한숨 돌린다. 테이블의 맞은편에 앉아 잡지를 보던 로즈가 고갤 든다.

"끝냈어?"

"덕분에 늦지 않게 보냈어요. 고마워요."

빌려 사용한 로즈의 노트북 전원을 끄고 덮는다.

핸드폰을 사라고 종용하는 사람은 엄마뿐만이 아니다. 편집부의 담당자 '리아'도 매번 한숨을 몰아쉬며 닦달한다.

"하다못해, 노트북만이라도 사는 게 어때요? 아직도 우편으로 원고 보내는 사람은 우리 빌딩에 당신뿐이에요."

롤리에 있을 땐 나도 내 안드로이드로 10분 거리에 사는 제인과 매일 트위터, 페이스북을 하느라 밤을 새곤 했다. 한 입 베어 문 사과 로고가 있는 노트북으론 영화를 보거나 리포트를 쓰기도 했고. 오랜만에 로즈의 노트북으로 편리하게 일을 끝내고 나니 리아가 그렇게 애걸하는 것도 이해가 되지만 지금은 돈을 쓸 수가 없다. 써선 안 된다. 얼마나 더 스캇의 도움이 필요할지 모르니까.

난생처음 돈 때문에 조용히 골머리를 앓고 있는데 로즈가 케이크 두 조각을 접시에 담아 온다. 나도 좋아하는 '치즈케이크 팩토리'의 레드벨벳 케이크다.

"칼로리 소모가 극심하던 중이었는데 반갑네요."

포크를 받자마자 케이크를 떠 입안으로 넣는다.

"어제 거기서 제스랑 식사했어."

나는 크림치즈 프로스팅을 떠 넣은 포크를 문 채로 로즈를 바라본다. 오늘 그녀의 미소는 나쁘지 않다.

"밥만 먹은 건 아니죠?"

로즈가 후후 웃는다.

"밥 먹으면서 얘길 나눴어. 매일을 함께 있었는데도 서로 하지 못한 얘기가 참 많았더라고."

그녀는 가볍게 숨을 몰아쉰다.

"제스가 알고 있었다지?"

나는 그녀와 눈을 맞추고 고갤 끄덕였다.

로즈의 시선이 포크 끝을 향해 떨어진다. 나는 그녀가 그 사실을 곱씹으며 천천히 슬퍼지는 것을 알 수 있었다. 제스에게 상처가 되었을 더 많은 순간들을 떠올리며 자책하고 있는 것이다.

나는 이 순간 어쩌면 제스도 간절히 원할 한마디를 한다.

"그가 선택한 거예요."

"제스도 똑같은 말을 했어."

그녀와 내가 함께 웃었다.

"묻어 두었던 이야기만 하고 헤어진 건 아니겠죠?"

"앞으로 우리가 어떤 관계로 지낼지에 대해서도 의논하고 헤어졌지."

역시 로즈는 나의 기대를 저버리지 않았다. 나는 이제 케이크는 완전히 뒷전으로 미루고 그녀의 다음 이야기에만 집중하고 있다.

"리지, 우리가 예수의 부활을 기념하며 뭘 먹지?"

이게 웬 뜬금없는 소리람?

"부활절 달걀이요?"

로즈의 양 입가에서 꽃이 피어나듯 활짝 미소 지어진다. 그녀가 내 접시에 담긴 먹다 만 케이크 조각을 가리키며 말한다.

"그게 제스가 산 우리의 부활 축하 케이크야."

"로즈, 이 오드리 햅번도 울고 갈 여자 같으니!"

"뭐?"

나는 도통 무슨 소린지 모르겠다는 그녀를 향해 달려가 끌어안으며 소리쳤다.

"당신 정말 사랑스럽다고요!"

제스, 제대로 로즈를 쫓아왔군요.

정말 잘 됐다는 소리를 연거푸 몇 번이나 반복하고 나서야 나는 겨우 진정하고 다시 자리에 앉았다. 벌써 몇 주째 이렇게 기뻐하는 모습을 보여 준 적이 없었던 나를 로즈가 행복하게 바라본다.

"고마워, 리지. 나한테도 제스에게도 좋은 조력자가 되어 주었지."

그녀가 내 손 등위로 손을 포개며 말한다. 고마워. 나와 눈을 맞추고 다시 한 번 전한다. 고마워.

난 정말 한 게 없다. 그녀는 소중했던 그와의 관계가 다시 회복된 데에 무엇에든 감사하고 싶었을지도 모른다.

"사립 탐정이랑 연락은 해봤어?"

나도 모르게 쓴 미소를 지었던 모양인지 로즈가 묻는다.

"그가 11월 1일 뉴욕행 첫 비행기를 탔대요."

나는 덤덤한 목소리로 말하는데 반해 로즈의 눈동자가 놀라움으로 커진다.

"찾았어?"

"아뇨, 그게 다예요. 아직 뉴욕에 있는지조차 몰라요."

그녀는 잠시 얕은 생각에 빠지다 떠올린 듯 말한다.

"뉴욕이라면…… 애런이 이전에 살았던 곳 아냐?"

"네."

포크를 다시 집어 든다.

"무슨 이유로 떠났는지도 중요하지만 지금은 왜 돌아오지 않는 건지가 더 중요하겠네. 어쩌면 돌아올 수 없는 상황일지도 모르고."

그에게 돌아올 곳이 과연 여기가 맞는 걸까요? 그가 '떠난' 것이 아니라, '돌아'간 것이라면요? 나는 그 말을 삼킨다.

"의뢰는 연장하기로 했어?"

"네."

나는 불안해질 수 있는 말들을 모두 케이크와 함께 삼켜 버리고서야 말한다.

"내일 다시 연락하기로 했어요."

— F.A 스캇입니다.

"리지 밀러예요."

세 번째 통화인 만큼 나는 더 이상 스캇이 어떤 이야기를 들려줄까 초조해하지 않는다. 불안해할 것 없다. 그만큼 결연하다.

— 미스터 존스의 건이군요. 지난번에 마지막으로 확인된 거취가 뉴욕이라고 알려드렸었죠?

"맞아요."

잠시 스캇이 서류를 훑어보는지 짧은 목 울림소리만 낸다.

— 미스터 존스의 거처는 아직 확인되지 않고 있습니다. 뉴저지까지 조사해 봤지만 마찬가지였죠.

그는 다시 짧은 목 울림소릴 내더니 정리된 생각을 말하듯 좀 더 가벼운 톤으로 말한다.

— 아마, 가명을 사용했거나 주변 사람의 도움을 받고 있을 확률이 높습니다.

그를 찾아냈을 거란 기대는 하지 않아서 실망할 것도 없었다. 오히려 웬일인지 개인적인 의견까지 서슴없이 피력하는 스캇이 좀 의외였다. 그는 언제나 알아낸 정보만을 읊어 주는 정도에 불과했는데.

— 대신 도움이 될 것 같아 그의 주변 사람들을 조사했습니다. 종이와 펜 준비되셨습니까?

"아, 잠깐만요."

나는 준비해 온 수첩에 스캇이 부르는 이름과 그와의 관계, 주소와 연락처를 받아 적는다. 손에 꼽을 정도의 초중고 동창생과 그의 대인관계 반 이상인 대학 친구들. 나머지 절반인 잡지사 동료였던 사람들. 곧 내 수첩에 그의 인맥이 모조리 쓰인다.

— ……줄리 존스. 미스터 존스의 이모입니다.

줄리의 이름을 들었을 때 나는 벌써 그녀의 이름 옆에 그와의 관계까지 다 적어둔 참이었다. 가족까지 넘어왔으면 이제 다인 모양인데. 몇 분간 줄곧 이어진 메모의 끝을 예감하며 느슨해져 있을 때, 생각지도 못한 사람의 이름을 스캇이 툭 내뱉는다.

― 레이첼 에반스. 직업은 모델로 미스터 존스의 연인이었습니다.

레이첼?

전화번호를 받아 적기는커녕 제대로 숫자 하나조차 귀에 들리지 않는 와중에도 스캇은 묵묵히 그녀의 정보를 모두 읊었다.

― 마지막으로…….

"잠깐만요!"

― 무슨 문제라도?

"그녀가…… 그러니까 레이첼이 그의 연인이었다는 건 어떻게 안 거예요?"

알고 싶은 것은 이런 게 아니다. 그저 다시금 솟아오르려는 이 불안함을 누군가 확실히 부정해 주었으면 하는 거다. 그럴 일은 절대 없다고.

― 미스터 존스와 함께 일했던 사람들 모두 이구동성으로 이야기하더군요. 두 사람의 연애 기간이 짧지도 않았을 뿐더러, 미스터 존스가 갑자기 그렇게 떠나면서 관계가 끝난 후에도 레이첼은 그를 잊지 못했다고요.

"그…… 연락처는 없어도 괜찮을 것 같아요. 다음으로 넘어

가죠."

하지만 스캇은 내가 원하는 대로 해주지 않고 말한다.

— 미스 밀러. 나는 당신 같은 사람들의 의뢰를 많이 받고 일했습니다. 이 일을 오래해 온 사람으로서 조언하죠.

그에겐 조언이지만 내겐 염두에도 두기 싫은 이야기를.

— 간과하지 않는 것이 좋습니다. 그가 당신에게 돌아가지 않는 이유일 수도 있으니까요.

이보다 더 스캇의 목소리가 매정하게 들린 적도 없다.

그는 목소리에 조금의 변화도 없이 하던 일을 이어가지만 나는 귀가 먼 것처럼 아무것도 들리지 않는다.

"케이티, 이거 어디서 산거야? 정말 귀엽다."

로즈가 달랑거리는 작은 목각인형을 들고 말했다. 우리는 케이티의 집 거실에 둥글게 모여앉아 벽난로 옆의 높게 선, 아직은 휑하기만 한 트리의 장식 채비를 하고 있다. 창고에서 부지런히 장식용품이 든 상자를 꺼내온 케이티가 로즈의 목각인형을 살짝 건드리자, 마치 춤추듯 달랑거린다.

"귀엽죠? 텍사스에 갔을 때 벼룩시장에서 산 거예요. 팔던 사람이 산티아고 사람이었는데 그녀가 직접 만든 거래요."

케이티는 정리하던 꾸러미들을 잠시 제쳐두고 이것저것을 들춰보다, 원하는 것을 찾았는지 다시 우리 곁으로 되돌아온다. 쿠키 틴케이스 안에는 산티아고의 예술가가 만든 또 다른 목각 인형들이 들어 있다. 순백의 양 인형과 스페인 전통 의상을 입은 남자, 아몬드 꽃을 든 여자 인형, 순례자 인형. 모두 그려 넣은 사람만의 특색 있는 그림체로 이목구비가 그려져 있다.

"마음에 들어서 몇 개 더 샀죠."

우리는 각자 원하는 트리 가지에 인형을 걸어 장식한다. 알록달록한 크리스마스 볼과 케이티의 가족이 매년 조금씩 모아온 추억이 담긴 여러 장식품도. 케이티 부모님이 결혼 후 맞은 첫 크리스마스 날 구매한 크리스털 루돌프 장식은 내가 사다리를 올라, 꼭대기에 걸어두었다.

이제 마지막 장식을 꺼내려 케이티가 허리를 숙이는데 로즈가 뭔가 발견하곤 말한다.

"케이티, 허리에 문신 로널드 맥도널드야?"

내 시선도 자연히 케이티의 허리로 쏠린다. 오늘 유달리 밑위가 짧은 캘빈클라인 청바지를 입은 케이티의 허리에 웃고 있는 광대 얼굴이 보인다.

"아, 그놈의 맥도널드. 다들 그 소리라니까요."

"아냐?"

"이거 '카드'예요. 타로에선 광대가, 트럼프에선 조커가 첫 번째 카드잖아요."

나는 케이티의 광대 문신을 유심히 들여다보며 말한다.

"특별한 의미가 있는 거예요?"

"없어. 그냥 여행 중에 들른 가게에서 한 거야. 근데 이 타투만 보면 그날의 여행이 떠올라. 여느 때와 다름없는 하루였지만, 유독 기억에 남아 있지. 그래서 몸에 새긴다는 건, 그 자체만으로도 특별한가 봐."

우리 두 사람은 문신을 해보진 않았지만 왠지 그 기분을 이해할 수 있을 것 같았다. 로즈가 긍정적으로 말한다.

"샤를리즈 테론의 발목 문신이 아주 섹시하던데, 한번 해보고 싶긴 해."

"하하. 로즈라면 잘 어울릴 거예요."

케이티가 트리의 전등 콘센트를 정리하며 말했다.

반짝, 하고 일제히 트리의 작은 전구에 불빛이 점등된다. 은은한 촛불 색이다. 누구랄 것 없이 우리 셋은 행복한 얼굴로 트리를 올려다본다.

"음, 이 순간은 항상 좋아."

로즈가 커피 향을 음미하는 듯한 목소리를 내며 말했다.

"두 사람의 선물도 이 트리 아래에 둘 거예요. 크리스마스 아침에 다 함께 풀어 봐요."

"해피 크리스마스!"

나의 감탄사에 다들 킬킬 웃는다. 그리고 저녁 식사를 하러 가기 전, 케이티가 둥글게 모여 앉았던 거실의 그 자리로 다시 우리를 모은다. 그녀는 청바지 뒷주머니에서 종이 한 장을 꺼내어 펼친다.

"리지, 오늘 부탁해 둔 사람한테서 받은 건데……."

나는 그녀가 내미는 종이를 살핀다. 종이에는 애런이 자신의 핸드폰으로 전화를 걸고, 받은 통화 내역이 주르륵 인쇄되어 있다. 그중에서도 케이티는 형광펜으로 두 군데를 표시해 두었는데, 같은 번호로 건 발신 내역이다.

"애런의 통화내역이야. 메모리에 남아 있는 기록과 대조해 봤는데, 그 두 건만 핸드폰에서 삭제되어 있었어."

그가 일부러 지운 기록이다.

"일단은 내가 먼저 어디 번호인지 알아 봤는데……."

나는 케이티의 말을 귀담아 들을 새도 없이 가방을 뒤져 수첩을 꺼내 펼친다. 먼저 받아 적은 학교 친구들의 번호일 리는 없다. 나는 바로 수첩을 넘겨, 가장 최근에 쓴 페이지를 펼치고 레이첼의 번호와 대조해 본다. 아니다. 다행히 레이첼의 번호는 아니……

번호를 따라 움직이던 내 검지손가락 끝이 레이첼의 바로 아래 사람의 번호로 옮겨간다.

"플로리다에 있는 요양원 전화번호였어."

같은 번호. 나는 멍하니 수첩에 적힌 그 사람의 이름을 중얼거린다.

"숀……, 숀 윌슨……."

"리지, 아는 사람 번호야?"

나는 영문을 알 리 없는 두 사람을 바라보며 말한다.

"그의 아버지예요."

6

나는 초조함에 어찌할 바를 모른다. 손톱 물어뜯는 버릇이
있었다면 지금 다시 재발했을 거다. 담배를 끊었더라면 다시
줄담배를 피웠을 거다. 나는 좁은 방안을 서성이다. 침대에 앉
은 지 10초 만에 다시 일어서 헤맬 곳도 없는 이곳을 헤매다시
피 한다. 밤이 늦어 이곳까지 차로 바래다 준 로즈는 의자에 앉
아 10여 분째 나만 바라보다 결국 입을 연다.

"애런이 아버지를 찾는 게 문제인 거야?"

"네. 아니, 정확하게는 위험해요. 맞아요, '위험'이에요."

내 잰걸음이 더욱 빨라진다. 보다 못한 로즈가 내 팔을 잡아
끌어다 침대에 앉힌다.

"산만해서 보는 내가 다 어지러워."

로즈는 불안에 잠긴 내 모습을 보며 한숨을 쉰다.

"리지, 설명해 줄 수 없어? 케이티도 묻고 싶었던 모양인데, 부모님 때문에 그럴 수 없었잖아."

설명이라. 대체 뭐라고 설명해야 좋지?

그의 아버지는 그를 아들로 인정하지 않고 사랑도 주지 않았을 뿐더러, 아들을 정신 병원에까지 보내려고 했다. 애런을 다시 만나면 어느 기관에든 신고해 그를 병원에서 나올 수 없게 할지도 모른다. 그럼 로즈가 묻겠지. 왜? 그의 아버지가 왜 그렇게까지 하려는 거야?

애런이 미래를 봐서요, 라고 솔직하게 말하면 로즈는 허무맹랑하다 못해 무성의하기까지 한 대답에 나에게 실망하고 돌아가 버릴 것이다. 대변할 만한 적절한 예가 없을까?

"말하기 어려운 거야?"

나는 가까스로 입술을 뗀다.

"로즈, 당신과 비슷해요. 그의 아버지는 아들을 사랑하지 않아요."

나는 애런이 어린 시절 감내해야만 했던 아버지의 냉혹함을 떠올린다. 얼어붙다 못해, 그의 가슴에 비수가 되었던 말들. 그를 외롭게 만들고 후엔 두렵게까지 만들었던 사람. 그리고 잔인하게도 떠나가 버리기까지 했던 남자.

"그를 다시 상처입힐 거예요."

머릿속에 있던 가능성이 목을 타고 밖으로 나오자 현실감을 갖고 나를 위협한다. 그가 상처받는 것은 내게 고통이다. 맹목적인 그리움의 슬픔과는 다르다.

로즈는 더 이상 연유를 묻지 않는다. 여기까지가 내가 들려줄 수 있는 선임을 아는 것이다.

"애런이 아버지 성을 따르지 않은 것만 봐도 충분히 알겠네. 그럼, 절대 만나서는 안 되겠어."

나는 고개만 흔든다.

"탐정은 뭐래? 추적에 진전은 좀 있대?"

"그들도 한계인 모양이에요. 뉴욕에 도착한 기록 이후론 아무것도 없어요."

로즈는 고민에 빠진다.

나는 최후의 카드를 내보인다.

"……뉴욕에 가야겠어요."

나는 그녀의 당혹스런 얼굴을 마주한다.

"손보다 먼저 그를 찾아야 해요. 시간이 없어요."

"리지, 진정해. 간다고 해서 찾는다는 보장도 없잖아. 사립탐정도 못 찾았는데, 네가 무슨 수로 찾겠다는 거야."

나는 눈에 띄는 뉴욕시의 모든 집과 숙박업소의 문이란 문은 모조리 다 두들길 참이었다.

"그리고 애런이 떠난 후의 너를 좀 봐! 너 자신조차도 제대로 돌보지 못하고 있잖아. 날이 갈수록 야위는데다 요즘 잔병치레도 잦고, 우리가 얼마나 걱정하는지 아니? 연고도 없는 뉴욕에서 길을 잃고 쓰러지기라도 하면 어쩌려고 그래? 네 곁의 애런이 중요한 만큼, 우리 곁의 너도 중요해!"

나는 처음으로 괴로움에 눈물이 가득 차오른 로즈의 눈동자를 본다. 가벼웠지만 그건 꽤 충격이었다.

"미안해요, 로즈."

"갈게, 일단은 푹 자둬. 생각해 보면 다른 방법도 있을 거야."

로즈는 황급히 가방과 외투를 챙겨 들고 뛰다시피 현관을 향한다. 나는 그 자리에 못 박혀서 그녀가 나가고 문이 닫히는 소리를 듣는다.

대로변을 따라 걸으면서 집집마다 정원에 정성스레 장식한 크리스마스 장식들을 본다. 파릇한 잔디 위에 서 있는 산타와 루돌프, 썰매, 갖가지 종과 찬송가를 부르는 아이들의 인형. 이맘때면 완벽하게 겨울이 되고 가끔씩은 눈발도 흩날렸던 롤리가 떠오른다. 장갑조차 끼지 않아도 견딜 만한 이곳 날씨 때문에 아직도 연말연시가 다가온다는 것이 피부로 느껴지지 않는 듯하기도 하다. 아니면, 내가 시간 감각이 둔해졌거나.

더위를 잃은 바람이 내 머리를 쓸어 넘기고 이마로 날아든다.

도회지로 향하는 버스는 다행히 오래 기다리지 않고 탈 수 있었다. 버스 안은 크리스마스 준비에 들뜬 사람들로 가득 차 있고 그들 모두 행복해 보이는 얼굴이다. 오랜만에 가족과 크리스마스를 보내기 위해 고향으로 돌아가는 사람들과 연인에게 줄 선물을 생각하는 사람들의 틈바구니에서 나만 외로이 홀로 있다. 사춘기 시절 느꼈던 감정이 오랜만에 나를 찾아온다. 거울 앞에서 친구들이 숱하게 놀리던 동양인 얼굴을 바라보며 '엄마는 일본인. 아빠는 한국인. 하지만 난 영어로 말해'라고 생

344

각하며 끊임없이 찾으려 애썼던 정체성과 그럴 때마다 어디에도 속하지 않는다는 깨달음 뒤의 고독감. 나는 지금 그 고독감을 느낀다.

그들 모두와 함께 대형 쇼핑센터 앞에서 내린다. 나는 북적북적한 1층을 엉금엉금 기다시피 걸어 가까스로 엘리베이터를 놓치지 않고 탄다. 가전제품 층이라고 해서 별반 다를 건 없지만 그래도 1층보단 상황이 낫다.

진열되어 있는 노트북들을 둘러본다. 가격표를 보니 경황이 없어 챙겨 오지 못한 노트북이 이 순간 무척 아쉽다.

형편에 맞는 금액대의 노트북을 보여 달라고 직원에게 요청한다. 키가 작은 중년의 남자 직원은 아담한 체구에만 어울리는 루돌프 뿔 머리띠를 하고 있다. 그는 세 대의 노트북을 진열장에서 꺼내 설명하기 시작한다. 듣기엔 특별히 더 빼어난 것도 없이 고만고만한 것 같다. 간단히 그중에서 가장 가벼운 걸로 고르고 계산을 끝낸 후, 다시 복잡한 엘리베이터에 몸을 싣는다.

위층에서 그리 길지 않은 시간을 보내고 되돌아온 것 같은데 1층은 그 사이 더욱 인산인해를 이루고 있다. 그래, 주말이 나의 것만은 아니지. '죄송해요, 지나갈게요'란 소리를 아무리 외쳐 봐도 출입구까지 고작 1미터 남짓 나아갈 뿐이다. 포기하고 그냥 매장을 돌아보기로 한다.

할인을 알리는 피켓이 여기저기 걸려 있고 대형트리가 서 있는 곳엔 산타의 무릎에 앉아 소원을 말하는 아이들과 자신의 차례를 기다리는 사람들로 긴 행렬을 이루고 있다. 좀 더 걷자, 눈길을 사로잡는 진열대 앞에 저절로 걸음이 멈춘다. 메탈 소재의 심플한 커프링크스를 보며 애런이 흰 와이셔츠를 입고 저 커프스 버튼을 착용한다면 잘 어울리겠단 생각을 하다 이내 현실을 깨닫는다. 누구 하나 나를 주목하는 사람도 없는데 나는 억지로 웃음을 지으며 진열장 앞을 떠난다.

이번엔 크리스마스 분위기가 물씬 느껴지는 잡화를 둘러본다. 금사가 섞인 흰색 실크 스카프를 보니 자연히 로즈가 떠오른다. 내 걱정에 눈물을 보였던 로즈. 그녀가 입는 어느 옷에나 이 스카프가 참 잘 어울릴 것 같은데. 케이티의 집 트리 아래에 놓아 두자.

나는 로즈의 실크 스카프를 사고, 친절을 베풀어 준 케이티 부모님을 위한 와인과 비누 세트를 고른 다음 제이미를 위한 크리스마스 한정 매니큐어도 산다. 이어 케이티와 오네이로의 가족들 것도 모두 고르고 나니 어느덧 내 손엔 선물이 한 아름이다.

그래, 버스 안의 사람들처럼 고향에도 돌아갈 수 없고 사랑하는 이도 놓쳤지만 선물하고 싶은 사람들이 아직은 곁에 많다.

나는 이제 선물과 함께 넣어 둘 카드를 고르기 위해 가판대 앞에 섰다. 로즈, 케이티, 제이미, 케이티의 부모님, 캐리, 제스, 바네사, 톰, 테드, 샘……

이곳의 친구들 것을 모두 고르고 나자 자연히 롤리가 생각났다. 내가 태어난 이후 처음으로 나 없이 두 분이서만 조용한 크리스마스를 보내실 부모님과 서로의 생일이며 크리스마스 선물을 단 한 차례도 빠트린 적 없었던 제인. 내 결혼식에 초대했던 몇 안 되는 학창 시절의 친구들. 함께 일하고 보람을 느꼈던 도서관 동료들. 나는 올해 크리스마스에도 빠트리고 싶지 않은 몇 사람 몫의 카드까지 더 고른 뒤에야 쇼핑을 마치고 드디어 쇼핑센터를 나올 수 있었다.

시간의 도움을 받은 것도 물론 있다. 나는 이제 자주 혼자서도 그의 집에 들른다. 주인 없는 집을 청소하고, 환기도 시키고, 가끔은 혼자 조용히 앉아 차를 마시기도 하며 칼럼을 준비하는 장소로도 쓴다. 그가 사용했던 조리 기구들로 요리를 하고 그의 사진기로는 요리의 단계와 완성을 촬영해 보기도 한다. 진보된 칼럼, 게다가 드디어 노트북까지 구매했으니 리아는 더할 나위 없이 반긴다.

"이제 드디어 제대로 해볼 맘이 생겼군요! 여섯 달 뒤에도 쭉 칼럼을 연재할 수 있도록 회의 때 얘기해 볼게요."

정말 고마운 사람이다. 나는 쑥스러워하며 잘 부탁한다고 답한다.

그가 없어도 나는 내 삶이 더 좋은 쪽으로 변화하길 바란다. 멀리 있을 그도 이같이 바랄 것이라는 걸 얼마 전에야 깨달았다.

오랜만에 이 집의 문을 열었을 때가 생각난다. 반짝반짝 윤이 나고 늘 햇빛이 들어차 있던 집이 그늘지고 돌봐 주는 손 하나 없어 먼지 쌓인 모습들을 마주할 때마다 너무 가슴이 아팠다. 그리고 곧 깨달았다. 겁이 나서 외면하고 방치해 두는 것은 그만큼 나를 아프게 하는 일이라는 걸.

슬픔에 빠져 허우적대고 애런과의 추억이 깃들어 있는 것들과 맞닥뜨릴 때마다 무너지기보다, 소중했던 만큼 귀중한 것들을 지켜내고 싶다. 그래서 나는 요즘 소중한 이 집이 다시 빛나도록 닦고, 또 닦는다. 그가 다시 돌아왔을 때, '왜 나를 떠났어요?'란 책임을 묻는 말보다 '잘 돌아왔어요'란 환영의 인사를 먼저 하고 싶으니까.

나는 식탁에 앉아 카드 한 장마다 감사의 마음을 담아 써내려 간다. 올 한 해 동안 내가 얼마나 많은 사람들의 도움을 받아 지금을 누리게 되었는지 다시금 깨달으면서. 소소한 추억에 웃음 짓기도 하며.

봉투마다 풀을 발라 봉하고, 이곳의 친구들에게 건넬 카드는 각자의 네임텍이 달린 선물 꾸러미 속에 맞춰 넣는다. 롤리로 보낼 봉투들 위에는 다시 한 번 풀을 바르고 우표를 붙인다. 우리 집으로 향할 두 장의 카드에는 무한한 그리움을 담아 입맞춤을 남긴다.

엄마. 아빠. 두 분 모두 무척 그리워요. 메리 크리스마스……

떨어지는 눈물에 얼른 입술에서 봉투를 떼어 낸다. 다행히 봉투는 젖지 않았다.

오네이로에서 점심 식사를 한 후, 오랜만에 우리 세 사람은 외출에 나섰다. 평소 케이티가 사랑해 마지않는 잠바주스에 들러 각자 마시고 싶은 걸 고른 뒤, 로즈와 나는 우편물을 발송하기 위해, 케이티는 그런 우리를 동행해 우체국으로 향한다.

"로즈, 동생들이 몇 살이에요?"

로즈가 고향 집으로 보낼 크리스마스 선물 소포 박스를 보며 케이티가 물었다.

"열한 살, 아홉 살."

"닮았어요?"

"우리 자매는 다 엄마를 많이 닮았어."

"사랑스럽겠어요."

로즈는 상상하는 대로는 아니라는 듯 고갤 젓는다.

"엄마 혼자서 둘이나 감당하기 힘들 거야."

"새 아버지는요?"

"그 사람은 아직도 그저 바비 인형이면 다 되는 줄 알걸. 애초에 아이를 둘이나 더 낳은 것도 그의 의견 때문이었어. 같이 사냥 다니고 차고를 아지트로 함께 쓸 아들을 간절히 원했거든. 불쌍하게도 뜻대로 되지 않았지."

우리가 무어라 반응하기도 전에 로즈는 곧바로 창구를 향해 걸어갔다.

비어 있는 창구가 더 이상 없어 기다릴 겸 나와 케이티는 마침 그 자리에 서 있는 가판대의 크리스마스 씰과 카드를 구경한다.

"로즈한테서 얘기 들었어."

나는 자연히 케이티를 바라본다.

"솔직히 나는 로즈만큼 단번에 상황을 납득하긴 어려웠어. 이 랬든 저랬든 우리 부모님은 기본적으로 나를 사랑해 주시거든."

"나도 그랬어요."

금방이라도 말썽을 일으킬 것 같은 진저맨이 그려진 카드로 손을 옮기며 내가 답했다.

"그가 되어 보지 않는 이상 감히 그 상처를 오롯이 이해할 수 있다고 말할 순 없어요. 그렇지만 이것만은 나도 알 수 있었어요. 애런은 힘들었을 그 시간들과 시련에 좌절하거나, 남 을 미워하고 탓하며 자신을 못나게 일그러뜨리지 않았어요. 지 혜롭게 자신만의 방식으로 길을 만들어 지나왔죠. 덕분에 삶을 사는 데 있어 필요한 근사한 '열쇠'를 참 많이 가지고 있는 현명 한 그가 거기 있었어요. 내가 사랑하는 현재의 그가 말이에요. 그래서 같이 울 수 있었어요. 그가 너무 자랑스러웠으니까요."

몇 초간 눈빛만이 그녀와 나 사이를 오간다. 우리는 암묵적 으로 이곳에서 더 이상 이 이야기를 할 수 없음에 동의한다.

"참, 칼럼 때문에 자주 로즈 집까지 간다고 들었어. 번거로 울 텐데 차라리 내 노트북을 빌려 줄까?"

차례가 되어 나는 창구로 발걸음을 옮기며 그녀에게 대답 한다.

"애긴 고맙지만 얼마 전에 샀어요."

나는 가방을 열고 손에 잡히는 카드들을 모조리 꺼내 올려 놓는다.

"우표가 붙은 것도 있고, 안 붙은 것들도 있을 거예요. 우표가 부족했거든요."

도움을 주지 못하게 된 케이티가 곰곰이 생각에 빠져 말한다.

"그래도 인터넷은 필요할 거 아냐. 모텔 방에 인터넷 서비스까지 되진 않지?"

"아, 그래서 얼마 전부터 애런의 집에서 작업하고 있어요."

"카페의 와이파이보단 낫네."

우린 마주 보고 씩 웃는다.

"총 다섯 개가 부족하네요. 2.2달러입니다."

"다섯 개요? 네 개인 줄 알았는데."

허둥지둥 지갑에서 돈을 꺼내 요금을 치르는 사이 로즈도 볼 일을 마치고 케이티 곁에 섰다.

"애들은 정말 빨리 자라는 것 같아."

"시간의 속도를 체감하기 딱 좋죠."

"작년까진 디즈니나 해리포터였는데, 올해부턴 오직 저스틴 비버야."

"하하하. 이성에 눈뜰 시기죠."

"조숙한 게 아니고?"

케이티와 나는 걱정이 앞서는 언니인 로즈를 보며 웃는다.

영수증을 받고 돌아서 나가는데 케이티가 문득 혼잣말처럼 이야기한다.

"그런데 말이야. 보통 오랫동안 집을 비우게 되면 인터넷 서비스 같은 건 해지하지 않아?"

"누구 얘기야?"

로즈가 홀로 아직 남은 잠바주스를 마시며 물었다.

"애런 말이에요. 벌써 그렇게 떠난 지도 한 달이 넘었잖아요. 굳이 인터넷을 유지하는 이유가 있나?"

거기서 내 발걸음이 우뚝 멈추어 선다. 케이티는 내가 망각하고 있던 머릿속의 전등 스위치를 눌러 켜 주었다.

세상에. 왜 미처 그 생각을 못했지?

내가 그의 집 인터넷을 사용하니까 남겨 두는 거다. 내가 노트북을 사 그의 집에서 인터넷을 쓰게 된 상황을 그가 알고 있는 것이다.

즉…… 그가 아직 내 과거를 꿈으로 보고 있는 것이다.

7

여전히 그가 어디 있는지, 무얼 하고 있는지 알 순 없지만 큰 희망적인 사실을 기억해 냈다. 그는 내 과거를 볼 수 있다. 그거면 통신기기를 통하지 않아도 충분히 내 메시지를 전할 수 있다.

나는 다급하고 들뜬 나머지 며칠을 애절한 러브레터를 쓰는 데만 시간을 보냈다. 내가 당신을 얼마나 걱정하고, 기다리고 있는지. 그리고 얼마나 많이 사랑하고 있는지. 그가 그 편지들을 내 과거를 통해 보았는지 확인도, 확신도 할 수 없었지만 나는 쌓여 가는 수취인을 잃은 편지들을 보면서 다른 방법을 모색해야 함을 깨달았다. 100번의 헛스윙보다는 확실한 홈런을 날릴 수 있는 배팅으로 말이다. 그러자, 더 잊고 있었던 기억이 되살아났다. 그가 미리 내 과거를 통해 볼까 노심초사하며 골랐던 핼러윈 코스튬과 그에 관해 내가 물었던 일, 그리고 그가 했던 대답을.

"정확하진 않지만 내가 보는 것은 당신의 기억일지도 모른 다는 추측을 할 때가 있어요."

그래, 그랬다. 키워드는 내 기억이었다. 내 기억에 남는 일이어야 그가 볼 확률이 높다.

기억에 남을 만한 일. 기억에 남길 만한 일. 기억에 남을 수밖에 없는 일. 나는 매일을 거기에 매달려 보냈다. 그가 내 노트북을 본 것을 힌트 삼아 다시 한 번 특별한 것을 쇼핑해 볼까 했지만, 노트북 이후로 남아 있는 나의 위시 리스트는 집과 차, 둘뿐이었고 통장 잔고가 허락하지 않은 덕에 자연히 포기할 수밖에 없었다.

그녀를 불편하게 할까 망설이기도 했지만, 다른 좋은 방법이 없어 다시 한 번 로즈에게 애런의 이야기를 부탁해 보기도 했다. 이거라면 언제든 100퍼센트 내 기억에 남을 수밖에 없으니. 허나 아쉽게도 그녀는 더 이상 내게 들려 줄 남아 있는 그에 관한 이야기가 없었다.

그럴 만도 했다. 짝사랑을 하던 그녀는 오히려 제어가 안 되는 긴장감에 그와 더 거리를 두고 지냈으니. 로즈는 오히려 미안해했다. 내가 그렇게나마 애런을 그리며 버티려 애쓴다고 생각해서였다.

크리스마스가 성큼 다가오고 있었지만 여전히 그에게선 소식 한 자 없는 나날들이 이어지고 있었다.

나는 밤을 꼬박 새가며 뜨개질에 열을 올렸다. 얼른 내 첫 손뜨개 목도리를 완성시키고 싶은 마음뿐이었다. 목도리에는 '전화해요'라는 문구를 넣었다. 이거면 확실했다. 내 기억에 남을 테고 그가 분명 볼 수 있는 메시지였다. 나는 밤이고 낮이고, 휴식 시간, 식사 시간 가릴 것 없이 뜨개질을 했다. 매일 매일 해도 춤이 전혀 늘지 않는 몸치처럼 뜨개질엔 굼뜨기만 한 내 손을 저주하면서. 이로써 내게 소질이 없는 것으로 판명 난 것이 한 가지 더 늘었다.

크리스마스 선물을 전하기 위해 오랜만에 제이미를 만나 공원을 산책했다. 제이미는 지난주에 갔었던 스페인 식당의 요리가 얼마나 좋았는지, 얼마 전 개봉한 영화는 예고편이 전부일 정도로 기대 이하였던 것, 그리고 새로 산 매니큐어를 바른 손톱을 보여 주며 우리는 나란히 벤치에 앉았다.

"그래, 그동안 어떻게 지냈어?"

"나쁘지 않았어요."

"어떻게 나쁘지 않았는데?"

나는 이야기할 거리들을 생각해 내느라 머릿속이 분주해진다.

"집은 없지만 산타가 선물을 놓고 갈 수 있도록 케이티네 트리에 공유를 신청했고요. 노트북을 산 덕에 여러모로 편해졌어요. 아, 제인이 자꾸 트윗으로 전화를 닦달하는 건 빼고요."

"나쁜 건? 그냥이라도 '좋았어요'라고 말할 수 없는 건 나빴던 게 확실히 있어서잖아."

반박할 수가 없어 지친 강아지처럼 혀를 내밀었다 넣는다.

"탐정한테 의뢰를 했었는데, 그가 뉴욕으로 갔대요. 그 이후의 발자취는 좀처럼 찾을 수 없고요. 집에서 찾았던 핸드폰은 케이티가 아는 사람에게 맡겨 메모리칩의 기록 조회를 부탁했는데 통화목록에서 지워져 있던 번호를 발견했어요."

"누구 번호인지 알아봤고?"

나는 고개를 끄덕인다. 입술이 보이지 않을 정도로 굳게 다문 내 입매는 필사적으로 그 사실에서 담담해지려는 속내를 나타내고 있다.

"그의 아버지였어요."

"어떤 사람인데?"

역시 연륜이 무색하지 않게 제이미는 재빠르게 상황을 알아차린다.

"그에게 아픈 어린 시절을 남긴 사람이에요. 자식에게 사랑은커녕 가혹하리만큼 냉대했어요. 아주 '나쁜 사람'이죠."

"이유는 모르겠지만 네 말대로 나쁜 사람이네. 아이를 상처 입히지 않는 것은 이유조차 필요 없는 의무니까."

자세한 설명 없이도 간단하게 내 마음 깊숙한 곳까지 단번에 헤아려주는 제이미가 고마웠다.

"그가 애런을 찾는 거야?"

"아뇨, 어째선지 애런이 먼저 전화를 걸었더라고요."

"거기로 전화는 해봤어?"

"네, 정확하게는 그의 아버지가 있던 실버타운인데 이미 떠나고 없었어요."

"굉장히 미스터리하네. 생부가 그 정도 인물이면 이제 와 만나고 싶다고 생각할 리도 만무하고."

"그럴 일은 없어요. 만약 그럴 일이 생긴다면……."

제이미가 생각에 집중하는 듯 실눈을 하고 내 말을 이어 마무리한다.

"필요에 의해서겠지."

필요?

"찾아야만 하는 상황에 몰린 거야. 뭔지 알 수는 없지만."

"거기까진 생각 못했어요."

나는 제이미의 통찰력에 놀라워하며 말했다.

"제이미, 한 가지 더 물어봐도 돼요?"

"물론."

"아주 이상하게 들리는 이야기겠지만, 기억이 필요한 순간이 있다면 말예요. 어떤 방법을 써야 기억이 만들어질까요? 말하고 보니 질문 자체가 정말 괴상하긴 하네요."

스스로 질문하고도 어처구니가 없어 코웃음을 치는데 제이미는 진지하게 생각에 빠져든다. 덕분에 내 자학적인 웃음기도 싹 가신다.

"일단 기억에 남을 수밖에 없는 상황이 된다면 좋겠지."

"더 구체적으로 말하자면요?"

내 목소리에선 이제 간절함까지 느껴진다.

"이를테면 두려움을 이겨낸 상황. 모험이라든지 말이야."

그러곤 내 쪽으로 몸을 틀어 한마디 덧붙인다.

"아드레날린만큼 기억에 남기는데 훌륭한 호르몬도 없거든."

나는 걱정되기 시작했다. 준비해온 제이미의 크리스마스 선물이 너무 약소했다.

사실 여태껏 내 인생에서 해본 모험이라고는 딱 한 번. 아무 계획 없이 도착한 이곳밖에 없다. 새삼 생각하자니, 첫 모험치곤 굉장한 것 같다.

'낯선 것'은 달리 말하면 '새로운 것'이기도 하다. 실제로 나는 이곳에서 새로운 삶을 시작했다. 집을 떠나, 무작정 모텔 생활을 시작했고 생활고에 시달릴 무렵엔 운 좋게 일자리도 얻었다. 친구들과 조언자들도 만났고 일생일대의 사랑도 했다. 뿐만 아니라, 꿈꾸던 칼럼리스트가 되기까지 했다. 열거하고 보니, 정말 하느님께 감사의 인사를 드리지 않을 수가 없다. 나는 입맞춤을 방 천장을 향해 날린다.

자, 그렇다면 이 모든 것들을 배제하고 내가 시도해 볼 만한 새로운 것이 과연 뭐가 있을까?

깨달은 지 2초 만에 기가 차서 헛웃음밖에 나오질 않는다. 하지만 침착하게 노트를 펼쳐 아직 체험해 보지 못한 경험들을 하나씩 써 내려가기 시작했다.

첫 번째로…… 출산. 나는 고개를 휘저으며 쓰자마자 엑스 표시를 한다.

두 번째로 법정에 서는 것. 이거야말로 다시는 그를 볼 수 없게 될지도 모르는 무모한 시도다. 다시 엑스 표시.

세 번째로 삭발. 그가 더욱 돌아오지 않으려 할지도 모르겠다.

네 번째로 방송 출연. 무슨 수로? 공룡이라도 기른다면 당장이라도 오프라 윈프리와 다이앤 소여가 서로 나를 섭외하려고 경쟁이라도 붙겠지만.

나는 숫자 5까지만 써두고 이내 포기한다. 막연히 '내가 해보지 않은 긴장되는 일'을 쓰기란 쉬운 게 아니다.

차라리 타인과 나를 비교해 보기로 했다. 그들은 갖고 있지만 나에겐 없는 물건이나 경험. 그중에서 부신샘을 자극시켜 아드레날린을 분비해 낼 만한 것들로 골라내면 되었다.

나는 주방에서 부지런히 움직이는 톰을 바라본다. 오븐과 주방 기구들이 뿜어내는 열기에 둘러싸여 조금은 붉게 상기된 얼굴. 그는 우리 중 유일하게 수염을 길렀고 잘 다듬어 관리한다. 탐나도 나는 절대 가질 수 없는 것이다.

테드의 오른 손등을 뒤덮고 있는 화상 흉터도 본다. 나는 그가 꼭 원하는 만큼의 실력을 갖춘 셰프가 되리라 확신하면서 고개를 돌린다.

제스. 나는 그가 학교 다닐 때 단 한 번도 밸런타인데이에 빈손으로 집에 돌아간 적이 없다고 한다면 내가 뜨개질엔 전혀 소질이 없다는 사실을 받아들인 만큼이나 금세 수긍할 것이다. 매력적인 외모와 호감갈 수밖에 없는 재치와 여유로움. 장담컨대, 그에겐 적이 없을 거다. 로즈와 서로 흉금을 다 털어놓는 사이가 되고 보니 나는 오히려 로즈에겐 제스가 아니면 안 된다는 생각을 한다. 로즈에게 아직 부족한 애정을 가르쳐 주기에 항상 사랑받으며 자라온 제스만큼 적격인 사람도 없기 때문이다. 많은 사랑을 받은 만큼 그것을 주는 방법 또한 알고 있을 것이기에. 제스만큼 인기가 많은 사람이 되는 것도 나에겐 불가능하다. 나는 고개를 돌리다 전화번호를 묻는 손님에게 거절 중인 로즈를 발견한다. 그녀만큼 이성을 매혹시키는 것은 더욱더 불가능하다.

"리지, 피곤하면 좀 쉬다 와."

순식간에 케이티가 내 곁을 스쳐 지나간다. 저절로 내 몸이 그녀를 향해 돌아간다. 저기 있다, 황금맥! 그녀야말로 모험가 중의 모험가 아닌가. 미국 전역을 다니며 다양한 사람들을 만났고 수많은 경험을 했다. 목표 없이 히치하이킹만으로 떠돈 것은 쉬운 축에 속하고 그 외에 내가 들은 일화만 해도 무전취식으로 구류되었던 사건, 하루 잠이나 자려고 들른 교회에서 발견한 가방 안에 갱단의 총이 있었던 사건, 브로드웨이에서 만난 중이 마침 강연을 하기 위해 들른 달라이라마의 수행비서였던 일. 무엇 하나 평범한 게 없다.

나는 그녀의 일거수일투족을 관찰한다. 손님과 대화 중인 그녀의 허스키한 목소리. 일할 때는 빼두는 피어싱의 구멍이 고스란히 있는 귓바퀴.

나는 라커룸에서조차도 그녀에게서 눈길을 떼지 않는다. 특이하게도 그녀는 옷을 갈아입기 전에 벗어둔 팔찌며 반지부터 착용한다. 나는 그 장신구들까지도 유심하게 바라본다. 가죽을 꼬아 만든 팔찌부터 구슬을 꿰어 만든 팔찌, 알 수 없는 히브리어가 적혀 있는 팔찌까지 그야말로 각양각색이다.

바네사의 블랙베리가 울리고, 로즈는 곧 있을 골든 글로브 시상식의 예상 수상자에 대해 묻는다. 케이티가 나름의 예상을 해보며 상의를 탈의하자 이전의 그 광대 문신이 나타난다.

크고 두꺼운 입술과 빨간 코에 별 무늬의 눈. 나는 정신을 빼앗긴 듯 바라보다 광대가 돌아서서야 케이티가 어느새 나를 보고 있음을 깨닫는다.

"리지?"

"눈뜨고 기절한 거 아니에요. 정말이에요."

나는 걱정스런 얼굴의 두 사람을 향해 일단 결백을 증명한다.

"좀 졸려서 그랬어요. 미안해요. 무슨 얘기 중이었어요?"

"이번 그래미에서 아델이 과연 몇 관왕을 할까, 물어본 참이었어."

"아, 그래미. 분명 아까전만 해도 골든글로브 얘기 중이지 않았어요?"

열어만 두었던 라커에서 옷을 꺼내 입는데 로즈와 케이티가 누가 먼저랄 것도 없이 서로 눈빛을 주고받는다.

"리지."

나는 갭에서 산 티셔츠를 가슴 아래로 끌어 내리며 로즈를 본다.

"다시 말하지만, 뉴욕은 절대 안 돼."

외투를 입고 마지막으로 부지런히 한 덕에 이제 정말 얼마 남지 않은 목도리가 담긴 가방을 꺼내 들고선 내가 말한다.

"걱정 마요, 로즈. 뉴욕엔 안 가요. 더 좋은 수가 생각났거든요."

버스에서 내려 두 블록 정도를 걸어 유리창에 노란색 페인트로 'TATTOO문신'라고 써진 가게로 들어간다. 출입문 위의 날개가 빙글빙글 돌아가고 있는 환풍기 그림자가 고스란히 어리는 바닥에 서, 벽에 주렁주렁 매달려 있다시피 한 액자들을 살피는데 그제야 손님이 온 낌새를 알아챈 주인이 걸어 나온다. 붉은색의 곱슬머리의 여주인은 무언가 먹고 있었던 모양인지 입을 움직인다.

잡설 없이 그녀가 곧바로 묻는다.

"뭐 할 거예요?"

"타투요."

"생각해 둔 도안은 있어요?"

그녀가 한편에 있는 샘플북을 뒤적인다.

"레터링을 하고 싶어요. 문구는 생각해 뒀어요."

나는 그녀가 건네는 샘플북을 받아 살핀다. 다양한 글꼴의 레터링 타투 샘플북이다. 그녀는 내 앞의 책상에 앉아 곧바로 도안 그릴 준비를 하고 나는 그녀의 머리 위에 달려 있는 액자 안 면허에서 그녀의 이름을 발견한다. '메들린 그로건'.

"뭐라고 새길 거예요?"

"음, '전화해요'요."

내 말이 떨어지기 무섭게 메들린이 나를 이상한 눈길로 올려다본다. 모르는 사람이 들어도 제정신이 아닌 문구임은 확실한 듯하다.

"밑에 전화번호라도 같이 새길 거예요?"

"아뇨."

"좋아요, 이름이……."

"리지 밀러예요."

"나는 메들린 그로건이라고 해요."

우린 늦게나마 통성명과 함께 인사를 나눈다.

"리지라고 불러도 되죠? 리지, 뭔가 뜻이 있는 문구예요? 난 잠시 당신 직업에 대해 착각할 뻔했어요. 뭐, 그 직업을 폄하하는 것은 아니지만 옳은 일은 아니니까요. 혹시 진짜 그 일을 하고 있는 건 아니죠?"

"콜걸이요? 아뇨, 아니에요."

나의 강한 부정에 메들린은 한시름 놓는 눈치다.

"타투는 처음이에요?"

"네, 처음이에요."

"그럼 좀 더 생각해 보고 결정해요. 당신 몸의 일부가 될 글귀잖아요. 무성의하게 고르면 확실히 나중에라도 후회하게 될 가능성이 높다고요. 샘플북을 좀 봐 봐요. 괜찮은 샘플 문구가 많아요. 명언부터 격언, 이슬람 코란, 탈무드까지 있죠. 원한다면 성경책도 있어요."

나는 메들린이 샘플북과 성경으로 테이블 위를 빼곡히 채우는 모습을 본다. 그녀가 권하는 대로 샘플북을 보기 시작했지만 10여 분마다 한 권씩 덮어지고 치워지면서 어느덧 테이블 위는 다시 휑해졌다.

나는 마지막 샘플북을 덮는다.

"없어요?"

"네, 명언이나 마음의 양식이 되는 글귀를 원하는 게 아니에요."

"그럼요?"

"사랑하는 사람을 향한 메시지요. 그런데 당신 말대로 '전화해요'는 언젠가 후회하기 십상이겠네요."

나는 답 없이 차곡차곡 쌓아둔 샘플북을 다시 펼친다. 그 옆으로 빈 종이와 펜 하나가 놓인다.

메들린이 말한다.

"그렇다면 직접 써 봐야죠, 안 그래요? 윌리엄 셰익스피어도 몰랐을 문구를 만들어 봐요."

펜 뚜껑을 열고 애런에게 하고 싶은, 이것만은 전하고 싶은 말들을 써 보기 시작한다.

사랑해요. 항상 당신이 행복하길 바라요. 당신이 내 곁에 있었으면 좋겠어요. 당신이 필요해요.

어느새 하얗기만 했던 종이에 내 마음을 담아낸 글자로 가득 채워진다. 그리고 결정하는 데는 그리 오래 걸리지 않았다.

"정했어요."

"어디 봐요."

메들린이 내 진심 한 줄을 읽더니 고개를 끄덕인다. 이정도면 타투로 새겨 넣기에 나쁘지 않은 모양이다.

"근사하네요. 당신이 얼마나 그를 사랑하는지 느껴져요."

"고마워요."

"그사이 내가 작업한 글꼴인데 어때요?"

나는 그녀가 그림 작업을 하듯 만든 꽃잎을 연상케 하는 글꼴을 들여다본다.

"굉장히 여성적인 서체네요."

"네, '전화해요'만으로 당신의 간절함을 충분히 느꼈거든요. 자, 이제 시작해 볼까요?"

나는 크게 숨을 들이쉬면서 고개를 끄덕였다. 지금부터다. 기억에 남을 수밖에 없는 순간. 케이티가 말했듯, 내 타투를 볼 때면 이 순간들이 저절로 떠오르게 될 것이다.

메들린의 도안 작업이 끝나고 그녀가 위생장갑을 끼는 모습을 보자 긴장되기 시작한다. 별것도 아닐 텐데 이상하리만치. 나는 머리를 묶어 올리고 메들린이 내 뒷목에 천천히 레터링을 새겨 넣기 시작했다. 메들린은 내 뒷목에서 시선을 떼지 않고 나는 그녀가 움직이는 기계 바늘의 소리를 듣는다. 처음엔 따가운 정도로 시작한 통증의 강도가 금세 배가 되어 나는 입술을 깨물며 견딘다. 상처의 크기가 커지듯 타투 시술이 마무리 단계에 이를수록 아픔의 정도가 더욱 심해져 소리 없이 고통스러워한다. 메들린을 멈추게 하고 싶지 않다. 더 이상 지체할 시간이 없다.

다시 바늘 소리가 요란하게 울릴 때 나는 악 다문 이 사이로 그의 이름을 소리쳐 부른다.

"애런. 애런……."

어릴 적 아이들이 그들보다 낮은 내 코와 작은 눈을 놀림감으로 삼고 괴롭힐 때면 엉엉 울부짖으며 엄마를 찾듯. 잠시 작업이 멈추고 나는 지친 와중에도 어쩌면 애런이 나의 이 기억을 볼 수 있을지도 모른다는 생각을 한다.

다시 통렬한 아픔과 함께 나는 그를 찾는다.

"애런……."

그에게 하고 싶은 말. 지금 해야만 한다.

나는 생각을 쥐어 짜내 보지만 흐느낌에 가까운 그의 이름만이 흘러나올 뿐이다.

"애런…… 애런……."

그날 밤 새벽 3시.

애런은 혼란스런 얼굴로 침대에서 일어나 앉는다.

떨어져 있지만 단 하루도 그녀의 과거에 소홀히 한 적이 없는 그였고, 이날 역시 평소처럼 리지의 과거를 들여다본 밤이었다. 간절하리만치 그의 이름을 부르는 리지의 목소리가 귓가에 생생했다.

혼란스러웠다. 가끔 미래로 만나던 그 순간이 어느덧 그가 원하면 기꺼이 볼 수 있는 리지의 과거가 되어 있었다. 그리고 애런이 열두 살이었을 때 줄리가 이미 알려 주었었다. 그 의미를.

"글쎄, 내 생각엔 필요하다는 의미가 아닐까?"

리지는 그를 찾고 있었다. 그가 필요했다.

애런은 괴로움에 다시 침대에 누워 컴컴하기만 한 천장을 올려다본다. 거기엔 그가 그녀의 기억을 통해 본 타투 글귀가 어른거리고 있었다.

'내가 계속 사랑하고 싶은 사람은 오직 당신뿐이에요.'

소리 없이 그의 눈가에서 눈물 한 방울이 흘러 베갯잇을 적신다.

8

생애 첫 타투 시술을 가까스로 마쳤지만 아직 아무에게도 보여 주지 않았다. 그도 그럴 것이 메들린이 일러 준 대로 자주 바세린을 발라 주지만 여전히 수반되는 통증 때문에 혹시 목깃에 닿기라도 할까 거즈와 반창고로 보호하고 다니기 때문이다. 이 정도면 정말 상처를 다루는 것과 다를 바가 없다.

라커의 거울을 등지고 서서 손거울에 반사되는 뒷목을 바라본다. 하얀 거즈를 떼어 내기 무섭게 붉게 부어오른 타투 부위가 보인다. 어째 내 눈엔 이틀 사이 더 부어오른 것만 같다. 다시 살살 되덮는 데도 화상 상처를 건들인 듯 따끔해서 표정이 일그러진다.

가까스로 오네이로의 제복으로 갈아입은 뒤, 머리를 묶으려다 말고 나는 앉을 곳을 찾아 앉는다. 허리가 꼿꼿이 세워지지 않을 정도로 기운이 없다. 턱을 추켜세워서라도 고갤 드는 편이 편한데, 타투 때문에 그러지도 못한다. 고개까지 숙이니 어지러워지는 것도 같다.

열이 있나? 나는 무거운 몸을 일으켜 구급함을 꺼내 귀 체온계를 찾아낸다. 37.3도. 미열이 있네. 곧 오후 영업 시작인데 이 상태로 일하긴 버겁다. 나는 다시 구급함을 뒤져 타이레놀 한 알을 삼킨다. 그리고 40분 뒤, 타투를 했다는 사실을 잠시 망각할 정도로 탁월한 진통 효과를 누린다.

버스에서 내려 모텔까지 약 10분 정도 걷는다. 빠르게 걸으면 7분만에도 가능한 거리다.

다행히도 오늘밤에 할 일은 정해져 있다. 서점에서 구매해 놓은 제이미 올리버의 책과 30분 레시피 방송 동영상을 보기로 결정해 둔 날이었다. 오늘을 위해 며칠 동안 애런의 집 인터넷으로 다운로드 해둔 동영상이 제법 되었다. 새해 첫 칼럼에서 다룰 요리를 미리 생각해 두어야 크리스마스와 새해 전야제를 남들만큼 실컷 즐기며 보내도 시간적 손실이 없었다.

나는 마켓에 들러 가벼운 요깃거리와 캔 맥주를 사 들고 내 방으로 돌아온다. 외투와 가방은 일단 침대 위에 벗어두고 맥주부터 냉장고에 넣는다. 샤워하는 동안 조금이라도 냉기가 식을 수 있으니.

샤워를 마치고 나오면 노트북 전원을 켜고, 부팅이 되는 동안 간단한 화장품을 챙겨 바른다. 스프레이 타입의 스킨을 잔

뚝 분사하고 수분 크림을 바르고 나면 시간이 얼추 맞다. 사온 나초칩 봉지를 뜯고, 치즈소스 껍질도 벗긴 다음 고이 넣어둔 맥주 한 캔의 고리를 딴다. 그 한 모금이 정신적으론 타이레놀보다 효과가 뛰어나다. 나는 금세 한 캔을 다 비우고 새 맥주 캔을 딴다.

제이미 올리버의 방송은 꽤 흥미롭다. 그는 요리를 밥 로스가 유화 한 점을 그려 내듯 뚝딱 해낸다. 좋은 정보라고 여겨지면 동영상을 잠시 멈추고 바로 메모하고, 칼럼에서 다뤄볼 만하다고 생각되는 요리는 그의 책에서 레시피를 찾아 포스트잇으로 표시해 둔다.

세 번째 동영상이 끝나고 네 번째 동영상을 막 클릭하는데 갑자기 양 눈의 시력이 맞지 않는 것처럼 아찔해지는가 싶더니 모니터 안의 제이미 올리버가 흔들거린다. 아니, 정확하게는 내가 균형을 잃고 휘청거린다.

나는 세차게 고갤 휘저으며 균형감각을 되찾으려 애쓰다, 노트북 옆 찌그러트려둔 맥주 캔이 제법 쌓여 있는 걸 발견하고는 뜻대로 되지 않을 확률이 높다는 사실을 겨우 인지한다. 나는 베개까지 엉금엉금 기다시피 침대에 올라 눕는다. 내가 취했나? 빙글빙글 도는 천장을 보며 생각한다. 토할 것 같진 않은데.

눈을 감고 머리를 쓸어 넘기다 손이 이마에 닿자, 그제야 제대로 된 사태 파악을 해낸다. 고열이다. 취기로 인한 열이라고 착각할 새는 없었다. 바로 오한이 덮쳤다. 나는 이불을 몸에 둘러 감고 본격적으로 끙끙 앓기 시작했다. 이마의 열이 천천히 팔, 다리를 무겁게 만들더니 온 몸에서 땀을 빼낸다.

알 수 없는 바이러스에게 몸을 완전히 함락당한 후, 차례로 정신까지 위협 받고 있었다. 더는 버텨낼 재간이 없는 나는 결국 모든 걸 내어주고 불편한 잠 속으로 빠져들었다.

알람도 울리지 않았는데 저절로 눈이 떠졌다. 좀 더 정확하겐 의식을 되찾았다.

잠에서 깨자마자 두 가지 사실을 알 수 있었다. 내가 겨우 2시간 동안 혼절하듯 잠들었었다는 것과 내 몸이 여전히 불덩이 같은 열기를 내뿜고 있다는 것.

나쁜 소식이 하나 더 있었다. 목 뒤편의 타투 자리가 태양의 핵처럼 내 몸의 머리끝에서 발끝까지 중 가장 뜨겁게 달아올라 있었다.

나는 땀으로 흠뻑 젖은 셔츠를 온 힘을 다해 벗어 내던졌다. 얼굴은 땀으로 축축했지만 입안의 혀는 입천장에 달라붙을 지경이었다. 고개를 돌려 오아시스를 바라본다. 냉장고와 나 사이에는 태평양이 존재하는 것만 같다. 이불을 둘러쓴 채로 어금니를 악 물고 냉장고 곁으로 한 걸음 한 걸음 뗀다. 열 때문에 아직도 어지러워서 나는 비틀거린다.

겨우 당도했지만, 나는 냉장고 문을 열기도 전에 그 앞에 주저앉는다. 딱딱한 바닥에 드러누워서야 뒤늦게 추리해 본다.

이게 일반적인 감기일 리는 없어. 신종플루인가? 타미플루를 먹어 보기도 전에 탈수로 목숨의 위협을 느끼네.

나는 마른 숨소리만 쌕쌕 내다 이내 어지러움 속에서 다시 정신을 잃는다.

눈앞이 하얗다. 웅성거림이 들려오기 시작하면서 나는 내가 눈뜨고 있음을 깨닫는다. 하얗기만 하던 풍경이 점차 천장과 밝은 형광등으로 보이자 내가 누워 있는 것도 알게 된다.

별 생각 없이 오른 팔을 들어 이마를 짚어 보려다 팔꿈치의 강렬한 아픔과 함께 입에서 단말마의 감탄사가 터져 나온다. 내가 뱉은 소리에 침대 곁으로 생각지도 못했던 이들의 얼굴이 모여 든다.

"리지, 깼어?"

"케이티, 로즈, 제스……."

뒤늦게 여기가 어딘지 고개를 좌우로 돌려 주위를 둘러본다. 나는 다름 아닌 병원 침대 위에 누워 있고, 팔에 통증을 안겨 준 것은 링거 바늘이었다.

"침대 올려 줄까?"

내가 상체를 일으켜 세우려 버둥대자 제스가 도와주었다.

"내가 어떻게 됐던 거예요?"

"영양실조 직전에다 면역력 저하, 타투 부작용으로 인한 감염."

케이티가 손가락으로 꼽으며 그 많은 병명을 상세히 일러주었다.

"와우. 감기가 아닐 거라 예상은 했었지만 듣고 보니 신종플루보다 대단한 것 같네요."

내 농담에도 세 사람은 전혀 웃지 않는다.

"죄송해요."

"타투는 언제 한 거야?"

나는 로즈를 바라본다.

"오늘이 며칠인지 모르기 때문에 정확하게 알 수는 없지만 이삼 일 전쯤……."

"일부러 숨긴 거니?"

나는 고민하다 이내 마지못해 고갤 끄덕인다. 구태여 숨긴 건 아니었지만 그렇다고 얘기할 생각이었던 것도 아니었으니.

로즈는 조금도 격양되거나 그럴 조짐조차 보이지 않으며 말한다.

"리지, 정말 위험했어. 열이 39도까지 올랐었다고. 넌 전화기도 없는데다 집도 아닌 곳에서 혼자 지내잖아."

"로즈, 이제 그럴 일도 없으니 너무 나무라지마."

제스가 그녀의 마음을 나 대신 부드럽게 달랜다.

나는 잠들어 있던 사이 온갖 걱정에 밤을 지새우다시피 했을 세 사람의 얼굴을 바라보며 말한다.

"정말 미안해요, 다들. 걱정 끼쳐서."

로즈가 겨우 미소 지어 보이며 말한다.

"차라리 뉴욕 행을 찬성하는 편이 나았겠어."

"매그놀리아 베이커리의 컵케이크도 맛볼 겸 말이죠."

케이티가 내 침대 위로 걸터앉으며 농담했다. 그녀가 따뜻하게 내 손 끝을 잡고 말한다.

"아마 내일이면 퇴원할 수 있을 거야. 항생제 주사도 맞았으니까."

"크리스마스를 병원에서 보내진 않게 돼 천만 다행이네요."

한시름 놓은 세 사람이 다시 전처럼 내 농담에도 따뜻하게 웃어 준다.

"근데 제가 쓰러져 있는 건 어떻게 알았어요?"

여전히 미소 어린 얼굴로 내가 묻자, 반대로 세 사람의 얼굴에선 천천히 미소가 가신다.

케이티가 짧게 답한다.

"들었어."

"누구한테서요?"

세 사람 사이에서 알 수 없는 무언의 대화가 눈빛으로 오간다. 이어, 묵언의 투표를 끝낸 듯 제스가 나를 불러 자신에게로 시선이 향하게 만든다.

"리지."

내 손을 잡고 있는 케이티의 손끝에 힘이 들어가는 것을 느낀다.

"애런이 돌아왔어."

"여기예요, 이 건물 앞에 세워 주세요. 감사합니다."

요금을 지불하고 얼른 택시에서 내린다. 원래 내일까지 입원이었지만 나는 부탁과 고집을 반복하여 늦은 밤에 병원을 나서 이곳까지 바로 달려왔다. 더 이상 기다릴 수 없었다. 그의 얼굴을 직접 보지 않는 이상 믿을 수가 없었다.

나는 불이 밝혀져 있는 그의 방을 올려다본다. 커튼 때문에 안은 보이지 않지만 그것만으로도 눈물이 날 것 같다. 나 외에 저 집의 열쇠를 갖고 있는 사람은 그밖에 없으니까. 그가 정말 돌아왔다. 모든 시간과 노력을 다 보상받은 기분이었다.

나는 서둘러 건물 안으로 들어서 계단을 오른다. 들뜨고 긴장된 마음으로. 걸음은 빨라지다가도 느려지기를 반복한다. 하지만 시간을 그리 오래 끌진 않았다.

현관문 앞에 서 심호흡을 한다. 입술 사이로 웃음이 삐져나오다가도 울음이 터질 것만 같다. 유독 체온이 뚝 떨어진 열 손가락을 접었다 폈다 두어 번 반복한 후 문을 두드리고 기다린다.

1초, 2초, 3초⋯⋯.

갑자기 두려움이 몰려든다. 그사이 벌써 그가 다시 떠나 버렸을까 겁이 나기 시작한다. 내가 늦었을까봐.

나는 다급하게 다시 문을 두드린다. 똑, 똑, 똑, 똑!

가방, 가방. 열쇠를 아직 갖고 있어. 가방을 뒤져 열쇠를 찾고 있는데 철컥, 하고 잠금장치 풀리는 소리가 들린다. 늦지 않았다는 안도보다 나는 심장이 멈추는 것 같다. 문이 열리고 참아 보려는 노력을 시도해 볼 새도 없이 눈물이 흐른다.

"리지, 이런⋯⋯."

내내 그리웠던 풍경이 고스란히 다시 현실로 돌아와 있었다. 이 계단을 올라 문을 두드리고 문이 열리면 그의 얼굴이 나타나던 그 추억이. 멈추지 않고 눈물이 차오르는 눈동자로 너무나 보고 싶었던 그 얼굴을 바라본다.

"애런……."

나는 필사적으로 터질 것 같은 울음을 가로막는다.

"들어와요."

그가 현관 앞에서 꼼짝도 못하고 있는 나를 집 안으로 이끈다.

키가 큰 백열등 조명 곁의 의자까지 함께 걸어가지만 나는 앉지도 못하고 선 채로 눈물만 흘린다.

어쩌면 이대로 평생 그를 다시는 만나지 못할까 가슴 한편에서 언제나 두려웠다. 무슨 수를 써도 그에게 닿지 못할까 무서웠다. 나 자신을 포기하지 않게 하기 위해 그런 불안과 두려움들은 철저히 무시해야만 했다. 그렇지만 알고 있었다. 얼마든지 그렇게 될 수 있다는 걸.

차마 우는 얼굴을 감싸고 있는 손을 떨쳐낼 수 없다. 그동안의 서러움에 눈물샘이 고장 난 것처럼 끝없이 눈물이 흘러내린다.

"리지……."

더 이상 환청이 아닌 내 이름을 부르는 그의 목소리가 들릴 때마다 더 그렇다. 잠시 동안 내 흐느끼는 소리만이 조용한 실내에서 들리는 유일한 소리가 된다.

애런이 천천히 내 손을 얼굴에서 떼어 내고는 그 안에 감춰져 있던 내 눈을 바라본다.

"리지, 그동안 잘 지냈어요?"

나는 여전히 울음 때문에 대답조차 하지 못한다. 그가 잡고 있는 내 손안을 들여다보며 말한다.

"나는 뉴욕에 갔었어요."

알고 있어요.

"그래야만 하는 일이 있었거든요."

숀을 만난 거예요?

들릴 리 없는 내 질문에 그는 그저 잠깐 미소 지어 보인다. 스탠드의 간접 조명 때문인지 그의 표정이 더욱 감정적으로 보인다.

그는 잠시 말을 잃은 채 잡고 있는 내 손만 바라본다. 눈빛에서 슬픔이 느껴진다. 그가 다시 고갤 들어 나와 눈을 맞추고 어렵게 입술을 뗀다. 백열등의 주황색 빛이 어린 눈동자는 어느새 눈물로 젖어 있었다.

"리지, 미안해요."

괜찮아요. 이젠 다 괜찮아졌어요.

"더 이상 당신과 함께할 수 없어요."

9

"리지, 네가 좋아하는 치킨 시저 샐러드 사왔어. 어서 일어나."

로즈가 요란한 소리와 함께 커튼을 걷어내고 케이티가 나를 힘으로 침대에서 일으켜 세운다.

벌써 삼 일째, 두 사람은 부지런히도 나를 아침마다 깨우러 오고, 출퇴근까지 시켜주고 있다. 나는 그 삼 일 동안 한 숨도 못 잤다.

"리지, 너 얼굴이 꼭 보톡스 잘못 맞은 멕라이언 같아."

케이티가 밤새 울어 퉁퉁 부은 내 얼굴을 보며 말했다.

두 사람은 이제 협력해 나를 침대에서 빠져나오게 하고 욕실까지 부축한다. 나는 걸어가는 내내 천장만 바라보며 한숨 쉰다.

거울 앞에 우리 세 사람이 나란히 서고 로즈는 내 머리에 헤어밴드를, 케이티는 칫솔에 치약을 짜 올려 친절히 내 입안에 물려 주기까지 한다. 하는 둥 마는 둥 양치질을 하는데 옷을 가지러 간 케이티가 소리친다.

"치킨 샐러드!"

"시간 없어. 리지, 샐러드는 차 안에서 먹어."

거울 안의 나는 매일 운 탓에 눈과 입술이 퉁퉁 부은 데다 잠을 못 자 퀭하기까지 하다. 나는 삶의 의미를 잃은 내 모습을 가만히 지켜보다 칫솔을 빼든다.

"다 했어?"

양치질을 하다만 입안을 헹군다.

"그만둘래요."

"내 가글 빌려 줄게."

내 옷과 가방을 챙겨 든 케이티가 말했다.

"아뇨, 일을 그만두겠단 얘기예요."

거기까지 답하고 침대로 성큼성큼 걸어가 다시 누웠지만 발 빠르게 쫓아온 그녀들이 단 2초 만에 이불을 걷어낸다.

"무슨 얘길 하는 거야? 어서 일어나!"

내내 참고 있던 로즈가 결국 화를 내며 소리쳤다.

"사랑이 끝났다고 왜 네 모든 걸 내팽개치려고 들어!"

"그 사랑이 내 모든 것이었어요!"

마찬가지로 한계에 이른 내가 소리를 빽 지르자 방안에는 그 어느 때보다 심각한 공기가 떠돈다. 나는 금방이라도 울분을 토해 낼까, 거칠게 입술을 깨문다. 매일 흘려도 마르지 않는 뜨거운 눈물이 다시 뺨 위로 흘러내린다.

"연고도 없는 이곳에서 모텔 생활하며 사는 게 얼마나 끔찍한지 알아요? 겨울이 와도 여긴 눈조차 내리지 않는 지독한 날씨에, 방은 너무 좁고 방음도 부실해서 독서라도 할 수 있는 날이면 그날이 운 좋은 날이에요. 주방도 없는 이곳에서 먹을 수 있는 거라곤 기껏해야 냉장고에서 꺼낸 차가운 피자, 씨리얼에 또 차가운 우유, 차가운 부리또, 차가운, 차가운, 차가운……! 아무리 여기가 따뜻한 곳이라지만 저도 방금 요리한 온기 있는 음식을 집에서 느긋하게 매일 먹고 싶다고요. 힘들 때 연락하면 바로 달려와 주던 가장 친한 친구도 없고, 바보 같은 결정을 해도 언제나 저를 믿어 주시던 부모님도 안 계시죠. 얼마 전 쇼핑센터 가는 버스에선 어땠는지 알아요? 버스 안의 모든 사람들이 어딘가로 돌아가 크리스마스를 보낼 생각에 몹시 들떠 있었죠. 다들 크리스마스 황홀경에 빠져 있었어요. 저만 안 그랬죠. 오직 저만 빼고요."

울컥하는 울음과 잠시 짧은 사투 후에야 나는 다시 이야기할 수 있었다.

"그래도 여기 남았어요. 겨울이 겨울답지 않게 따뜻하고 신경과민으로 불면증이 생겨도. 크리스마스에 베스트 프렌드와 가장 사랑하는 부모님이 계신 집으로 돌아갈 수 없어 버스 안에서 외로이 슬프다 못해 비참해질지라도…… 여기엔 그가 있으니까요."

이젠 떠올릴 때면 목이 메여 오는 그 이름을 천천히 뱉는다.

"애런이…… 소중한 그 모든 것들과 맞바꾼 내 전부였다고요."

나는 로즈의 속상한 얼굴을 피하지 않고 마주 본다. 내가 그녀를 상처 입혔다.

창밖으로 클랙슨 울리는 소리가 들린다. 로즈의 차에 남아 기다리고 있는 제스다. 케이티가 창밖을 내다보더니 말한다.

"캐리에겐 대신 얘기해 둘 테니 오늘은 쉬도록 해. 네가 얼마나 힘든지 잘 알겠어. 하지만 일을 그만두는 것은 천천히 다시 생각해 봤으면 해. 로즈, 시간 없어요. 이만 가요."

케이티가 로즈의 손목을 이끌고 방을 나간다. 나는 그녀들이 사라지는 뒷모습을 멍하니 지켜보고 있다가, 문이 닫히고서야 침대 위로 엎어져 오열한다.

시계 초침 움직이는 소리가 무거울 때가 있다. 얕든, 깊든 슬픔에 빠져 있을 때면 늘 그랬지만 이보다 더 시간의 흐름이 공허했던 순간은 없다.

그의 말을 처음 들었을 때 나는 의심할 수 있는 나의 신체 기관 모든 곳을 다 의심했다. 그만큼 믿을 수 없었다. 우린 서로 사랑했고, 아직도 사랑한다는 내 고백에 변하던 그의 표정이 이렇게 생생하기만 한데…….

하루에도 몇 번씩이나 그의 이별의 말이 내 가슴을 멍들게 한다.

"더 이상 당신과 함께할 수 없어요."

왜요? 왜 당신과 함께할 수 없어요? 그 말 대신에 나는 '왜'라는 단어만 겨우 끄집어 내고 계속 도리질 쳤던 기억이 난다.

그가 말했다. 당신과 나를 위해서예요.

그건 절대 나를 위한 길이 될 수 없어요. 나는 그의 팔 옷깃을 부여잡고 더욱 세차게 도리질 쳤다. 그리고 나의 에덴이 닫히던 마지막 순간을 기억한다.

"더는 이곳에 오지 말아요, 리지."

나는 처참히 무너졌고 그 후의 기억은 존재하지 않는다. 그리고 매일 밤마다 내 머리가 기억하고 있는 같은 상황을 다시 대면하고 무너져 내리길 반복한다.

나에게 애런은…… '남자' 그 이상이었다. 그는 내가 잃었던 지표가 되어 주었고, 이루고 싶은 꿈이 되어 주었고, 기도하고 싶은 미래가 되어 주었다. 그런 그가 끝을 고했다. 어디서부터 받아들이고, 무엇부터 포기하면 되는지 나는 전혀 알 수 없다.

울고 싶다. 울고 있어도 더 울고 싶다. 아무리 눈물을 흘려도 이 슬픔의 크기는 전혀 줄어들지 않는다.

언제 지쳐 잠들었는지 알 수 없지만 노크 소리에 아직 눈물기가 남아 있는 속눈썹이 아래 눈꺼풀에서 떨어진다. 아직 밝은 걸로 보아, 오래 잠든 것 같진 않다. 안에서 아무 대답이 없자 누군가 재차 문을 두드린다.

나는 여전히 침대에 누워 별로 크지도 않은 소리로 응답한다.

"열려 있어요."

그러자 문이 열리고 뜻밖의 손님이 걸어 들어온다.

"제이미."

나는 엉겁결에 몸을 일으킨다. 그녀는 곧바로 침대까지 걸어온다.

"가게는 어떻게 하고 온 거예요?"

"디거 밥 주고 온다고 써 두고 왔지."

그녀가 환히 웃기에 내 얼굴에도 절로 미소가 어린다. 이랬든 저랬든 나는 제이미가 와 주어 너무 기쁘다.

그녀는 침대 곁에 의자를 두고 앉아 방을 둘러본다.

"생각보다 많이 좁구나."

"가장 작고 저렴한 방이에요."

"지나가는 여행객들이 하루 이틀 묵는 곳에서 용케도 버텼네."

나는 헤아려 주는 그녀가 고마워 다시 눈물이 핑 돈다.

"베이글이랑 오믈렛 좀 가져왔는데 먹을래?"

고개 흔들 새도 없이 그녀는 가져온 종이 백에서 아직 김이 모락모락 나는 오믈렛 플레이트를 펼쳐 건넨다.

손에 쥔 플라스틱 포크를 손가락 사이로 굴리다 이내 흑 후추를 뿌린 계란을 떠 입안에 넣는다. 제이미는 어니스트 에이드 뚜껑을 열어 주며 말한다.

"로즈랑 케이티가 어찌나 네 걱정을 하던지 들러 봐 달라고 신신당부를 하지 뭐야. 마침 한 번 만나러 가야겠다 싶기도 했고."

나는 대꾸 없이 그녀가 내민 에이드를 받아 마신다.

"떠나기로 결정한 거야?"

"어디로 가야 할지도 모르겠는걸요."

그녀가 다시 안을 휘이 둘러보며 말한다.

"여기가 지긋해서라도 집으로 돌아가고 싶을 텐데."

"지금 돌아가면 후회할 것 같아요. 미련만 남아서 이곳이 사무치게 그리울 거예요."

내 눈은 다시 붉게 물든다.

"전 항상 시간만 이겨 내면 됐어요. 데릴이 갑작스레 제 곁을 떠나 고통스러워도 기다리면 됐죠. 기다림엔 결국 끝이 있으니까요. '기다림'을 지나오는 법은 알겠는데, 도무지 이 '이별'을 지나는 방법은 모르겠어요."

나는 흐느끼기 시작하다 제이미의 품 안에서 엉엉 소리 내어 울기 시작했다.

"제 기도가 부족했을까요? '제발요, 하느님. 제발요'라고 아무리 말해도 왜 들어주지 않죠? 제 간절함이 부족한 거예요?"

제이미는 말없이 그저 나를 더욱 세게 끌어안는다.

"그를 너무 사랑해요. 어떡하죠, 제이미."

나는 내일이 없는 사람처럼 울었고 제이미는 시한부 딸을 끌어안은 엄마처럼 눈물을 흘렸다. 우는 데는 꽤 큰 체력 소모가 따른다. 나는 온 몸에 기운이 빠져 제이미가 받쳐 준 베개 더미에 등과 목의 지지를 맡겼다.

나른한 눈길로 그녀가 까맣게 번진 점막 아래의 마스카라를 닦아 내는 모습을 지켜본다. 그리고 그녀가 핸드백에서 담배

한 개비를 꺼내 입에 물고 불을 붙인다. 연기가 날린다.

"담배 피웠었어요?"

"끊었었지. 이혼하고 건강이 극도로 악화됐었거든."

나는 멍하니 퍼져 나가다 이내 자취를 감추는 하얀 연기를 바라보며 말한다.

"더 이야기해 줘요, 제이미."

그녀는 내가 무언가에 욕구를 내비친 것이 기쁜지 미소 어린 얼굴로 재를 털어 내고는 이야기를 시작했다.

"이혼하고 10개월 정도 매일 술에 취하다 못해 쩔어 살았어. 술 마시고 피우는 담배는 식후에 피우는 담배만큼이나 맛있어서 담배도 달고 살았지. 어느 날 아침 두통 때문에 아스피린을 먹으려는데 약 알 꺼내기가 보통일이 아니지 뭐야. 물 컵도 떨어뜨려 깨트렸지. 산산이 부서진 유리 조각을 주워 담는데, 그마저도 어려워 손가락을 베이고 말았어. 피를 보니까 비로소 내가 처한 현실을 알겠는 거야. 매일 숙취로 인한 두통으로 아스피린을 달고 사는 알코올 중독자. 암담하더군. 더는 살고 싶지 않아서 한 행동들이 결국 나를 두렵게 만들기 시작하지 뭐야."

제이미는 어니스트 에이드 한 모금을 마시고 젖은 입술로 다시 담배를 문다. 그녀의 들숨에 따라 담배 끝이 빨간 불과 함께 타들어 가고, 다시 하얀 연기가 그녀의 날숨에 실려 공중에 떠다닌다.

"지금 내가 얼마나 지독한 최후로 이어지는 레일 위에 서 있는지, 깨닫고 나자 얼른 탈선하고 싶었어. 정상적인 삶을 조금이라도 빨리 되찾으려 바쁘게 살았지. 그건 그거대로 꽤 정신없었어. 그래서 정작 내면은 아무것도 정리되지 않은 채로 지냈지. 손대지 않고 돌아보기만 해도 다시 내 목을 조일 것만 같아서 겁났어. 여지없이 이전의 방탕한 생활로 돌아가게 될까 무서웠지. 더 이상 후회로 시간을 허비하고 싶지 않았어."

"지금은요? 지금도 그때의 일들을 가두어 둔 채예요?"

제이미가 명료하게 아니라고 답하며 담배를 눌러 끈다.

"10년 전에 노스베이글을 열어 내 가게를 가지고 손님이 늘면서 조금씩 자신감이 생기기 시작했어. 괜찮은 삶을 구축해냈다는 자신감. 뭐든 할 수 있을 것만 같은 근사한 용기도 얻었어. 그리고 그 용기가 아픈 나를 잘 다룰 줄 아는 능수능란함의 기반이 되어 주었지."

"그 용기가 부러워요."

"리지, 용기는 말이야. 단순히 선과 악, 흑백논리로 분류되는 것이 아니야. 의롭게 행해져야만 용기인 것은 아니지. 난 '절제'만큼 용기 있는 행동도 없다고 생각해. 남이 아무리 내게 상처 입히고 모멸감을 주어도 되갚아 주지 않고 내 안에서 끝낼 줄 아는 용기. 후회와 미련으로 자신과 사랑했던 사람마저 괴롭히는 감정적인 고뇌의 슬픔을 끝낼 줄 아는 용기 말이야. 가끔 사람들은 모든 것을 '포기'로 생각하고 낙오자가 되지 않으려 하지. 그렇지만 '절제'에는 말이야, 용기가 필요해. 그건 '포기'와는 엄연히 달라."

"제겐 너무 어려운 마법 주문 같네요."

제이미가 내 손등 위로 따뜻하게 손을 포갠다. 나는 그녀의 체리 레드색 손톱을 바라본다. 내가 선물한 크리스마스 매니큐어다.

"결정적으로 내가 용기를 내게 된 깨달음이 있어."

나를 위해 기도라도 하려는 듯이 제이미가 내 이마에 자신의 이마를 맞대어 왔다. 그리고 정말 기도를 올리는 듯한 나직한 목소리로 그녀가 말한다.

"반드시 내가 그를 행복하게 만들어야 한다는 잘못된 관념에 사로잡혀 있었어. 내가 아니더라도 사랑하는 사람이 행복할 수 있다면 그것으로 됐는데 말이야. 초심을 잃었었어."

그 말을 곱씹어 볼 새도 없이 제이미가 내 이마에 입맞춤과 함께 떠나기 전 마지막 인사를 남기고는 사라진다.

"크리스마스의 은총이 함께하길."

그날 밤도 달은 내 창문 안에서 빛을 내고 있었다. 갖고 싶어도, 가질 수 없는 신비한 빛을.

나는 제이미가 남긴 말을 곱씹다, 그 빛을 보고서야 잊혔던 내 초심을 떠올렸다.

내 욕심으로 그 소중한 빛인 그를 다치게 할 일이 없길 바랐다. 그가 나의 마음에 응해주지 않는다 해도 이 빛을 지키고 싶다.

데릴을 옥죄었을 내 욕심의 과오를 그에게만큼은 되풀이하고 싶지 않았다.

나는 내 욕심의 손을 잡고 맹세했다. 그만큼은 나 때문에 곤혹스럽게 하지 않겠다고. 괴로워 떠나게 하지 않겠노라고.

뜨거운 눈물이 흘렀다.

나는 울면서 다짐했다. 맹세했던 대로 내 가슴속의 그를 지켜내기 위해 용기를 내겠노라고.

"로즈, 이제 그만하는 게 어때요? 리지가 집으로 돌아가는 것도 하나의 방법이라고 생각해요, 전."

로즈의 흰색 현대 차에서 내리면서 케이티가 말했다. 비록 하나의 방법이라 생각한다고 의견을 말했지만 그녀의 목소리엔 벌써부터 서운함이 녹아들어 있었다.

"지금 여길 떠난다고 해서 리지가 집으로 가는 건 별개의 문제야. 돌아갈 리 없어. 돌아갈 수 없으니까."

두 사람은 벌써 며칠째 오르고 있는 엘리베이터를 타고 5층 버튼을 누른다. 차 보닛 위로 쏟아지던 햇볕이 엘리베이터 문이 닫히고 나자 눈부심 때문에 잔상으로 남아 허공에 어른거렸다. 케이티와 달리 엘리베이터에 탑승하고서야 로즈는 내내 쓰고 있던 선글라스를 벗었다. 운전 덕분에 생긴 습관이었다.

"아무리 그래도 집엔 부모님이 계시니까 다를 거예요."

"부모님이 연인이 되어 주시진 못하지. 위로에도 한계가 있는 법이야."

"그럼 여기에 남아 있다 한들 더 좋은 점이 있어요? 전 솔직히 지쳤어요. 제가 아무리 애써 봤자 리지에겐 아무런 도움이 안 되는 걸 알았거든요."

케이티는 코로 한숨을 내쉰 뒤, 고갤 들어 숫자에 불빛이 들어오고 나가는 걸 지켜본다. 이제 막 3에서 4로 불빛이 옮겨 가고 있었다.

"우리가 너무 리지에게 이별을 이겨 내라고만 하는 것 같아."

케이티는 영문을 모르겠는 로즈의 말에 놀라며 그녀를 본다. 로즈 또한 케이티와 시선을 맞추고 다시 말을 꺼낸다.

"왜 두 사람이 헤어져야만 하지? 애런이 바라니까? 리지는 전혀 원치 않는 이별이잖아. 우리 영향력이 리지가 이별을 극복하는 데 아무런 보탬이 되지 못한다면 반대로 애런과 예전 사이로 돌아가게 하는 것은 어떨까?"

불빛이 가장 마지막 층인 5에 다다르고 땡, 하는 알림음이 엘리베이터 안을 울린다.

"나는 차라리 그 편에 주력하고 싶어."

로즈가 먼저 엘리베이터 안을 성큼성큼 걸어 나서고 재빨리 케이티가 쫓아 걷는다.

"어떻게요?"

"몰라, 나도 어제 생각해 본 거라서. 이제부터 방법을 찾아 봐야지."

케이티는 웃음이 나는 걸 가까스로 참았다. 이렇게 필사적이다 못해 즉흥적이기까지 하는 로즈는 처음이었다. 두 사람은 어느새 502호 문 앞에 나란히 섰다.

케이티는 점점 기록을 단축해 나가 이제 이 문은 실 핀으로 3초 만에 열 수 있었다. 문을 열기 전에 케이티가 속삭이는 목소리로 말한다.

"오늘도 안젤리나 졸리 입술로 있으면 어떡하죠?"

"업어서라도 데려가야지. 오늘 제스가 테드와 교대를 했어야 하는 건데."

로즈의 아쉬움이 담긴 말소리를 뒤로하고 케이티는 평소처럼 실 핀을 찔러 넣었다.

잠금 장치를 풀기 위해 덜그럭거리기를 몇 초. 문이 열리기만 기다리는 로즈를 향해 케이티가 돌아보며 말한다.

"문이 안 잠겨 있어요."

두 사람은 일순 불안감에 휩싸여 얼른 문을 열고 방 안으로 들어가다 창 앞에 서 있는 리지를 발견하고 멈춰 선다. 리지는 외출복을 말끔하게 차려입고 몇 날 며칠을 울었던 눈물 자국까지 말끔하게 씻어낸 얼굴로 두 사람을 기다리고 있었다.

"아직 시간이 좀 남았는데, 치킨 샐러드 사러 들러도 돼요? 차 안에서 먹을게요."

10

나는 점점 체력을 되찾아 갔다. 뜬눈으로 지새우기 일쑤이던 밤도 이전만큼의 숙면을 취하는 것은 아니었지만 매일 5시간씩은 꼭 잤다. 더 이상 데리러 오지 않아도 된다고 사양했지만 여전히 두 사람이 매일 마중 나와 주는 덕에 차 안에서 간단하게나마 아침 식사를 해결하게 되어 세 끼 모두 챙겨 먹는 것도 건강상태에 일조를 하고 있는 것 같다.

예전처럼 다시 일하고, 대화를 나누고, 초짜 칼럼니스트로서 동분서주하지만 나는 가끔 담담히 깨닫는다. 우리가 헤어진 사실에 대해.

내가 더 이상 그의 '그녀'가 될 수 없고, 그의 사랑과 관심을 더 이상 받을 수 없음을. 하지만, 여전히 나에겐 애런이 나의 '그'이고, 나의 관심과 사랑이 향하는 곳이라는 사실엔 변함없다.

나는 모든 걸 인정하고 받아들였다. 우리가 함께할 수 없음과 가슴이 무너지는 듯한 아픔과 슬픔을. 내가 회피한다고 해서 달라질 것이 없는 사실이었는데 그걸 인정하기가 그렇게 어렵고 힘들었다. 오히려 깨끗이 받아들이고 나니 새로운 희망이 보였다. 내 안에서 여전히 내 심장에 박힌 채로 뛰고 있는 '그'를 보았다. 처음부터 그가 나를 사랑해 주었기 때문에 그를 사랑한 것이 아니었다. 그랬기에 그가 더 이상 나를 사랑하지 않는다 해서 달라질 것은 없었다.

제이미가 옳았다. 사랑하기 때문에 바라게 되는 욕심을 버리고 나자 아픔이 멈췄다. 갈구가 사라지자 평온이 찾아왔다. 나 또한 애런이 내 팔 안에서 행복하길 원했다. 그가 벗어나려 하자 인정하지 않았다. 달리 말하자면 그뿐이었다. 애런에게 더 이상 내가 영향을 끼칠 수 없다는 것. 그는 여전히 내가 사랑하는 사람 그대로였고, 함께할 수 없을 뿐이었다.

난 내가 할 수 있는 방식으로 헤어진 그를 계속 사랑한다.

어디로 떠나더라도 건강하길, 모든 사람들이 그에게 친절하길 소망한다.

몸을 누이는 곳 어디든 아늑하길 바라고, 도전하는 모든 것에서 좋은 결실을 얻길 바란다.

긍정적인 사람들이 주변에 있길, 건설적인 꿈이 멈추지 않길.

내 곁에 있어 주었을 때처럼 항상 진실된 미소를 잃지 않길. 마지막으로 언제나 행복하길 바란다.

딱 하나, 나를 위한 소망은…… 나와 함께했던 추억들을 행복했던 순간으로 기억해 주길 기도한다. 그렇기에 나는 오늘도 열심히 일하고, 맛있게 먹고, 충분히 잔다. 사랑했었고, 지금도 사랑하고 있고, 앞으로도 사랑할 그 사람을 나로 인해 아프게 하고 싶진 않기에.

크리스마스이브는 아침부터 제법 소란스러웠다. 우리는 케이티의 집에 모여 밤에 있을 파티 준비를 하느라 분주히 움직였다. 미리 사둔 파티 용품과 지하실에서 탐험하여 찾은 갖가지 크리스마스 장식품을 모두 벽과 천장에 고정시켰고, 마찬가지로 지하실 탐험에서 찾아낸 미러볼과 주크박스 기계를 꺼내올려 작동되게끔 세팅을 하는 데 제스와 테드가 애를 먹었다.

"당장이라도 존 트라볼타가 튀어 나와 춤이라도 출 것 같은 이건 대체 어디서 구한 거야?"

티비를 가리고도 남는 압도적인 크기의 주크박스를 바라보며 제스가 말했다. 케이티는 주섬주섬 CD를 찾아 넣고는 버튼을 이리저리 눌러 작동시켜 보느라 정신이 팔렸다. 그리고 이내 음악이 예기치 못한 볼륨으로 크게 시작되자 다들 깜짝 놀랐다.

"아니나 다를까, 정말 비지스Bee Gees네."

전주가 끝나기도 전에 케이티가 CD를 바꿔 틀자, 이번엔 징글벨 울리는 소리가 흐른다. 누가 먼저랄 것도 없이 〈덱 더 홀스Deck the halls〉를 따라 부르면서 우리는 막바지 파티 준비를 한다.

포인세티아 화분과 금사와 은사를 엮어 짠 양말들로 벽난로 주변을 장식하고, 식탁 위는 호랑가시나무로 세팅한다. 전나무 가지들로 계단을 장식하고 나니 은은한 나무 향이 작은 요정처럼 집 안을 떠돌고 보석으로 장식한 리스도 문마다 걸어 두었다.

우리는 저마다 준비해 온 파티 복장으로 갈아입는다. 다들 반짝반짝 화려하거나 저절로 웃음이 나는 장신구 하나씩은 했다.

평소 쓰는 천장의 오슬람 전구는 모두 끄고, 집 안 곳곳의 간접 조명과 양초에 불을 밝힌다. 테드가 벽난로 안의 불도 크게 살려 놓았다. 〈렛 잇 스노우Let it snow〉가 파티의 시작을 알리며 경쾌하게 주크박스에서 연주되자 첫 손님인 바네사가 그녀의 연인과 함께 도착했다.

케이티, 제스의 친구 몇몇과 샘의 일행이 모여 왁자지껄해지면서 우리는 부쉬 드 노엘도 나누어 먹는다.

"아, 그러고 보니 톰이 아직이네."

플라스틱 컵에 담긴 미모사를 마시던 제스가 말하자 테드가 대꾸한다.

"점심 때 애런을 만난다고 하던데."

"그래? 연락 한 번 해봐. 나도 아직 애런을 못 만났거든. 데려 오라고 하자."

케이티 친구들과 함께 서 있던 나는 놓치지 않고 들은 그 이야기에 몸이 바짝 긴장하는 걸 느낀다. 애런이 여길 올까? 그를 만날 수 있을까? 하지만 들뜨던 마음도 잠시.

"아……. 괜찮을까요?"

나는 황급히 반쯤은 제스와 테드가 앉아 있는 소파 쪽으로 돌아갔던 몸을 되돌리고는 미모사로 목을 축인다. 두 사람의 걱정스런 시선이 내 등에 꽂히는 걸 느끼면서.

이름도 모르는 누군가의 여름휴가 때 만난 남자들의 이야기에 연극 같은 호응을 한 것도 잠시. 나는 내 등 뒤의 두 사람을 향해 귀를 세워 보지만 말소리가 전혀 들리지 않는다. 조금만, 조금만 더 고갤 돌려 보면 들릴 거야,라고 생각한 행동이 어느덧 귓속말을 주고받던 두 사람과 눈이 딱 마주쳐 버렸다.

나는 어색하게 웃으며 결국 부엌으로 자리를 피한다.

"잔이 비었네, 미모사 더 줄까?"

"고마워요."

로즈가 건네는 오렌지 미모사로 목을 축이며 오븐 안의 로스트 치킨이 익어 가는 모습을 바라본다. 식탁 한편의 케이크 돔 안에는 제스가 미리 구워둔 호두 파이가 있고, 데블스 에그와 m&m 초콜릿을 넣어 구운 쿠키, 휘핑크림을 트리처럼 짜 올려 레인보우로 장식한 컵케이크가 놓인 3단 트레이도 있다.

데블스 에그 하나를 집어 맛본다. 나는 사라의 데블스 에그를 무척 좋아해서 매년 크리스마스 때면 그녀가 데블스 에그를 들고 데릴과 함께 찾아오곤 했다. 그리고 한동안은 내가 잠든 사이 몰래 데릴이 산타를 가장해 선물을 두고 가곤 했었다. 그해 내가 가장 간절히 원하던 한 가지를.

산타, 바비 인형이 너무 갖고 싶어요. 아시잖아요? 새로 나온 홀리데이 시리즈.

산타, 스파이스 걸스의 콘서트 비디오가 갖고 싶어요. 엄마가 안 사주시거든요.

하지만 크리스마스 위시 리스트 쓰기도 곧 그만두게 되었다. 아니, 쓸 수 없었다. 데릴을 좋아하게 되면서부터는.

갑자기 거실이 어수선해지는가 싶더니 이내 모두 한 목소리로 주크박스에서 흘러나오는 캐럴을 따라 부르기 시작했다. 흥겨움에 도저히 따라 부르지 않을 수 없는 머라이어 캐리의 〈올 아이 원트 포 크리스마스 이즈 유All I Want For Christmas Is You〉를.

난 크리스마스에 많은 걸 원하지 않아요

내게 필요한 건 단 한 가지뿐이에요

크리스마스트리 아래 선물 따윈 관심 없어요

난 벽난로 위에 내 양말을 걸어놓을 필요도 없어요

산타클로스 할아버지도 크리스마스 장난감으로 날 기쁘게 할 수는 없을 거예요

당신이 알 수 있는 것보다도 더 당신을 원해요.

내 소원을 이뤄 주세요.

내가 크리스마스에 원하는 건 당신뿐

내 사랑 그대

"그래, 딱 이 가사였지."

트루먼 쇼처럼 내 삶의 쇼를 진행하는 감독이 있다면 골랐

을 법한 배경음악을 듣고 있자니 옛 기억에 실소가 나다, 이내 조그맣게 나도 따라 부르기 시작한다. 그리고 깨닫는다. 지금도 이 가사 같은 내 마음을.

"머라이어는 정말 캐럴의 여왕이야!"

선곡에 대한 기쁨을 감추지 못하며 케이티가 주방으로 들어섰다. 냉장고에서 초콜릿 아이스크림을 꺼내 떠먹으며 케이티가 내 옆자리에 앉는다.

"두 사람 다 여기서 뭐 해요?"

"치킨 지키는 중이지."

조리대에 선 채로 커피를 마시며 로즈가 말했다.

"다 되면 알아서 벨이 울릴 텐데. 리지 넌?"

"좀 조용히 있고 싶어서요."

"왜?"

"사실은 나도."

내가 답하기도 전에 로즈가 대답을 바꿨다. 이젠 우리 두 사람을 번갈아 보며 케이티가 묻는다.

"무슨 문제 있어요?"

그러자 로즈가 차례를 내게 미룬다. 나는 담담한 어조로 말한다.

"심란해서요. 오늘 같은 날은 아무래도 더욱 쓸쓸해요. 사람이 아무리 많아도 군중 속의 외로움이죠. 아까 테드와 제스가 이야기 나누는 걸 들었는데 애런이 올지도 모른대요. 물론 그러면 좋겠지만, 제가 다시 그를 욕심 낼 것 같아요. 오늘 같은 날은요."

나는 한숨을 푹 내쉬며 로즈에게 커피를 청한다.

"더 마시면 안 되겠어요. 술 마시고 애런에게 진상이라도 부리면 끝장이에요. 헛소리를 할지도 모르고."

나는 미모사를 밀어내고 커피로 편승한다.

이제 로즈 차례가 되었다. 그녀는 머그컵을 든 채로 조각상처럼 몇 초간 서 있다 이내 작게 입술을 연다. 그리고 작은 목소리로 굉장한 선택을 알린다.

"제스의 프러포즈에 응하고 싶은데 뭐라고 대답해야 할지 모르겠어."

이번에 조각상이 된 것은 우리 두 사람이었다.

먼저 정신을 차린 내가 케이티 손가락 사이의 헐거운 스푼을 빼낸다.

"스푼 떨어뜨리겠어요."

"진심이에요?"

로즈는 고개를 끄덕끄덕한다.

"제스와의 결혼이 차선책이라 선택한 건 아니고요?"

"다시 오네이로로 돌아왔을 때 이미 결정했었어. 제스를 되찾기 위해 돌아온 것이었으니까."

"그럼 뭐가 이렇게 오래 걸려요? 그냥 예스 하면 되잖아요."

"예스만으로 충분한 순간은 이미 내가 저버렸으니까. 우리가 겨우 다시 연인 사이로 돌아갔다지만 제스는 이제 더 이상 결혼으로 내게 부담 주지 않으려 해. 내가 아직도 결혼을 기피

한다고 착각하고 있지."

그 순간, 오븐 벨이 찌르르르 울리며 저녁 식사의 메인 요리가 완성되었음을 알렸다.

"너희도 선뜻 믿기 어려워하는데 제스는 어떻겠어. 그래서 크리스마스 분위기에 편승해 보려고 기다린 거야. 크리스마스의 기적이라고 생각할지도 모르니까 말이야. 그래도 어떻게 이야기를 꺼내야 할지 도저히 모르겠어."

"은근히 신호는 줘 봤어요?"

"영화 〈런어웨이 브라이드〉를 보면서 말했지. 여주인공이 세 번이나 결혼식에서 도망친 것도 이해하지만 결국 사랑하는 남자에게 다시 돌아가게 되는 마음 또한 이해한다고."

"평소에 눈치 빠른 제스가 그렇게까지 말했는데도 몰라요?"

"치킨 다 됐어?"

등 뒤에서 제스의 목소리가 들려와 정말 깜짝 놀랐다.

그는 석고상처럼 딱딱하게 굳어 있는 우리를 얼른 지나 오븐에서 치킨을 꺼내던 로즈를 돕는다. 요리조리 치킨을 살펴더니 제스가 말한다.

"잘 익었어. 이제 수프 데우고 관자 요리만 하면 될 것 같은데?"

다행히 우리가 나누고 있던 이야기는 듣지 못한 모양이다. 아무리 진정해 보려 해도 당황한 기색이 쉬이 사라지지 않아 우리는 허겁지겁 식기를 들고 테이블을 따라 돌며 놓기 시작한다.

버터를 둘러 구운 마늘 향이 제스가 요리 중인 프라이팬에서 수증기와 함께 피어오른다.

"참, 접시 하나 더 필요해."

요리 중인 버터 관자 구이에서 시선을 떼고 나를 바라보며 그가 덧붙인다.

"애런이 올 텐데, 괜찮겠어?"

"괜찮아요. 대비해 두고 있었거든요. 자신은 없지만."

"골탕 먹이고 싶으면 말해. 원하는 거 뭐든 애런의 접시에 섞어 줄게."

제스의 농담에 편한 웃음이 터진다.

"골탕 먹이고 싶을 리가 없잖아요. 오히려 오래 머물렀다 갔으면 좋겠어요."

내 진심이 고스란히 전해졌는지 세 사람 모두 짠한 눈길로 바라본다. 울컥했는지 케이티가 별안간 소리친다.

"병 돌리기 하자! 내가 밀어줄게!"

"케이티, 오늘은 크리스마스예요. 게다가 병 돌리기 같은 걸 했다간 애런이 더 빨리 자리를 뜰걸요?"

나는 정중히 사양하고 정말 원하는 바를 부탁한다.

"대신, 제가 혹시 애런 앞에서 감정적으로 굴 것 같으면 말려 주세요."

"그거야 어렵지 않지."

로즈의 말이 끝나기 무섭게 벨 소리가 날아든다. 우리 네 사람은 기다렸다는 듯 입을 다물고 누가 온 건지 알아내기 위해 귀를 쫑긋 세운다. 도착한 손님들을 반기는 샘과 테드의 목소리가 들린다.

"맙소사, 이 주크박스는 뭐야?"

"톰, 이쪽이 전에 얘기했던 제 프랑스 친구 '기욤'이에요."

"반갑습니다."

샘이 톰에게 친구를 소개하고 인사를 나누는 소리. 그리고.

"샘, 이쪽이 전에 우리 가게에서 일했던 애런. 애런, 이쪽이 샘이야."

"반가워요, 샘이라고 합니다."

"애런이라고 해요."

나는 그의 목소리를 듣고서야 안도한다. 혹시라도 오지 않을까 불안했었지만 다행히도 그가 참석했다.

자, 이제 어쩐다. 어떻게 웃으며 인사해야 하지?

손끝의 온기가 식기 전에 상황이 먼저 나를 덮쳤다.

"여어, 제스. 고생이 많네."

톰과 애런이 나란히 주방으로 들어섰다. 톰은 성큼성큼 나를 지나 제스와 인사를 주고받는다. 나는 뻣뻣한 고갤 돌려 내 옆에 선 그를 바라본다. 우리의 어색한 인사가 오간다.

"안녕."

"안녕, 잘 지냈어요?"

그가 미소 지으며 그저 고개만 끄덕인다. 나는 그것만으로도 벌써 눈물이 차오를 것 같다. 하지만 다행히 아는지 모르는지 제스가 나를 이 위기에서 구해 준다.

"애런! 그동안 어딜 다녀온 거야?"

나는 눈물을 감추려 고갤 돌리고 그는 제스에게로 멀어져 간다. 이런 한심한 모습까지 다 지켜본 모양인지 케이티가 아무 말 없이 티슈 한 장을 몰래 건네준다. 결국 나는 저녁 식사 전, 화장실에서 격앙된 감정을 다스려야만 했다.

멀리 떨어져서 식사를 하고 서로 친한 친구들과만 이야기를 나눈다. 우린 의식적으로 서로 절대 얽히지 않도록 일정한 거리를 유지한다. 그것이 나에겐 그가 최대한 편안히 이 파티를 즐기게 하는 배려다. 비록 마주 보고 이야기 나눌 순 없어도 그가 최대한 오래 있다 갔으면 하는 내 바람에도 도움이 되는 방법이기도 하다. 등 뒤에 그가 있다는 사실만으로도 나의 크리스마스는 멋지니까.

벽난로 앞에 나란히 앉아 탄산수를 마시던 로즈가 문득 결심을 굳히고 말한다.

"말해야겠어."

"지금요?"

"이러다간 크리스마스가 다 끝나겠어."

먼저 돌아가는 친구들을 배웅하러 갔던 케이티가 돌아왔다.

"케이티, 위층에 지금 아무도 없지?"

열 명 남짓 남아 있는 사람들을 둘러보며 케이티가 확인을 마치고는 말한다.

"제나는 아마 화장실에 있을 거니까 아무도 없어요."

"좋아."

로즈는 우리가 말려 볼 새도 없이 벌떡 일어서 제스에게로 걸어간다. 샘의 친구와 같이 뭔가 이야기를 나누던 제스가 로즈의 손에 이끌려 위층으로 유유히 사라진다. 그 모습을 가만히 지켜보던 내가 먼저 소근거린다.

"로즈 취한 거예요?"

"마신 거라곤 커피랑 탄산수뿐이잖아."

케이티와 눈이 맞자, 그녀 또한 나와 같은 생각을 하고 있음을 깨닫는다.

"가 보자."

우리는 기다렸다는 듯이 일어서 2층으로 사뿐사뿐 걸어 올라간다. 안방 문은 환히 열려 있고, 유니세프 스티커 위에 리스가 걸려 있는 케이티의 방문은 굳게 닫혀 있다.

조용히 방문 앞까지 걸음을 옮긴다. 더욱 숨죽여 문에 바짝 귀를 갖다대 보지만 1층의 소음에 묻혀 아무 소리도 들리지 않는다.

"젠장, 이럴 땐 주크박스가 방해되네."

"그냥 포기하고 내려갈래요?"

"제스가 어떻게 반응할지만 들어도 대충 짐작할 수 있으니까 기다려 보자."

그렇게 5분이 지났지만 여전히 문 너머에선 아무런 소리도 들리지 않는다. 나는 슬슬 지루해져 문 앞에 주저앉고 케이티는 여전히 이 소음 통에 들어보겠다고 귀 기울이고 있다.

아래층에서 누군가 케이티를 찾는다. 케이티는 사고 싶은 장난감을 두고 가야만 하는 어린아이처럼 문 앞에서 떨어질 줄 모른다.

"여기 있어요. 제가 다녀올게요."

벌써 몇 시지?

뻣뻣해진 목 스트레칭을 하며 계단을 내려오는데 현관 앞에 서 있는 애런과 마주친다. 그는 어느덧 벗어 두었던 캐멀색 트렌치코트를 걸치고 있다. 나도 모르게 빠른 걸음으로 계단을 내려와 그의 앞에 선다.

"벌써 돌아가는 거예요?"

생각해 볼 겨를도 없이 본심이 튀어나왔다.

"더 늦기 전에 돌아가야죠. 오늘은 여기서 묵는 거예요?"

"네."

잠시 침묵이 흐른다.

"그럼 갈게요."

"잠깐 기다려요!"

그가 떠나려던 걸음을 멈추고 나를 향해 돌아선다. 나는 주머니에서 그의 집 열쇠를 꺼내 내민다.

"돌려주려고 했는데 어떻게 건네야 할지 몰라서……."

"……고마워요."

그리고 찰나이지만 그의 살갗이 내 손바닥에 닿는다.

다 포기하고 내려 두었다고 생각했는데 쉽지가 않다. 어쩌다 우리가 이토록 멀어지게 되었을까? 저 손을 간절하게 잡고 싶다. 애런의 입술에 입 맞추고 그를 끌어안고 싶다. 그가 다시 내게 등을 보이고 사라지려 한다. 더 이상 그를 붙잡을 수 있는 말도 남아 있지 않다. 가지 말라는 솔직한 내 마음 외에는.

그때 등 뒤에서 제스의 외침이 들려온다.

"애런!"

나도 그도 고갤 돌려 층계참을 바라본다. 그곳엔 행복한 얼굴로 제스와 로즈, 케이티가 서 있다. 제스가 검지로 머리 위를 보라고 가리킨다. 나와 그의 머리 위에 달려 있는 겨우살이를.

"전통을 지키는 미국인이 되자고."

말도 안 돼. 나 때문에 곤경에 처하거나 난처하게 되는 일만은 없게 하려 했는데. 오히려 당황한 내가 만류하기도 전에 그가 내 뺨에 짧은 입맞춤을 남긴다. '메리 크리스마스'라는 간단한 인사와 함께.

애런이 떠나고 나는 그 자리에 못 박힌 듯 서서 참았던 울음을 터트렸다. 그것으로 충분했다. 올해의 내 크리스마스의 소원은.

"병 돌리기보다 훨씬 나았지?"

"잘했어, 제스. 진짜 멋있었어."

그렇게 말하며 로즈가 제스에게 가볍게 입 맞추고 목을 끌어안는다. 로즈가 예전에 종종 짓곤 하던 매력적인 미소로 내게 부탁한다.

"리지, 대신 4월까진 절대 떠나면 안 돼."

나는 두 사람의 결혼 소식에 더 떠나가라 울음을 터트린다. 이토록 행복한 크리스마스는 처음이다. 여기에는 아무도 우울한 크리스마스를 보내는 사람이 없다. 다들 진심으로 웃고 따뜻한 말을 주고받는다. 나까지도. 애런과 함께 있었고, 그에게 입 맞춤까지 받았다.

나는 막판에야 모든 고난과 역경을 다 헤쳐 온 사람처럼 마시고 또 마셨다. 우리는 마지막까지 두 사람의 결혼을 축하하며 잔을 드높이고 부딪쳤다. 술이 넘치고, 잔이 깨질 듯이.

덕분에 정작 크리스마스 당일 아침은 막 코마에서 깨어난 사람 행색이었다.

"빨리, 빨리. 아침 먹기 전에 선물 풀어 봐야지!"

"우리가 밤새 놀았는데 산타가 다녀가긴 했대요?"

나는 케이티의 손에 끌려가다시피 이부자리에서 일어나 1층으로 내려왔다. 어젯밤의 트리 불빛은 어떤 조명보다 환하고 화려해 보였지만 고요한 아침의 트리는 그야말로 성스럽기까지 해 진정한 크리스마스의 의미를 일깨워 주는 것 같다.

케이티는 얼른 트리 아래에 앉아 선물을 풀기 시작한다. 이럴 땐 정말 천진난만한 아이 같다. 나는 그녀의 곁에 쪼그리고 앉아 아직 술기운이 남은 지친 시선으로 선물 상자가 열리는 걸 같이 지켜본다.

"포레스트 검프! 이것 봐, 리지. 톰 행크스 사인이야!"

그녀가 내미는 포레스트 검프 DVD를 받아든다. 케이티가 가장 좋아하는 영화이자 배우인 것은 우리 모두 알고 있다.

케이티는 카드를 읽는다.

"바네사야. 날 위해 이베이에서 샀대."

그 다음 선물 상자에서 나온 샘의 프랑스 수제 초콜릿을 맛보고 있을 때, 샤워를 마친 로즈가 우리 쪽으로 걸어온다.

"선물 풀어 보고 있는 거야?"

케이티는 일단 로즈의 입에 초콜릿 한 알을 넣어 주고 톰 행스크 사인을 보여 주며 무용담을 늘어놓듯 설명을 시작한다.

나는 내 것을 찾아 트리 주변을 둘러본다. 케이티, 케이티 어머니, 로즈. 그러다 내 이름이 적힌 선물 꾸러미 두 개를 한꺼번에 발견한다. 유난히 작은 선물 상자에 관심이 동한 나는 곧바로 그 선물 상자의 금색 끈을 풀고 포장지를 벗긴다. 아무것도 적혀 있지 않는 나무 상자를 열어 손을 집어넣었다.

상자 밖으로 나온 내 손에는 흔들려서 눈가루가 뿌옇게 날리는 스노우볼이 있다. 빈 상자를 뒤집어 털어내 보지만 아무런 카드도 없다. 누가 준 거지?

스노우볼을 요리조리 살피다 혹시나 싶어 바닥을 들어 올려 보는데 케이티가 말한다.

"큰개자리네."

나는 얼른 그녀를 올려다본다.

"뭐가요?"

"이거, 큰개자리야. 겨울철 별자리지."

나는 그녀가 가리킨 스노우볼 안을 들여다본다. 어느덧 눈발이 잦아든 스노우볼 세상은 안이 훤히 들여다보였다. 작은 트리 나무들과 땅 위에서 밝게 빛나는 눈가루. 루돌프가 끄는 썰매를 타고 하늘을 날고 있는 산타의 역광을 받은 모습과 그 뒤로 무성히 별이 빛나고 있는 겨울 밤하늘.

그중 유난히 크고 빛나는 별을 바라보고 있을 때 케이티가 일러준다.

"굉장히 세심하게 만들었어. 알파성인 시리우스까지 따로 있고 말이야."

시리우스. 유독 크고 아름답게 반짝이는……

온몸에 전율이 인다. 나는 그게 무엇인지 깨닫는 순간 저절로 벌어진 입을 감싸 쥔다.

"이건 누가…… 리지, 왜 그래?"

케이티의 말소리는 들리지 않고 오로지 내 머릿속에 남아 있는 그의 목소리가 선명히 되살아난다.

'당신의 첫 칼럼 완성을 축하하는 의미로 당신이 원하는 한 가지를 내가 선물할게요.'

갑자기 내가 눈물을 흘리기 시작하자 놀란 두 사람이 무슨 일이냐고 묻는다. 나는 겨우겨우 한 마디만 한다.

"다이아몬드……."

나는 잠들어 있지 않아도 그의 능력처럼 내 과거를 눈으로 보듯 생생하게 떠올린다.

핑크의 노래가 울려 퍼지고 있던 핼러윈 밤의 그 클럽 안에서, 치어리더 옷을 입고 평소 바네사의 머리처럼 매끈하게 빗어 묶는 나와 방금 전 내게 추파를 던진 바텐더를 물리쳐 낸 애런이 나란히 바에 앉아 얘기를 나누고 있다.

그는 내내 미소 짓고 있고, 나를 사랑이 가득한 눈길로 바라본다.

내가 치어리더 옷을 뽐내며 한번쯤 되고 싶었다고 고백하자 그가 내년엔 응원용 술을 사주겠다고 한다. 나는 일부러 험상궂은 표정을 지으며 약속 꼭 지키라고 으름장을 놓는다. 이젠 그토록 닿기조차 어려워진 그의 손이 먼저 내 손을 잡는다. 그가 말한다.

"당신에게 한 약속은 모두 지킬 거예요."

11

크리스마스를 보내고 나니 금방 새해가 됐다. 나를 비롯해 주변사람 모두 화기애애하고 순조롭게 마지막까지 작년을 잘 마무리했다. 전해 듣는 소식으로는 애런도 아직 이곳에 남아 있었다.

제스와 로즈는 새해가 되면서 로즈의 집에 결혼 허락을 받으러 갔고, 곧바로 두 사람은 결혼 준비에 돌입했다. 제스의 집 정원에 장미꽃과 묘목들의 꽃봉오리들이 흐드러지게 피고 벌새들이 꿀을 찾아다니기 바쁠 때, 굳이 사치스럽게 꾸미지 않아도 아름다울 결혼식을 위해서 말이다. 나는 로즈의 곁에 앉아 가끔 수줍어지기도 하는 새 신부의 표정을 볼 때면 자연히 예전의 나를 떠올리게 된다.

데릴과의 결혼 준비로 분주했었던 지난날들. 누군가 나를 괴롭히면 막아 주었고, 외로워할 때면 곁에 있어 주었던 나만의 영웅 데릴. 이제 나는 전혀 그를 미워하지도, 탓하고 싶은 마음도 없다. 냉정하게는 내가 이젠 다른 사람을 사랑하고 있어서겠지만 그만큼 애런과의 사랑에서 배운 점도 많기 때문이다. 스스로도 깨닫는다. 행복하고 또 반대로 아파했던 만큼 많이 성숙해진 자신을.

이전의 나는 데릴에게 갈구하고 보채기밖에 할 줄 몰랐다. 애런을 사랑하고 그의 사랑을 받으면서, 또 그 사랑을 지켜 가면서 나는 사랑을 하는 데는 좀 더 많은 감정이 필요하다는 것을 알았다. 기뻐하고, 슬퍼하고, 노여워하고, 즐거워하고, 사랑하고, 미워하고, 놀라고, 욕심내고, 두려워하고, 걱정하고, 부끄러워하고 등등……. 나는 너무 데릴에게 단편적인 감정만 드러내며 원하기만 할 뿐, 그의 내면을 헤아리려 한 적이 없었다.

그가 다시 롤리로 돌아왔을 때, 그는 어땠을까? 갓 졸업을 하고 사회에 나가기 앞서 불안을 느끼긴 않았을까?

내가 갑작스레 결혼을 청했을 때, 그의 기분은 어땠을까? 얼떨떨하고 당황스럽지 않았을까?

군으로 가기 전날 밤은 어땠을까? 뜬눈으로 밤을 지새웠겠지? 그때 데릴은 무슨 생각을 했을까? 혼자 남게 될 사라가 걱정됐겠지.

나는 안타까웠다. 시간을 되돌릴 수 있다면 그를 따뜻하게 한 번이라도 안아 주고 싶었다. 오래된 친구로서, 가족으로서,

한때 사랑했던 사람으로서. 그리고 미안하다고 말하고 싶다.

　핸드폰 없는 생활에 대한 내 고집이 어설프게 종지부를 찍게 됐다. 나는 다급하게 마트로 달려가 300분짜리 프리 페이폰을 사, 얼른 리아에게 전화를 걸었다. 연말연시를 맞아 정신없이 흘러가던 생활이 차츰 정상 속도로 돌아갈 무렵 열어 본 메일함에는 1월 1일에도 보낸 리아의 메일이 10통이나 있었다. 메일 내용은 간단했다. '편집장이 이번 칼럼에 퇴짜를 놓았어요.'

　이게 대체 무슨 소리야? 회의한 대로 충실하게 밸런타인데이 특집 칼럼을 썼는데, 뭐가 맘에 안 든 거야? 게다가 더 큰 문제는 내가 그 메일을 마감 일주일 전에 열어 본 것이었다.

　신호가 가기 무섭게 리아가 전화를 받았다.

　"리아! 나예요, 리지."

　— 맙소사, 드디어 연결됐네! 방에 전활 걸어도 받지도 않고 밤마다 어디 있었던 거예요?

　"그냥 남들처럼 평범하게 즐거운 새해를 맞으려고 했던 것뿐이에요. 모텔 방에서 파티를 벌일 순 없잖아요. 그건 그렇고 칼럼을 퇴짜 놓았다니 대체 무슨 소리예요?"

　— 시간이 없으니 결론만 말할게요. 편집장이 물갈이됐어요. 안 그래도 지금 회사 전체가 인쇄 앞두던 판국에 난리가 났어요. 퇴짜 맞은 기사가 리지 씨 것만은 아니거든요. 아무튼 이 빌어먹을 직장에 계속 붙어 있으려면 다시 해야 돼요.

　"수정이 아니라, 기획부터 새로요?"

너무 놀라 새된 소리가 저절로 나왔다. 리아는 내 반응에 딱히 놀라울 것 하나 없는지 여전히 빠르게 이야기를 잇는다.

— 전면 교체예요. 레시피는 필요 없어요. 최대한 다양한 요리를 소개해야 해요. 맛과 특징 같은 걸요.

"그럼 독자들이 어떻게 만들어 먹어요?"

— 만드는 방법은 줄리아 차일드와 에머릴, 도나 헤이에게 맡기라더군요. 우리 역할은 구미를 당기게 하는 거예요. 자세한 기획서는 메일로 보내 둘게요. 문제가 있으면 바로 전화하고, 칼럼을 끝내면 그때도 바로 전화해요. 그리고 진행 확인차, 매일 밤 9시에 전화할게요. 알겠죠? 이럴 때 정말 필요한 말이겠네요. 행운을 빌어요.

그리고 전화는 일방적으로 끊겼다.

나는 모텔로 옮기던 발걸음을 멈췄다. 우선 내 지식의 저장고인 도서관에 가야 갈피를 잡을 수 있을 것 같았다. 유턴을 해서 걷다가 다시 빙글 돌아 모텔 쪽으로 걷다 못해 뛰기 시작했다. 노트북을 가져가야 했다.

이번엔 정말 캐리에게 큰 신세를 졌다. 5일간의 휴가와 여러 식당을 소개받았다. 나는 타의 반, 자의 반으로 매일 네 끼를 이곳저곳 돌아다니며 먹으러 다니기 바빴다. 가끔은 노트를 펼쳐 놓고 맛보며 이 맛을 글로 옮겨 내자니 막막함에 한숨이 절로 나왔다. 그럴 때마다 나를 격려할 수 있는 건 애런에게 당당하게 보일 수 있는 지금을 살아야 한다는 스스로에 대한 다짐이었다. 결론적으론 맛의 표현과 재료에 대한 공부도 좀 더 하게 되었고, 요리 프로그램에서 방송되었던 요리도 직접 만들어 보며 시청자의 입장에서 리뷰도 몇 개 썼다. 그렇게 며칠을 레드불을 마셔가며 버틴 결과 편집장에게서 승인을 받았다.

전화기 너머로 욕조 안에 있는 리아의 목소리가 울리며 들린다.

— 잘했어요. 편집장이 특히 직접 만들어 본 요리 프로그램의 리뷰를 호평했어요.

"사진은 어때요?"

따뜻하게 데운 수건을 눈 위에 올리자 저절로 신음소리가 흘러 나왔다.

— 이 게미스타와 무사카도 만든 거예요?

"아뇨, 그건 식당에서 먹은 것들이에요. 캐리가 소개해 준 그리스 식당이었는데 좋았어요."

다음 사진을 넘겨 보는지 흥얼거림에 가까운 소리가 들린다.

— 버터를 넣지 않은 블루베리 머핀 사진도 색감이 좋아요.

"아, 그건 도나헤이 방송 보고 만든 거예요. 재료들만 넣어 반죽하고 구우면 되니 간단했어요."

— 맛은 어땠어요? 맛있었어요?

내가 좋았다고 답하자 자기도 레시피를 찾아 한번 만들어 봐야겠다고 한다.

눈꺼풀에서 안구까지 스며드는 타올의 따뜻한 온기에 빠져 있는데 리아가 천천히 다시 말문을 연다.

— 리지, 뉴욕으로 오는 게 어때요?

난 놀랄 것도 없이 농담을 들은 양 코웃음 쳤다.

"여기서 살기에도 벅찬데 뉴욕은 말도 못하겠죠."

이 생활에도 지치는데 더욱이 아무도 없는 뉴욕에서 이보다 더 악조건에 살 생각을 하면 저절로 진절머리가 쳐진다.

— 지금은 우리 잡지사에만 기고해서 그래요. 주간지라도 시작하면 정말 칼럼만으로 생계유지를 할 수 있을 거예요. 꿈이 칼럼니스트라고 하지 않았었어요? 지금 이 일만으로 단순하게 꿈을 이뤘다고 만족할 수 있어요?

나는 부정도 긍정도 못한다. 리아가 욕조에서 나오는지 참방거리는 소리가 들린다.

— 당신은 아직 어리잖아요. 패기가 있을 때 좇아야 해요, 꿈은. 지금은 아무것도 없어 힘들 테지만 반대로 아무것도 없는 만큼 도전하기에 수월한 상황도 없죠. 이대로 웨이트리스 일만 하며 살 생각은 아니죠?

그렇지만 아직 이곳을 떠나기가 쉬운 것도 아니죠. 가진 것은 없지만 갖고 싶은 건 있거든요.

— 제 인맥이 닿는 곳이라면 다른 언론사의 일자리도 알아봐 줄 수 있어요. 우리 회사 규모가 작아서 큰 도움은 안 되겠지만 편집장에게 부탁해서 추천서를 받을 수도 있고요.

"얘기만 들어도 제가 뉴욕에 가게 되면 당신에게 폐 많이 끼치겠네요."

— 리지, 난 당신 칼럼이 좋아요. 잘 쓰고 못 쓰고를 떠나서

당신 글에선 칼럼에 대한 애정이 느껴지거든요. 조금이라도 더 잘 써내기 위해 고뇌한 흔적을 느낄 수 있어요. 그래서 돕고 싶어요. 열정이 있는 사람에겐 자연히 발전이 따르기 마련이거든요.

나는 어느새 타월도 내려 둔 채로 수화기 너머의 목소리에 귀 기울이고 있었다.

— 당장은 선택하기 어렵더라도 당신 삶의 또 다른 가능성으로 차근히 생각해 봤으면 좋겠어요. 목욕도 끝냈으니 이제 자야겠어요. 잘 자요.

전화를 끊고서도 한동안 의자에서 움직이지 않았다. 그냥, 일어서면 귀에 담긴 리아의 이야기가 흘러 사라져 버릴 것만 같았다. 가능성. 꿈꿔 왔던 칼럼니스트로서의 삶.

내가 대꾸하지 못했던 것은 리아의 말이 모두 사실이라서 인정하게 되면 반드시 그 길을 걸어야만 할 것만 같은 강박에 서였다. 하지만 난 선택할 수 있다. 목적에 도달하는 경로를.

불을 끄고 천천히 침대로 올랐다. 스탠드 등 아래에서 스노우볼 안의 밤하늘이 반짝이고 있었다.

간만의 숙면을 취하고 다시 오네이로로 출근했다. 휴가와 휴일을 전부 또 다른 일을 하는 데 소진했더니 지난밤의 잠만으론 턱없이 부족했다.

졸린 눈으로 제스가 만들어 준 점심을 먹고 있는데 로즈가 웨딩 잡지 한 권을 들고 내 곁에 앉는다.

"어느 드레스가 더 예쁜 것 같아?"

나는 제비꽃색의 이브닝드레스를 가리키고는 참지 못해 하품을 했다. 두 눈이 금세 충혈된 듯이 붉어졌다.

"며칠은 더 푹 자야 정상 컨디션으로 회복될 것 같아요."

"칼럼은 잘 마무리했어?"

나는 고갤 끄덕이며 답했다. 로즈는 수고했다며 칭찬해 주고 우리는 다시 각자, 식사와 잡지에 빠져든다.

나는 곁에서 즐겁게 잡지를 보고 있는 그녀를 바라보다 문득 입을 열어 말한다.

"쓰면 쓸수록 칼럼 쓰는 게 좋아져요."

"좋아하는 일을 직업으로 삼는 건 최고의 행운이지."

"그렇죠?"

잠시 동안 묵묵히 식사만 했다.

"참, 그 뒤로 애런은 만났어?"

"아뇨, 시간도 없었고 용건도 없는 걸요. 이제 단순히 보고 싶다고 해서 만날 순 없는 사이니까요."

나는 애꿎게 키드니빈스_{통조림 강낭콩}만 포크로 찔러댄다.

"그와 대화하고 싶어요. 애런에겐 말 못할게 없었죠. 심각한 이야기든, 슬픈 이야기든, 별것 아닌 이야기든."

나는 강낭콩을 난도질하던 포크를 제자리에 내려 두고는 한숨과 함께 진심을 흘린다.

"그를 만나고 싶어요."

저녁은 간단하게 클럽 샌드위치로 해결하고 대신 피로를 풀기 위해 목욕을 오래 하기로 했다. 샌드위치를 먹으면서 걸어 왔더니 방에 도착했을 땐 이미 빈손이라 옷만 벗고 욕실로 직행하면 됐다.

수도꼭지를 열어 욕조가 차도록 두고 티비를 켰다. 내가 보는 드라마가 하기까진 아직 시간이 남았지만 채널을 맞춰 두고 옷을 먼저 벗는다. 간단하게 화장을 지워 내고 머리도 묶어 올리고, 거울을 들여다보며 치실을 쓰고 있자니 열어 둔 욕실 문 사이로 조금씩 수증기가 퍼져 나오기 시작했다.

어느덧 욕조 안이 얼추 찼다. 쏟아지던 물을 잠그자 욕실 밖에서 전화벨 소리가 울리고 있다. 나는 서둘러 목욕 가운을 걸치고 걸어 나간다. 전화가 아직 울리고 있다.

"여보세요?"

— 리지, 저녁은 먹었어?

제이미였다. 나는 반가움에 저절로 목소리가 밝아진다.

"제이미. 벌써 저녁 먹고 이제부터 목욕하려던 참이었어요."

— 이런. 안 되지, 안 돼.

"무슨 일 있어요?"

— 지금 가게에 애런이 와 있어.

그때부터 벌써 내 마음은 제이미의 가게로 달음질하기 시작한다.

"애런이요? 언제부터요?"

— 얼마 안 됐어. 그냥 커피 한잔 하러 온 모양이야. 저녁 만들어 줄 테니까 그거 먹으러 오는 것처럼 와.

"지금, 지금 바로 갈게요. 커피 천천히 내려 줘요, 제이미. 고마워요!"

나는 허둥지둥 묶었던 머리를 풀고 속옷부터 다시 입기 시작한다. 머리를 대충 빗질하고 양 발이 신발 바닥에 닿자마자 서둘러 뛰쳐 나간다.

크리스마스의 너무 짧았던 만남이 두고두고 후회될 정도로 아쉬웠었다. 손 닿는 것이, 입 맞추는 것이 더 이상 허락되지 않더라도 그와 눈을 마주 보며 대화 나누는 것은 내가 노력하면 충분히 가능한 일이었다. 그의 차 안에서 때때로 시간이 멈춰 버리길 기도하던 때처럼 그저 한 공간 안에 우리 두 사람이 같이 있을 수 있었다.

나는 가게 밖에서 맞은편 벽 테이블에 앉아 있는 그의 초콜릿색 머리를 알아본다. 다가가는 걸음만큼 그의 모습이 가까워진다. 테이블 아래를 향한 눈동자, 다문 입술, 관자놀이를 괴고 있는 주먹 쥔 손, 또 다른 손에 들려 있는 신문.

나는 천천히 노스베이글 안으로 들어선다. 기다리고 있던 제이미가 먼저 나를 알아본다. 일부러 주변을 먼저 휘이 둘러본 후에야 그가 앉은 자릴 보는데 그는 조금의 미동도 없이 신문을 읽고 있다. 눈이라도 마주쳤더라면 인사를 겸해 다가가기가 쉬웠을 텐데. 우리 사이의 보이지 않는 벽 앞에 다시 주눅 들려 할 때, 매일 밤 잠들기 전 바라보는 것만으로도 미소 짓게 만드는 스노우볼이 떠오른다.

겁낼 거 없어.

씩씩하게 걸어가 테이블을 두드리자 드디어 그가 나를 올려다본다.

"합석해도 돼요?"

그가 대답도 하기 전에 나는 의자를 빼 앉는다.

얼마만인지 모를 짧은 이 거리감. 같은 눈높이에 앉아 있는 애런. 나는 차마 무어라 반응도 못하고 있는 사랑하는 사람을 보며 그저 미소 짓는다. 곧 이 무모할 정도의 추진력에 대한 보람을 느낀다. 천천히 애런의 입 꼬리에서 그리웠던 그 미소가 돌아오는 모습을 보게 된 것이다. 의식적으로 피하려고만 하던 그가 드디어 나를 똑바로 마주 보며 말한다.

"뭐 마실래요? 내가 살게요."

"안 물어봐 줬으면 섭섭할 뻔했어요."

나는 뻔뻔하게 답하며 결국 그에게서 에스프레소를 얻어 마신다.

우리는 누구라도 끼어들어 어울릴 수 있는 주제들로만 가벼운 대화를 나눈다. 너무나 듣고 싶은 대답들이 많지만 묻는 순간 이 위태로운 평온이 사라져 버릴까 두려워하면서.

"로즈에게 베이비핑크와 제비꽃 색 중에 어느 쪽이 더 잘 어울린다고 생각해요?"

"제비꽃 색이요. 로즈는 계란형 얼굴이라 귀여운 색보단 세련된 색이 더 잘 어울려요."

"그렇죠? 제가 제대로 조언해 준 것 같아 다행이네요. 이브닝드레스를 제비꽃 색에 한 표 했거든요. 등 쪽이 시스루인 디자인이에요."

"이미 결정했어요? 내 표도 거기 넣고 싶은데요."

"주말에 치수 재러 간대요. 요즘 제스는 정원 가꾸기에 한창이에요. 이번 주말엔 연못에 분수를 설치할 거래요."

"결혼식이 4월이었나요?"

나는 고개를 끄덕이다 조심스런 목소리로 묻는다.

"애런도 참석…… 하나요?"

"그럴 거예요."

그 대답 한마디에 나는 발끝에 풍선을 단 것처럼 발을 구르며 마음껏 기뻐하고 싶어진다. 적어도 4월까진 그가 이곳에 머문다.

작은 에스프레소 잔 고리에 손가락을 거는데 그가 묻는다.

"결혼식이 끝난 뒤엔 어떻게 할 생각이에요?"

잔을 들어 올리는 걸 포기하고 나는 멍하니 그를 쳐다본다. 정확히 무엇에 대해 물은 건지 이해하지 못했다.

"무엇을요?"

그의 눈빛이 잠시 망설인다.

"뉴욕으로 가요, 리지. 좋은 기회인 걸 알잖아요."

저절로 잔을 쥐고 있던 손가락이 스르르 풀린다. 나는 황망한 눈동자로 그를 본다.

"힘들 거예요, 분명히. 하지만 그만큼 성장할 수 있어요. 그게 뉴욕이라는 도시의 단점이자 장점이죠."

내 흔들리는 눈동자 안에서 그가 내게 가라고 말하고 있다.

이곳에서 떠나라고.

말도 못할 충격에 눈앞이 컴컴해졌다 번개가 번쩍 하기를 반복한다. 슬픔과 절망이 먹구름처럼 몰려들지만 나는 어떻게 해서든 눈물을 절대 보이지 않으려 애쓴다.

내가 입술을 깨물면서까지 참는 걸 보지 못했는지 그가 다시 한 번 확고하게 말한다.

"리지, 자유롭게 떠나요."

"내가 떠나면 매일 내 과거를 보지 않을 자신 있어요?"

한없이 바라보고 싶었던 그의 모습이 눈물에 흐릿해지더니 이내 일그러진다. 나는 말없이 죄인처럼 앉아 있는 그를 향해 울다시피 하며 소리친다.

"내 어제를 보고 당신은 매일 내 걱정할 텐데, 내 손길이 닿지 않는 그 아픔이 어떻게 자유라고 할 수 있죠?"

결국엔 내가 먼저 자리에서 일어서 떠난다.

얕은 잠에 빠졌다가 이내 빗소리에 깨어났다.

나는 열어 둔 창을 닫기 위해 창가로 걸어간다. 달빛이 비구름에 가려 있어 빗방울 떨어지는 소리로 비가 오는 것을 확인한다.

창을 닫고 스탠드 등을 켜 방을 밝혔다. 그제야 창문에 남아 있는 흉터 같은 빗자국이 보인다. 나는 멍하게 벽에 머리를 기대고 서 점점 늘어나는 그 빗방울 자국을 본다. 웬일로 비다운 비가 내린다. 툭, 툭 비가 노크하는 창문에 수심에 빠져 있는 내 얼굴이 비친다.

그가 내게 떠나라고 했다. 꿈을 좇으라고. 리아와 통화했던 날 밤의 기억을 본 것은 틀림없다. 그는 나를 떠났었지만 돌아왔다. 하지만 이제 내게 떠나라고 한다. 왜 우리가 떨어지지 않으면 안 되는 걸까?

나는 애런의 얼굴이라도 확인하는 듯이 나에겐 그의 분신이나 다름없는 스노우볼을 바라본다. 이 선물을 주기 위해, 약속을 지키기 위해 그날 파티에 참석했을 애런. 비록 모진 말을 했지만 오늘 그의 행동은 이전처럼 다정했다. 그리고 무엇보다 아직도 그는 자신의 능력으로 내 과거를 보고 있지 않은가. 나를 정말 더 이상 사랑하지 않는다면 왜 나와 했던 약속을 지키려 애쓰고, 내 과거 보기를 그만두지 못하지?

그때, 카페에서 애런이 보고 있던 신문이 떠올랐다. 오늘자 신문이 아니었었지.

당장 노트북을 열어 켠다.

뭐라고 검색해야 좋을까? 신문사는 뉴욕타임스였고…….

필사적으로 기억을 더듬으며 웹사이트를 열자 새 메일 알림 창이 뜬다. 나는 부동산 중개인을 따라 움직이는 사람처럼 잠시 생각하던 일을 접어 두고 메일을 확인한다.

제목 : 긴급 상황이야, 리지!

리지, 즐거운 연휴 보냈니? 보내 준 크리스마스카드는 잘 받았어.

나는 늘 그래 왔던 것처럼 제이슨과 새해를 맞는데 이전과는 좀 다른 새해 전야제였어.

이런 망할! 너 왜 핸드폰을 안 사니? 이런 소식을 고작 메일로 알리자니 정말 싫다.

나 흥분하면 손 떨리는 거 알잖아? 키보드는 평온한 상태에서 두드려야 하는 건데 그게 안 된다고!

아, 좀 진정해 볼게.

휴. 이제 좀 괜찮아졌네. 그사이 벌써 몇 분이 흘렀어. 다시 내가 하려던 긴급한 상황 이야기로 돌아가자면 말이야. 제발 너도 나만큼 놀라고 흥분하길 바라. 자, 준비됐어?

제이슨이 청혼했어!!!!!

너 지금 농담 아니냐고 하고 있지? 농담 아냐. 진짜라고!!

너한테 제이슨이 빌어먹을 놈이라고 했던 건 이제 기억에서 지워 주길 바라. 그는 내 남편이 될 거니까.

아무튼, 그래서 요즘 결혼 준비로 바쁘게 보내고 있어.

내가 예전부터 결혼할 땐 이 사람한테 드레스 맡길 거라고 했던 거 기억해? 맞아, 도라 로사. 그녀가 디자인한 드레스를 입길 얼마나 학수고대해 왔는지……!

그 도라 로사한테 내 웨딩드레스를 맡겼어. 들러리 드레스까지 말이야.

여기서 문제가 생겼는데, 내 들러리인 네가 여기 없잖아. 다시 한 번 얘기하지만 네가 그놈의 핸드폰을 사지 않겠다고 고집을 부려서 내가 원할 때 연락도 안 되고 말이야.

이기적인 내 친구가 전화 줄 때까지 잠자코 기다리자니 도라 쪽이 어렵대. 그들에겐 봄이 성수기거든.

어쩌겠어? 나는 꼭 내 결혼식 옷들을 도라의 드레스로 해야겠는데. 그랬더니 그제야 네가 보낸 카드의 우표 소인이 보이지 뭐야. 피닉스 소인 말이야.

방금 일주일 후에 피닉스로 가는 비행기 표를 예약했어.

도라의 조수가 네 치수를 재기 위해 사흘 동안 동행할 예정이야.

호텔은 하얏트 리젠시야. 거기 수영장이 맘에 들더라.

그럼 일주일 후에 봐!

– 친구를 위해 헌신하는 아량을 담아 XOXO J.

나는 얼른 제인이 메일을 보낸 날짜를 확인하고 달력을 봤다. 내 친구는 벌써 피닉스에 도착해 있었다.

결국 한숨도 더 못 잤다. 나는 동이 트자마자 아직 자고 있을 케이트에게 전화 걸어 오늘 근무시간을 바꿨다. 이제 오후까지 시간이 비었으니 제인과 점심 식사도 같이 할 수 있다.

오랜만에 가장 친한 친구를 만난다는 생각에 들뜨기도 했지만 혹시 지금의 내 모습을 보고 걱정이라도 할까 한 시간 가까이 거울 앞에서 치장에 공들였다. 돌아가면 진심으로 우리 엄마와 아빠에게 '리지는 잘 지내고 있어요'라고 말해 주길 바라면서.

드라이로 손질을 마친 머리끝에 에센스를 바르고 하나밖에 챙겨 오지 않은 구두를 깨끗하게 닦아 신는다.

애리조나에서 나와 곧장 택시를 잡아타고 호텔로 향한다. 막힘없는 도로를 달려 도착하니 오전 10시가 조금 덜 된 시각이다. 호텔 로비에는 체크인을 하려는 몇 사람만이 대기 중이다. 엘리베이터를 타고 내 친구가 기다리고 있을 층에 도착한다. 제인이 묵고 있는 방 호수로 가까워지는 조용한 복도를 걷는다. 하나씩 더해지는 숫자를 확인하면서.

두 걸음을 앞두고 제인의 방문이 열리더니 룸서비스 왔던 직원이 밖으로 나온다. 나는 그와 간단한 인사를 나누고 문손잡이를 건네받아 안으로 들어선다.

"나 왔어."

반갑다 못해 설레어 나는 열심히 조잘대며 제인의 모습이 보일 때까지 걸어 들어간다.

"너 내가 메일 확인 못했으면 어쩔 뻔했어? 즉흥적인 건 정말 여전하구나. 미리 말해 두지만 모든 경비와 호텔 비는……."

나는 뭔가 빠져나간 사람처럼 그냥 그 자리에 멈춰 선다. 커피가 놓인 테이블 앞의 의자에 앉은 이가 나를 알아보고 천천히 일어선다.

"리지."

그리고 나도 곧 내 눈앞의 이 광경이 환상이 아니라 현실임을 깨달으면서 체념하고 받아들인다.

"오랜만이야, 데릴."

12

— 내가 그런 거 아냐.

인사도 없이 전화를 받은 내 가장 친한 친구의 첫 마디다.

"네가 있기로 한 호텔 방에 떡하니 데릴이 있었는데도?"

— 그래, 내가 있기로 했지. 그 메일을 쓸 때까진 말이야.

나는 몰아쉴 수 있는 숨을 전부 끌어올려 한숨으로 뱉어낸다.

"이럴 줄 알았으면 네 카드는 안 보내는 거였는데."

— 어머, 섭섭한 소리하네. 다시 한 번 얘기하지만 내가 너 있는 곳 알려준 거 아냐.

나는 발끈한다.

"그럼 누가 알려주니?"

— 너.

"뭐?"

— 네가 알려줬잖아.

"데릴은커녕 사라한테조차 전화 한 통 건 적 없어. 무슨 소리야."

— 네가 크리스마스 엽서 보냈잖아. 데릴이 그거 들고 찾아왔더라.

나는 너무 황당하다 못해 기가 막혀 목소릴 마녀에게 뺏긴 인어공주처럼 입만 벙긋벙긋했다.

— 크리스마스에 반 고흐라니. 파리나 네덜란드에라도 다녀왔어?

"고흐?"

— 그래, 달랑 여섯 줄만 써서 보냈잖아.

나는 다급하게 전화기를 침대 위로 내던져 두고 가방을 열어 뒤진다. 분명 이 수첩에 끼워 뒀었는데 없어. 수첩을 샅샅이 뒤지고, 하다못해 가방을 뒤집어 내용물을 다 꺼내 살펴보아도 없다. 오네이로의 면접을 보기 전에 들렀던 카페에서 썼던 오래된 밤의 카페테라스 엽서 한 장이.

불가사의할 것도 없이 금세 또 다른 기억이 제인의 말이 사실임을 입증시켰다.

"총 다섯 개가 부족하네요. 2.2달러입니다."

"다섯 개예요? 네 개인 줄 알았는데."

명백한 내 실수다. 나는 괴로움에 신음한다.

"다섯 장이라고 할 때 다시 한 번 확인했었어야 했는데."

— 문제 있어?

"아냐, 신경 쓰지 마. 그래서? 데릴이 찾아와서 뭐라고 했기에 네 대신 온 거야?"

— 엽서를 보여 줬는데 너 정말 문제 있어 보이더라. 위험해 보였어.

그땐 그랬지, 하고 나는 중얼거린다.

— 네가 먼저 연락을 한 이상 데릴도 더는 가만히 기다리고만 있을 수는 없다더라고. 찬성했지. 나 요즘 정말 바쁘거든. 나 대신 네 치수도 재어다 준다는데 사양할 게 뭐 있어. 당장 호텔이랑 비행기 예약을 넘겼지.

나는 이제 그로기 상태에 접어들어 볼이 샐쭉해질 지경이었다.

이런 내 모습을 충분히 그린 건지 제인이 나긋하게 목소리를 바꾸고 말한다.

— 이왕 찾아와 준 거 피하지 말고 마주해 봐.

"나한테 데릴은 아픈 과거야. 힘들어."

— 알지. 근데 언제까지 회피할 순 없잖아. 이 세상 어딘가에 꼭 피해 다녀야만 하는 게 있다는 것만으로도 찝찝하지 않아?

나는 대답 대신 아랫입술만 지그시 깨문다.

— 그리고 데릴이 너한테 하고 싶은 이야기가 있대.

"뭔데?"

— 이보세요, 나는 데릴 크렉도 리지 밀러도 아니랍니다.

제인의 별 웃기지도 않은 유머에 콧방귀를 뀌었다.

— 이번 기회에 너도 못했던 말이 있으면 해. 저주라도 실컷

퍼부어 주던가. 나쁜 놈! 나를 두 번이나 차다니 대대손손 대머리나 되라! 라던가.

"그거 제이슨한테 한 악담이지?"

— ……아들 안 낳을 거야.

나는 결국 큰 소리로 웃음을 터트린다.

"제인, 보고 싶어. 오랜만에 만나게 될 줄 알았는데 아쉽다."

— 곧 보게 되겠지. 데릴도 정면으로 맞닥뜨렸겠다, 못 돌아올 이유도 이젠 없잖아?

나는 씁쓸한 미소만 지으며 끝끝내 대답은 피한다.

"이 번호 저장해. 필요할 때 전화하고."

— 잘됐네. 아무튼 데릴이랑 이야기 잘 나눠 봐. 너희 두 사람은 제대로 된 끝을 못 가졌잖아.

"제대로 된 시작도 없어. 그게 문제지."

제인에게 이야기했듯 데릴과 나는 연애 기간이란 게 없었다. 연인이긴 했었나? 확신할 수 없다. 여섯 살 때 처음 만났던 관계의 형태를 그대로 우리는 유지해 왔다. 소중하고 사랑하지만 정열과 애틋함과는 거리가 먼. 나는 우리 부모님과 내 친구를 대하는 그의 인품은 알지만 친구들과는 무엇에 열광하며 청소년기를 보냈는지, 대학에 가선 어떤 문제를 안고 지냈는지에 대해선 전혀 모른다.

내가 알고 있는 데릴은 어떤 사람일까? 몇 퍼센트에 속하는 얼굴일까? 나는 궁금했다. 그리고 지금이야말로 그가 어떤 사람이든 다 받아들일 수 있는 포용력이 나에게 있었다.

가볍게 문을 두드리자 향수를 불러일으키는 오래된 데릴의 목소리가 나를 반긴다.

"들어와."

쭈뼛거리며 들어가니 어제와 같은 자리에 앉아 있는 데릴이 펼쳐 들고 있는 신문 너머로 미소 짓고 있다.

"앉아, 커피 줄게."

나는 맞은편에 불편한 자세로 앉아 어색한 미소만 짓는다. 재회에는 영 서투르기만 하다. 그가 테이블 옆에 서 있는 룸서비스 철제 카트에서 토스트와 커피 한 잔을 채워 가져다주었다.

"이른 시간에 일어나기 힘들지 않았어?"

"당연히 힘들지. 그건 절대 못 고치겠어."

데릴은 예전처럼 다정하게 웃으며 커피 잔을 입에 가져간다.

"요즘 뭐 하고 지내?"

"회사 다녀. 뉴번에 있는 설계 사무소야. 주말엔 스포츠 채널을 보거나, 어머니 도와서 집 청소를 하고."

"어쩜 그렇게 변함없이 착실해?"

농담을 한 나는 얼굴까지 찌푸리며 가볍게 웃는데, 데릴은 웃을 수만은 없는 사람의 표정으로 앉아 있다.

"리지, 그날 다 했어야만 하는 얘기가 있어."

찻잔에서 시선을 떼고 그를 바라본다. 데릴이 이야기하는 그날이란, 우리의 마지막 결혼식 날.

나는 천천히 숨을 들이 마시면서 등을 곧게 펴 의자에 기댄다.

"준비됐어."

데릴의 눈동자가 잠시 테이블 여기저기를 허망하게 훑다 내 눈동자와 시선을 마주하고 이야기를 시작한다.

"미리 이야기하지만 나는 그렇게 올바르기만 한 사람이 아냐. 이 얘기가 네 안의 내 이미지를 실추시킬 수도 있지만 이게 진정한 이유니까. 우리 결혼식이 틀어진 건 전적으로 나에게 문제가 있어서야, 리지. 결코 네 잘못이 아냐."

나는 최대한 긴장한 표정을 짓지 않으려 애쓴다. 데릴의 긴장을 풀어 주기 위해. 내가 어렵게 고갤 끄덕이자 그가 다시 이야기를 이어간다.

"우리 마을은 작아서 누가 어느 집 아이인지, 학교 성적은 어떤지 서로가 다 알잖아. 나는 특히 어릴 때부터 그런 시선에 스스로를 속박했었던 것 같아. 홀어머니 아래서 자란 아들이니 남들보다 착실해야만 한다는 강박관념이 있었어. 어머니가 나 때문에 폄훼당하는 일만은 절대 없게 하고 싶었거든. 대학에 가고 처음으로 고향을 떠나면서 나는 좀 들떠 있었어. 이전까지의 내가 싫었던 건 아니지만 새롭게 인생을 살아 보고 싶었지. 내가 듣던 수업 중에 심리학이 있었는데, 거기서 '수잔'을 만났어."

"같은 과 학생이었어?"

그가 고개를 흔든다.

"아니."

그리고 다시 마주 보는 그의 눈동자엔 고통이 느껴진다.

"부교수였어."

나는 놀라 소리치지 않으려 어금니를 꽉 깨물었다.

"그리고…… 그녀와 첫사랑에 빠졌지. 갑자기 얻은 자유를 어떻게 다뤄야 할지도 모르는 상태에서 너무 강렬한 유혹에 빠지고 말았던 거야. 폭주 기관차마냥 내달렸어. 아무 계획도 걱정도 없이 거기에만 빠져 허우적댔어. 헤로인을 해본 적은 없지만 헤로인을 한 것처럼 이성을 잠시 끄고 살았어. 수잔의 곁에서 떠나기 싫어 매년 핑계를 대며 집에 돌아가지 않았고, 그녀가 남편에게 돌아가기라도 하는 밤이면 절망에 빠져 제정신이 아닌 것처럼 굴었어."

나는 누가 내 목 뒤를 내리친 것처럼 어질어질해져 오는 것을 느꼈다. 데릴이…… 그 누구도 아닌 데릴이 유부녀 부교수와 놀아났었다니.

"그리고 원하던 대로 그녀에게서 맹세를 받아냈지. 내가 졸업하면 남편과 이혼하고 나와 결혼하기로. 마침내 기다리던 졸업을 하고 롤리로 돌아갔어. 수잔이 어머니에게 인사드릴 겸 오기로 약속했었거든. 하지만 아무리 기다려도 그녀는 오지 않았지."

데릴의 말수가 현저히 줄어들었던 그 무렵이구나.

"다섯 달여쯤이 지났을 때, 그토록 기다렸던 수잔에게서 편지가 왔었어."

그 편지를 잊을 수가 없다. 비록 보진 못했지만 그가 떠나버릴까 나를 불안하게 만들었던 원인이었으니까.

나는 조심스런 목소리로 묻는다.

"뭐라고 쓰여 있었는데?"

"……아이가 생겼다고 적혀 있었어. 6주 됐다고."

나는 두 눈을 질끈 감고 데릴이 찻잔을 들어 올렸다 다시 놓는 소리를 듣는다.

"미안하다는 말은 있었지만 끝내 사랑했다는 말은 없었어."

수잔에게 데릴은 무료한 일상의 짜릿한 일탈이었을 뿐이었으니까. 나는 천천히 두 눈을 뜬다.

"이야기 끝났어?"

"리지, 제대하고 돌아왔을 때 수잔은 정말 다 잊었었어."

"하지만 우린 여기에 이렇게 앉아 있잖아."

데릴은 깍지 낀 손만 내려다본다. 그는 반박하기를 스스로 멈추는 사람처럼 모든 걸 거둬들이고 자신 안의 감정과 조용히 싸우고 있었다. 나는 그의 그런 모습이 너무나 안쓰럽고 애처로워 오랜만에 그의 손을 잡는다.

"난 내 어머니가 세상에서 가장 불쌍해. 가장 안쓰럽고, 아무리 유쾌하게 웃어도 불행하게만 보여. 평생을 같이해 온 소꿉친구와 결혼했는데 아들이 두 살 때 결국 이혼하고 자신을 돌볼 겨를도 없이 일생을 외롭게 보내셨지. 가난과 육아, 불안하기만 한 일자리. 어머니의 인생에는 투쟁밖에 없었어. 네가 드레스를 입고 꽃같이 웃고 있는 모습을 보고 있자니 문득 겁이 났어. 너도 우리 어머니처럼 억지로 웃어야만 웃는 인생을 살게 될까봐."

우리는 이제 울고 있는 눈동자로 서로를 바라 본다.

"데릴, 난 사라가 아냐."

"맞아, 착각했었어. 그건 내가 바꿀 수 있는 일인데."

그가 작은 목소리로 말했다.

그 후로 나는 매일 데릴과 함께 시간을 보냈다. 공원을 산책하며 내가 없는 동안 있었던 롤리의 이야기를 듣기도 하고 주말엔 테라스를 활짝 열어 두고 식탁을 옮겨 햇빛을 만끽하는 점심 식사도 하고, 수영장에선 웃음이 그칠 새가 없이 물을 먹으며 놀기도 했다. 이젠 어른이 되었지만 다시 어린 시절로 돌아간 묘한 기분이었다. 우리는 슬픔의 그림자를 모르는 순수한 얼굴로 다시 가까워지고 있었다.

수영장에서 돌아오자마자 아직 채 말리지도 않은 머리로 데릴과 나는 소파와 테이블을 모두 밀어 내고 카펫 위로 퍼즐 조각을 흩뿌렸다. 데릴의 집에서 사라를 기다리며 자주 했던 놀이였다. 바닥에 주저앉아 반가움에 주체할 수 없는 희열을 느끼며 첫 번째로 맞출 조각을 찾는데 데릴이 그와 나 사이에 얼음이 가득 담긴 아이스 버킷을 내려놓는다. 퍼즐을 할 때면 절대 빠질 수 없었던 바닐라 아이스크림을.

한때 내가 그와 나 사이의 추억을 일깨우는 매개체로 택했던 아이스크림의 뚜껑을 열고 데릴이 스푼을 내보이며 말한다.

"맞추는 사람이 한 스푼씩인 거 알지?"

데릴의 손에서 스푼을 뽑아 든다.

"이번에도 내가 더 많이 먹을 거야."

우리는 아이스크림의 정중앙에 스푼 두 개를 찔러 놓고 퍼즐을 맞추기 시작한다. 마찬가지로 어릴 때처럼 나는 왼쪽, 그는 오른쪽에서부터. 우리는 흡사 수사물 드라마에서나 볼 법한 고도의 집중력을 요하는 프로의 눈빛으로 신중하게 퍼즐을 맞춘다.

아이스크림이 반쯤 사라지고, 물에 젖은 머리칼의 가닥들이 더욱 세세해졌을 때 데릴이 말한다.

"내가 없을 때 넌 어떻게 지냈었어?"

"알잖아, 어릴 때부터 떼어놓으면 빽빽 울던 거."

나는 그림 속 여인의 손을 맞춰 넣는다.

"언제부턴가 날 피하기 시작했잖아. 어설픈 화장에 염색도 하고. 나쁜 친구들과 어울릴까 걱정했었어."

"데릴, 여자의 마음을 너무 모른다. 부끄러우니까 피한 거야."

"부끄러워? 왜?"

나는 그가 궁금증에 멈춰 선 사이 얼른 두 조각을 더 맞춰 넣고, 아이스크림 두 스푼을 입안으로 떠 넣는다.

"그때가 여름 방학이었어. 여름은 항상 캘리포니아에 가서 보내고 왔잖아."

"그랬지."

"그날도 평소처럼 나는 사라를 도우면서 돌아오길 기다렸고. 늘 그랬듯 택시가 정원을 가로질러 들어와 섰지."

그가 고개를 갸우뚱한다.

"그랬지."

"벨이 울리고 문을 연 다음 난 사랑에 빠졌어. 끝."

난 내 이야기를 이해하느라 혼돈에 빠진 데릴을 내버려두고 그사이 얼른 퍼즐을 맞춘다. 다섯 조각이나 더 맞추고 여유 있게 아이스크림을 먹는데 그제야 이해가 끝났는지 데릴이 나를 내려다보며 묻는다.

"그때부터 날 좋아했다고? 그렇게 오래됐어?"

나는 그의 반응이 재밌어 그저 웃으면서 고개만 설레설레 흔든다. 내내 퍼즐 조각을 들고 서 있던 데릴이 내 앞에 엉덩이를 붙이고 앉는다.

"그리고 내가 대학에 간 다음에는?"

나는 턱을 괴고 회상에 잠긴다.

"기억나는 건 제인이 제이슨이랑 헤어질 때마다 울면서 찾아왔던 것밖에 없네. 아, 하나 더 있긴 한데 얘기 안 할래. 최악이었거든. 대학 졸업하고 나선 도서관에서 일했었어. 물론 가끔 울었지. 지금 생각하면 세상일이 다 내 뜻대로 안 되니까 젊은 치기에 북받쳐서 그랬는지 모르겠지만."

그가 내게 아픔을 주었다고 해서 똑같이 데릴에게 상처 주고 싶진 않았다. 그건 내가 바라는 바가 아니었다. 그때의 아픔을 맞닥뜨려도 나는 이제 괜찮았다. 판도라의 상자가 열릴까 두려움에 떨던 나는 이제 없었다. 상자 안에서 튀어나온 혼돈과 고통 안에서 나는 나만의 질서와 평화를 찾아냈다. 그래서 내 눈앞의 이 사람과 당당하게 눈을 마주하고 자신 있게 이야기할 수 있었다.

"미안해."

나는 데릴의 사과에 도리질 친다.

"이젠 이해할 수 있어."

데릴은 나를 더 잘 보려는 듯이 턱을 괴어 눈높이를 똑같이 맞추고는 수정구 안을 들여다보는 눈길로 내 눈동자를 오래도록 살핀다.

"리지, 정말 좋은 사람이 되었구나. 멋진 사람이 됐어."

"칭찬해 준다고 아이스크림을 양보해 주진 않을 거야."

나를 벌떡 일어서 다시 퍼즐을 잡고 퍼즐 판에 열을 올린다. 그리고 마침내 퍼즐이 완성되었을 때, 우리는 나란히 서 모네의 〈풀밭 위의 점심식사〉를 내려다보며 오랜만의 성취감에 취한다.

"모네네."

"네가 가장 좋아하는 작가잖아."

나는 고개를 끄덕끄덕한다. 곁에 선 데릴이 평온한 투로 여태 미뤘던 본심을 드디어 꺼낸다.

"리지, 늦지 않으면 좋겠는데……."

"롤리로 돌아가자고?"

말허리가 잘린 놀란 토끼눈을 보면서 나는 씨익 웃는다.

"아이스크림 봤을 때부터 이미 알고 있었어. 나도 당신한테 써먹었었거든."

다음날 일을 마치자마자 502호로 곧장 귀가했다. 옷을 벗는 것도, 화장을 지우는 것도, 샤워를 하는 것도 모두 컴퓨터 전원을 켜고 난 후로 미뤘다. 나는 익숙한 윈도우 화면이 나타날 때까지 스크린을 응시하면서 스카프를 벗고 외투를 벗었다. 귀걸이를 빼고, 웃옷을 갈아입자 사용자의 명령만 기다리고 있는 대기 화면이 나타났다. 나머지는 부랴부랴 대충 갈아입고 컴퓨터 앞에 앉아 궁금증을 해결하기 위해 인터넷 세상에서 동분서주한다.

정확한 날짜가 언제지? 뭐라고 검색해야 좋을까.

나는 얼굴도 모르는 사람들의 의견에서 힌트를 얻어 조금씩 진실의 무덤인 유령 섬으로 다가가고 있다. 실체조차 알 수 없었던 섬 가까이 다가가 이제 정박하려 닻을 내리려는 순간, 똑똑똑 문이 울린다. 숨죽이고 정확히 내 방문에서 난 소리인지 다시 한 번 기다려 본다.

똑, 똑, 똑.

저 문이 맞네. 나는 걸어가 체인을 걸어 둔 채로 문을 연다. 애런의 초록색 눈동자가 나타난다.

그가 낮은 목소리로 묻는다.

"잠깐 얘기 좀 할 수 있어요?"

"그럼요."

나는 갑작스런 상황에 당황하여 체인을 얼른 풀고 문을 활짝 연다.

"들어와요."

그는 내 방안으로 들어오지만 나를 앞서 먼저 걸어 들어가진 않는다. 후다닥 노트북을 덮고, 하나뿐인 의자를 내어 주자 그제야 그가 앉을 곳을 찾아 앉는다. 그의 표정을 살피면서 불안한 마음으로 침대에 걸터앉는다. 애런은 다른 곳에 정신을 빼앗긴 사람처럼 늘 잃지 않던 여유가 전혀 없어 보인다. 나는 가만히 앉아 그가 먼저 말을 꺼내기만을 기다린다.

잠시 뒤, 그의 눈이 우연히 내 눈과 마주치자 그가 화들짝 놀라 일어선다. 분명 뒤늦게 이 상황을 후회하는 눈빛이었다.

"아무것도 아니에요. 미안해요. 가야겠어요."

나는 본능적으로 이대로 보내면 모든 게 끝날 것 같은 느낌에 그의 앞을 가로막는다.

"뭔가 얘기하러 왔잖아요."

"잘못 생각했어요. 필요 없는 이야기였는데."

"그게 무엇이든 나는 필요해요."

애런은 차마 결연하게 두 주먹을 꼭 쥐고 가로막고 서 있는 나를 밀어내지 못한다.

"리지, 지금 나를 보내 줘야 후회하지 않아요."

"아뇨, 이대로 보낸다면 죽을 만큼 후회할 거예요."

나는 내 눈앞에 서 있는 위태로운 애런을 바라본다. 바보같이 여태 눈치채지 못했다니. 저토록 아파하고 있었는데. 모든 걸 혼자 힘들게 짊어지고 고통스럽게 견디고 있었는데.

"절대 다시는 보내지 않을 거예요!"

억눌러 왔던 마음이 뱉어지자마자 회한의 눈물이 흐르기 시작한다. 잡고 싶었지만 잡을 수 없다 생각해서 보냈던 날과 바보같이 내가 먼저 일어서 떠나 버린 날이 너무 후회스러워서. 의도치 않았다 하더라도 두 번이나 그를 놓아 버린 내가 너무 미워서.

"다시는…… 다시는 당신을 그냥 보내지 않을 거예요."

결국엔 그가 자신 앞에 놓인 장애물을 끌어안는다. 나는 마침내 다시 되찾은 그 품안에서 엉엉 운다. 열 손가락에 모든 힘을 실어 애런을 놓치지 않으려 그의 옷자락을 꽉 움켜쥐고.

그의 냄새. 그의 온기. 그의 숨소리. 나는 그저 애런의 품에 안겨 있다는 것만으로 슬픔의 파도가 서서히 잦아드는 걸 느낀다. 나는 훌쩍거리면서 아직 눈물에 젖어 있는 눈으로 그를 올려다본다.

"내가 환상을 보고 있는 건 아니죠?"

애런은 대답 대신 내 이마에 입맞춤한다. 그 다음은 눈가에. 그 다음은 볼에. 나는 긴장된 숨을 들이마신다. 그의 입술이 내 입술 앞에서 멈춘다. 소근거리는 애런의 목소리가 귓가에 닿는다.

"키스해 줘요."

1초의 시간이 흐른다. 나는 여전히 이 짧은 입술 사이의 간격을 유지한 채로 내 숨결이 그의 입술에 닿도록 말한다.

"애런, 내게 안 좋은 상황이 생기는 미랠 본 거죠?"

단숨에 우리 사이의 간격이 벌어지고 크게 동요하는 그의 눈동자를 발견한다. 나는 다시 그를 놓칠세라 한 발자국 다가가 거리를 좁히고 그의 손을 잡는다.

괜찮아. 괜찮아, 리지. 이 손과 함께라면.

차분한 목소리가 내 입을 열고 나온다.

"말해 주지 않으면 난 키스할 수 없어요."

놀라움이 사그라지자 드디어 그는 내게 끝까지 숨기려 했던 다짐을 단념한다.

"어떻게 안 거예요?"

손을 뻗어 그의 이마, 부드러운 목탄으로 그려낸 듯한 눈썹, 에메랄드 빛깔의 눈동자를 손끝으로 느낀다.

어떻게 아냐고요? 당신은 나와 멀리 떨어져서도 내가 걱정되어 매일 밤 꿈으로 내 과거를 보았죠. 내게 필요한 것이 있으면 원활하게 공급될 수 있도록 조치를 취해 주었고, 내가 무모하게 굴자 결국 돌아왔어요. 오지 말라고는 했지만 절대 헤어지자 거나, 사랑하지 않는다는 말은 꺼내지 않았어요. 거짓말로 나를 상처 주고 싶진 않았거든요. 크리스마스에는 약속했던 다이아몬드를 건네기 위해 파티에 참석했어요. 내가 가장 좋아하는 색의 포장지로 골라 눈에 띄는 곳에 두고 갔죠. 그래서 알 수 있었어요. 나를 향한 당신의 마음은 전혀 변하지 않았다는 걸. 나를 여전히 소중히 하고 있다는 걸 확신했어요.

마침내 그의 얼굴선을 따라 훑어 내려가던 내 손이 그의 입술에 닿자, 그가 내 손등 위에 부드럽게 입 맞춘다.

하지만 나는 이 모든 말을 뒤로하고 단 한 마디만 했다. 예전, 제스가 내게 했던 말을.

"당신을 잘 아니까요."

5부
과거로부터

1

한 남자가 있었다. 경찰이라는 의로운 직업을 가졌고, 사랑하는 아내가 있는. 알코올중독으로 툭하면 폭행을 일삼았던 생모 덕분에 한때 여성 편력이 있었지만 그는 정말 좋은 여자를 만났고 이제 곧 아이도 태어나 남부럽지 않은 한 집안의 가장이 될 준비를 하고 있었다. 평화로운 일상 속에서 점점 불러오는 아내의 배를 바라보며 그는 난생처음 행복을 느꼈다.

이 모든 일들의 발단의 전조는 정말 어쩌면 별것 아닌 일에서 시작됐다. 지금 돌이켜 보면 그는 천 번이고 만 번이고 그날 참았어야 한다고 후회한다. 그가 평생을 후회하고 있는 그날의 아침에 아내가 고백한다.

자기 어머니를 찾았어. 멀지 않은 곳에 아직 살아 계셔.

일순 과거의 망령이 그를 덮치고 숨어 있던 분노와 광기가 단숨에 그를 집어삼킨다.

그년이 아직도 살아 있어? 이 순간만큼 내 직업을 후회하고 있는 순간도 없어. 그 인간을 죽이기 위해서라면 총도 필요 없어. 그렇게 간단히 죽일 순 없지.

소맷부리를 거칠게 걷어 올려 흉터투성인 손목을 보이며 말한다.

이거 보여? 응? 나를 밟고 담뱃불로 내 피부를 녹인 만큼 고통스럽게 해줘야 한다고!

아내가 팔에 매달려 그의 생각을 돌리려 애쓴다. 자긴 더 이상 당하고만 있던 어린아이도 아니고, 그녀도 더 이상 당신을 해치지 못해. 그녀는 늙었어. 달라졌어.

그년을 만난 거야?

두려움을 느낀 아내가 주춤주춤 뒷걸음질한다. 여보, 제발. 그렇게 예민해하지 마. 그저 어떻게 지내시는지…….

그는 비수 같은 말로 아내를 상처 입히고 집을 나선다. 그년과 작당이라도 하기만 해봐. 가만 두지 않겠어!

처음 본 남편의 격분에 다리가 풀리다 못해 주저앉는다. 그저 울기만 하던 그녀는 당장 남편이 돌아올 오늘 밤이 두려워 가방을 집어 들고 간단한 짐을 싸 집을 나선다. 친정이 있는 모국인 캐나다로 가기 위해.

집에서 가까운 국제항에 온 그녀는 티켓을 구하지 못할까 걱정하며 창구로 간다. 창구 직원이 오늘 마주친 사람 중 가장 친절한 미소로 말한다. 방금 취소된 오늘 밤 배 티켓이 한 장

있어요. 운이 좋으시네요.

그녀는 의자에 앉아 자신을 태우고 떠날 배를 기다린다. 눈앞에 공중전화가 보인다. 지금쯤이면 남편이 돌아와 집에 아무도 없는 것을 확인하고 적잖이 당황하고 있을 것이다. 본래는 착한 사람이니 금세 오늘 아침 일을 후회하며 돌아오는 길에 꽃집에 들러 아내가 좋아하는 꽃을 샀을지도 모른다. 하지만 한편에선 영영 돌아올 생각하지 말라고 할지도 모르는 그의 말이 두렵기만 하다. 이윽고 밤이 된다. 그녀는 마지막까지 고민하지만 끝내 남편에게 전화하지 않은 채 승선한다.

배는 고요히 바다를 가르며 전진한다. 그녀는 전등 아래서 남편에게 편지를 쓴다. 차마 다 전하지 못했던 말들과 그 의미를. 전구 불빛이 깜빡거려 그녀의 펜을 쥔 손이 잠시 멈춘다. 바람에 창이 덜컹거린다. 다 쓴 편지를 가방에 집어넣고 나자 갑자기 불빛이 사라진다. 칠흑 같은 암흑 속에서 천둥소리가 배를 울린다. 비가 바다 위로, 그녀 방의 창문 위로 요란하게 떨어진다. 전장 한가운데 있는 것처럼 총알들이 쏟아지는 소리 같다. 갑자기 두려움이 엄습한다. 배가 요동치기 시작하고 사람들의 혼란에 빠진 소리가 괴기스럽게 복도에서 울려 퍼진다.

하늘이 번개로 번쩍거릴 때마다 그녀는 눈앞의 광경에 아연실색한다. 그녀는 고개를 돌려 발견하지만 피할 새도 없이 바닷물에 집어삼켜진다.

아기, 내 아기!

그녀는 필사적으로 사력을 다해 두 발로 물장구친다. 떠오르기 위해. 겨우 두 눈이 수면 위로 떠올랐을 때, 그녀가 탔던 배 루시타니아호는 침몰되어 사라진 뒤다. 그녀는 배의 파편을 부여잡고 세차게 내리는 빗속에서 제대로 보려 애쓴다. 하지만 뚜렷이 보이지는 않아도 이 절망적인 상황에 자칫하면 정신을 잃을 것만 같다.

그녀는 소리쳐 본다. 살려 주세요! 살려 주세요! 메아리로조차 되돌아오지 않는 외침이다. 마지막을 예감한 그녀는 눈물을 흘린다. 누구보다 남편이 보고 싶다. 그의 상처를 건들여서는 안 되었다. 모든 것이 후회됐다. 적어도 마지막에 배에 오르기 전에 전화했어야만 했다. 누구보다 사랑한다고, 그러니 기다려 달라고.

그녀의 몸이 갑자기 경직된다. 눈물 흘리던 눈동자가 무기력하게 초점이 풀린다. 그러고는 이내 다시 정신을 차린다. 아랫배에서 칼로 가르는 듯한 날카로운 통증이 그녀를 고통스럽게 한다. 그녀의 손아귀 힘이 점점 풀린다. 흐느끼며 마지막으로 남편의 이름을 부른다. 존······.

그녀의 갈색 머리가 물결치며 바다 아래로 사라진다. 그녀는 결코 다시 남편에게 돌아가지 못한다.

눈앞에 애런의 잠든 얼굴이 보인다. 나는 그의 이마 위로 흘러내린 머리카락을 만지작거리다 애런 등 뒤의 시계를 확인하고 내키지 않지만 침대에서 몸을 일으킨다. 세면대 앞에 서 간단하게 양치와 세수만 하고 다시 침대로 돌아온다. 벗어 뒀던 옷을 차례로 하나씩 몸 위에 걸친다. 다크네이비색의 티셔츠를 끌어 내린 다음 라운드 넥 안으로 들어간 긴 머리를 빼내는데 무언가 내 허리를 감싼다. 나를 안고 있는 그의 팔 위에 손을 얹고 돌아보며 인사한다.

"좋은 아침."

초록색 눈동자가 자상하게 나를 본다. 이제 원하는 만큼 만질 수 있는 그의 손에 깍지를 끼고 입술에 입 맞춘다. 부족한지 그의 입술이 내 입술을 더듬으며 말한다.

"언제 돌아와요?"

"비행기가 뜨고 나면요."

여전히 내 입술에 끊임없이 입맞춤하며 그가 한 단어씩 말한다.

"활주로…… 달릴 때…… 돌아오면?"

나는 가만히 웃음소릴 내며 그의 입술 세례를 받기에 바쁘다. 우리는 떨어져 있었던 시간만큼 채워도, 채워도 부족한 서로의 그리움을 달래기에도 하루가 모자라다. 진한 키스 끝에 내가 겨우 말한다.

"정말 늦겠어요. 얼른 다녀올게요."

나는 문 앞에 가서야 돌아본다. 그는 나를 안고 있었던 침대 자리에서 미소와 함께 손 흔들며 배웅한다. 나는 다시 그의 품 안으로 뛰어 돌아가고 싶은 마음을 겨우 억누르며 집을 나선다.

공항에 늦지 않게 도착은 했지만 역시 염려했던 대로 데릴이 먼저 도착해 있었다. 그는 잠이 부족해 보이는 얼굴로 카페

테리아에서 커피를 마시고 있다. 내 몫의 커피까지 놓여 있는 테이블에 앉아 늦어서 미안하다는 말을 전한다.

"미안, 내가 늦었지? 수하물은 벌써 다 붙였어?"

"응, 일부러 기다리게 할 필요 없을 것 같아서."

그러더니 그가 의자 옆에 세워 둔 크라프트지로 감싼 액자 하나를 내 쪽으로 밀어내며 말한다.

"늦었지만 새해 선물이야."

"선물?"

신문 한 면만 한 액자를 양손으로 들어올린다.

데릴이 말한다.

"별건 아냐. 기념품 같은 거."

"고마워, 받기만 해서 어쩌지?"

"그렇게 기뻐해 주면 돼. 내가 너한테 미안함이 크니까 이렇게라도 균형을 맞춰야지."

농담 같지만 진심이 담겨 있음을 안다. 어떤 말보다 그에게 위로가 되는 말을 다시 한 번 전한다. 고마워, 데릴.

액자를 내려 두고 나는 내 손목시계를 내려다보며 말한다.

"시간이 정말 얼마 안 남았네."

"커피 한 잔 할 시간으론 충분해."

그를 따라 종이컵 안의 커피를 마신다.

"칼럼 연재하는 잡지 이름이 정확히 뭐랬지?"

"생활지야. 남자가 읽기엔 재미 없을 텐데."

"어머니가 읽던 〈마사스튜어트 리빙〉 봤는데 나름 재밌던데?"

나는 피식 웃으며 결국 알려준다.

"〈쿡&리빙〉이야."

"정기구독도 되나?"

"데릴, 이제 두 달 뒤면 연재도 종료야. 어차피 6개월 계약직
이었으니까."

"편집자가 가능성을 봤다며? 연장될 거야."

"……그러면 좋겠지만."

리아가 얘기한 뉴욕의 가능성이 갑자기 머릿속에서 되살아
난다. 그토록 원했던 애런까지 되찾았는데도 나는 여전히 망설
이고 있었다. 체념되지 않는, 오히려 의외의 내 야심에 적잖이
놀라고 있다.

오래된 버릇인 엄지손톱으로 눈썹을 긁으며 그가 묻는다.

"드레스 치수는 그대로 전하면 돼?"

"몸무게가 빠져서 아무래도 좀 적게 나온 건데 결혼식 당일
날 드레스가 작으면 어쩌지?"

"많이 빠졌어?"

"그래도 좀 회복된 거니까 큰 차이는 없어."

"그럼 그렇게 전할게. 아마 조금 여유 있게 해줄 거야. 들러
리 드레스 무슨 색인지 알아?"

"봤어?"

"응, 살구색의 미니 드레스더라."

"발랄한 느낌이네. 로즈의 들러리 드레스랑은 느낌이 사뭇
다른걸?"

"제인 쪽 들러리가 아무래도 연령대가 더 낮잖아. 그 친구 들러리 드레스는 어떤 디자인인데?"

"레드 와인색의 롱 드레스야."

"어느 쪽 드레스가 덜 부담 돼?"

"글쎄, 미니드레스는 각선미가 문제고 롱 드레스는 힙 라인이 중요한데 둘 다 자신 없긴 마찬가지야."

"우리 결혼식 때 롱드레스였잖아."

"그땐 신부로서 만반의 준비를 한 뒤였고."

데릴은 웃고 나는 커피를 마신다. 종이컵을 얼굴에서 떼어내니 데릴의 시선이 나를 기다리고 있다. 묻고 싶었던 걸 그가 묻는다.

"친구 결혼식이 끝나면 그땐 집으로 돌아올 거야?"

나는 무슨 대답을 해야 할지 몰라 입술만 달싹인다.

"약속했다니까. 이번엔 혼자 돌아가지만 다들 실망할 거야. 특히…… 아저씨가."

아빠의 메시지를 전하듯 그가 말한다.

"널 많이 보고 싶어 하셔."

"제인 결혼식엔 꼭 참석할 거니까. 그때 가겠다고 잘 말씀드려줘."

우리는 자리에서 일어서 탑승장을 향해 걸어간다. 다시 이별이다. 이번엔 내가 원해서 남는 거고 그를 배웅해 주기 위해 이 자리에 서 있다. 그가 먼저 미소로 말한다.

"덕분에 휴가 즐거웠어. 피닉스도 괜찮네."

우린 오랜만에 포옹한다. 안녕이라는 말은 서로하지 않는다.

손 흔들며 그가 멀어진다. 익숙한 다갈색의 짧은 머리가 자라 있는 그의 뒷목 언저리를 가만히 지켜보면서 후회가 심장께까지 차오르는 것을 느낀다. 나는 몇 발자국 달려 얼른 그를 붙잡는다.

"데릴!"

그가 깜짝 놀란 눈동자로 돌아본다.

"중요한 얘기가 있어. 내가 여길 고집하는 이유."

그는 반문도 못하고 나만 바라본다.

"어떡해서든 곁에 있고 싶은 사람이 여기 있어. 내가 힘들었을 때 그가 많이 도와줬어. 나를…… 행복하게 만들어줬어."

듣고 있는 데릴보다 내 눈에서 눈물이 차오른다.

"이번엔 내가 그를 지켜 줄 때야. 도망치고 싶지 않아."

그리고 눈물이 묻은 입술로 가장 중요한 고백을 한다.

"그를 사랑해."

나는 손으로 눈물을 훔친다.

데릴이 어깨가 들썩일 정도로 숨을 들이마시더니 내 손을 잡아 준다.

"울지 마, 리지. 넌 잘 해낼 거야. 내가 봐온 누구보다 가장 강인했어."

여섯 살 때의 어느 날처럼 그가 울고 있는 내 머리를 다정하게 쓸어 넘겨주며 말한다.

"넌 항상 옳았고, 제대로 된 길로 갔어. 그러니 겁내지 마.

아무것도."

나는 그를 끌어안고 여태 하지 못했던 말을 이제야 전한다.

"항상 강요만 하고 헤아리지 못해서 미안해, 데릴. 그리고 날 위해 언제나 희생해 줘서 고마웠어."

우리는 다시 서로를 안았던 팔을 푼다.

그가 나를 보며 말한다. 안녕, 리지.

한 발자국 멀어지며 말한다. 또 봐, 리지.

나는 인파 속으로 사라지는 그를 향해 까치발을 들어 손을 흔든다. 잘 가, 내 첫사랑. 다시 만나, 나의 데릴.

비행기가 천천히 바퀴를 집어넣고 활주로를 뜨는 것을 본다. 눈에 보이지 않는 에스컬레이터를 오르듯이 천천히 고도를 올라 멀어지는 모습도. 내 눈길이 닿을 수 없는 곳으로 사라지고 나서야 나는 천천히 유리벽에서 떨어져 걷기 시작한다. 걸음에 미련은 없지만 묵직한 애수가 달려 있다.

데릴과 함께 앉아 있었던 테이블을 지나 걷는데 눈앞에 애런이 서 있다. 공항을 벗어나기가 버겁던 내 걸음에 조금이나마 힘이 실린다.

"언제 왔어요?"

"아까요. 당신은 비행기 뜨는 걸 봐야 할 것 같아서 대신 내가 활주로 달릴 때 맞춰왔어요."

나는 그의 허리를 끌어안는다.

"괜찮아요?"

"좀 슬퍼요. 너무 소중한 사람을…… 그러니까 내 말은……."

그는 더 말하지 않아도 안다는 듯이 내 어깨를 안으며 말한다.

"그는 좋은 남자죠. 알아요, 당신 인생에서 절대 빼놓을 수 없는 사람이고 얼마나 많이 지탱해 준 사람인지."

내 어깨와 팔을 쓰다듬고 이마에 입 맞추며 말한다.

"걱정 마요. 집에 돌아갔을 땐 여전히 데릴이 그곳에 있을 거예요."

그러면 나는 고개를 끄덕인다. 내가 특별히 이해를 구할 것도 없이 그는 다 알고 있다. 데릴이 내게 어떤 의미인지. 사랑이 사라졌어도 무엇인가가 남아 있는 중요한 사람임을. 그는 충분히 헤아리고 존중해 준다. 그래서 나는 굳이 숨길 것도 과장해서 이야기할 필요도 없다.

데릴을 떠나보내고 덩그러니 남아 멀어지는 비행기를 보면서 몹시 쓸쓸했다. 그리고 떠나온 사람이 짊어져야만 하는 숙명도 알게 되었다. 떠난다는 것은 멀어지는 거리만큼의 고통을 감내해야 한다는 것을. 나는 데릴과의 거리만큼의 아픔을 참아 내야 한다. 떠나온 사람은 나이므로. 그리고 필시 이 고통은 데릴과 애런도 감내했었을 거란 걸 알았다.

우리는 차에 올라 늦은 아침을 먹기 위해 자리를 옮긴다. 좋은 날씨를 만끽하기 위해 야외 테라스에 앉아 주문을 마치고 아직 다 듣지 못한 이야기를 들을 준비를 한다.

"그래서 그 남편인 존은 어떻게 됐어요?"

불편한 이야기를 해야만 하는 그가 잠시 머뭇하더니 말한다.

"세상을 증오하기 시작했어요. 먼저 발단이 되었다고 생각하는 그의 생모를 찾아 마약 소지 혐의로 체포했죠. 석연치 않는 건…… 그녀가 알코올중독자이긴 해도 마약을 한 적은 없어요. 도박하느라 돈을 다 탕진해서 그런 것도 있겠지만."

"그 말은 존이 혐의를 씌웠다는 건가요?"

그는 대답 대신 말한다.

"……형량이 끝나고 석방되어도 얼마 후면 늘 재수감되었죠."

"부인이 사고로 죽어 안됐긴 했어요. 안타깝긴 한데 그 사람이 왜 우릴 위협하게 되는 거예요?"

애런은 혀끝으로 입가를 축이더니 조용히 말한다.

"내 존재를 알게 되었거든요."

"당신이요? 그게 왜요?"

그가 가볍게 도리질하더니 다시 말한다.

"내가 보는 것을 알아요."

나는 잠깐 말문이 막혔다가 다시 대화로 돌아온다.

"어떻게요? 그걸 어떻게 알아요? 다른 누가 아는 사람이 있어요?"

그때 주문한 차와 음식이 나와 우리는 잠시 대화를 중단하고 웨이트리스가 얼른 제 할 일을 하고 사라지길 기다린다.

나 말고 누가 알지? 그의 이모인 줄리도 아직 모든 것을 알진 못하고, 그의 친구들 중에서도 아무도 아는 사람이 없는데. 더 이전에 알던 사람이라면 그의 어머니와…….

"숀? 숀이 알려준 거예요?"

다행히 웨이트리스는 이미 가게 안으로 들어간 뒤였다.

"리지, 진정하고 식사부터 좀 해요. 배고프잖아요."

"아까 커피 마셨어요. 그래서 당신이 아버지를 찾았던 거 군요?"

"……케이티에게 저장장치 복구 전문가 친구가 있는 줄은 차마 생각 못했어요."

"나한테도 히든카드는 있거든요. 지금 이야기 차례가 어떻 게 되는 거예요?"

애런은 내 취향에 맞게 스크램블 위에는 후추만 흩뿌리고 바구니 안을 손가락으로 뒤져 기어이 내가 가장 좋아하는 커피 크림을 찾아낸다.

"경로는 모르겠지만 몇 달 전에 존이 내가 미래를 보는 능력 으로 어머니의 사고를 막아냈다는 걸 알았어요. 아마 그 당시 의 수사 기록을 보게 됐을 거예요. 어머니가 취소한 티켓을 그 의 아내가 샀거든요. 경찰이 참고인으로 방문 조사했었을 텐 데 그때 아마 숀이 너무 많은 것을 솔직하게 얘기했을 거예요. 그렇게라도 나를 병원에 보낼 근거를 확보하고 싶었을 테니. 그 참고인 진술서를 얼마 전에서야 그가 봤고 확인하기 위해 숀을 찾기 시작했어요."

"무얼 위한 확인이요?"

바닐라향의 커피 크림이 잘 녹아들도록 휘저은 다음 커피를 내 손 옆에 내려 두며 그가 말한다.

"내가 알고서도 방관했는지를요."

"말도 안 돼. 그때 당신은 겨우 여덟 살이었어요! 병원에 수용되는 것뿐만이 아니라 SF영화에서처럼 갖가지 실험을 받을 수도 있고 지금처럼 이렇게 평범한 일상을 다시는 보낼 수 없는 신세가 되었을 거예요."

커피크림이 손끝에 묻었는지 그가 냅킨으로 닦아 내며 나지막이 말한다.

"사실, 방관은 맞죠. 배에 정확히 몇 명이 타고 있었을까요? 내가 지금 몇 명의 희생과 맞바꾼 인생을 살고 있는 걸까요?"

일생을 그를 짓눌러온 죄책감. 그에게 상처와 행복은 별개였다. 결코 융합될 수 없는 서로 다른 두 물질처럼. 나는 다시 자괴감이라는 악마가 그를 집어삼키는 걸 보고 얼른 그를 구해내기 위해 손을 뻗는다.

"애런, 그런 생각은 하지 말아요. 나 좀 봐요, 어서."

그의 지친 눈이 나를 겨우 쳐다본다.

"절대 팔짱끼고 방조한 게 아녜요. 당신에게도 그건 너무나 가혹한 일이었어요. 그 일이 있고 무척이나 괴로워했죠? 아직도 죄책감이 당신을 짓누르고 있고요. 그때 만약 당신이 경찰에게 알렸더라면 곧 바로 배 출항을 중단시켰을까요? 여덟 살짜리 꼬마 아이의 꿈 얘기만 믿고? 결국 그 사건은 일어났을 거고 당신은 바로 다음날 수용되어서 절대 나오지 못했을 거예요. 남은 인생 전부를 무의미하게 헌신하고 지금처럼 내 곁에 있을 수 없다 해도 괜찮아요?"

나는 괴물 같은 녀석이 조금씩 그에게서 물러서는 것을 느낀다.

"나한텐 당신이 필요해요. 당신이 없으면 안 돼요."

나는 일부러 더욱 힘주어 말한다.

"내가 절대 뺏기지 않을 거예요."

"……리지, 어서 먹어요. 식겠어요."

다시 너그러워지는 초록색 눈동자에 나는 겨우 한숨 돌린다. 잉글리시 머핀과 베이컨 한 입을 먹다말고 나는 중대한 이야기를 빼먹었음을 깨닫는다. 조심히 그를 부른다.

"애런."

입안을 얼른 비우고 커피로 마무리한다.

"그 미래의 꿈 이야기를 듣고 싶어요. 얼마나 긴박한 상황에 처하게 되는지……. 존이 앞으로 어떻게 행동할지 예측할 수도 있고."

나는 그가 바로 긴장하는 것을 알아챈다. 그의 시선이 테이블로 떨어진다. 입술 사이가 살짝 열렸다 다시 다물어지고 숨을 들이마시는 소리와 함께 턱 근육이 뭉쳤다 풀린다.

입술이 다시 떨어지지만 4초 후에야 겨우 그가 말한다.

"……내 집이었어요. 나는 손을 들어 올리고 투항하고 있고, 바로 앞에 존이 나를 위협하고 있었어요."

"당신 집에서요?"

그가 고개를 끄덕끄덕한다.

"그럼 나는 어디 있었어요? 당신 뒤에?"

그가 다시 뜸들이더니 말한다.

"존의 뒤에 정신을 잃고 쓰러져 있었어요."

내 몸이 바로 얼어붙는 것을 느낀다.

그렇구나, 존이 나를 인질로 잡는 거였어……. 나는 목소리가 떨리지 않도록 애쓰며 말한다.

"음…… 정확하게 기절한 거 맞아요? 연기한 것일 수도 있고……."

"전신에 힘이 풀려 당신은 목조차 가누지 못하고 있었어요. 손은 결박당한 채 바닥에 누워 있었죠."

나는 그가 내 초조함을 읽을까 얼른 두 손을 테이블 아래로 숨기고 피가 통하도록 주먹을 쥐었다 폈다 한다. 하지만 포커페이스는 되지 않았는지 그가 나를 안정시키려 애쓴다.

"당신을 다치게 하는 일은 절대 없어요. 그러니 먼저 예방 차원으로 한동안 내 집에 오지 않는 게 좋아요."

"그래서 집에 오지 말라고 했었군요?"

"그는 루시타니아호 침몰 사건을 더 이상 자연재해라고 생각하지 않아요. 충분히 어느 한 사람이 막을 수 있었던 인재라고 생각하고 있죠. 그는 내게 복수하고 싶어 해요. 사랑하는 아내와 배 속에서 죽은 아기처럼 나의 가장 소중한 걸 찾아 박탈시키고 싶어 해요."

"그가 나를 알고 있어요?"

"어쩌면 아직은 모를지도. 애쓰는 만큼 그의 과거가 잘 보이진 않아요."

내가 무엇부터 생각하면 되지? 뭘 해야 나를 안전하게 보호할 수 있지? 혼란에 빠져 있는 내 손을 잡기에 그를 본다. 어느 때보다 진지한 눈빛으로 그가 말한다.

"아직 늦지 않았어요. 이곳을 떠나는 게 제일 안전해요."

내가 가 버리고 나면 혼자 남게 될 그의 얼굴을 본다.

"애런, 미래가 실제로 일어나지 않았던 적이 있어요?"

내 희망의 불씨를 직접 꺼트리고 싶진 않아 그는 간접적인 대답도 회피한다.

내버려 둔 냅킨을 털어 편다. 차분한 자세로 냅킨을 무릎 위에 내려 두며 내가 말한다.

"그럼 이제 최대한 잘 먹고 건강해져야겠네요. 날 납치할 때 뭘 사용하는지는 모르겠지만 그때 죽지 않고 기절로 그치려면요."

하얗게 질린 얼굴로 농담해 보지만 그를 웃게 만들기엔 역부족이다.

2

동요하지 않은 척했지만 방에 돌아와선 결국 그날 하려 했던 일은 아무것도 못하고 침대에 꼼짝없이 갇혀 있었다. 잠도 오지 않는데 침대에 누워 있는 건 그거대로 꽤 막막하다.

누군가 내 목숨을 노린다. 금전이 목적인 범죄보다 더 고약하다는 원한에 의한. 잘 됐다고 하기에도 아이러니하지만 어쨌든 언제가 될지 모르는 그날의 사건을 범인보다 더 빨리 알았다. 그러나 손쓸 도리가 없다.

숀은 그 후 줄리가 애런을 맡아 기른 것을 짐작하고 있었다. 실제로도 그의 이전 거주지는 뉴욕이었으니 존에게 알려 주었을 것이다. 그래서 애런도 나로부터 그를 따돌리기 위해 급히 뉴욕으로 갔지만 내가 애런을 다시 만나기를 원했다. 그는 돌아왔고 존은 아마 곧, 어쩌면 지금 이 시간에도 이 도시를 뒤지며 나를 찾고 있을지도 모른다. 그를 따돌린다 한들 과연 그게 언제까지 가능할까? 오늘따라 어둠에 잠긴 거리가 유독 음산해 보인다. 애런이 본 미래는 반드시 일어난다. 존은 끝내 우리를 찾아내, 그 집으로 끌어낼 것이다.

케세라세라. 일어날 일은 일어나기 마련이야. 맞이할 수밖에 없는 운명이라면 어떻게 해야 그 운명에서 살아남을 수 있을까?

일이 끝나고 근심에 잠겨 있는데 누군가 내 어깨를 잡는다. 소스라치게 놀라며 돌아보니 손의 주인은 다름 아닌 케이티다. 그녀는 오히려 나보다 더 놀라 말하려던 용건도 잠시 잊었다.

"놀라게 하려던 건 아니었는데 괜찮아?"

도통 가라앉지 않는 가슴을 부여잡고 나는 겨우 그렇다고 말한다.

"미안해요, 주위가 안 보일 정도로 다른 생각을 하느라."

내가 몇 번이나 더 괜찮다고 하자 케이티의 놀란 가슴도 진정된다.

"다음 주 주말에 시간 있어?"

"특별한 약속은 없어요."

"로즈의 결혼 축하 파티를 할까 해서. 가족들도 곁에 없으니 이러나저러나 쓸쓸해 보여."

"그 생각을 못하고 있었네요."

"장소는 크지 않아도 될 것 같아서 적당한 곳으로 이미 알아 뒀어. 제스 총각 파티는 학교 친구들이 알아서 해줄 거고 우린 우리끼리 두 사람을 축하하려고."

"좋은데요? 선물은 각자 준비해요?"

"남자들은 제스를 맡고, 우리는 로즈. 돈을 모아서 평소에 로즈가 갖고 싶어 하던 가격대가 좀 있는 걸로 살까 하는데, 어때?"

"저도 거기 끼워 주세요."

"알았어, 톰이 따로 연락하겠지만 애런한테도 귀띔 부탁해."

오네이로를 나서 기다리고 있던 그의 차에 오른다.

차안에서 우리는 어젯밤 헤어졌던 시간 이후부터의 이야기를 나눈다. 특별할 것 없는 이야기라도 얘기하고 서로 들어준다. 애런은 특히 상황만 볼 수 있어서 내가 직접 말하는 내 생각과 감정 듣기를 좋아한다. 나는 신나서 떠든다. 나에 대한 무구한 관심으로 반짝이는 두 눈을 보고 있자면 그렇게 될 수밖에 없다.

로즈와 제스의 결혼 축하 파티 이야기를 이제 막 꺼냈는데 어느덧 차는 내 방이 올려다보이는 모텔 앞에 도착한다. 활짝 미소 짓고 내리려는데 그가 나를 붙잡는다.

"리지, 무리하지 마요."

일단은 발뺌한다.

"뭘요?"

"당신은 여느 때처럼 하고 싶은 대로 하면서 지내면 돼요. 가장할 필요 없어요."

나는 여러 말 대신 그를 껴안고 입술에 입 맞춘다.

"내가 하고 싶은 대로 했으니 이제 갈게요. 잘 자요."

차에서 내려 바로 엘리베이터를 타고 5층에서 내린다. 방으로 곧장 걸어 전등을 켜고 창밖으로 손을 흔들면 그제야 그가 시동을 걸고 차를 출발한다.

방에 홀로 남으면 비로소 나만의 근심에 빠져든다. 한없이.

그 주말 아침에는 일찍이 가게 앞에서 기다리고 있다가 제이미와 함께 노스베이글의 문을 열었다. 죽은 여인의 얼굴 같은 가게 안이 제이미가 이것저것 기구들에 전원을 넣고 소음이 뿜어져 나오자 그제야 생기가 돈다. 항상 앉던 창가 자리를 두고 구석진 자리에 앉자 제이미가 이상하게 본다. 나는 가장 먼저 만들어지는 것들로 달라고 주문한 다음 가져온 책과 언론사들의 칼럼을 읽는다.

리아가 며칠 전 드디어 편집장에게 올 한 해 고정 칼럼을 확약받았다고 연락해 왔다. 원한다면 본사 내근직인 주간지 칼럼도 가능하다고. 평소 같으면 크게 기뻐했을 일에도 나는 어물어물했다. 대타가 필요해요, 제가 언제 어떻게 될지 모르거든요. 불행인지 다행인지 그녀는 내가 정확히 뭐라고 말했는지 알아듣지 못했다.

눈으로는 부지런히 활자를 읽고 있는데 고개만 들면 주제가 무엇이었는지조차도 기억이 안 난다. 갑자기 짜증이 치민다. 애초에 내가 이렇게 굴까봐 애런은 솔직하게 말하기를 주저했던 거다. 발목 잡힌 꼴로 허우적대다니, 세상에. 나 왜 이렇게 못났지?

펼쳐 두었던 책이며 잡지, 신문을 모두 덮어 버리고 신경질적으로 얼굴을 문지르는데 제이미의 목소리가 들린다.

"참 떠안고 있는 문제에 따라 다채로운 반응들이야."

"제이미, 제발 내 앞에 앉아 줄래요?"

그녀가 자리에 앉는 소리가 들린다.

"울고 있는 건 아니지?"

손바닥으로 너무 비벼댔지만 그래도 붉어지기만 했다. 얼굴을 보이자 제이미가 조금 안심하는 눈치다.

"애런이랑 잘되고 있는 거 아니었어?"

"그랑은 좋아요, 남부러울 것 없이 좋아요."

"새로운 고민거리야?"

정작 뭐라고 얘길 꺼내야 할지 몰라 입맛만 다시면서 테이블을 두드리자니 제이미가 말한다.

"말하고 싶은 대로 상상력을 보태서 말해봐. 알아서 해석할게."

주저할 것 없이 한마디가 툭 튀어나온다.

"누가 저를 가만두지 않겠다고 위협할 예정이에요."

그녀의 표정이 바로 일그러진다. 못 먹을 걸 먹었을 때의 표정.

"누구한테 해코지했어?"

"상상력이요, 상상력."

제이미가 실소하며 말한다.

"시작은 여느 공상소설만큼 흥미롭네. 이를테면 조커에게 카드를 받은 느낌일까?"

"아, 완벽한 비유예요."

"범인으로부터 예고장을 받았다라……."

나는 대출 가능 여부를 위해 신용도를 평가받는 사람처럼 그녀의 답을 기다린다.

"배트맨은 고담시를 위해 맞섰지. 효율적으로 맞서고 싶으면 배트맨처럼 무얼 지키기 위함인지 확실히 하고 맞서 봐."

그녀가 내 어깨를 두드리며 일어선다.

"결국은 배트맨이 이기더라. 아침 가져 올게, 기다려."

나는 허무하게 블랙홀로 빨려 들어간다. 붙이고 앉아 있던 엉덩이가 주룩 미끄러진다.

당연히 배트맨이 이길 수밖에. 배트맨은 부자에 배트카도 있고 알프레도도 있고 무술이 뛰어나잖…….

그때 내게 있지도 않은 육감의 눈이 떠지는 것 같은 깨달음이 머리 위로 떨어진다.

"제미미! 싸움을 잘하려면 복싱을 배우는 게 나을까요, 태권도를 배우는 게 나을까요?"

새벽 1시.

기진맥진해하며 애런이 침대에서 몸을 일으킨다. 터덜터덜 마른 목을 축이려 냉장고로 걸어가 물을 마시다 말고 그는 방금 전 꿈에서 본 영상을 떠올리고 생수 병을 내동댕이친다. 얇은 플라스틱 병은 요란하게 바닥에 부딪히며 남은 물을 모두 쏟아낸다. 그는 자신 안의 고양된 감정을 다스려 보려 애쓰지만 쉽지 않다.

존이 그를 쫓아 피닉스에 도착했다.

이른 아침부터 요란하게 문 두드리는 소리가 그를 다시 깨운다. 애런은 아직 잠에 취해 비틀거리며 현관문을 열자 활짝 미소 짓고 있는 리지가 나타난다. 그는 잠시 당황하지만 곧 그 기색마저 감쪽같이 감추고 문을 활짝 연다.

"내가 깨운 거예요?"

"일어나야죠. 그것보다 이 시간에 깨어 있다니 놀라운데요?"

"오늘부터 운동 시작했거든요."

운동? 눈꺼풀에 무겁게 매달려 있던 잠기운이 싹 달아난다.

"무슨 운동이요?"

"어떤 종목이든 하고 싶은데 일단 기초 체력부터 기르려고요. 매일 조깅하려고 운동화도 새로 샀어요."

그녀가 크라프트지로 감싸여 있는 액자 같은 것을 뜯는 걸 보고서야 애런은 리지가 빈손이 아니었음을 깨닫는다.

그동안 요즘 그녀가 흥미 붙인 다즐링 차를 내어 오기로 한다. 주전자를 스토브에 올리고 팬케이크라도 구워 낼 준비를 한다. 팬이 달궈지기를 기다리면서 그는 어제 본 과거에 대한 못 다한 고민을 반복한다. 존이 피닉스에 도착한 이상 리지를 찾아내는 것은 이제 시간문제다. 이 이야기를 솔직하게 리지에게 말하기엔 너무나 불편한 진실이다. 그녀가 최후의 날을 맞이할 사람처럼 구는 것도 더는 보기 힘들다. 그렇다고 숨기는 것 또한 위험 부담이 크다. 하긴 이 중에 위험하지 않은 일이 어디 있나. 추락하는 비행기에 갇힌 것과 다름없는데.

주전자 주둥이에서 증기가 뿜어져 나오기 시작한다. 애런은 다시 침착한 자세로 돌아와 인퓨져에 홍차 잎을 넣는다.

"애런, 이것 좀 봐요!"

리지의 외침에 고개를 돌린다. 그녀가 환한 얼굴로 포장을 다 풀어낸 액자를 가리키고 있다.

그는 조리대에서 떨어져 액자 가까이로 걸어간다. 액자 안에는 퍼즐로 맞춘 모네의 〈풀밭 위의 점심식사〉가 유액 덕분에 광택이 흐르고 있다. 아이처럼 밝아진 그녀가 말한다.

"데릴이랑 이번에 같이 맞춘 거예요. 어릴 때부터 아이스크림 내기로 하곤 했는데 완성해도 다음번을 위해 늘 다시 분해했었거든요."

그녀의 추억과 이어져 있는 환희가 그에게도 고스란히 전해진다. 애런은 액자 앞에서 떠날 줄 모르는 그녀에게로 걸어가 어젯밤부터 너무 필요했던 그녀를 품 안에 껴안는다.

"이번에도 이겼죠?"

리지가 후후후 하고 웃으며 당연하죠, 한다. 애런은 운동하느라 머리를 묶어 훤히 드러난 그녀의 목덜미에서 '내가 계속 사랑하고 싶은 사람은 당신뿐이에요'라고 적힌 문신을 발견한다. 그는 조용히 '나도요' 혼잣말하며 고마운 그녀의 마음 위에 입맞춤 한다. 얼마나 기다렸던 그녀인가. 얼마나 간절히 도래하길 꿈꿨던 날들인가. 이대로 모든 걸 존에게 내어 줄 순 없다. 그렇다고 그에게 맞서 도리어 해치고 싶은 마음도 없다. 다만 그를 진정시키고 대화해야 했다. 해야 할 말을 하고 나면 그도 자신을 이해해 주리라.

놀라운 능력을 가졌지만 거기까지다. 더 이상의 마법을 부릴 수가 없어 여태 무기력하기만 했다. 마법사가 될 순 없지만 마술사가 될 순 있지 않을까? 영원을 바꿔놓기보다 한여름 밤의 꿈처럼 순간을 지배한다면 그 여파는 충분치 않을까?

애런은 그 순간 그녀를 위한 데이비드 카퍼필드가 되리라 마음먹는다.

3

그날 이후 아주 성실히 운동했다. 남자 힘을 이기기는 어려워도 기회를 엿봐 도망이라도 잘 갈 수 있도록 말이다.

아직은 평화로운 날들의 연속이다. 우리는 제스와 로즈의 결혼을 축하해 주기 위해 작은 클럽에 모였다. 케이티의 인맥 덕분에 좋은 장소를 저렴하게 빌릴 수 있었다. 애런도 참석했다. 4월은 얼마 남지 않았고 이제 곧 부부가 될 두 사람에게 우리는 덕담과 준비해 온 선물을 건넸다. 평소 갖고 싶어 하던 귀걸이를 받은 로즈는 고마움을 담아 우리를 한 번씩 포옹해 주었다. 제스는 남자들의 우스운 선물에 배꼽을 잡고 웃었다. 원하는 칵테일을 만들어 주는 바텐더와 신나는 노래를 선곡해 주는 DJ 덕에 우리의 흥은 가라앉지 않고 풍선처럼 내내 떠올랐다. 졸업 무도회도 이만큼 즐거웠더라면 얼마나 좋았을까? 숨이 넘어가라 좋은 사람들과 어울리며 깔깔 웃고 사랑하는 사람의 손을 잡고 춤추고 말이다.

화장실 칸막이를 빠져나오자 세면대 앞에 서 있던 로즈와 거울로 눈이 맞는다. 그녀는 활짝 웃으며 귓불에서 달랑거리는 귀걸이를 보여 준다.

"잘 어울려?"

"디자이너가 누군지 모르겠지만 찾아내서 상이라도 주고 싶어요."

"고마워, 정말 마음에 들어."

나는 미소로 화답하면서 그녀의 옆에 서서 손을 씻는다.

"데릴은 잘 배웅했어?"

"네, 꽁꽁 얽혀 있던 매듭도 모두 잘 풀고요."

"그럼 5월에 집으로 돌아가겠네?"

그녀의 눈동자에는 벌써 허전함이 어려 있다. 나는 예, 아니오로 대답하려다 마음을 바꾼다.

"사실은 얼마 전에 칼럼 연재 연장 결정이 났어요. 그리고 뉴욕에서 일해 보는 게 어떻겠냐는 제안도 받았고요."

"뉴욕?"

쓸쓸함은 단박에 놀라움으로 바뀐다.

"네, 기회가 많은 곳으로 가면 자연히 실력은 지금보다 훨씬 빨리 좋아지겠죠. 경험과 경력도 무시할 수 없고요. 상상하면 벅차면서도 한편으론 두렵기도 해요. 저에겐 신인이 브로드웨이에 입성하는 것과 같잖아요."

여전히 놀라 있는 표정으로 로즈가 말한다.

"제안 받았다는 건 충분히 가능성이 있다는 얘기잖아? 리지, 이건 대단한 거야."

나는 크게 웃으면서 젖은 손을 닦아 낸다.

"애런은 뭐래?"

"그 일로 자세히 얘기 나눠 본 적이 없어요. 요사이 데릴도 그렇고 다른…… 중요한 일들이 좀 많았거든요."

그녀가 내 두 손을 꼭 쥐어 잡는다.

"이건 기회야. 넌 충분히 준비되어 있고 이뤄 낼 수 있어. 케이티도 이런 경사로 헤어지는 거라면 웃으면서 배웅해 줄 거야. 나도 그렇고."

그녀의 두 눈 안의 확고한 믿음에 나는 말을 잃고 말았다.

로즈와 나란히 화장실을 나왔다. 나는 애런을 찾아 고개를 이리저리 움직인다.

이상하다, 그가 없다. 나는 스툴에 앉아 바네사와 담소 중인 톰에게 걸어간다.

"톰, 애런 못 봤어요?"

못 봤다는 대답과 함께 버번을 주문하는 제스의 목소리가 끼어든다. 제스가 술잔을 든 손의 검지로 비상구 쪽을 가리키며 말한다.

"아까 옥상으로 올라가던데?"

옥상?

나는 제스가 가리킨 비상구로 나와 계단을 오른다.

녹이 슬어 뻑뻑한 문손잡이를 돌려 연다. 요란한 소리와 함께 문이 열리자 난간에 나란히 서 있던 애런과 케이티가 뒤돌아 나를 발견한다.

"혹시 제가 방해한 건가요?"

케이티가 고개를 절레절레 흔든다.

"아냐, 아냐."

이리 오라는 그의 손짓에 나는 조심히 두 사람에게 다가간다. 그가 차분한 목소리로 조근조근 말한다.

"케이티에게 전기 충격기 좀 구해 달라고 부탁하고 있었어요. 아무래도 요즘 흉흉한 일이 많다 보니."

윙크는 없어도 나는 마주치는 시선에서 바로 그 의미를 알아챈다. 어색한 맞장구로 거든다.

"아, 맞아요. 모텔 보안도 그렇고 불안하니까요."

바보 같으니. 여태 잘 지내 온 모텔을 이제 와서 들먹이면 어떡해. 다행히 내 말은 크게 개의치 않았는지 케이티가 묻는다.

"그러니까 정신을 잠깐 잃게 할 정도면 된다는 거죠?"

그가 부드러운 미소를 띠고 고개를 끄덕끄덕한다.

"이틀이면 구할 수 있어요."

나는 두 사람 표정을 번갈아 쳐다본다. 대화 내용과는 사뭇 다른 뜻이 잘 맞은 느낌을 받는다. 케이티가 먼저 자리를 떠나면서 어깨너머로 짧게 묻는다.

"리지, 메들린 가게가 정확히 어디야?"

"가방에 명함 있으니 내려가서 줄게요. 타투 하려고요?"

"내 가장 친한 두 친구의 결혼을 기념하고 싶어서."

케이티는 눈을 찡긋하더니 계단 아래로 사라진다.

나는 완벽히 그녀의 모습이 사라지고 나서야 긴장을 내려놓으며 말한다.

"괜히 중간에 이상한 소릴 해서 걱정했어요. 그런데 의외로 이유를 캐묻지 않네요?"

"원래 브로커는 많이 알려고 들지 않는 법이에요. 모르는 게 차라리 낫거든요."

나는 장난스럽게 의심스런 눈초리로 그를 보며 말한다.

"경험은 아니죠?"

"당신도 내 능력을 길러 봐요. 그럼 모조리 알게 될 거예요."

우리는 서로 장난치며 계단을 내려간다.

정확히 이틀 뒤 케이티는 정말 전기 충격기 두 개를 구해왔다. 나는 그녀가 내미는 검은 지퍼 팩을 열어 보지도 않고 가방에 집어넣는다. 질문할 새도 없이 로즈가 라커룸으로 들어와 우리는 시침 뚝 떼고 옷을 갈아입기 시작한다.

"두 사람 금요일 날 시간 있어?"

자연히 회색 브래지어를 입은 로즈에게로 고개가 돌아간다. 케이티가 피어싱을 제자리에 착용하며 묻는다.

"오늘이 무슨 요일이죠?"

"화요일. 우리 집에서 영화도 보고, 파자마 파티 어때?"

"전 좋아요."

나도 얼른 대답한다.

"저도 좋아요."

"좋아, 그럼 그날 리지는 나랑 근무니까 마치고 같이 제스 차를 타고 가면 되고. 케이티는 어떻게 할래?"

"전 시간 맞춰 갈게요. 몇 시까지 가면 돼요?"

"열시 반이면 될 것 같아."

금요일 열시 반, 머릿속으로 약속을 되뇌며 옷을 입는다.

"먹을 건 안 사가도 돼요?"

"괜찮아, 제스가 만들어 줄 거야."

케이티가 휘파람을 휘익 분다.

"그 녀석 점점 괜찮은 남자가 되어 가네요."

로즈와 나는 너털웃음을 터트린다.

"전부터 내가 두 사람에게 신세 진 게 있으니 제스가 감사의 인사로 대접하고 싶어 했어. 요리만 해주고 갈 거야."

나는 그녀의 말 없는 배려일 수도 있다는 추측을 한다. 이번 약속은 어쩌면 내가 뉴욕으로 떠나기 전 고별의 밤일지도 모른다.

어깨 위로 가방을 메고 라커 문을 닫으며 내가 묻는다.

"케이티, 타투는 했어요?"

"아, 갔었는데 그냥 돌아왔어. 다른 데 비해서 조금 비싸더라고."

"그래요?"

"타투 더 하려고?"

우리는 나란히 라커룸을 나선다.

"괜찮은 가게를 찾으면요. 로즈, 관심 있어요?"

"음, 리지가 한 걸 보니 나도 하고 싶긴 해. 이브닝드레스가 어깨를 드러내는 디자인이니까 어깨에서 목으로 이어지는 곳에 하면 섹시할 것 같기도 하고."

나는 눈썹까지 꿈틀거리며 음흉한 표정으로 말한다.

"거기에 키스 받을 때가 제일 섹시하죠."

"애런이 뱀파이어 습성을 갖고 있는 줄은 차마 몰랐네."

우리는 밖으로 나설 때까지도 그 이야기로 웃음꽃을 피운다. 그리고 오네이로 문을 나오자마자 자신의 차에 기대어 서 있던 애런과 딱 마주친다. 케이티가 짓궂게 말한다.

"안녕, 드라큘라 씨."

나는 황급히 쫓아내듯 두 사람과 헤어진다.

"로즈, 제스가 기다려요. 어서 가야죠. 잘 가요, 케이티."

하려는 말도 다 자르고 내가 떠밀어 대자 결국 두 사람은 제 집으로 가는 길로 돌아간다. 나는 애런이 뭐라고 묻기 전에 얼른 가방 안에서 검은 지퍼 팩을 꺼낸다.

"아까 케이티한테 받았어요. 정말 이틀 걸렸던데요?"

다행히 그 검은 비닐이 단번에 애런의 관심을 모조리 가져간다. 그는 천천히 지퍼 팩을 열어 안을 들여다보더니 두 대의 충격기 중 한 대를 꺼내어 내게 건넨다.

"없는 것보단 나을 거예요."

나는 태어나 처음 갖게 된 그 생소한 물건을 가방 안 깊숙이 집어넣으며 말한다.

"아무렴요."

우리는 여느 날처럼 차에 올라 애리조나로 향하는 도로를 달린다. 스피커에서는 음악이 조용히 흐른다. 나는 편안하다 못해 나른해져 두 눈을 살포시 감고 차가 달리는 엔진의 고동과 음악의 선율을 음미한다. 되찾은 지 얼마 안 된 이 익숙한 일상의 달콤함에 젖어 있을 때 그가 묻는다.

"드라큘라 얘기는 뭐예요?"

실패. 호기심을 모조리 없애지 못했다. 나는 그와 시선을 맞추고 눈만 끔뻑거리다 다시 정면만 응시한다.

"……묵비권 행사할래요."

고개 돌리지 않아도 그의 시선이 느껴진다. 몇 초의 정적 후에야 그가 가볍게 말한다.

"그래요 그럼."

이번엔 내가 그의 옆얼굴을 바라본다. 다시 몇 초 후에 그가 또 말한다.

"오늘 밤에 직접 보면 되니까요."

망했다. 졌어. 애초에 이길 수 있는 게임이 아니었어.

내면의 혼돈과 후회, 자포자기가 서로를 탓하며 치열한 접전을 이룰 때 벌써 애리조나 앞에 도착했다.

"개인정보 보호가 필요해요. 아님 저작권 보호라도."

나를 실의에 빠트려 놓고 그는 재밌는지 웃으면서 내 입에 입 맞춘다. 그러면 나는 또 지고 만다. 사랑이 모든 것들을 머릿속에서 물리치고 내 온몸에 흐른다. 그는 입술에도 뭔가 특별한 초능력이 숨겨져 있는 게 틀림없다. 긴 키스 후에야 겨우 욕망을 다스린 내가 말한다.

"더 늦으면 위험하니까 가 볼게요."

나를 데리고 돌아갈 수 없는 그의 손아귀에서 내 팔을 스르르 빼낸다. 키스로는 부족한 아쉬운 밤. 그를 돌아갈 수 있게 하려면 내가 차에서 내려야만 한다. 천천히 차에서 내린다. 날 끊임없이 유혹하는 그의 품과 거리를 두고서야 머릿속 사고가 가능해진다. 뒤늦게 기억난 이번 주 금요일 약속을 그에게 일러준다.

"참, 이번 주 금요일엔 데리러 오지 않아도 돼요. 제스의 차를 타고 로즈 집에 갈 거예요."

"여자들만의 밤?"

"네, 영화도 보고 거기서 잘 거예요."

"알았어요. 잘 자요."

그에게 손 인사를 하고 돌아선다. 애리조나 안으로 들어와 곧장 엘리베이터 앞으로 향한다. 은색 버튼을 누르고 3층에서 내려오는 엘리베이터를 확인한다.

"리지."

등 뒤에서 들려온 그의 목소릴 따라 고개 돌렸다. 애런이 차에서 내려 건물 안으로 걸어 들어오고 있었다.

그는 금세 내 앞에 섰다.

"내가 두고 내린 거라도 있어요?"

"아뇨, 목요일 날 미리 선약 좀 하고 싶어서요."

나는 뜻 모를 그의 의미심장한 미소에 더 오리무중이다. 내 머리가 저절로 갸웃한다.

"무슨 일 있어요?"

애런이 내 머리칼을 네 손가락 끝으로 쓸어 넘기며 말한다.

"우상 모방 재도전 어때요?"

일렁이는 시선으로 차 안에 있는 존의 뒷모습이 보인다. 리지의 과거만큼 선명하게 보이는 건 아니지만 아예 안 보이는 것에 비하면 감사할 지경이다.

조명을 모두 끈 차 안에는 어둠만이 짙게 깔려 있다. 애런은 룸 미러로 날카로운 그의 시선을 포착하고 섬뜩함마저 느낀다.

존의 시선을 따라 차 앞 유리를 내다본다. 오네이로가 보이고 로즈, 케이티, 리지가 걸어 나온다. 오늘 밤의 광경이다. 그 모습을 확인한 존이 조용히 무언가 수첩에 메모한다.

곧 리지를 제외한 두 사람은 가버리고 자신과 그녀만이 나란히 차 앞에서 대화를 나눈다. 리지의 가방에서 검은 비닐 팩이 나온다.

바닷물이 출렁이듯 과거의 영상이 일렁인다. 이제 볼 수 있는 시간이 얼마 남지 않았다.

애런은 서둘러 그의 메모를 확인한다.

수요일

다음날 일찍부터 애런은 샤워를 하고 외출 준비를 한 다음

집을 나선다. 화창한 날씨를 만끽하려 차창을 모두 활짝 열고 번화가로 차를 몬다. 차가 드문드문 있는 주차장에 차를 세우고 그가 내린다.

큼직큼직 간격이 넓은 걸음으로 걸어 여행사로 들어간다. 자리에 앉아 그가 이번 주 토요일 뉴욕 행 비행기 티켓을 부탁한다.

키보드를 두드리던 직원이 묻는다.

"왕복이요?"

애런이 빙긋 웃으며 말한다.

"아뇨, 편도요."

그의 신용카드 마그네틱이 0.5초 만에 모든 정보를 불러오고 아울러 결제까지 마친다.

애런은 한 장의 비행기 티켓을 손에 쥐고 다시 천천히 차로 돌아간다.

금요일 PM 11:05

애런은 백미러를 살피며 뒤차에 부딪히지 않게 핸들을 조종해 자신의 아파트 앞에 차를 주차한다. 점심 무렵에 외출해 지금 돌아온 참이었다. 운전석에서 내려 가방을 먼저 둘러메고 마트에서 사온 과채가 담긴 종이봉투도 가슴에 안는다.

잠겨 있는 대문을 열고 계단을 오르면서 그는 힐끗 손목시계를 확인한다. 오후 11시 6분. 꽤 늦은 시간이다. 저번 주부터 보려고 했던 방송을 놓쳤지만 타이머가 정상 작동했다면 잘 녹화되어 있을 것이다. 그럼 방금 마트에서 사온 병맥주를 마시며 느긋하게 보면 된다.

현관문 앞에서 잠시 열쇠가 있는 주머니를 찾아 헤맨다. 몇 초 허비하지만 금세 집 안으로 들어선다.

집에 들어오면 먼저 바질 화분 옆의 벽면 걸이에 집 열쇠와 차 열쇠부터 잊지 않고 걸어둔다. 모든 일의 차례는 그 다음이다. 오늘 사온 음식들을 챙겨 넣기 위해 식탁 위에 종이백을 내려 둔다. 가방을 벗어 두려다 말고 그는 바닥으로 뻗어나온 방 안의 스탠드 불빛을 발견한다. 낮에 집에 있었기 때문에 켜 두었을 리가 없다.

방으로 향하는 그의 걸음은 조심스럽기 짝이 없지만 그의 심장은 터질 듯이 고동친다. 떨지 않겠다고 다짐했건만 손이 말을 듣지 않는다.

문을 열자 끔찍한 광경이 눈앞에 펼쳐진다. 밤마다 그의 꿈으로 찾아와 괴롭히던 미래가 어느새 이 방안에 도착해 있었다. 그녀는 정신을 잃고 양 손이 침대 다리에 수갑으로 포박된 채 쓰러져 있다. 온 얼굴을 뒤덮은 검은 머리카락 사이로 드러난 문신이 보인다. '내가 계속 사랑하고 싶은 사람은 오직 당신뿐이에요.'

"늦었군."

어둠 속에서 가장 먼저 나타난 건 존의 매서운 눈보다 더욱 날카롭게 빛나고 있는 총구다. 애런은 천천히 양 손바닥이 보이도록 팔을 들어올린다.

"내가 올 줄 알고 있었겠지?"

애런은 미친 듯이 뛰는 심장 때문에 거친 숨소리만 쏟아낸다. 존이 총 끝으로 까닥거리며 말한다.

"가방 이리 내. 바닥에 먼저 내려 두고 발로 차."

존을 자극시키지 않으려 천천히 어깨에서 가방을 내려 두고 발로 밀어 낸다. 존은 애런에게 시선을 떼지 않으며 가방을 집어 든다. 그는 다른 손으로 안을 헤집어 비행기 티켓을 찾아낸다.

"빌어먹을 놈. 내가 또 놓칠 줄 알고?"

조각조각 난 티켓이 존의 발치에 떨어진다. 그가 다시 거칠게 가방 안을 뒤지다 가방을 엎어 내용물을 모두 바닥으로 쏟아내자 그가 찾던 물건이 툭 떨어진다. 존이 허리를 굽혀 검은 비닐 팩을 집어 든다. 비닐 팩을 열자 못이 잔뜩 들어 있다. 존은 다시 비닐 팩을 뒤집어 내용물을 모두 바닥으로 쏟아낸다. 수백 개에 달하는 못이 존의 구두 굽에 부딪히며 떨어진다. 마지막에서야 전기충격기가 쿵 떨어진다. 빨간 버튼을 누르자 파란 스파크가 날카롭게 튄다. 존의 얼굴이 붉으락푸르락 달아오른다. 그가 거칠게 집어던지자 진열장 유리가 아작 난다. 부서지고 무너지는 날카로운 소리가 집 안을 울린다.

"개자식. 이젠 나까지 죽이려 들어!"

"당신을 해할 생각은 추호도 없……!"

그 순간 애런의 얼굴로 존의 주먹이 매섭게 날아든다.

4

나는 오네이로를 처음 찾았던 날처럼 차마 안으로 들어가지 못하고 밖에서 머리와 옷매무새에 신경 쓰느라 정신없다. 가볍게 숨을 한 번 내쉬고 시계를 확인한다. 벌써 5분이나 늦었다. 더는 지체할 수 없다. 마음을 다잡고 오네이로 안으로 들어간다. 오후 영업을 앞두고 비어 있는 홀을 당당한 걸음으로 지나 '관계자 외 출입금지'라고 쓰인 문을 밀고 들어간다.

주방에 서 있던 사람들도, 자리에 앉아 식사를 하던 사람들도 모두 일제히 내게로 시선이 향한다. 3초의 충격에 휩싸인 정적이 흐른다. 샘의 말문이 가장 먼저 열린다.

"저기, 백치미가 필요했어?"

"아뇨."

나는 단호하게 말하면서 라커룸으로 향한다. 그래, 뭐 저런 반응들일 줄은 충분히 예상했지 않은가. 일말의 기대를 해본 내가 바보지.

케이티가 따라 들어오며 말한다.

"남자들 반응에 너무 상처받지 마. 잘 어울려."

나는 성의 없는 투로 고마워요 한다.

"파격적이라 그래. 이왕 감행한 변신이니 즐겨."

조금 위안이 되어 고개를 끄덕끄덕한다.

블라우스의 단추를 모두 채우고 왼쪽 가슴께에 금색 명찰을 달며 내가 묻는다.

"근데 오늘 로즈 근무 날 아녜요?"

"아, 로즈가 갑자기 사정이 생겨서 바꿨어. 결혼식에 쓸 꽃 때문에 농원에 직접 가볼 건가 봐."

"그럼 오늘 약속은 어떻게 되는 거예요?"

"그건 유효해. 아까 전화했어. 대신 너한테 전해 달라더라고."

나는 고개를 끄덕끄덕한다. 다시 일할 시간이다.

금요일 PM 10:07

오네이로 식구들과 가게 앞에서 헤어지고 제스의 차를 얻어 타기 위해 주차장으로 간다. 운전석에 그가 앉아 시동을 걸자 헤드라이트가 번쩍한다.

내가 뒷좌석 문을 열려 하자 케이티가 가로막는다.

"난 들를 데가 있어. 먼저 제스 차를 타고 가 있어."

그녀가 앞좌석 문을 열어 준다. 내가 탑승하자 친절히 문까지 닫아 준다.

제스가 내 어깨 너머로 말한다.

"오래 걸려? 음식 따뜻할 때 먹어야 맛있는데."

"금방 갈 거야. 술만 먼저 개봉하지 마."

제스가 핸들을 꺾어 액셀러레이터를 밟자 차창 밖의 케이티의 모습이 멀어진다.

현관문이 열리자마자 로즈가 소리친다.

"세상에, 리지!"

나는 그 반응이 상상했던 것보다 절대 더하지 않아 그냥 웃고 만다. 집 안으로 들어가자마자 제스가 우리를 위해 요리하느라 잠시 부산해진다. 팔을 걷어붙인 그가 뚝딱 시금치와 토마토를 넣은 미니 키시와 연어를 올린 카나페를 만들어 낸다. 빈티지 화이트 와인도 식탁에 내놓는다. 더할 나위 없을 만큼 멋진 여자들의 밤 준비가 끝난다. 미리 이야기한 대로 제스는 요리를 마치고 다시 외투를 챙겨 돌아갈 준비를 한다. 그녀의 입술에 입 맞추며 자상하게도 말한다.

"다 먹으면 치우지 말고 그대로 둬. 내일 와서 내가 치울게. 이왕 하는 거 풀 서비스를 제공해야지."

제스가 가고 우리 둘만 남는다. 소파에 앉아 아직 도착하지 않은 케이티를 기다리며 담소를 나눈다. 단연 첫 주제는 나의 쇼킹한 변신이다. 물 한 잔을 가져다주며 그녀가 묻는다.

"근데 그건 왜 그런 거야? 이유가 있을 것 같아."

"그럼요, 있고말고요."

궁금하기 짝이 없던 화제의 이야기를 풀려고 하자 로즈가 얼른 앉아 들을 준비를 갖춘다.

"데릴을 막 좋아하게 됐을 때예요. 내내 오빠이기만 하던 사람이 갑자기 남자로 보이니까 나도 얼른 여자가 되고 싶은 거예요. 나란히 섰을 때 위화감이 전혀 없는 멋진 여자로요. 그리고 그런 여자가 된 나를 보고 데릴이 마치 사춘기 소년처럼 홀딱 빠져 주길 바랐어요. 이미 첫눈은 지나간 사이지만 어쨌든 이성의 눈으로써 첫눈에! 영화 〈마스크〉에서 짐 캐리가 카메론 디아즈를 보고 늑대로 변해서 헐떡이잖아요. 그렇게요."

철없었던 나의 어린 시절 이야기에 로즈가 쾌활하게 웃는다. 나도 덩달아 웃고서 이야기를 계속한다.

"영화 속 카메론 디아즈도 굉장히 섹시했고 그때 브리트니 스피어스 때문에 난리였어요."

"안 따라한 여자애가 없고 좋아하지 않은 남자애가 없지."

"맞아요, 그래서 그녀들처럼 보이고 싶어서 어설프게 염색을 했었어요. 그 이야기를 했더니 애런이 그저께 다시 한 번 금발 염색을 해보지 않겠냐고 하더라고요. 솜씨가 좋은 미용실을 안다면서. 어린 시절 추억의 작은 소망 하나를 이뤄 주고 싶었나 봐요."

"그 미용실 나도 알려 줘. 정말 솜씨가 괜찮은 것 같아."

우리는 같이 소리 높여 웃는다.

부족한 물을 더 가지러 주방으로 간다. 조리대 한편에 쌓여 있는 이벤트 업체의 견본 철이 눈에 띈다. 나는 야외 결혼식 사진들을 이리저리 들추어 보다가 말한다.

"참, 로즈 오늘 농원에서 수확은 어땠어요? 이 사진 보니 양귀비도 좋네요."

"농원?"

나는 냉장고에서 차가운 물을 꺼내 빈 잔을 채워 돌아간다.

"네, 오늘 결혼식에 쓸 꽃 때문에 농원에 다녀오느라 케이티와 근무 날을 바꿨잖아요."

"케이티가 그래?"

"네."

로즈의 표정이 나빠진다.

"꽃은 이미 이벤트 업체와 상의해서 정했어. 나는 케이티가 내일 중요한 약속이 있대서 바꿔 준 건데?"

뭔가 이상하다. 깨닫는 순간에 게다가 늦었다는 생각까지 든다. 로즈도 마찬가지인지 초조한 목소리로 묻는다.

"지금 몇 시지?"

나는 핸드폰을 들어 시간을 확인한다.

"11시 20분이요."

그녀가 소파에서 벌떡 일어나더니 갑자기 서랍에서 무언가를 꺼낸다. 카드 정도가 들어 있을 법한 작은 봉투를 그녀가 내게 건네며 말한다.

"케이티가 12시까지 자신이 오지 않으면 너한테 주라고 했는데 그때까지 기다려선 안 될 것 같아."

로즈가 패닉에 빠져 허탈하게 자리에 앉으며 말한다.

"난 네가 뉴욕 행 제의 받은 걸 깜짝 축하하는 일련의 과정이라고 생각했어. 내가 얘기했거든."

봉투를 열어 보기도 전에 좋지 않은 예감이 든다. 하지만 로즈의 말처럼 시간을 더 끌어서도 안 될 것 같다.

봉투 안의 카드를 꺼내 펼친다. 내 이름을 빼면 단 두 단어만 적혀 있다.

리지, 경찰 불러.

장소도 시간도 없지만 나는 지금 그 집에 무슨 일이 벌어져 있는지 안다.

"로즈, 얼른 차 시동 걸어요."

벗어 둔 어느 것도 다시 걸치지 않고 뛰쳐나가며 내가 소리친다.

"애런의 집으로 가야 해요, 당장. 케이티가 납치됐어요!"

금요일 PM 11:27

존의 검은색 구두코가 눈앞에 서 있다. 악몽은 여전히 계속 되고 있었다. 애런은 찢어진 입술에서 흐르는 피를 훔치며 쓰러졌던 무릎을 세우고 다시 선다. 손에 쥐고 있는 총만 없어도 좋으련만, 결코 간단한 일이 아니다. 자칫하면 오히려 역효과를 불러올 수도 있다. 몸으로 버티는 수밖에.

그가 일어서는 모습을 지켜보면서 존이 말한다.

"네놈은 네가 무슨 죄냐고 하겠지? 너도 갖고 싶지 않은 능력인 걸 어쩌느냐고. 너도 힘들었다고."

많이도 맞았다. 애런의 입에서 지친 숨소리만 흘러나온다.

"나는 네가 부러워. 넌 그냥 며칠 힘들고 말았잖아. 다시 일상으로 돌아올 수 있었지. 네가 함구한 덕분에 누군가의 삶은 송두리째 바뀌었는데 말만 좋은 죄책감으로 괴로운 척하고 동정도 받고."

그 사건 때문에 서로 다른 암흑기를 살아온 두 남자가 여전히 몇 걸음의 거리를 남겨 둔 채 대치 중이다.

입안에선 맛본 적 없을 만큼 짙은 피 냄새가 숨을 타고 기도를 넘는다.

"너도 알겠지만 그날 아침에 아내랑 싸웠어. 그녀가 내 치부를 건드렸거든. 너무 약한 부분이어서 나도 막아 내는데 급급했어. 아, 도저히 참을 수가 없어 폭언을 했지. 분노로 흥분하기 시작하면 사람은 쉽게 제어하지 못해. 무언가 상처 입고 파괴되길 바라게 되지. 거리를 두고 시간이 좀 지나니 그제야 정신이 들더군. 사랑하는 아내에게 무슨 소릴 지껄인 건지 자학하고 싶을 정도로 말이야. 내가 얼마나 그녀를 사랑하고 우리가 어떻게 가정을 이뤄서 이젠 부모가 될 차례만 남아 있는데 명백히 바보 같은 내 잘못이었어."

존의 목소리가 잠시 멈춘다. 애런은 추억을 차례로 회상하던 그의 얼굴에 형용할 수 없는 슬픔이 찾아오는 걸 알아본다.

"멍청이 같은 나를 한번만 용서해 달라고. 다시는 그럴 일 없을 거라고. 당신이 원하면 기꺼이 생모를 만나겠다고…… 사랑한다고. 이 세상 누구보다."

그의 허망한 눈동자가 천장을 헤맨다. 울퉁불퉁한 그의 손가락에는 아직도 아내와의 결혼반지가 끼워져 있다.

"그녀가 좋아하는 꽃과 보석을 사 집으로 돌아갔지만 떠나고 없었어. 밤새 기다려도 돌아오지 않았지. 그러더니 침몰된 그 배에 내 아내가 타고 있었다더군. 아내가 다시 내게 돌아온 건 일주일 후였어. 세상에 태어나 보지도 못한 내 아들과 함께 죽어서 돌아왔지. 해야 할 말은 한마디도 하지 못했는데."

서서히 분노가 그를 에워싼다.

"이미 도배까지 새로 해둔 내 아들 방에서는 단 한 번도 아이 울음소리가 울린 적이 없어. 새벽마다 칭얼댈 그 녀석을 다시 재우느라 얼마나 고생하게 될지 들뜨고 기대했었는데 말이야.

사람은 누구에게나 의무라는 게 있어. 너는 그 빌어먹을 능력을 얻었으면 맡은 숙명에 충실해야 했어. 사람들이 개죽음 당하지 않게 제대로 막았어야 한다고. 하지만 넌 이기적이었지."

갑자기 존이 저벅저벅 쓰러져 있는 케이티에게로 걸어간다. 애런은 두려움에 몸이 떨린다.

"그만둬."

"너도 똑같이 소중한 걸 잃고 실의에 빠져 한번 살아봐."

철컥, 총이 장전된다.

"아무것도 못 구한 네 능력을 원망하면서."

애런은 뛰어 존을 향해 몸을 날린다. 그의 몸이 균형을 잃고 바닥에 넘어진다. 탕! 총알이 벽에 박힌다. 안도할 새도 없이 다시 존의 주먹이 애런을 향해 날아든다. 애런은 총을 든 손을 잡고 놓지 않으려 안간힘을 쓴다. 두 사람은 바닥에 뒤엉켜 주먹질과 발길질을 해댄다. 그때 둔탁한 총 손잡이가 애런의 이마를 사정없이 가격한다. 악! 하는 사이 존은 그의 팔을 뿌리치고 자리에서 일어선다.

다시 철컥, 하고 장전되는 소리가 난다.

"널 절대 죽이진 않을 거야. 절망에 몸부림치는 꼴을 꼭 보고 싶으니까. 하지만 더는 방해하게 두지 않겠어."

평생 잊을 수 없는 1초가 흐른다. 애런의 눈에는 이제 곧 자신의 다리를 향해 총알이 떨어질 총구만 보인다.

그때 탕, 하고 가격되는 소리 대신 치지직! 스파크 튀는 섬뜩한 소리가 튀어나온다. 순식간에 애런의 눈앞에 있던 존의 큰 몸이 바닥으로 꼬꾸라진다. 그가 서 있던 자리에는 땀에 젖은 케이티의 얼굴이 나타난다. 그녀의 한 손만 달랑거리는 열린 수갑에는 애런이 지퍼 팩에 담아 두었던 못이 열쇠 구멍에 박혀 있다.

케이티가 그를 부축해 일으킨다.

"세상에, 괜찮아요?"

"아까 이마를 가격당했더니 머리가 울려요."

신음하면서 의자에 겨우 앉는다.

한숨 돌릴 새도 없이 다급한 리지의 목소리가 문 너머에서 들려온다. 대답보다 빠르게 그녀들이 방안으로 뛰어 들어온다.

로즈는 방안의 광경에 아연실색하고 상처투성이가 된 그의 모습을 본 리지의 눈에선 눈물이 차오른다. 원망스러운 목소리로 그녀가 소리친다.

"정말 미치는 줄 알았다고요! 한마디 말도 없이 이럴 수 있어요? 당신이 위험에 처한 것도 모르고 있었다는 게 제일 끔찍해요!"

"미안해요. 미안해요. 리지."

하지만 그녀의 눈물은 멈추지 않는다. 애런은 그녀의 우는 얼굴을 닦아 주며 다 끝났다고 어른다.

쓰러진 존의 손을 포박해 일으켜 앉히던 케이티가 로즈에게 묻는다.

"경찰에 전화했어요?"

"급하게 나오느라 아직 못했어."

로즈가 서둘러 핸드폰을 꺼내자 애런이 가로막는다.

"어차피 아까 총소리 때문에 신고 들어갔을 거야. 케이티, 존을 깨워 줄 수 있어?"

말이 떨어지기 무섭게 리지와 로즈가 강하게 반발한다.

애런은 자리에서 일어서 바닥에 쏟아진 물건들을 가방에 주섬주섬 다시 챙겨 넣는다. 방금 전의 육탄전에서 어딘가에 부딪혔는지 표지가 찢긴 책을 집어 든다. 엄지손가락으로 책장을 매끄럽게 넘기자 중간쯤에서 탁 걸려 멈춘다. 그가 고이 접혀 있는 스케치북 한 장을 꺼내 들며 자신을 말리려 애쓰는 두 여인에게 말한다.

"꼭 해야만 하는 이야기가 있어요."

존은 천천히 정신이 다시 들면서 자신이 무력하게 입을 벌리고 포박당해 있다는 걸 안다.

눈앞에는 지난 몇 달간 그렇게 복수해 주려 쫓아다닌 녀석이 자신을 측은하기까지 한 눈빛으로 보고 있다. 모욕적이다. 아까는 없던 갤러리들이 여러 명 생긴 걸 보니 시간이 꽤 지난 모양이다. 그래도 아직 어둡다.

애런이 생수병을 들어 보이며 묻는다.

"마실래요?"

친절에 순응한다면 그거야말로 치욕이다. 존은 대답하지 않는다.

애런은 순순히 생수병을 내려 놓더니 무슨 이야기라도 시작하려는 듯 목청을 가다듬는다. 부어 오른 녀석의 이마를 보니 조금이나마 기분이 나아진다.

"먼저…… 미안해요."

콧방귀가 저절로 뀌어진다. 식상하기 짝이 없다.

"사과를 아무리 해도 받아들여지지 않을 거라는 건 알아요.

그래도 해야 할 말은 해야겠어요."

귀를 막아 버릴 수 없다는 게 안타까울 뿐이다. 저녀석이 떠드는 걸 곧이곧대로 다 들어야 한다니.

"숀을 만나서 들은 얘긴 다 사실이에요. 루시타니아호와 관련된…….."

그가 말하기를 꺼려 하자 뒤에 서 있던 동양인이 눈치껏 다른 사람들을 방 밖으로 데리고 나간다. 존은 그 동양인의 노란 머리를 보면서 어떤 오류를 범했는지 그제야 깨닫는다. 조사한 근무 시간표가 유동적일 수도 있다는 변수는 차마 생각을 못했다. 머리색의 고정관념에 당했다. 벽에 주르륵 늘어서 있던 사람들이 다 나가고 나자 두 남자 모두 이야기 나누기가 편해진다. 존은 여전히 응어리 진 눈빛으로 그를 노려보며 말한다.

"이제 와 인정하겠다?"

"들은 이야기가 전부 사실이긴 하지만 어쨌든 숀은 내가 아녜요. 그는 내가 될 수 없어요. 그래서 말하지 않은 이야기들은 모르죠."

"뭐가 더 있다는 거야?"

존은 뒤늦게야 애런의 눈동자가 초록색임을 안다.

"그 후에 내가 무엇을 봤는지를요."

애런은 여전히 차분한 음성으로 말한다.

"나는 미래로 본 사람에 한해서만 과거를 볼 수 있어요."

"알고 있어."

"하지만 죽은 사람의 과거는 볼 수 없어요. 어렸을 적, 할머니가 돌아가셨을 때 그 사실을 알았죠."

이미 숀을 만났을 때 다 들은 이야기다. 무슨 이야기를 시작하려기에 이렇게 전제를 내세우는 거지?

"그날 밤…… 루시타니아호 사건을 꿈속에서 보았을 때 당신 아내도 봤어요. 이름이 '마리'였죠."

"정확하겐 '마리아'야."

"'마리'는 애칭인가요?"

무언의 답을 수긍으로 받아들여야 한다고 생각할 때 존이 작게 소리 내어 대답한다.

"그래."

애런은 들었다는 걸 확인시켜 주듯 고개를 끄덕끄덕한다.

"망망대해에서 죽음과 사투를 벌이는 열 명 남짓한 사람들의 얼굴을 봤어요. 물론 거기 마리도 있었고요. 잠에서 깨어나 내 어머니 로라에게 달려갔죠. 그때 내가 할 수 있는 건 그 배에 오를 어머니를 붙잡는 것밖에 없었어요. 그러나 꿈이 계속 나를 따라다녔어요. 정확히 봤던 네 사람의 얼굴이. 어머니를 붙잡았듯 그들도 어디에 사는지만 알면 배에 오르는 걸 막을 수 있을 것만 같았어요."

그때의 이야기를 하는 것이 힘에 붙이는지 잠시 멈추지만 다시 이어진다.

"그래서 그들의 과거를 봤지요. 누구와 사는지, 어떤 일을 하는지. 그들의 행복했던 기억, 좌절했던 순간…… 하지만 사는 곳과 연락처는 끝내 알 수 없었어요. 사고가 일어난 밤까지 애써 봤지만 오히려 갑자기 끊기는 과거의 영상에 좌절하기만 했어요. 한 사람, 두 사람…… 그들이 죽어 가는 걸 나는 그렇게 알았어요. 갑판 위에서 버티던 마지막 한 사람까지 목숨을 다하고 모든 걸 포기했을 때 마리의 몇 시간 전 과거가 보였어요."

경청하고 있던 존의 숨소리가 불안정하게 헐떡인다.

"그때까지 그녀가 살아 있었던 거야?"

애런은 슬픈 눈으로 고개를 젓더니 의외의 답을 내놓는다.

"배 속의 아이가 아직 살아 있었어요."

뒤늦은 사실을 알게 된 존의 충격받은 얼굴 위로 눈물이 흘러내린다.

애런은 더 이상 지체하지 않고 쭉 이야기를 이어간다.

"사고가 일어나기 전 마리는 객실에서 당신에게 편지를 쓰고 있었어요. 전화하지 않고 배에 오른 걸 후회하고 있었죠. 편지 쓰기를 모두 마치고 봉투 겉면에 주소를 쓰려다 그녀는 갑자기 마음을 바꾸고 거기서 그치고 말아요. 집에 돌아가면 당신에게 직접 주고 싶어졌거든요."

그가 상의 안주머니에 손을 넣더니 접혀 있는 스케치북을 꺼내어 존의 손가락에 쥐어 주며 말한다.

"필체가 안 좋아요. 받아 적기 급급했거든요. 마리의 마지막 편지예요."

"하느님 맙소사. 맙소사. 세상에……."

그리고 존이 펼쳐든 스케치북에는 어린 애런이 연필로 옮겨 적은 아내의 마음이 담겨 있었다.

당신에게.

집에 돌아왔는데 내가 갑자기 사라져 놀랐지요? 처음엔 그저 당신의 낯선 모습이 무섭고 두려워서 거리를 두기에 급급했는데 배에 타고서야 후회해요. 이제 남들처럼 결혼하고 만나는 첫 장애물일 뿐인데 도망쳐 버린 것 같아서, 같이 손잡고 넘었어야 했는데 말이에요.

항상 화목한 가정을 원한 당신에게 드디어 가족을 만들어 주게 되어 기뻤어요. 하지만 당신도 알고 있죠? 늘 한 부분이 부족하다는 걸. 나는 당신의 과거까지 행복했던 시절로 바꿔 주고 싶어 욕심이 났어요. 언젠가 우리 아이에게 할머니가 바른 길로 가진 않으셨지만 나쁜 분은 아니셨단다. 그렇게 말하며 당신의 반인 부분도 인정하고 사랑할 수 있었으면 했어요.

그런데 내가 지나쳤나 봐요. 행복하게 해주긴커녕 당신의 아픈 상처만 들추어냈지요.

미안해요. 사실은 지금도 얼른 사랑하는 당신 품으로 돌아가고 싶어요. 오해가 있고 서로 미워하게 되더라도 이런 식으로 헤어져선 안 되는 거였어요. 이제부턴 나와 우리 아이가 당신의 아픈 상처를 잘 꿰매 줄 거예요. 당신 가슴에 절대 사라지지 않을 흉터도 사랑할 거예요.

다시, 그리고 앞으로 늘 가까이 있는 행복을 당신과 찾으며 살고 싶어요.

- 당신의 마리.

애런은 소리 내어 우는 존의 앞에서 숙연히 그녀를 애도했다. 굵은 눈물방울이 그의 뺨과 턱을 타고 스케치북과 그의 결혼반지 위로 떨어졌다. 남을 향한 원망에 미처 돌보지 못했던 그의 가슴속에서 아내가 20여 년 전처럼 웃고 있었다. 마리는 죽어서도 그의 안에서 행복을 찾아내 주었다.

문이 열리더니 케이티가 조심스럽게 말한다.

"경찰이에요. 곧 올라올 거예요."

애런은 고개를 끄덕였다. 아직도 울고 있는 그의 손을 조심스럽게 풀어 주기 시작했다. 벌어 둔 시간을 모두 썼다.

케이티가 꼼꼼하게도 묶어 둔 매듭을 푸는 데 존의 반쯤 잠긴 목소리가 그의 귓가에 떨어진다.

"자네 아버지가 그랬지. 자네는 저주 받은 능력을 갖고 태어났다고."

애런은 고개를 들어 존을 바라본다.

그는 도리질 치곤 말한다.

"그가 틀렸어. 자네의 그 능력은 축복 받은 능력이야."

이제 그의 눈빛에 어려 있던 회한과 고통은 사라지고 없었다.

문이 열리더니 경찰들이 들어와 그들을 에워싼다. 고요했던 방안이 일순 수선스러워진다. 사건의 경위와 심문이 이어지고 더 이상의 겨를 없이 경찰들이 존을 데리고 나간다.

애런은 창가로 걸어간다. 창밖으로 그를 태운 경찰차가 멀어지는 것을 말없이 바라본다.

Epilogue

제스와 가족들이 애지중지한 만큼 정원의 꽃들은 아름답게 만개했다. 부드러운 꽃잎들은 저마다 꿀벌을 모으기 위해 황금색 꽃술을 드러냈고 새들과 나비가 바쁘게 왔다 갔다 했다. 온화한 햇빛 아래 싱그러운 잔디도 한껏 뽐냈다. 이날의 아름다운 결혼식도 준비를 모두 마쳤다.

제스는 경쾌한 걸음으로 단상으로 걸어가 그녀를 기다린다. 먼저 리지와 케이티, 바네사가 차례로 걸어 들러리 입장을 한다. 그녀들의 얼굴에도 오늘의 행복이 넘실거린다. 바이올린과 비올라의 선율에 맞춰 그녀를 닮은 두 여동생들이 화동으로 걸어 들어온다. 꽃잎이 이제 곧 들어올 신부를 위해 길 위에 뿌려진다. 제스의 가슴이 두근거린다. 그리고 하얀 웨딩드레스를 입은 로즈가 천천히 입장한다. 하객들 모두가 자리에서 일어나

오늘의 아름다운 신부를 반긴다. 그녀는 수국으로 만든 부케를 쥐고 새아버지와 함께 단상까지 걷는다. 단상 앞에서 이제 그녀 혼자 제스의 곁으로 오른다. 두 사람은 나란히 붓꽃과 프리지아, 비단향꽃무로 장식한 하얀 꽃 아치 아래에 선다.

목사의 안내에 따라 하객들은 다시 자리에 착석하고 축복과 기도가 이어진다. 마지막으로 목사가 서약의 말을 묻는다. 제스가 자신 있는 목소리로 먼저 대답한다.

"당연히 그럴 겁니다."

같은 질문이 로즈에게도 돌아간다. 그녀가 그를 보며 대답한다. 네, 그럼요.

곁에 서 있던 톰이 제스에게 반지를 건네고 로즈의 새하얀 약지에 결혼반지가 끼워진다. 수많은 박수와 환호를 헤쳐 이제 부부가 된 두 사람은 첫 길을 함께 걸어간다.

피로연이 시작됐다. 모든 식순을 마친 뒤 흥겨운 음악에 맞춰 다들 친구 또는 연인들과 춤추기에 정신없다. 제스의 친구들이라는 밴드의 실력이 꽤 좋아 분위기에 한몫하는 것 같다.

리지는 3단 웨딩케이크의 고고함에 매료된 듯 서 있는 케이티에게 걸어간다.

"신랑 들러리 쪽에 맘에 드는 사람 없어요?"

케이티는 무슨 속셈인지 다 안다는 듯이 웃으며 말한다.

"당연히 없어."

리지는 어깨를 으쓱한다. 케이티는 자신의 곁에서 케이크를 로댕의 조각상이라도 보는 듯 바라보고 있는 리지에게 묻는다.

"양귀비 아이싱이 그렇게 아름다워?"

"제 의견이 관철된데 뿌듯해하고 있었어요. 장미 장식이었거든요."

손에 들고 있는 마티니를 한 모금 마시며 케이티가 말한다.

"리지, 빙 돌리지 말고 하고 싶은 말 있으면 해."

처음엔 무슨 말인지 못 알아들은 척한다. 잠자코 기다리니 이내 리지가 하고 싶었던 말을 한다.

"인사를 제대로 안 한 것 같아서요. 고마워요."

"원망스럽지 않았어? 어쨌든 마음고생시켰잖아."

"처음에야 그랬죠. 그런데 가만히 생각해 보니 애런이 왜 그런 무리한 부탁까지 할 생각을 했는지 알겠더라고요. 저라면 그를 못 구했을 거예요. 저도 못 구했겠죠."

케이티는 리지의 얼굴을 가만히 보다 말을 잇는다.

"내가 전에 긴 여행 끝에 돌아온 이유가 공부하기 위해서라고 했잖아. 결정적인 계기까진 얘기 안 했었지."

두 모금쯤 남은 마티니를 원샷 하고는 이 사이로 숨을 들이켜며 케이티가 말한다.

"여행 중에 친구를 잃었었어. 여행 경비를 버느라 불법적인 거래를 좀 하고 있었는데 나중엔 오히려 그걸 볼모로 잡혀 나쁜 녀석들한테 이용만 당했지. 그날 밤에도 내가 같이 갔어야 했는데 친구 혼자 갔다가 일을 당했어. 문제는 그 후였지. 증거 불충분으로 놈들은 다 풀려나고 날강도에게 피습당한 걸로 사건은 마무리됐어. 내가 무지하지 않았더라면 법의 심판대에 세울 수 있었을 텐데 내 친구는 억울한 죽음만 당했지. 그래서 현실적인 정의구현을 하고 싶어서 돌아온 거야."

그녀는 이제 올리브를 우물거리며 말한다.

"하지만 말이야. 1퍼센트밖에 안 되는 확률이라도 그전에 막아 낼 수 있다면 난 기꺼이 거기에 뛰어들 거야. 절대로 다시 볼 수 없다는 것이 어떤 것인지 이미 뼈저리게 깨달았으니까. 어디에서도 찾을 수 없고 아무리 기다려도 볼 수 없다는 것은 잔인해. 희망조차도 주어지지 않아."

케이티는 가장 아팠을 상처에도 단단한 딱지가 앉은 눈으로 보며 마무리한다.

"나를 위해서 한 거야. 널 오래 보고 싶거든."

그러고는 빙긋 웃으며 빈 잔을 들어 한 잔 더 마셔야겠다, 한다. 지체할 것 없이 케이티는 술이 있는 곳으로 걸어가 버린다.

리지는 혼자 케이티의 사연에 안타까워 할 새도 없다. 로즈가 뻗는 손에 이끌려 사람들이 춤추는 사이로 파고 들어간다. 신나는 노래에 맞춰 어깨를 들썩거리고 춤이랄 수도 없는 어색한 스텝을 밟는다. 웨딩드레스를 입은 신부와 들러리를 선 친구가 함께 춤추며 소녀처럼 웃는다.

드럼 소리가 절정을 향해 가는가 싶더니 갑자기 음악이 바뀐다. 모두 제 짝을 찾아 사랑하는 이의 머리와 가슴에 기대어 느린 템포에 맞춰 움직인다.

자신을 찾아 두리번거리는 그녀의 어깨를 두드린다. 리지의 눈동자가 금세 애런을 알아보고 밝아진다. 그의 목에 팔을 두르며 그녀가 들뜬 목소리로 소곤거린다.

"이 노래 알아요? 셀린 디온의 〈비코즈 유 러브드 미〉예요! 사랑하는 사람과 이 노래에 맞춰 춤추는 날을 얼마나 꿈꿔 왔는지……."

"이뤄졌어요?"

"네."

그녀는 그의 온기를 더욱 잘 느끼고 싶어 어깨 위에 둘렀던 팔을 풀어 그를 안는다. 그 품이 세상에서 제일 안전한 안식처인 듯 그녀가 볼을 데고 그의 향기를 들이마신다. 애런에게선 자신을 차분하게 만드는 냄새가 난다. 나무 향이 남아 있는 종이냄새 같은 체취다.

리지가 행복한 목소리로 말한다.

"사랑해요, 애런."

한없이 차분한 그 소리의 울림이 그의 가슴을 타고 귀까지 전해진다. 그녀의 진심이 심장에 녹아든다. 행복한 웃음소리가 새어나온다. 그는 더할 나위 없이 완벽한 순간이 찾아왔다는 것을 깨달으며 대답한다.

"나도요."

부드러운 키스를 나눈다. 이 세상에 두 사람만 있는 것 같은 시간이 흐른다. 그녀에게, 그리고 그에게 아무리 집중해도 부족하다. 리지가 그의 뺨을 보드랍게 어루만지며 묻는다.

"어려웠지만 당신 덕분에 제자리로 돌아왔어요. 이제 오네이로로 다시 돌아갈 거예요?"

어느덧 하늘은 석양지기 시작한다. 해가 지평선 아래로 떨어지며 색의 향연을 펼친다. 그녀의 눈동자에도 노을이 어려 황금색 원두처럼 빛을 낸다. 그녀가 무엇을 겁내고 있는지 알고 있다.

어느덧 청했던 노래도 끝났다. 애런은 리지의 손을 잡고 말한다.

"경치가 더 잘 보이는 데로 갈래요? 곧 붉은 노을이 시작될 거예요."

애런의 가슴이 뛴다. 사전에 정해 두지 않았는데도 그의 발걸음은 저절로 그 장소로 향한다.

수십 번은 보았을 그 커다란 창 앞에 그녀가 선다. 장미색 노을이 모든 사물과 생명들을 품에 품는다. 그녀는 피터팬을 따라 방금 네버랜드에 도착한 것 같은 눈빛으로 주위와 창밖을 바라본다.

그는 테이블 위의 〈롤링스톤즈〉를 내려다본다.

"리지."

그녀가 아직도 꿈꾸고 있는 듯한 표정으로 그를 본다. 눈이 마주치자 그녀가 다시 환하게 미소 짓는다.

"왜요?"

"당신을 꿈으로 처음 보았을 때의 얘기 기억해요? 당신이 내 품에 안겨 항상 얘기해 주었었죠, 사랑한다고."

그는 숨을 고르며 그녀에게로 다가선다.

"그리고 피닉스로 떠나오기 전날 볼 수 없었던 그 미래의 날의 뒷부분을 보게 되었을 때 난 궁금했어요. 당신 앞에 서 있는 내가 왜 그렇게 긴장하고 있었는지. 아무리 고민하고 유추해 보아도 이유를 알 수 없었죠. 그때의 내가 전혀 다른 사람인 것만 같이 느껴졌어요. 그런데…… 그게 지금이 되고 보니 알 것 같아요."

주머니에 들어가 있던 그의 오른손이 밖으로 나온다. 애런은 망설임 없이 그녀의 발치 아래 무릎을 꿇는다.

손 안에 쥐어져 있던 남색의 상자를 열고 그가 반지를 리지에게로 뻗으며 말한다.

"언제나 당신에게 질 준비가 되어 있어요. 나와 결혼해 주겠어요?"

리지의 눈에서 눈물이 뚝뚝 떨어진다. 그녀가 울먹이며 말한다.

"내가 무모하게 뉴욕으로 가자고 떼를 써도요?"

"떼쓸 필요 없어요. 내 아내가 된다면요."

그녀는 이제 웃으며 눈물 흘린다.

리지는 자신 인생의 첫 프러포즈에 대한 답을 하며 사랑하는 사람 품에 안긴다.

영원을 서약하는 모든 말들로.

〈오네이로〉 끝

후기

안녕하세요.

후기이지만, 여기서 첫 인사를 드리는 〈오네이로〉의 작가 '이로은'입니다.

여러분께서 이 후기를 읽고 계실 때쯤이면 저는 이 책의 마지막까지 다 읽으신 감상이 궁금해 눈을 뜨기 무섭게 아마 검색을 하고 있을 것 같습니다.

'오네이로'라는 단어도 '이로은'이라는 이름도 아직 이렇다 할 검색 결과가 나오지 않는 명사이기 때문에 독자 분들의 후기를 찾는 것이 어렵진 않을 것 같습니다. (기분 좋게 웃는 표정을 넣고 싶은데 이 이상의 방법이 없습니다.)

여러 번 쓰고 지우기를 반복한 결과, 지금부터 손이 가는 대로 소소하게 써볼까 합니다.

작가로서 〈오네이로〉는 참 여러모로 의미 있는 작품입니다.

장편 소설 하나를 완성시키겠다는 의욕 하나만으로 시작하여, 가끔은 쓰는 저마저 가슴 설레게 했고, 결국은 저를 데뷔시켜 주는 제 작가 프로필의 첫 줄을 장식하는 작품이 되었습니다.

어느 겨울이 오던 날, 몸도 마음도 너무 아파 시름에 잠겨 걷던 거리가 아직도 또렷이 기억납니다. 제가 한없이 작게만 느껴지고, 상처는 아물 줄을 몰라 더는 낼 용기도 없었을 때 '언젠가 누군가가 나를 사랑한다고 해준다더라도, 그 사람은 내 입으로 이야기하지 않는 한 나의 이런 아팠던 과거까지는 알 수 없겠지. 그렇다면 그 사람이 사랑하는 사람은 나라고 할 수 없을 것 같아'라는 생각에까지 미쳤습니다.

그리고 그날 밤, 우울한 마음으로 평소 좋아하는 가수의 노래를 들었습니다. 아주 익숙한 비틀즈의 노래였지만 그 목소리로 전해지는 가사들이 제 아픈 마음을 만져 주고 지친 어깨를 두드려 주는 것만 같아 눈물이 났습니다. 그 노래가 '알지, 그럼 다 알아' 하고 저를 달래 주었고 저는 무엇보다 진실한 위로를 받은 기분이었습니다. 그리고 주변을 조심히 살피니, 그렇게 아픈 것은 저뿐만이 아니었습니다.

〈오네이로〉를 출간하기 위해 투고를 할 때면 첨부했던 기획 의도를 여러분께 보여 드릴까 합니다.

누구나 홀로 외롭게 아파하며 보낸 시간이 있습니다.

그 누구의 위로에도 위안을 얻을 수 없고 끝나지 않을 것 같은 혹독한 기간이요.

물론 저에게도 있었고 친구들에게도, 부모님에게도, 하물며 많은 대중들의 인기를 받고 사는 공인들마저도 그런 시기가 있지요.

사람의 마음에 상처가 안 생길 순 없지만 후유증이 남는 사람들이 요즘 시대에 특히 많은 것 같습니다.

우울증을 얻고, 심하면 자살과 폭행으로 발전해 가족과 소중한 사람들을 아프게 하기도 합니다.

이 소설의 여주인공 리지 또한 그렇습니다.

어린 나이에 평생 한 사람만을 바라 온 사랑에 매번 좌절하고 그때마다 아직 낫지도 않은 상처에 더 깊은 상처를 안고 삽니다.

남자 주인공 애런은 그에게만 주어진 능력으로 유독 잘 보이는 그녀의 과거를 보고 이해하고, 진심으로 그녀를 사랑하게 됩니다.

하지만 그런 애런에게도 그 능력에 따른 유년기의 아픈 상처가 있어요.

두 사람은 서로를 의지하고, 다독이고, 믿음으로 일으켜 세웁니다.

애런의 능력 때문에 꿈꾸는 듯한, 말 그대로 환상의 소설이지만 두 주인공을 빌려 전하고 싶었습니다. 고단한 삶들에 위로를요. 치유를요.

이 책을 덮을 땐, 한숨보다 더 크고 깊은 숨을 들이마시길 바라는 마음으로 썼습니다.

읽어 주신 분들께도 그날 제가 받았던 그 위로들이 잘 전해졌을까요?

그리고 〈오네이로〉 덕분에 감사한 인연들을 많이 만났습니다.

먼저, 밑도 끝도 없던 저의 당돌한 요청에도 선뜻 주방 안으로 들여보내 주신 '오키친'의 멋진 셰프 분들께 꼭 감사의 말씀 전하고 싶었습니다. 감사합니다. 대표작은커녕 데뷔도 못한 소설가 지망생의 패기와 열정을 높이 사주신 덕에 리지의 칼럼이 생동감 있게 표현될 수 있었습니다. 출간된 책 들고 뇨끼 먹으러 다시 한 번 찾아뵙겠습니다.

제가 한 장씩 쓸 때마다 누구보다 좋은 편집자, 교정자, 독자가 되어 준 친구들에게도 이 페이지를 빌려 작가로서 감사의 인사를 꼭 하고 싶습니다.

고맙습니다. 저보다 강했던 여러분들의 믿음 덕에 방향을 잃지 않을 수 있었습니다.

그리고 제대로 된 '책'이 되어서야 알게 될 가족들에게도 평소에는 잘 하지 못했던 고맙다고, 늘 사랑한다는 말을 전하고 싶습니다.

마지막으로 이 소설을 선뜻 출판해 주시겠다고 용기 내주신 파란 미디어에도 감사의 말씀 드립니다.

한국인 작가가 쓰는 미국 배경의 소설이 얼마나 출판사에게 위험 부담이 큰지 1년 넘도록 번번이 퇴짜 맞던 작가로서 충분히 이해하고 있어 더욱 감사한 마음이 큽니다.

그 외에도 여러 분들이 계십니다.

대학로에서 열정적으로 연기 해주신 연극배우, 한 음마다 풍부한 감정으로 노래 불러 주신 많은 가수들, 주말마다 제게 웃음을 주시는 희극인들, 맛있는 밥을 만들어 주신 분들, 친절

510

하게 제가 찾는 것을 함께 도와주신 많은 가게의 점원 분들, 한 겨울에는 내리자마자 얼기 시작하는 눈길을 헤쳐 배달해 주시는 분들 외에도 수많이 계십니다.

여러분이 제 인생에 계셔 주셔서, 저는 영감을 얻고 소설을 쓰고 있습니다.

이 소설을 읽고 부족하다 느끼셨을 분들께는 사과의 말씀을, 좋게 봐주신 분들께는 감사의 인사를 드리고 싶습니다.

저는 요즘 제가 이 《오네이로》라는 작품 덕에 새로운 출발선에 섰다는 느낌을 받습니다.

아직은 단출한 제 작가 프로필에 작품명들이 하나씩 늘어가는 것을 함께 지켜봐 주셨으면 좋겠습니다.

끝으로, 정작 오네이로에는 담기지 않은 비틀즈의 〈인 마이 라이프in my life〉의 가사를 들려 드리며 후기를 이만 적을까 합니다.

여기까지 읽어 주셔서 더 없이 감사드립니다.

There are places I'll remember

일생 동안 내가 기억하는 그런 곳들이 있어요

All my life though some have changed

비록 어떤 곳은 변했고 어떤 곳은 영원히 그대로 있지만

Some forever not for better

내가 평생 기억할 곳이 있어요

Some have gone and some remain

어떤 곳은 사라졌고 어떤 곳은 남아 있어요

All these places have their moments With lovers and friends
I still can recall

그런 곳은 모두 각각 연인, 친구들과 함께 한 추억이 있어요. 나는 여전
히 떠올릴 수 있죠

Some are dead and some are living

그들 중 어떤 이는 죽었고, 어떤 이는 아직 살아 있죠

In my life I've loved them all

살아가면서 난 그들 모두를 사랑했어요